BREAK THROUGH

突围

陈步松 著

长江出版传媒

长江文艺出版社

目　录

短篇小说

中篇小说

短篇小说

幽幽恋情

我回到老家的这天晚上，遇到了一件奇事，死去28年的本叔忽然来到我家。自他1988年去世之后，我们还是第一次见面。他还是那样慈祥地望着我，笑着说：

"你几次回老家，我都好想来和你谈谈，也就是说说话，但又怕惊扰你，就没有来。我知道，我是死了的人，没有哪个愿意接待鬼魂的，但人们并不知道，灵魂其实不是鬼魂，更不是魔鬼，更没有任何魔法，世界上没有鬼，说准确点，灵魂就是剩下的一缕可怜的思绪和思念，不可怕。后来我想起在城里治病时看过你写的长篇小说《梦迷》初稿，当时还只写了几万字，其中有写的和灵魂对话的事，我一直很有印象，因此我反复考虑，相信你能理解我，我就冒昧地来打扰你了。"

我看他孤独的样子，说本叔可以去您家里，和老伴讲讲话嘛，她也就是一个人，很孤独的。本叔说你不知道，她胆小，最怕鬼魂，我死后她找人做了一年多的伴，她一个人待在家本来就怕，假如一见到我那马上就会想到是鬼来了，不知要吓成怎样呢，我不能去惊扰她，让她安静点吧。这就是我最后还能为她做到的一点事情了。

我心里忽地涌起一种什么，又热又有力度。本叔与我同姓，本名叫陈本立，来我们这后改为武礼本。我从小叫他本叔，许多人叫他"本先生"。其实他根本没教过书什么的，是因为他细皮嫩肉，干活做事十分秀气，像个教书先生，因此人们带有讥讽味道地叫了他"本先生"。一般的小娃儿都叫他"本爷爷"，包括我的小儿。

现在本叔又说："我一直还有一个愿望——"

我有些吃惊，他已经死这么多年了，仅剩一个虚无飘渺的灵魂，还有什么愿望？但我心里忽地又有些震撼。我认真地望着他，诚恳地说："您说吧。"

我的思绪情感又从小时走到了现在。本叔终于挨紧我，一只手搭在我手上，抚摸几下，说："我想请你帮我写一封信……"

"给你老伴写信？"因为他不愿去惊扰她……

"不是的，给我老家写一封信……"

我记得本叔曾经说过，他老家在宜昌的当阳县城边，日本人打来了，他逃难来到这里的……

我有些感动和理解地看着他："写给谁？"

他叹口长气："唉，也不一定能收到哟。我好想老家啊，一直没能回去看看，现在更去不了了。"本叔停住话。好久，他才说，"在我老家门口河边，经常有一个小娃在那里放牛，他和我很熟悉……给他写个信，看他还在没有。唉，不一定还在哟。"

"那就写一封信去试试嘛，这没有好大个麻烦的。他叫什么名字？"

"哦，他姓李。我只知道他的小名叫'冬娃'。"

我又问本叔："写些什么内容呢？"

本叔苦笑了一下说："一是问候问候他和那一带的人；二是问问当时的那些人，哪些死了，哪些还在，现在他们生活怎么样……"

本叔又叹口气说："唉，都怪我，也不光怪我。那些特殊年代，紧紧张张地，谁敢请假去走亲戚、回老家？我是个外地人，根本没有这笔路费钱，饭都吃不饱，连盐都没钱称，哪还有钱去坐车坐船？想都不敢想哟！改革开放了，政策好些了，我就想挣点钱了回老家一趟，但种这茅草坡的一点野猫子皮（田），又能有个什么收入？于是我又去了茅田镇上的副食加工厂，哪想到又很快就病了……"

看着本叔的神情，我心里像有一把刀子别着……

我按照本叔的要求认真地写了一封信，写给他那记忆中的李家冬娃的，并且还留了我办公室的电话号码。

本叔有些难为情地说："唉，真是太麻烦你了哦！"

可是我想，能联系上吗？我的心像是悬在远远的一片云上。这可不是关系到一个人，而是关系到一个孤独的灵魂啊！

我想起小时候，经常在本叔家玩，他们煮鸡蛋我吃，给饼子糖果我吃。他还常给我做玩具玩，用棕叶子织皮篓儿、蚂蚱，用篾签织羊脑壳，长长的角儿很有意思。我甚至还说过：长大了给这门口河里修座桥，免得你们过河打湿脚，我好来玩。河里一涨水，我就不能去他们家玩了。

本叔又说："这回把你确实麻烦了……"

我说您这么说，我就难过了，这是一点小事啊，而我们是什么关系？

过了一会本叔又问我："你说，我老家会收到、会读到我的信吗？李家冬娃要是不在了，会有人收我的信吗？"

我还是说，会收到信的。要是李家冬娃不在了，其他的人也会收这信的。对了，我写两个收信人吧——接着就在冬娃名字下面又写了一行字：陈本立的任何老乡——收。我想这样，凡是本叔老家的人都会拆开信看的。

本叔激动得忽地紧紧握住我的手，眼睛里涌满泪水，这使我一阵震颤，他这灵魂现形的人也有泪水！他嘴唇颤抖地说："唉，你想得太周到了……可我没有什么能感谢你啊，我现在一无所有……"

我说，您千万不要这么说啊，只要您的心情能够好一点，就是我最大的心愿啊。您把心情放宽些吧，放平静一些。常言道：死了死了，死了一切都了了。

本叔还是满面忧思如云，久久不散，望着我说："我和你说说话吧——"

本叔说，那时你还没有出生，不知道我的来历。我不是这地方的人，我是宜昌当阳县人，离三国英雄赵云大战曹军的那个长坂坡不远。我是抗日战争时期日本人打到当阳的那个夜晚逃出来的。在日本人的飞机炮火轰炸下，我的父母亲和弟弟被炸死了，我拉着结婚不久的妻子和许多人一起向西边山区跑去，很快在炸弹的连连爆炸声中，我们和许多人倒下了，愣了一会，我慌忙抓住她的手爬起来又跑，跑到天亮时，我们已经跑出七八十里进入山地，这时我才发现，我抓住的是一个少年的手，不是我妻子的手，我大吃一惊，我想她肯定被炸死了。我找遍所有逃出来的人员，没有看见妻子，我当时哭了一场，一定要回去找她，看是死在什么地方的。可人们不让我回去，说你回去也是送死。这时我的家乡已被日本人占领。

本叔沉闷了一会又说，那时我还是一个十九岁的小伙子，我个子不高，和姑娘一般秀气。我们好不容易过了长江，像叫花子一样讨饭吃来到这鄂西南的茅田乡，穿过小小的茅田街，顺着茅草河往下走七八里，来到这小茅田的山坡。这时天已擦黑，就到河边山坡上的一户人家投宿。这户人家姓武，没有儿子，只有三个姑娘。当家人武老伯两口子热情地接待了我。我个子虽然不高，但样貌俊秀，有些可爱。他们以为我还只有十五六岁，听我说了已经十九岁，还结过婚，经历了一场灾难，都觉得我还不简单，都很同情我。他们的二女儿叫元儿，小我两岁，桃红脸儿，很是漂亮，两个眼珠子就在我身上溜上溜下。他们家正差男劳动力，大伯已经年迈，且主要是为别人教私塾，大女已经出嫁，二女元儿还刚刚十七岁，小女儿还小。武老伯两口子看我诚实可爱，就问我愿不愿意留在他们家干活糊口，其实他们是别有用意。我当然高兴，还连忙叫他们大伯、大娘。

我就在武家打住下来，主要是帮助种田，还上山弄柴。我的主要伙伴就是元儿。我开始种这山田不习惯，常常要元儿指指点点，常常弄得元儿好笑，有时甚至笑得直弯腰儿。我本来比她大两岁，但看上去她倒成了一位大姐姐，我处处还要她照顾和指点。我做活的力气并不大，姑娘一般秀气。元儿爹妈差不多完全把我当儿子看了，很喜欢我，认为我心地善良，有孝心，诚实可靠。老两口子也渐渐看出元儿和我已经有些意思，也就有些高兴。

终于在冬月十九这天，老两口子就开诚布公地说话了："姓陈的，你在我们家待得习惯吗？"

"待得习惯，蛮好。我非常感激你们。"

"愿不愿意长期待下去呀？"

"愿意，我老家什么亲人也没有了，大伯大娘对我和父母亲一样，往后，我就认你们是我的父母亲……"

老两口听了心里舒服极了，又觉得话里有话，心里暗暗高兴，就又问："这么说，你真的不想回老家去了？"

"嗯，"我嗯了一下接着说，"不回去了。也回不去了。"

老两口微微笑一下说："那好。"

话也就只说到这儿。元儿一直没插话，桃红脸儿在树蔸火面前更红了，她不时地两边瞅一眼，手里一直捏弄着辫梢儿。

从此，我和元儿在坡里做活，似乎更和谐了，更自然了，我也常常说点玩笑话逗她笑，她有时也会揪我一下，在茅草河洗猪草或双双从那路过，她还会浇几颗水到我脸上或身上。我们常常坐在茅草河堤坎上，望着轻轻流去的河水，小声说着话儿。我给她讲那没有山岩的平原，讲吓死人的长江；她给我讲这山里有香菇、板栗、锥栗，讲茅草花嫩嫩的时候好香好甜，茅草花的根可以熬糖，很甜。

老两口就又高兴又忧虑。他们担心姑娘出问题，特别是怕哪天夜里姓陈的将姑娘带着跑了。就悄悄请了老媒婆问我：愿不愿意在他们家上门入赘。如愿意就请她正式做媒，我当然说愿意，接着就请了她。

这天晚上，武老伯就请了族房长辈，请了保长、甲长，还有大女婿，为我和元儿订婚。特别请来本村教过私塾的李先生写契约。约上写的和口头上强调的，主要是：上门入赘就是当儿子，并且改名改姓，继承武家香火，终生不悔……就这样，我一待就是一生。

我看着本叔，回忆着本叔的故事。本叔活得很幽默，很快乐，特别是充满童心。他经常喜欢开点玩笑，说点风趣话。在生产队里搞劳动，很累，加之生活差，都无气力说话，十分沉闷，本叔会突然说一句："今年又是五月初五过端午节呢。"于是大家就笑一笑，又饿又累的身子就轻轻松动一下，缓缓喘过一口气来。但本叔最喜欢和最有趣的事是和小孩子打交道。本叔一直没有儿女，但本叔真正的特长是善于和小娃们交朋友。

本叔不管碰见哪家的小娃娃，主要是男娃儿，总要逗弄一阵。总要说："老兄哇（其实这'老兄'可能只有三岁），我们好久没见面了呢——握个手。"于是握手，都笑。还不仅仅是握个手，往往要去摸摸他的小鸡鸡："我看看鸡鸡又长大些没有，能不能找媳妇仔了。"于是都笑。

碰到有些调皮的小娃，本叔会这样说："嗨，我刚才看见你爹准备了好大一块篾片，说要打你。你搞了坏事吧？先向我坦白一下。"有的小娃娃就会脸一红地说："我没搞么坏事，只用石头打了一下牛。"有的说："我只掐了根甜梗儿，上面又没结苞谷坨呢。"这是指黄了的苞谷秆儿，可以掐了嚼水咽，很甜。

每到冬天水冷草枯的时候，小娃们知道他家院坝里的毛桃子、李子早已经吃完，就不去玩了。本叔碰见小娃们就说："到我那去玩呀，我屋后檐沟坎上好多泡儿（野草莓）哟，你们快去摘了吃，不是黄过了，掉。"又说："莫摘完了，留几颗做种。"于是就有小娃儿上当，去了他家屋后，却什么也没有。但也并不吃什么亏，本叔早已给他们准备了烧洋芋、烧红苕，或是洋芋粑粑、苞谷粑粑。

这里虽是二高山，热天也照样很热。茅草河时常一河的娃娃，像浸泡的一河白萝卜。本叔笑眯眯地望一阵白白光光的娃娃们，就喊："哎，兄弟们，我屋后檐上结了好多冰棍儿哟，快去吃。我刚才一顿吃了三根，好凉快呀！"就又有小娃们上当，去了才晓得没有冰棍儿，而是他家的洋芋粑粑。

我记得，有一段时间本叔看不见小娃们了，给了他很大打击。

一天，本叔对一些调皮的小娃娃们说："挎手枪的公安员对我说：你们用石头打了电线杆、打了电线葫芦（瓷钩瓶）。明天要来捉你们。"公路边的小娃儿们的确喜欢用石头打打电线杆，听那嗡嗡嗡不断的声音，十分开心好玩儿。也常常爬到高处居高临下打那白亮耀眼的电线钩瓶，如是打掉了一片儿，那就是他们最振奋的时刻了，会跳着哇哇大叫大笑。听本爷爷这么一说，小娃儿们就都不敢在公路上玩了，怕那挎手枪的公安员来捉拿他们，都跟大娃儿们到茅草坡山上放牛玩去了，在树木与茅草花丛的缝隙间穿梭玩耍，或打点野味嚼嚼，或爬上小树儿摇摇，或戳戳雀儿窝，或翻翻蚂蚁洞儿，同样快乐。电线杆、电线钩瓶就有些安宁了。

这时，他们的本爷爷就觉得孤独了，在公路上走得没劲，像一棵拔了晒蔫的草，随时要倒下去的。他东望望，西瞧瞧，到底发现了情况，就喊："朋友们——兄弟们——快来哟——"他这样喊了好些个夕阳西下，仍不见小娃儿们下山。他就站路上张望，直到夜色像块布将茅草坡轻悄悄盖住，小娃儿们都走进老板壁屋或土墙房子，直到细细弯弯青线一样的炊烟升入茅草坡，要与天上牵成一根光缆线，直到融入麻布一般的夜色。

这时已经改革开放一阵了。本叔又去了供销社食品加工厂当师傅，做副食。他曾经为生产队集体搞副业，在这厂里做过多年工，都是由生产队去结账，他每天只得10个工分。他又去了，就又生出了许多美丽的趣事。

傍晚下班回家，他站在公路上又对着山坡大声地喊："朋友们，兄弟们，来吃糖哟——热糖果呢——"说着高高举着几颗糖果，摇晃着，"看啦，热糖果啦——"

这时就有胆子大的、好吃的小娃儿率先跑下公路，见公路上下没有其他的人，远远地就喊："本爷爷，我要吃糖果！"

"哎呀兄弟们好！快来吃糖！"说着将糖果摇晃着。

"本爷爷好！我要吃糖！"其他的小娃儿也瞅瞅公路上面，又瞄瞄公路下面，见没有什么挎枪的人，就试着溜下公路。

本爷爷激动地向他们拥上去："兄弟们呀，我们好久没见面了啊！握个手。"他紧紧地握着孩子们的手，眼里涌满热泪……

和孩子们一一握手，从衣袋里掏出糖果来，一个娃儿给两颗。

小娃儿们吃着糖果，咂着甜甜的嘴，一双双小眼睛晶亮地望着本爷爷，每一丝目光都是花朵般的笑意。

本爷爷显得很正经地说："我已经给挎手枪的公安员讲了，说你们都没有打电线杆了，他们不会来捉你们了，你们还是在公路上来玩吧。"

这样，就连胆子小的小娃儿也走下了茅草坡。放牛的娃们也高兴地把牛放在茅草河边，让牛们也见见小溪流水的美丽和公路车辆行人的热闹。但牛们看一下就又爬上了茅草坡，它们不想看风景，而是要吃山坡上鲜嫩的茅草和树叶。

于是每当黄昏使茅草坡变得温柔的时候，公路同样变得温柔，于是就有童心般的声音融入这温柔意境：

"兄弟们好！"

"本爷爷好！"

本爷爷从弯弯的茅草河、弯弯的公路回家，短短的七八里路，也就要走很久很久，因为他要边走边接见他那班小娃儿"兄弟们"，和他们握手致意，问候聊天。于是一双苍老的手就和一双双嫩嫩的小手儿握在一起，犹如一片落叶掉入春草之中。一双卷曲的手将温温的糖果送到一双双小手儿里。然后就有许多美丽而缠绵的话语，直到小娃儿们的大人催促几遍要回家了，才依依道别：

"再见！我们明天见！"挥着手，"我们明天见！"

"本爷爷再见！"

黯然的黄昏里就有一只干树枝似的手老是挥动着；就有许多白不白、黑不黑的小手儿竹笋般竖在暮色里，挥动着——"本爷爷，慢慢走……"

"我们明天见！"

现在我看着本叔，我感觉他也正在回忆这些事情，脸上又泛起陶醉的笑意。于是我说，本叔，您可以去找找附近的小伙伴们玩，说说话……

本叔马上严肃起来，说："绝对不行，决不能惊吓那些小娃儿们，他们要是看见我，那要害怕一辈子的！因为他们明明知道我早就死了，怎么又出现了，那一定是鬼！小娃儿最怕鬼啊。所以，我只能远远地看着他们，只要他们在门前公路上玩，我都在远远的树林里痴痴地看着他们……"

我看本叔，我感觉到那眼神完全是沉醉在一种深深的恋情里。本叔望我叹口气说："唉，没想到我会早早地得那个病，其实我还应该陪陪他们啊！"

是的。记得那次我回家，在他家门前的苞谷田里给菜锄草。茅草河叮咚叮咚地像在弹奏一曲永远的恋歌，风儿和苞谷叶儿们说着话。见本叔从河边走上来，远远地我就耐不住喊"本叔！"他却只向我招着很疲软的手，并不像往日那样热情地叫我一声"步松回来了！"我迎上去，他仍然缓慢地走着。他提着一包药。他用嘶哑得听不清的声音说："步松回来了！"显得很吃力。

我说："回来了。"

他就用手往喉咙指，沙沙的声音说："感冒了，声音哑掉了。"并又往他屋里指，"到屋里去坐。"

我看他脸色有些黑，更使我注意的是他喉结上有些肿。我问："声音哑好久了？"他说："哑个多月了，这回感冒了尽着不好。"

我不禁想到"癌症"，心像石头往下沉，一片冬日茅草坡的感觉袭上心境。他一个劲地要我喝酒、吃糖果、抽烟，还说要在那吃晚饭。过了一会我说："二天我回城去，跟我一起去城里医院检查一下吧。"他说:"要得。就是麻烦你哟。"

我说不麻烦。您就不去做工了吧,在家里休息休息,会好点的。

"哎,那里松不了手,我是当师傅的……"

他第二天还是又去了茅田街食品厂,去做那些甜甜的事情。下午,太阳留恋的眼神还粘贴在茅草坡上,他从茅田街沿茅草河边的公路缓缓走下来。他不能再学以往那样远远地就喊"兄弟们好!"只能远远地招手,像一枝冬天的茅草花在寒风中摇晃着,接着又拍手,拍出响声来让小娃儿们听到。于是在他前面便有一片如春笋般的小手儿向他摇晃,向他蹦蹦跳跳地拥来:"本爷爷好——本爷爷好——"

"兄弟们好!兄弟们好……"在沙沙的声音中,他像和久别重逢的朋友们深情握手,将衣袋里的糖果每人发几颗。将嘴伸到调皮的小娃儿耳边沙沙地问:"爹妈又打你没有哇?""没有。""中午吃的么好东西呀?""吃的苞谷饭、洋芋片片汤。""妈没弄肉你吃啊!""没弄。""我都晓得还有两块腊肉嘛,怎么不弄了吃?""妈说留那喊工种田吃。""哦哦,那喊工时接不接本爷爷呢?""接!接!""我又奈不何背粪了。""不要您背粪。您只吃肉。""还有啦?""还,还喝酒!""哎呀真是感谢兄弟们了!"

这时他说不出什么了,脸上沉重地苦笑着。他喉咙痛,医生要他不要喝酒了。他已经有个多月没喝酒了。他想喝酒,他是喜欢喝酒的,并讲究下酒菜。元婶常常说他嘴巴秀气,打不得粗,好东西也吃不了多少,像女人一样秀气。

朦胧暮色里,仍然有清嫩的童音:"本爷爷——明天见——"但他只能向那一片摇晃的春笋儿挥手,挥动着"明天见"的无声话语。

那天早晨太阳刚刚染红茅草坡的山顶，我就和本叔夫妇去茅田街上车站。元婶送他，提着一个大口袋。我要帮她提，她不要我提，好像怕我弄坏了似的。我知道他们从不愿麻烦别人。

上车时，本叔仿佛是到很远的地方去，与身边的一切永别似的，和几个熟人反复地久久地握手，满脸充满深深的留恋。他不好意思与元婶握手，但那双眼睛总是望着她，嘴唇微微发颤，像有许多话要说。元婶对他说："莫着急，莫忧心屋里。若需要在城里住院，就住。明天晚上还不回来，我后天一早就下来……"

车走很远了，本叔还在车窗里向元婶向人们招手，点头，手伸得很远，像是要拉住什么的。

回到单位我才知道上了当，该我不好意思了，原来这个大袋子里都是给我带的东西！有一块腊肉、一包洋芋粉、一小纸盒用苞谷糠皮包装的鸡蛋，还有一些黄瓜、茄子、红辣椒。望着这些东西，看看他老人家，我的眼睛湿润了，不仅仅因为这些东西。我想，说不定过不了好久，他就会变成一堆坟土，躺在茅草坡永远不见踪影，不再向人们招手致意了。人啊，怎么要生病，怎么要死啊？

去医院的路上，本叔买了一包好烟硬塞进我手里，说："你帮忙给医生递支烟，要他给我过细检查一下……"

我找了个熟医生，的确给本叔检查得很认真，还问了本叔家的一些情况。医生笑着对他说：问题不大，吃点药，打点针，休息休息会好的。

走出诊断室后，我又返身去问那位医生，医生小声说："癌症。要见外婆去了……让他在这治疗观察几天吧。"我浑身好像要坠入地下去。他们就两个孤人，已经脚无铁、手无钢了，是没有钱再折腾的。本来他的年纪还只有六十多岁。唉，其实他身体看上去还可以的，还只能看到五十多点，他应该还继续活下去啊。

晚上，我让本叔在木椅子上坐下，给他泡了一杯茶放在茶几上，就坐下和他说话。本叔一边吧嗒吧嗒吸着土烟，一边深情地望着我，说你写你的东西吧。我看看你写的文章，好吗？我知道本叔多少有点文化，就递给他一叠稿件《梦迷》。本叔吃惊地说，《梦迷》？好奇地拿着就看起来。本叔说那你快写吧，我自己看。于是我继续写我的长篇小说《梦迷》，本叔就坐在茶几边看我的这叠初稿。这是一部打乱时空的小说，其中有星星大地的自然录像回放，有灵魂复活，要说是很独特的小说。这时本叔看得很认真，而我总是写不进去，秋天的风像一个人从窗前温温地走过，那衣服在墙壁上擦出呼呼的响声，我感觉思绪上被擦上一层凄凉。

他看着我写的小说，有时也问一问某个字怎么读，是什么意思。他闷闷地吸着土烟，丝线般的烟雾向窗外悠悠飘去……那是他一绺一绺的思绪吧，这其中有些什么内涵？

现在我望着本叔那蓝色帽子，又想起 29 年前我们在县城分别的那个秋雨绵绵的中午。本叔的老伴也下城来了，四天的观察治疗很快结束了，最后确诊：是喉癌，医生说让他回去休息，不要浪费钱了。我当然没有告诉本叔和元婶，只说这病的治疗是慢功，注意休息，吃点药，慢慢会好的。并说，有了病，只要思想上不装着它，不在乎它，也就好得快。

本叔摇摇头，用微弱如小猫呼吸似的声音说："我已经六十多岁了，也不怕死。就是——我死了，把她一个人甩在了那个屋里……"他老伴就直抹眼泪水。

这时天上下着小雨，雾蒙去了一切，虽是中午，给人的感觉像是太阳要熄了，天要黑了。我送他俩去车站。我的心越走越沉，像是送我的父母亲，像是送两位老人去一个永不回还的地方。他们是第一次在这城里走，也许是最后一次……本叔那背影还一点也不佝偻，是啊，才六十多岁啊。小雨在本叔那蓝布单帽上铺满一层蚕蛋似的亮粒子，像星星。我想他还能活多久呢？他自己还不知道是喉癌，我永远不会告诉他。明年的今天，我还能看到他吗？我又想起小时候，他们家本无小娃，却专门为我买了个小瓷碗，时刻准备我去吃饭……

这时本叔忽而挨紧我，沙沙地对我说："我们一起到酒馆里坐坐吧，还喝口酒……"

我说不，刚吃早饭不久，再者您也不能喝酒。

本叔真诚得声音湿润地说："去坐坐吧，喝口酒。我晓得，我再不会下城了……"

好久以后，我还常常想起，这天为什么要拒绝本叔，不和他去酒馆里坐坐呢？

秋雨，如一颗颗春蚕蛋，密密地撒着，撒满人的衣服、帽子，是生命为明年春天提前播种吗？

我永远记得那缓缓驶进雾里的客车，永远记得那伸出车窗的戴着旧蓝布帽的瘦小脑袋，和那只永远不肯倒下的挥动的手。我知道那意境里有许多喊不出、不能喊出的话语，还有许多带有永别的内涵。

我的心空就满是细细密密的秋雨，如密集的蚕蛋播撒……

现在本叔望着我，多像那秋雨里回望我的眼神啊。我感觉到他也正在回忆那一刻。过了好久，他才从这个意境里回过神来，对我说：

你还不知道，我那次在城里治病回家不几天，我觉得自己可能活不了多久了，我喝了点酒，趁着酒性一下子竟然去了茅田街。我在街上认真走了走，又到那加工厂去看了看厂，看了看我的伙计们。好远我就向伙计们招手，伙计们都亲热地朝我拥来，我去和他们一一握手，不停地点头、微笑。我一下子又变得有精神了，高兴得像小孩子似的。都留我在那吃了晚饭再走，我一点也不讲客气，将嘴挨近他们耳朵说：我们一起还吃一顿饭，喝杯酒。

厂里又忙着加了几个菜，厂长亲自陪我吃饭，给我敬酒。厂长说："抗日战争时您就在这厂里当过师傅，现在改革开放了，您又来做事。我们非常感谢您！"

我高兴地端起杯子，激动地和厂长碰杯，和每个人碰杯，用嘶哑的声音艰难地向大家祝福，祝每个人的家庭都和睦、兴旺、幸福……我忘记了一切，我喝了很多酒，我喝得非常高兴，喝得脸上热热的，心里热热的……

厂里送我一大包糖果，他们知道我喜欢吃糖果。但我在厂里从来不吃，叫我尝也不尝，我加工不需要尝，保证味道不错。他们还不知道给我的那些糖果是谁吃了，还以为我是拿回家了。

出厂门天就黑了，天边的月亮像一片黄树叶。公路很静。风很轻。公路两边一棵一棵的小水杉树儿，在夜色里轻轻地摇晃着，像孩子一样可爱。唉，这天太有意思了！我喝醉了，我把小小的水杉树当成了小娃儿。我高高地抬起手，一招一招的，嘴里大声说着，就是说不出声音，我还是说："'兄弟们'好！我们好久没有见面了！来吃糖啊，'兄弟'们！"

小水杉树们向我挥舞着小手儿，好可爱啊，我太高兴了……"我们好久没有见面了，握个手！"我走近小水杉，双手去握那嫩嫩的枝儿，嘴里说着沙哑的话。我从挎包里抓出几颗糖果，放在那"小手儿"上，接着就抬起手说："再见！我们明天见……"接着就走向下一棵小水杉，挥着手，问好，握手，给糖果，挥手再见，然后又走向前面的小水杉……我就这样检阅着我的"兄弟们"。问候，给糖，话别，挥手。

后来糖果给完了，我着急了，我就将手伸进衣袋，掏钱——给一根树上放一个硬币，放在枝丫上。硬币放完了，就放纸币，先是小张张，后是大张张，放好后就说一句话"兄弟们，我们明天见!"然后挥手再见，这时我不知道其实是永别。

最后我很高兴地走下茅草河，我不时地还回头向公路上看去，看那一排小水杉，手又高高地挥着——再见!兄弟们，明天见……就在我回头挥手的这时候，脚踩下了河坎，一头栽进了茅草河中。这是秋天的夜里，水很冷了……本叔说到这里打住了。我望着本叔，那样子依然慈祥、亲切，并给人一种天真的儿童味。

我想起那年他治病回去不久，我专程回去看望他。我生怕去晚了看不到他了。我没想到走进他家时，他已经躺在了床上，病情已经恶化了，而且不仅仅是致命的喉癌问题，由于掉进了水里，还受了寒……

这天的夜好静，像是生怕影响了病人的休息。我在本叔床头久久地坐着，像是在与一位亲人永别。就那样神情悲沉地看着他。他喉咙里阻塞严重，呼哧呼哧地响个不停，呼吸已经非常困难，更不能说出一点什么语言，只用那双如茫茫黄昏茫茫大海一样的眼睛望着我，望着我，那只右手想抬又无力抬起来，只能轻轻地摇动或是微微地挥动……

我和元婶都不知道他是什么意思，不知道他还有什么心愿。

这时本叔就滚出两颗泪珠，手似乎再也没力气摇动了，只有满眼遗憾和痛苦。但他久久地不咽下最后一口气!他是还想看看什么?还想表示什么?还想交代什么?我们都无法理解他的心思。看着他痛苦的神态和摇动的手，我心中十分难受，又毫无办法。

我回想着他的一些有趣的故事，忽然，我心中涌起一缕光亮，我对他老伴说，元婶，他肯定是还想见见他那些"兄弟们"！元婶怔一下也点头说是。

很快，我就去了附近几家人户，对大人们讲了本叔还想看看小娃们的事。大家都十分感动，一个个就背着或拉着小娃儿，摸黑来到本叔家。

这时本叔还没咽气，还在等待着。当几个小娃儿一起来到他床前，争先恐后地叫着"本爷爷好！"这时本叔忽然眼里闪现一道亮光，就像太阳忽然升起来了，脸上也露满春光似的笑容，手也有力地向小娃儿们抬起来了，充满激情地招着，要和小娃儿们握手。小娃儿们都去握着他的手，哭着说："本爷爷，我们想您。您莫走嗒……"

本叔握着一双双小手儿，嘴唇一动一动的，这时我感觉到一种巨大的声音震撼着我的心："兄弟们"，我想念你们……

就在这时，本叔的头歪向一边，含着笑容闭上了眼睛。我伸手探他鼻息，已经没有了呼吸。他在孩子们的闪耀的目光中高兴地去了，但他的手还握着那些小手儿，还有一丝眼神紧紧望着一张张小脸蛋……

我真正没有想到的是，我为本叔写的信竟然有了回音！

这天我接到了那位李冬娃打来的电话。我很激动，我想幸好在信中留下了我办公室的电话。他们这样快就找到了我。那"冬娃"激动地对我说：

"70多年前的那个黑夜，本哥那新婚的妻子并没有被炸死，在炸弹的连连爆炸声中和潮水般的人群冲击下，他们被冲散了，她一头摔进水沟里，昏过去了。第二天早晨她醒过来，四处寻找，死的人里没有本哥。她正不知该怎么办时，这时来了两个人，是我和爹。爹还是要回到家里去，我就跟爹又跑回来了。爹对她说：你家本哥没被炸死，我见他和一班人跑出去了，但不知跑什么地方去了。她听了有些安慰，流着泪说：没死就好，我等他，相信他会回来的。接着她就回到他们的家，房子已经被炸平了。她就回到娘家，一直等着本哥，一直坚持等着，没有再嫁。我收到本哥这封信后，第一件事就是去告诉她：本哥来信了！她听了激动地说，他还在啊！接着她就和我往小卖部跑，要给你打电话……"

　　现在，我说不出什么，我不知道这世界、这人类到底是怎么一回事，为什么要制造痛苦的悲剧？为什么要制造永恒的遗憾？

　　接着是一个老太婆和我说话："请问，本哥他还好吗？生活怎么样？"

　　我的心咚咚乱跳，我不知该怎么回答她。

回　家

就像屋后那根老了的毛桃树，冯胡子便是它上面那枚熟透了的毛桃，被最后一口气吊着，随时可能掉落地下。

冯胡子坚持用那双盈盈弱弱的眼睛望着老伴陈婆婆，好像要说什么重要事情。可是那眼睛已经变得昏糊，像是远远的星星蒙上了灰灰的云。他眼皮不稍微眨动一下。很平静。桃子熟透了掉下地是很正常的事，落叶归根是很自然的事。死是很自然的事。

陈婆婆坐在床边，也很平静。她望一会儿冯胡子，又望望那密密的如小学生小字本的木格子窗。不知为什么要望。时而还望一望那挂在黑板壁上的瓶瓶灯。那是用药瓶做的一个煤油灯。这茅草坡的人们很喜欢用墨水瓶、药瓶、油漆盒做煤油灯。这东西便宜，容易弄到。用铁皮剪个盖、卷个灯芯管，也容易，做好后用根铁丝扭个长长的挂钩，一头捆在瓶子上，一头高升着鹅一样的脖子和嘴，便于随时往墙上板壁上挂，不占地方，要挂哪儿挂哪儿，要挂好高挂好高，方便。到茅厕里去解手，往面前的墙壁上一挂，一边解手，一边望着它燃一片黄色花瓣儿一样的灯花，颤颤悠悠，想那漂亮"黄花瓣"里究竟是个什么世界，思想就走去很远，就忘许多，解手就常常多要一点时间。许多时就又要麻烦陈婆婆到茅厕门边喊一声老头子，怕他出现意外。她听说解手脱气死过人，但脱气只要抢救得快也不会死人。回到屋里，陈婆婆就笑他是不是挖煤炭去了，因为两个鼻洞已被烟熏得黑黑的，像两个煤炭洞。

你老望着我，还有什么话要说你就说吧。陈婆婆将嘴凑过去，轻轻地挨近冯胡子的脸，就像那年轻时要亲热一样，或者说和现在的青年男女那些搞法一样。她是在听他到底还说点什么，她是将耳朵向着他嘴唇的。

冯胡子脸上的皱纹好像在微微扭动，像微微轻风里的冬日柳条，摇曳得慢悠。陈婆婆感觉到他在望着她微笑……

陈婆婆就坐正一些，将头发向后弄弄，向着他，微笑着，让他看。她的身影映在黑黑的板壁上。很平静。

这时斑鸠在毛桃树上叫唤或是吟唱，咕咕，咕咕，很好听，给人以音乐的感觉。它们是在甜甜的睡梦中招呼它的情侣，或是呼唤它们的儿女。它们使这棵毛桃树在黑夜里也富有生命气息，活得充满丰富的情趣，使得这棵树变成一个家。

听见斑鸠甜蜜的呻吟，猫头鹰也在树梢上开始歌唱，这歌唱和茅草坡土家族人打呜呼一样。土家人呼喊对面山坡的人，由于远，就打呜呼；做活做累了，也要抬起头打个呜呼，当然有时追赶或者嬉戏也是打呜呼——就是把心里的一种东西豁达地发泄出去。

其他很多鸟儿便也不甘示弱，或者说再也耐不住开始歌唱，接着蝉开始悠扬的鸣叫，接着树下的蟋蟀也操起了它们的琴弦，进行伴奏。一时间满树争相歌唱、演奏，此起彼伏，像是在为什么仪式排练大合唱，或者各自准备节目。于是这树就像一个合唱团，像一个乐团，正在进行一曲交响乐。于是这树就变成不夜城，直到早上喜鹊飞来道喜，又涌起满树欢呼。

陈婆婆感觉到冯胡子此时也在认真倾听毛桃树上的歌唱，她就又想起一些事情——这毛桃树冯胡子一直不砍它。他说我们买不起收音机，这毛桃子树还可以抵半个收音机呢。这些东西是活物呢，也得有个地方待一待，叫一叫。人听了也有点清爽，像听收音机，还是个伴呢。

陈婆婆像年轻人一样嗔怪地瞅他一眼，说你呀真是老小、老小，还像个小娃娃。有时还说：你这个"三岁子"！（"三岁子"是形容天真小孩的一个地方形容词。）

有好几年年关逼近，要打豆腐，要煮腊肉，土家族人过年特别还要煮一个大大的猪脑壳和猪坐臀（说是要"有头有尾"），可大雪封山难以上山砍柴，陈婆婆就要冯胡子把毛桃树砍了，冯胡子说留着吧，豆腐过年后就不能打了？猪脑壳过年后就不能煮了？我死你前头了，这毛桃树还是你的一个伴儿呢。

她听了就反问：你就准备甩我？就不能和我一路走？

好，那我就陪你到老，一路走……

现在陈婆婆又转过头望一眼小字本似的格子窗。那窗外是檐沟，檐沟坎上是毛桃树。她又想起怀那个不幸的儿子时，天天去摘毛桃子吃，后来立冬了还常常习惯地往那里走，走到树下抬头一看不见桃子，连叶子也没有了，不禁脸一红往屋里走。他就笑一笑，她就瞅他一眼。他就到茅田镇上卖了叶子烟，买了几个橘子回来给她，说，你看这橘子像个什么呀？她不吱声。他说，这像个小娃的脑袋瓜呢，颜色几多漂亮呀，你吃了生个漂亮的姑娘吧。那时还年轻的陈婆婆的脸也就红成了一个橘子。

这时天井坎上鸡笼里的鸡子又弄出响动，舒心地伸着懒腰，睡醒了一个段落的瞌睡，需要舒展一下懒筋。

她看他脸上的神色，还是那么微笑着。是否在想很久以前的故事？她的心情也就风儿一样钻进他的神色里，想起那次在山林里弄柴。都像刚才的事——

满山青青的，看一眼浑身都绿了。他也在山林里放牛。他说我帮你弄柴。她望他一眼，没作声。他就开始帮她弄柴。她还是不作声。不一会他们就默默地弄好了一捆柴。他说我们去找香菇吧，老林里好多长香菇哟。她好奇，就跟他去找香菇。

找了一些香菇，她望着手中的香菇说：好香啊。边说边抚摸着。

他就望她笑：我想摸摸你这香菇……手伸向她胸脯。

陈婆婆想到这就觉得脸上冒出些温温的热，就转过头去望格子窗，望了格子窗就又去用针挑灯芯。她好像不好意思再看他，那些事就是今天刚做的，他那脸色现在都还不正经，还在想摸她那香菇……

你还有什么话要说就说嘛，横竖这么望着我做什么嘛？

陈婆婆从他的微笑里好像听见一种幽远的声音：我要走了……

陈婆婆说：你就乐心乐意去吧——莫担心我。我也不孤单，还有屋后你留下的那棵"收音机"呢。

他仍然那样微笑地望着她，眼睛不眨动一下，不打算闭上，好像还要说重要的事情。

陈婆婆说：你说吧……她说着将耳朵贴在他嘴边。她好像听见他说：收殓我时，放一件你的衣服，我有时好摸摸……

哦，她明白了，是要将她的衣服放一件在他棺材里，挨着他……她马上大声说：要得，就放我常穿里面的那件汗衫吧。

这时她看见他好像点了下头，微笑着。她就又说：你先去吧，把住处安排好，我可能不久就来跟你做伴儿的。

陈婆婆又挑了下灯芯。亮儿像一片黄色的花瓣儿，闪闪悠悠。她就又想起她那次患病，他把留着自己吸的一点叶子烟悄悄去卖了，给她买回一瓶药。瓶瓶不小，他来到床边，掏出药瓶，拿手里摇晃，摇出很好听的响声，笑笑说：

我给你买了一瓶贵药呢，吃了就好的。说着又有些得意地摇摇药瓶。

她吃了这瓶药真的病好了。接着他就用那药瓶做了这个煤油灯，并用铁丝安上一个长长的挂钩，很得意地带有顽皮味地交给她：我给你做了个好东西……

陈婆婆想去摸摸他的手。不知为什么要摸他的手。她又想起这手第一次摸她——摸她的手，她让他摸。他说像香菇，肉嫩嫩、软乎乎，摸一下心里要痒酥一辈子。要是让我摸摸胸部的那两朵蘑菇，我马上可以死在这儿。她说那就不让你摸。他睁大眼睛说怎么？她说摸了就死那还有什么意思？

陈婆婆想这恐怕是最后一次摸他的手。当她摸着他的手认真感觉时，才知道他的手冷了。她不相信，看他那眼睛还正望着她微笑呢，像有什么话要说呢。她就伸手去摸脸，脸也冷了，去挨鼻眼儿，看还有气儿没有，可是她的手早已被泥土和猪草染得黑黑的，像是刷了一层漆，粗糙得像树皮，早就不灵敏了，麻木了，无法感觉了。她又凑近些听他的声音，她没有听到什么明显的声音。她又看看他的脸，脸很平静，微微地笑着，眼睛仍然痴痴地望着她，根本不像走了，只是没什么气力说话了，或者说正陷入一种意境里，正在想一些事情。她忽然从他的微笑里感觉到一种声音：我要走了，还看看你……

她很平静。她早就知道这一切。

隔壁人家的猪们又在刨猪圈板，似乎在埋怨这秋天的夜晚一点也不暖和了。这天，让你收了苞谷黄豆，就凉了，像一块冰铺在空中。

陈婆婆将瓶瓶灯拿到灶屋里挂板壁上。用一把松毛放灶洞里烧燃，再加些松树枝，很快热了一盆水端到房间里。对他说：你还要看我，我就洗干净了让你看吧，糊糊涂涂怎么看呢？

她说着就用巴掌大块毛巾洗自己的脸。这块毛巾是一个毛巾剪成的两块之一，这是为着节约。她将脸洗得非常认真非常干净，她想让他还好好地看看她，千万不能留下什么灰尘、黑渍，给他不好的印象，这就比平时洗脸费时间多了，直到确认洗干净了，又拿来梳子把头发扯顺，在脑后绾好，又想起什么，去衣柜里找了那件准备过世穿的新衣服，认真地穿好，然后便微笑着面对他说，这你就认真看吧。他微笑着看她。她说，你看我穿这件衣服好看吗？她从他的微笑里感觉到他在说，好看，好看，真好看。她又强调说，看清楚些，记住我的脸，不然我来你不认识了，那个世界也人多，还怕搞混淆了……

她看见他的眼睛一下子睁得大些了，忽然明亮些了，在认真地看她，眼角的皱纹轻轻地一动一动，在动情地微笑，在用笑容回答她的话，用笑容表示他的激动心情。她又为他擦擦眼睛，让他更清晰地看她。她觉得这是一双清澈明亮的眼睛，仍然笑眯眯的，是一起弄柴、找香菇——紧紧地抱着她、看着她的这双眼睛——结婚时两人一起走进这间新房，一起喝交杯茶，看她的就是这双眼睛——在这房里拥抱她时就是这双眼睛……

然后她为他洗脸，最后为他洗一下脸，让他干干净净地走。她没为他抹拢眼皮，睁着就睁着，看她就看她，她觉得和平时一样。她认真地为他擦洗那张微笑着的脸，就像许多母亲为孩子洗脸一样，就像收拾出远门的儿子，不，她是在打扮一个新郎……

然后就为他洗手。她觉得这手像一把枯柴。她怎么也不相信这是他的手。他的手是多么有力啊。那次他帮她弄柴、找香菇后，就是这手伸进她胸脯里，摸她那两朵香菇，摸得她的全身都酥了，摸得她的心都化了。他说，我要娶你！说着，就是这手，轻松地就将她抱起来了，呼呼地转圈，她只感觉到在云霞里飘呀飘。然后就轻而易举将她放到蓬松的树叶上，像棉絮一样的树叶上，把她抱得紧紧，她差不多就浑身化成了水……她哭了，泪水很烫，紧紧地抱住他。又是这手，为她抹眼泪，抱起她，逗小娃娃一样，一晃一晃地，说莫哭，二天我把香菇拿茅田街上卖了给你买花夹子、买红头绳儿，还买糖。她还是假装不高兴。他说我马上请媒人来说亲，我真的要娶你做媳妇，在一起甜甜蜜蜜地过日子，一辈子都喜欢你，一辈子都把你像带小娃儿一样，背你，抱你，亲你。说着用嘴去亲小娃娃一样亲她，像是喂糖。她就笑了，说不晃了，身子疼，你刚才把我压疼了，头也晃晕了。他就只是抱着，不晃，笑眯眯地望着她——也就是现在这样望着……

特别是结婚那天。这间房做的新人洞房。典礼后总管说：新郎新娘入洞房——这时她上前一步，准备抢先入洞房。来时父母亲和亲戚都对她说：一定要抢在前面进入洞房，这样你才一辈子不被他欺压。许多人也是这样说：谁抢上前了，谁就一辈子占上风，压着对方。可是当她刚刚抢先迈出脚步，也就是他这双手一伸，就轻松地把她抱了起来，笑着说：急什么嘛，一路走多好！怎么能先一个后一个呢？一路进新房，才能一同到老……说着抱起她向这洞房走去。想来，那些说法也不一定对，这一辈子他从没欺压过她，从没占过上风，一切都是她指挥他，叫他砍柴就砍柴，叫他挑水就挑水，叫他淘猪草就淘猪草。

这手也是那么轻巧柔和，从没弄疼过她，更没打过她一下，哪怕只试一下。多少次抚摸她的脸蛋，抚摸她胸脯的两朵香菇，弄得浑身发热，像是太阳一下子钻进了她的心里……她叹口气，亲切地说，要是你现在还能抚摸我一下，该有多好！

这时她看见他那手动了动。于是她俯下身子，就真的感觉到脸蛋、胸脯正被他抚摸着、抚摸着……

后来她就用毛巾擦洗他的胸部，她觉得真是一棵老了的毛桃树。那时他的身子像条龙，像一条龙在她身上翻腾，干活像一条牛，站着就像一座山……现在你为什么这样平静了？她怎么也想不到这身子当时是那么有力！好多次，她病了，他手一伸就将她背到了背上，像背个小娃儿，去看医生……她擦洗他的身子，她想这人为什么一晃就变成了这样子？人不老该有多好！哦，老，就是和水果一样，熟了，老就是成熟，就是完成了任务。哦，他累了，要休息一下。人活着就是劳动，死就是休息，休息好了，又出生……

她轻轻拍拍他胸脯，说：你好好休息，等我。我来了，我们一起又走进新房……

然后她为他穿上干净的衣服。他身子软软的，像没长骨头。她想他的身子从没这样软溜过。她说你也用点力吧。她看见他点了下头，然后身子就一下子变硬些了。

天亮还没影，鸡子还没叫头遍。她将他原复原躺在铺上，他经常那样躺着。

她望他说：你还睡会儿吧，天亮还没影。

她就感觉到他好像还在说，还看看你……

她知道他真的死了，但她一点不怕。她想他还是他，怕什么？他从来没把我怎么样，这下没气力了还能把我怎么样？在生和气，死了也不会翻脸的。

她挑一下瓶瓶灯的灯芯，那黄花瓣儿就长大些了。她就学往日一样，在他脚头睡下来，用夹肢窝夹着他的脚。他们好久就是这样，各睡一头，互相煨着脚，老年人的脚总不发热。

让我给你把脚煨热。她说着，又抱紧一些。你要出远门，走很远的路，我给你把脚煨热，免得僵脚僵手的，怕摔倒……她这么说着说着，不知什么时候也就睡着了，打起细细幽幽的鼾声。和往日一样，很平静。

瓶瓶灯的灯花如黄花瓣儿要落不落，像春天田里刚长出的受了冻的苞谷叶片，虽然春寒把它冻黄了，但它始终朝上坚持着，不久就变绿了。这个黑夜，瓶瓶灯一直亮着，没有闭一闭眼皮。它虽然不能照亮如锅铁的老板壁，但它使小字本一样的格子窗透出不少光亮和生命气息，让毛桃树上的鸟们蝉们感觉到生活依旧。

鸟们又在毛桃树上卿卿我我，好像很有滋味。

陈婆婆睡着了；冯胡子也闭上了眼睛，睡着了。谁也看不出他们谁是睡着了，谁是死了。

天总是按时醒来，休息好了又睁开了眼睛。和人一样。

陈婆婆起来用巴掌大块毛巾洗脸，洗干净，不要让他埋怨：怎么他走了她脸都洗不好了。她不慌不忙地洗。

然后用那把老式铁锁锁好门，看看四处无人，就将钥匙往那个柱头眼里一塞——只有她和冯胡子晓得的这个秘密眼儿和眼儿里的秘密。然后她很自然地拍拍长长的大衣襟，走到门边去拿那根出门拄着走路、进屋放门边的竹棍。这时眼睛就在旁边还稳稳当当站着的那根竹棍上停住了——这是她老伴冯胡子出门拄路、进门便放这的竹棍。都在家，便是两根竹棍并排站在这，就像两兄弟、两夫妇一样。

她很快去菜园里找了一大背篓蔬菜，拄着那根竹棍，背着向茅田街上（小镇）走去。这时，那头大约三十来斤的猪就来到了她脚边，哼哼唧唧地，她听得清，是亲热她的，要和她一起去街上卖菜。她每次上街卖菜，这猪都跟在她后面，像个脚跟腿，一路去一路回，像做后卫一样。现在她说，今天你就不去吧，回圈里睡下。猪哼哼唧唧，要跟着去。她说：那你就去吧。

这茅田街，她常去卖菜。今天，她很快就卖了菜，但她并没有很快就回，而是从下街走到上街，又从上街走到下街，像样的门面都要进去看看。那猪很懂事，不到店铺里面去，只在门口站着等她，看着她，像个卫士。一些老卖菜的地方，还去和他们说了说话。然后买了两个她和冯胡子都爱吃的馒头，边走边吃了一个，剩下一个学往日一样放背篓里，带回去给冯胡子。然后，她买了办丧事要用的鞭炮、火纸和一些小东西，小心地放背篓里，不慌不忙地和那猪往回走。公路很平静，悠然伸向远方，和她的心情一样。她不时地还看看路边那高高的电线杆、高高的水杉树，这些都和她经常见面，像老朋友一样。

她回家放好东西，就进房间看冯胡子，冯胡子还睡着，没醒。她就朝村民组长家走去。猪仍然跟着她。

她习惯性地望望悬棺岩。悬棺岩的绝壁上有一道横着的岩缝，很长一道，缝里塞着一个个棺材，像一串长长的车厢。她知道，这是埋的土家族人的祖先。岩壁下的山坡上也有许多坟堆。她特别看着一座坟——那是她儿子。她儿子是炮炸死的，为改这一坡梯田，排哑炮被炸死的。这坡梯田依然漂亮，是茅草坡最好的田了。儿子死后，队里为他办了隆重的丧事，热热闹闹跳了一夜《撒尔嗬》，歌舞送行。土家族人是哭着来，唱着去。人死不哭，并且唱歌跳舞，以欢乐面对死亡。她没哭。人迟早都是要死的，早去又早来。儿子是为大家而死的，她心里踏实。她并没找生产队什么麻烦，她说要是在岩里弄柴摔死了又找哪个？

她来到组长家，猪就在院坝里待着，等她，它不进屋里去，并不是怕组长，它很懂事。这都是她教的。

她很平静地对组长说：我老伴过世了。请你明天带十个人帮我安葬一下。

组长说：不跳《撒尔嗬》？

她说：不操扰大家了。

她在组长家认真待了一会。看了看圈里的猪有多大了，肥不肥；问小娃们学习好不好；问还有几块腊肉；问几时种麦子。最后还说，组长为我们操了心，老了无法感谢了，很不好意思啊。

组长劝说道：唉，别这样说。你老人家自己多保重，冯胡子去也是顺头路。

陈婆婆说：是的。人到世上来，就和上街赶场一样，赶了场就得回去。回去休息好了，又来……

第二天一早，组长带着人来到陈婆婆家。门没有闩，屋子里打扫得干干净净，锅里煮着热气腾腾的一锅腊肉，满屋飘着腊肉的香味，桌子上放着一壶本地小作坊煮的苞谷酒、十盘炒菜和小菜，摆着十个杯子、十双碗筷……

睡房里，那个瓶瓶灯还有劲地亮着，像一片刚出土的苞谷叶片，在春寒的天气里颤颤悠悠。冯胡子还是那样躺在床上，在他身旁，陈婆婆穿戴整洁规矩，挨他躺着，躺得规规矩矩、平平静静，睡熟了。

组长看了很受感染，不忍心去打搅。但埋人这事是不能懈怠的，还要搬弄棺材，进行收殓。

他轻轻叫了一声：陈婆婆，快起来吧，我们都来了。

陈婆婆没有答应。他又叫了一声，也没应声。他走近仔细一看，原来陈婆婆也走了。她是怕他走远了跟不上，就跟了去？还是有约，一同来一同去？还是觉得可以离去了？……

组长抬起有点重的头。这时木格子窗正透进外面的天光。天总是按时亮的。鸟们、蝉和蟋蟀们正在为某一个仪式进行合唱、演奏，喜鹊正在一个高高的枝杈上一边叫着，一边扇动翅膀，像一个老道的指挥家正指挥着这场隆重的仪式。

人们还是按照土家族的习俗，为冯胡子和陈婆婆办了丧事。人们敲着锣鼓，唱着、跳着《撒尔嗬》——围绕着两副棺材跳过来，跳过去，悠然而豪放地唱：

土里生，土里长，赶一回场，又回土里长，撒尔嗬……

哪里来，哪里去，来是开花，去是回家，撒尔嗬……

老　别

这时夜色就像一块麻布，呼的一下从天上铺下来，慢慢将一座座山包起来，像包一包不用了的东西，然后扔进一个深渊，接着什么都不见了。

炭火边围坐着村长和支书，还有方老爹和他的儿子老大、老二。凳子上放着一个大茶盘，里面摆着老二带来的点心和香烟，一瓶好酒。

老二一副干部姿态坐着，随便地给大家递烟，自己也点燃一支，吸一口，说：我和老大商量好了，今天请了支书和村长来，就是帮我们开个家庭会，主要是解决老人的事。现在两位老人都是跟着老大的。他又吸一口烟，我的意见，两个老人，两弟兄一人带一个，负责生养死葬，都尽点孝，尽点责任。母亲身体差些，怕闹，就不动，跟老大在这屋里生活。母亲会喂猪，老大的生活还是不差。爹就跟我到茅田镇上去。我媳妇又带小儿又做生意，一个人实在是忙，爹也懂算盘，就帮点忙，关照一下。她去买菜、做饭、接送小儿、调货，爹就帮着看看铺子。承包田，老大说要种，种就是，我也不要你给什么租金，只帮我把山上的树木看管好就行，种了洋芋、蔬菜，给我们送一点做菜也可以。

在支书、村长的帮助下，很快就按老二说的形成了决议。很顺利。

老人们自始至终什么也没说。后人大了，后人说了算。老年人往往和年轻人想的不同，年轻人一般都嫌老人啰嗦，老了的人最好少说话。

老二就说：那爹明天就去镇上吧，我用车来接。

方老爹说：还等几天吧。

老二问：怎么还要等？

我这两天身子有些不合适，镇上风又大，怕病加重了。其实他没病。

那我就过两天用车来接爹。

第二天，方老爹很早就从床上爬起来穿衣服。老伴拉住他衣服说：这么早你起去做什么？

我上山去。

上山去做什么？

给你捡点干柴。没晓得我要走，我只砍了几捆湿柴放那，干柴不多了，光湿柴你怎么烧得燃火嘛。弄饭喂猪都是你的事，桂英也从没管过。老大要打工挣钱，我这一走，八九亩田就要靠桂英一个女人种，又是五六头猪的猪草要弄回来，够紧张的了，哪还有时间弄柴，她也不会弄柴，这弄柴的事还不是靠你了……

唉，你不要担心，也不要好多柴烧的。山林隔得近，我有空就去捡一把就是。

你说的！几个人，又是那么多猪，怎么不要柴烧？你没看见，我经常在弄柴，还没得柴存呢。

田大妈说：我年轻时又不是没有弄过柴，你被派出门搞建设，"学大寨"，我带几个娃娃在家里，白天要到生产队上班，早晨上山弄一捆柴回来天还没亮呢。有时忙了，还是晚上去山里弄柴。有一次，一只野鸡听见我的动静呼地飞起，差点把我的魂魄吓跑了，回家睡在铺上好久了身上还在抖。

方老爹叹口气：没想到哦，年轻时我总是出门在外，让你一个人在家辛苦，现在老了，又要分手，你还是要在这老屋里辛苦……

唉，莫说了……她心里说，年轻时你出门了，我还有个盼头，你总要回家的。现在你去跟了老二，就是另外一家了，就不能回这个家了，得帮他们做事，在他家待到死……

唉……

她拉住他的衣服，唉，多睡一会，你要走了的人，还捡个什么柴嘛。

不，你让我起去，我还去给你捡点干柴。说不定这也是——最后一次给你捡柴了。

唉，莫说不吉利的话。你跟老二住到镇上去，比在这里还好些。

唉，我走了，这弄柴的事，还不就靠你了。方老爹说着又拉拉衣服，让我起去吧。

她仍然拉住他衣服：唉，在这屋里苦了一辈子，这下要走了，你就坐着玩两天，什么也不要做，去了又哪还有时间回来嘛。

他倔强地硬是穿好了衣服，到堂屋里拿了刀子、背篓、打杵，就上山了。

他老伴田大妈也接着就起床了。她要为老伴还做点最好的饭菜吃吃。一起过了几十年，没吃什么好的，现在要分开了，还是吃顿好饭菜吧。她将剩下的一节腊肉洗了，又将一只鸡子抱坡下李家请人杀了，拿回来洗了宰了，一起放瓦罐里，用火炖着。要炖得熟熟的、软软的，他牙齿不行了……将剩的一点米也煮了蒸着。这茅草坡只产苞谷，吃米靠买，很稀奇。

这天方老爹打了很多干柴。可以说他从没这样累过。

天又变成一块麻布，田大妈见老伴还没回来，就去屋旁看看。一见今天背回的那么多柴捆，她心里就一酸，眼睛就湿了，他可是上了年纪的人了啊。这时她就看见一个身影——老伴正背着很大一捆柴慢慢从山坡上走下来，心里又是一酸，眼泪就流出来了……她望着他，他走得好慢。她想起和他结婚的第二天下午，她也是站在这里望他，他也是背一捆柴从山坡上走下来，见她望他，他走得好快……

她伸出枯瘦的手，抹着眼泪……

她心事重重地说：唉，人为什么要老哟?!

这时，方老爹看见屋角像是有个人影。哦，是老伴站那望他呢，不禁心中一酸，脚一软，啪哒一下他就和柴捆一起摔在了地上。

她慌了，连忙奔上去。她使劲将柴捆掀开，才露出个瘦脑袋，被压进了泥土！还好，是摔在菜田里，泥土松软，尽管柴捆压在了头上，没受什么大伤。他伸起头向她笑一下，脸上泥土往下掉着。

她为他抹着脸上的泥土，没有说什么，眼里的泪水往下掉着……

吃了夜饭，方老爹对老伴说：你给我做伴去看看大姐吧。我这一去老二那里，恐怕再也没有时间去看她了。

田大妈想说你早点休息吧，白天太累了。但看他那思念的眼神，她还是说：要得。我陪你去吧。

这里离方老爹姐姐家有五里路。老两口摸黑走着。他牵着她，总是说：脚里踩稳啊。

她说，你要踩稳哟……

来到姐姐家。迎接他们的是他姐姐的大儿子。方老爹进门不见姐姐，就问这外甥：你妈呢？

妈到二哥家去了。

到你二哥家去了？

是的。分了，妈分给二哥的，就跟二哥去了。爹分给我的。

哦……

这时一个老人从睡房里走出来。这是方老爹的姐夫。

方老爹说：老哥你还好吧？

姐夫说：还好。你们是稀客啊！

他儿子说：身体也不行了，从分家后，爹一天就在睡……

方老爹问：你妈还好吗？

从分去跟了二哥，相隔这么远，我一直还没去看过。

方老爹知道，这里条件差，他姐姐的二儿子两口子出外打了五六年工，一心要挣点钱，离开这茅草坡，已在下坝去买了房子，离这里有七十多里路程。其实哪里不一样吗？

方老爹叹口气，心里说，这去一趟可不容易啊。

第二天天还不亮，方老爹就又爬起床。老伴又拉着他衣服说：今天怎么说你也要休息一天。

他说：天气好，还给你砍点好柴干在那。说着伸手摸老伴枯瘦的手，再也说不出什么。他想起年轻时，多少次她也这样拉住他披上背的衣服，说还睡一会嘛，活儿又怎么做得完？他说一天没有两天长，三早工当一天呢。她拉住他衣服。他摸她的手，那时的手好有肉，好软乎，好光滑……

这时他眼眶湿润了，像有虫子在里面爬动……

吃了早饭后，他老伴也随他上山了，要给他做伴砍柴。他说你就在家吧。她说给你做一回伴吧。年轻时我们几时一起砍过柴？

他说：那我就砍，你只捋吧，捋要轻松一些。捋好了我来捆。

她说：你以为我不会砍，比你不得差呢，年轻时就学会了砍柴……

他说我给你说，这刀要这样使，要顺着刀口用力，不要撇刀口，不要横砍……

我会砍。她说。

柴捆要小点捆，千万不要背重了，宁可多走一回。听见没有？他望着她。

听见了。俗话说：勤快人路跑成槽，懒人身上压成痨（病）……

要砍结实的柴，一根当两根烧——什么花栗树、见风干、铁绸树、九把斧……

我认得。

还有细叶绸、大叶绸、牛舌条、映山红……

我晓得。

特别不要弄岗香藤……

晓得。俗话说：砍柴莫砍岗香藤，偷人莫偷远方人。

是啊，岗香藤烧火没火焰，远方人一去无踪影。

她叹口气：你这一去，我怕也是无踪影哦。

你说的！我还是要抽时间来看你的。

哪来时间？二媳妇带两个娃娃，你不帮着做家务，不帮着看铺子？你走了她没意见？不吃他们的下色食？

那我就晚上来看你。

你说得轻巧，五十多里路程，你晚上说来就能来？

我找车送嘛。

你哪来钱找车？那样他们还以为你偷了他们的钱来给我了！

哦……

我给你说，你去端了别人的碗，就要服别人管。跟了他们又还往我这跑，你不怕他们说你老无聊，我还怕呢。

他望她，她脸儿有些红了，像是冬日黄昏飘过一缕霞。

真的只过了两天，老二就来接老爹了。他爹刚背柴回来，坐下喝口茶。他有点命令似的说：爹，走吧。我好不容易挤了这点空来接你。

方老爹低下头，像是在想什么，像是在犹豫什么，一会才说：还等等吧。

那天不是说只等两天吗？

我伤了风，头痛，街上风大……其实他没病。

老二看看爹好像是有些精神不振，可能是有什么病，就说：那就休息两天我再来接吧。说着就准备往门外走。这时就见他妈背一大背篓猪草进门，老二只好退到旁边。

看去这一背篓猪草简直像一座山，把宽宽的大门都占满了，将他妈压得只见猪草不见人。她将猪草倒在堂屋里，露出真面目，望老二笑着说：这时候了，吃了饭再走嘛，我烧火就做饭。

老二说：哎呀我还有重要事情呢，没时间了。

他妈笑笑说，你再没时间，你回去就不吃饭了？这可是你老家呀。

我要赶回乡里去开会。刚才我是挤的一点时间来接爹的。既然分给我了，还尽着吃你们的，不好啊。

他妈笑一下说：你是真担心爹吃了我们的呢，还是担心爹帮我们做了事情呢？

妈说哪里去了！

我没说哪里去呀？

这时门口坡下传来几下喇叭声。老二就说：好了，司机在催，我走了。说着就出了门。

田大妈就对着方老爹耳朵说：我看你就跟着去吧，也有车子。你尽不去，他们有意见的，以后会对你没有好颜色的。

方老爹说：唉，还等两天，我还帮你弄点柴……

第三天，方老爹又是很早就起床。老伴没说要他还睡一会，她也很早就起床了，因为他们俩昨晚上商量了一件重要事情，他必须清早去找一个重要的人，去晚了就不一定能找到人。同时她也必须早点起去烧腊肉、煮腊肉，做一顿好饭菜。

不久方老爹就和叫张先生的来了。吃了早饭后，方老爹就对张先生说：现在我被分给了二儿子，马上就要去茅田镇上过日子，但我和老伴百年归世的事不落实，我怎么也放不下心，死也不会闭眼。我和老伴，年纪说大也不大，说小也不小，但人是说不准的，今天好好的，说不定明天就没人吃早饭了。因此我要请张先生给我和老伴看个坟地，而且是合葬的坟地，这是我最后一件大事了……

根据方老爹的想法，张先生就问了他们的生辰八字，按照山形的方位，在他们菜园边的山湾里确定了一个可以合葬的地方。这地方像一把椅子，方老爹和老伴都非常满意。

方老爹望着老伴，声音有些战栗地说：张先生给我俩看了这么一个好地方，我哪天一口气上不来，死在了镇上，你一定要坚持把我拖回来，埋在这里……你要给儿子们讲，将来你过世了，一定要与我合总埋在一个坟里……这是我这辈子最大的一件事情了……然后又转头对张先生说，这一带办丧事都是你做主、当先生，你可一定要帮我坚持一回原则……

张先生有些感动，很诚恳地说：到时我一定坚持这个原则，你们都放心吧。

方老爹有些安慰地望着张先生：那真谢谢你了。

可是张先生马上说：不过，要是我死在了你们前头，那我就没办法了。

方老爹的目光一下子冷了，还是恳切地望着他：那你再怎么也要坚持到我们死后再死啊！

张先生说：这，可说不准啊。

方老爹说：我相信你。

方老爹又望着老伴：这一去，再难见面。我估计，我肯定要死在你前面，你就一定要做主，把我拖回来埋在这里……

她颤声说：好，我答应你……

你一定要这么办好啊！这可是我最后的一点愿望了，我就怕他们随便将我埋到镇上的什么地方，不能和你埋到一起……

她抹一下眼睛：我一定坚持按你说的办，你放心吧。她又望他强调说，那如果我死在了前头，你也要坚持按我们商量的办啊。

他说：那是。

她接着说：另外，我还有点要求——

你说嘛。

我死后，要办大收殓（在棺材里将死者四周塞紧，使之稳定、规矩）。我这一生是规规矩矩的，死后放在棺材里，要用木炭灰把我塞得规规矩矩，免得抬着动荡，身子翻动，搞得不规矩了。木炭灰我早已准备好了，我俩用的都足够了，放在火坑屋的楼上。一定要埋在张先生看的这地方，你过世后再与我合葬……

他说：真要是这样，你就放心，我会为你办好的。我俩就这么说定了。再给儿子强调一下，不管生在哪里，死后都合葬在这里……又望张先生说，你可要给我们做证、做主啊。

张先生认真地点了下头：好。

这天黄昏，门口车子响了。

桂英就说：肯定又是老二来接爹的。他接了几次，爹就快去嘛。再莫说还等两天了，早迟难免。

方老爹听了心里一惊：我虽然在这天天弄柴干活，原来儿媳妇并不欢迎我继续待在这里呀？这里真的不是我的家了？可我从小就住在这里啊！难道老伴不是我老婆了？我们又没离婚。我和老伴几十年在这里辛辛苦苦，修房造屋，生儿育女，还……他有点愣了。

田大妈望了桂英一眼，对老伴说：是啊，叫你去就去，莫啰嗦。

方老爹说：我当然要去，是分给哪个的就跟哪个去。我也没什么用了。

这时老二就来了，走进院坝里就喊：爹快走哇！

方老爹好久才愣过神来，说等等吧。

老二有气了：又等等？

我总还要收拾一下东西呀。

那就快点收拾东西。老二说。有个车子到三道岩送货，等下转来带我们。我们先去车路边等候。

方老爹望着老伴说：那我们去收拾东西？他像是在和她商量。

她认真地望着他，像是认真打量一个陌生人；像是要把他脸上的每条皱纹都数一遍，数清楚，记在心里，怕忘了。

老二这时点上一支烟，在院坝里走动着，从这边走到那边，又从那边走到这边。很急的。

这时的天又变成一块麻布铺下来,将一座座山峰包起来,像包一包旧东西。一切就都装在了包袱里,准备扔掉的。没有明确的星星,星星和月亮也被麻布包袱包着了,怕它们掉到地上让人捡了去。

收拾吧。

也没什么收拾的,就几件烂衣服。

田大妈慢慢往睡房里走。她的背有些弯曲。方老爹跟在身后,他的背也有些弯曲。他仍然让老伴走前面。他想起这曾是他俩结婚的新房……她想起结婚时,典礼后"抢房",他也是让她走的前面,没和她抢个前后,护着她往房里这么走……

进睡房还有一级台阶,她弯曲的身子在房门口停顿一下,用猪草味很浓的手去撑一下门框,像是要换个档位的。

他弯曲的身子也在门口停顿一下。他想起那天这新房门上有红红的对联,里面有红亮亮的嫁妆,有燃得欢快的红蜡烛……她想起那时他们都是高兴地挺着直溜溜的身子走进来,现在腰却弯下去了……他想起那天都高兴得小孩子似的,脸上都闪烁着红润润的笑容……她想起一进房里他就掀掉了她的红盖头,看她……他怎么也没有想到,今天就要永远地走出这间房了……她想他这就要永远地走出这间房了……

她把灯放在窗台上。灯是用墨水瓶做的,她老伴做的,细长的灯管上燃一片秋天小黄叶似的灯花。窗户是木栅栏一样的杆杆窗,把外面的光亮剪裁成一条一条的。这比密密的木格子窗要进步些,是他为结婚修新房时改进的。

她缓慢地打开衣柜门,里面装着两位老人的衣服,他的装在上一格,她的装在下一格,都折叠得规规矩矩。这时他伸出笨拙的手去拿了瓶瓶灯,走到老伴儿身边,给她照亮。她眼前忽地明亮起来,就转过脸看拿着灯的他。她想起那天他掀下她的红盖头，眼前也是一下子就明亮了……眼下见她望他，他有些不好意思，就低下头去看衣服，就感觉脸上好像有什么小东西在爬动。灯就又像一朵黄粉粉的花朵儿在他们面前颤悠，要马上开放似的。

你去后，衣服就自己洗，莫要他们洗，现在年轻人蛮讲究，是不爱洗老年人衣服的，特别是你又喜欢流油汗，气味大，难得洗，他们心里就不舒服的。人活着不要让别人心里不舒服。

要得。

我给你说，你烧点温热水洗，多抹点肥皂……

要得。

她一边说着，一边往一个化肥口袋里装衣服。他手里的灯就颤抖着，望她一眼，说：

洗衣服又不是个什么巧事呢，我往年出门搞建设，还不就是自己洗。

那也只说是洗了个意思。说着望一眼他手中抖动的灯：你看嘛，灯歪出油来了你都没看见！我说了的，跟着儿子儿媳妇一起了，就要注意些，不然别人心里恼火你，嫌弃你，对你没有好颜色，你也就过得没意思。他们都是爱整洁、讲干净的人。你就是有些大略。他们的新房子地板都像白纸，你不要随便吐口水，要到卫生间去吐。你要记好呢！盯着他。

记住了。

他们的东西都是些贵重东西，比如电视机，什么机，不懂就不要弄它，怕弄坏。拿什么东东西西，要拿稳当些，不要学在我这里，拈菜喜欢掉桌子上，一搞又把碗掉地下去了，一时又把杯子摔了……你看你手里的灯嘛，又偏出油来了。

记住了。他低头看看手里的灯，像个小孩子似的。

她检查了一条旧裤子上的扣子，那颗大扣子松了，就去找了针线，给扣子上加线。接着又给其他扣子上加线，想要它们永远也不掉。又想起什么了，就说：

你到街上去了，人多，他们又是些讲究人，就要时刻注意，莫学跟着我，总是不记得扣裤子前面的扣子，经常像开的煤炭洞子……

你先说了我就记住了。

那你跟我几十年了，我经常在说，你怎么还是经常不扣扣子？说着用有些嗔怪的眼神瞄一眼他的裤裆，用手指一下：你这哪里扣好嘛！我经常在嘱咐！

"我一般还是扣了的，也不是……"他边说边用手去摸裤子的扣子。

她埋怨地说：你自己看嘛，那里又开了煤炭洞子。

东西又没出来呢，我穿的有短裤……他的声音有点低，口气倒很充满儿童味。

她口气就多少有点像打墙似的：那你二天在大街上也就让它开个煤炭洞子啰，让别人好看你的短裤！街上姑娘媳妇多，你晓得不？就是在他们屋里，儿媳妇看着多不雅观。

他就不作声了，一只手摸索着弄那扣子，由于另一只手拿着灯，就总弄不好。她伸手帮他弄，嘴里不停地进行指导。

他笑一笑：我再就注意嘛。

她又找出一条裤子，扣子都在，都还很牢，但好像是不放心，又给扣子眼里加线。大概要让它管几十年不掉，管到死，就加了很多线。嘴里又在说：

以后，哪里掉了扣子，就自己学着钉嘛。

要得。

接下来就默然无声。各自的脸上表明都在想一些事情，神情在往一个什么地方下沉，就像黄昏的世界渐渐沉入夜色。

他的手不停地颤抖，瓶瓶灯不停地颤抖。

在瓶瓶灯的晃动下，她的一根手指头忽地被针锥着了，指头上冒出一颗很红的血珠，像颗太阳搁在山峰上。

你的手……快放嘴里吸一下，怕中毒……

不要紧。女人，几个时候没锥手嘛。她这么说。要是在平时，她会埋怨他没照好亮的。她也没像平时那样将受伤的指头放嘴里吸。她默默地看着那颗血珠在指头上越长越大——就像红灯笼，就像顶着红盖头的脑袋。也许这针刺的疼痛使她又想起几十年来的许多次这样的疼痛——为他缝补。他们一直很穷，他的衣服总是喜欢破，破了就补就连，补了又破，又补，补疤上堆补疤，像修的层层梯田。

不钉了，扣子是稳的，二天掉了我自己钉。我们坐一会……

还要收拾呢，只怕车子马上就要来了。

这时晚秋带着寒意的夜风吹得茅草坡呼呼地响，像有许多人在穿过茅草坡。屋后田坎上的几枝茅草花儿，正对着木窗摇晃，如白手绢儿在挥动。

锥了蛮深哟？

哪里呀。

他伸手去握住她那只手，这时就叭叭落下两颗很重的泪珠，滴在他树皮一样的手背上。与此同时院坝里老二在催促：

收拾好没有，车子在下边来了！

她忙拿开他的手——这其中有许多无声的语言。她又忙着为他找鞋子，找袜子。就像他当年出门搞建设一样。但她明白，这回找了，就再也不会找了……

铺盖不带一床吗？她问。

他们有铺盖，不带这里的，让你睡得热乎些。

她不说什么。茅草坡上的风呼呼地响。

他把瓶瓶灯放在那曾经很红亮而如今老黑了的抽屉桌上。他像想起什么的，将手伸进内衣的小荷包，摸索一会掏出一个小布包儿，抖抖索索递到她面前说：

这里面还有一点钱，是我几年来卖山货的钱，你拿着——

她推着他的手：你带着吧，在街上有时买点什么，免得向他们讨。

你拿着，你在这坡坡上还苦些，有时去门口小卖部买颗糖果嚼嚼。我晓得你喜欢吃糖……

你带去吧，这里红苕洋芋还是有吃的，街上什么都要靠买呢。

他抓住她的手，将钱包硬塞进她手心里：这——也恐怕是我最后一次给你把钱了，拿着吧……

啪啪。她没忍住让几颗泪珠滴在了这世界上最粗糙的钱包上。瓶瓶灯上那片昏黄的叶子颤抖着，像是在秋风里尽力坚持着，不肯落下……

这时门口传来急急的喇叭声。

她望着他：车子在催呢。快点吧。

他说：催我也还要给你说句话——

她说：你说。

他颤声说：我死在了镇上，你一定要坚持把我拖回来啊……

她说：你啰嗦……

他强调：这可是我最后的一点愿望了……

她说：你放心吧。

这时老二大声喊道：快走吧，司机在下边催！

她对老二说：你今晚上把东西带走，让你爹明天来嘛，天这么黑他下坡怕摔倒，风也大……

明天我要开会，哪个给他找车来？这么远的路，他又不可能用脚走去。我这一段时间又忙。

　　接着方老爹就一手提个装着衣服的化肥口袋，一手挂着拐杖上路了，在院坝里他认真地望了一眼亲手修的房子，望了一眼共同走过几十年的老伴儿，但他什么也没看清，一转身慢慢挪动拐杖和脚步，向坡下缓缓走去。看去倒像个要饭的老人。

　　这时天像一块黑布紧蒙着，蒙去了星星月亮。山坡像一块黑布紧蒙着。只有汽车喇叭这嗓子叫得很亮。

　　田大妈站院坝边，一手抱着晾衣桩，一手抹着眼泪，望着什么也看不清的坡下，颤声喊：你好些走哟……

　　黑坡里传来苍老的声音：你保重身体哟……

　　一切沉静，像黑黑的大山一样。只有两位老人的白发像茅草花一样在夜风里颤动、挥动，在渐去渐远的空中遥遥呼应……

插　青

　　天像一块暗室里的蓝色镜子，幽幽的，像是另一个世界，没有月亮，只有无数的星星似远似近，像一个个熟悉的灵魂在对我们招着手说着什么。城市的万家灯火很有劲地辉映着红白黄绿等等的多彩光芒，像是在对空发射激光反导，一下子天上的星星们全模糊了，看不见了，只有眼前的多彩光芒令人晕乎乎的。

　　老人伸出骨节肿大变形的双手，按摩着膝盖，他一坐那就有按摩腿关节的习惯，但今天他是等着儿媳和孙子的事做完，他怕打扰他们。可是一等儿媳也在给孙子辅导作业，两等也还在给孙子讲题。他又将骨节肿大变形的双手拿去小腿下肿得吓人的脚踝，进行按摩。实际上这按摩没有任何效益，丝毫不能缓解骨关节病的病变，但老人总是习惯地这样重复着毫无意义的工作，总是相信经常这样按摩会使骨关节病好些的，像是有一种坚定的信念。

　　老人按摩着，耐心地等着。

　　他终于等得有些心急了，用枯皱树叶一样的眼睛看了儿媳和孙子一眼，儿媳停止了给孙子的讲解。老人就磨动一张瘪嘴，亲切地说，雯雯。

　　雯雯是他儿媳。她抬头看了老人一眼，这是一种应答的表示。

老人又磨动一张瘪嘴，仍然亲切地说，给你说一下，清明节要到了，给点钱，我想回趟老家，去给亲人的坟上插个青。

儿媳埋头去看小儿写的作业，忽然眼睛睁大了：你这又写错了嘛！这么简单的题都做错！说着就伸手去揪住小儿的耳朵：你这耳朵怎么的？我刚才讲了，你就又做错，我讲时你硬是没有听！接着又用力拧他耳朵。接着小儿就发出哎哟哎哟的叫唤声：哎哟妈妈……我再认真听……

儿媳接着又给小儿讲题。

老人枯皱树叶一样的眼睛愣愣地看着他们，脑海里又涌起往年那插青的景象——四面山上坟头都插满了清明吊子，红白黄绿各色镶嵌点染，真是五彩缤纷，像万国旗一样迎风飘扬，令人眼花缭乱。一时间那些山坡像是有了活力，有了灵气，有了情感，在挥舞着手臂跳舞。

一直以来，他总是在正月下旬就在亲人坟上把清明吊子插上了。插得早，早早地让人看见坟头有了动静，有了色彩，有了灵气，而且正二月风雨小，清明吊子不会被吹打坏，这样管的时间就长一些，如是三月清明时节插，那时风雨大了几天就把清明吊子吹打坏了，管的时间就很短。他对那些亲人的坟说过，只要他在，每年再怎么都要来插个清明吊子。

过了一会儿，老人又对儿媳磨动一张瘪嘴说，和你商量一下，还是去插个青吧。

儿媳又望了老人一眼，有些不耐烦地说，住到这个城市里来了，还管那么远的一些小事做什么？

儿媳没有望他，他有些郑重地望着儿媳，平静地说，我曾对他们说过的，只要我在，每年一定给他们插个青……

儿媳有些怨气地说，这个城里的人，哪个又还在讲插青？现在的人整天都忙，这些事都淡化了，花上一些钱插那么一个东西，其实亲人什么也没得到，本来就是一些假事，迷信。

老人有些隐隐生气地说，这可不是迷信。这是我们兴了几千年的传统规矩，现在国家都给清明节放假呢。

儿媳满脸不耐烦地说，现在的人都只讲实在的事，不讲那些虚飘的事。国家放假又有几个人是去插青了？都是旅游去了，国家放假也是为了增加消费收入，不是说要去插什么青。

老人尽力争取：你还是让我回去一趟，也要不了多少钱。

儿媳望着小儿练习本说，也不是钱的问题，我们超市不放假，我天天要上班，你这么大年纪，腿子又疼，路程这么远，能让你一个人回去吗，出了问题我可负不了责！摔伤了，特别是中风了，那可就麻烦了，我们现在只有一点吃饭的钱，不能出什么事，没钱应付。

老人看儿媳说得针插不进，又怕惹她发火，就抿紧瘪瘪的嘴，不说什么了。可是他心里总是想起，他对亲人们的坟墓说了的，只要他在，每年再怎么都要去给他们插个青。这算是承诺了，哪怕他们都是死人，也不会来找你，但人说了话就要算数。

你看你又做错了！你是怎么搞的呀！啪的一声，一个耳光响在了孙子白白的脸蛋上，顿时露出红红的五根手指印。儿媳终于发火了。

这孩子原来在乡下读书，教学质量太差，孩子的学习基础也太差。可又只有这么一个儿子，一定要把他培养成人，就想一定要到城里去读书，可是没有城里的房产证，学校又不收。于是就卖了老家的房子、田地和山林，凑了 5 万块钱，但这点钱在大城市买房只够六分之一的首付钱，根本买不起房，就只好在本县县城买房，但 5 万块钱也只够首付的一半。就另外找亲戚朋友借了些钱，凑齐了首付，简单装修了下，搬进了新房里。孩子爸继续在远处大城市打工挣钱还房贷，孩子妈就在这县城的超市找了份工作，一边带孩子读书，一边挣点生活费。总算做了件大事，能让孩子在县城里读书。但孩子妈整天绷得紧紧的，一是时间紧张，又要上班，又要服侍孩子、老人，买菜、做饭、洗衣，还要辅导孩子作业。二是经济紧张，孩子爸的工资要还房贷，自己还要生活，家里主要就靠孩子妈妈上班的每月1500元钱。

陈老者这晚上想了一夜，他反复地决定还是回去。

第二天早上很早，孙子去上学了，儿媳去上班了，陈老者也起床了。他洗了一把脸，自己煮了碗面条很快地吃了，撑着桌子吃力地站起身子。他腿子风湿疼痛得厉害，骨关节都肿大变形，坐下去要半天，站起来要半天，走路不是迈步走的，而是在拐杖的牵引下慢慢移动，像蚂蚁搬运巨大食物一样移动。现在他用那骨节肿大变形的手挂上老伙伴拐杖，一起往街上移动。他是去车站的。

这县城离他家有120里路程，这是山大人稀的地方。他和拐杖一起终于移到车站，当然是想乘车回他老家，可他身上没有一分钱。他想试试看，看司机能不能同情他一下，带一下他，他可以不坐座位，就坐在地板上，只要能带他回去就行，钱，他等儿子回来了就一起来给司机。

老人用枯皱树叶一样的眼睛对一辆中巴车看了好一会，才一只手挂着拐杖，一只手抓住车门往车门里爬。有人就看他那双手，那手骨节肿大得像粗壮的胡萝卜，都透着红红的光亮了。他终于艰难地爬上了第一步台阶，手颤抖着，腰弯着，不是故意弯着，是有些伸不直了。他微笑着一张畏畏缩缩的脸，磨动一张瘪嘴，对司机说，麻烦师傅把我带一下，我想回老家茅坡去，给亲人插青。

司机没有说什么，只望了老人一眼。胸前挎个小皮包，手里捏着一沓钱的女子皱着眉打量着老人，说，你到哪里？这女子是卖票的，看去三十多岁样子，脸样漂亮，一头秀发在脑后扎个俏皮的马尾巴，美妙地摇晃着，像一只鸟儿歇在后背上，摆动着灵巧的身姿。

老人见她问到哪里，觉得有指望，脸上露出兴奋的微笑，磨动一张瘪嘴说，我到茅坡。

胸前挎个小皮包的卖票女子毫无表情地说，那你给钱买票吧。她手里捏着一沓5元、10元、20元的票子，这是刚收下的车费钱。

老人像是逃了票似的一副难堪样子，吞吐地说，给你说，我一个老人，没有钱，请你们把我带一下，我不坐座位，就坐地板上，车费钱，我等儿子回来了一定和他来给你们。

车上不多的几个男女都笑一下，卖票女子冷冷地笑一下，说，没有钱，你怎么到这城里来了的？

给你们说，我儿子把老家的屋和田、山林都卖了，在这城里买了屋，都搬下来了。儿子在远处打工，我找儿媳要点钱，回老家去插青，她不给，说这城里没有哪个还搞这么些事。

卖票女子有些反感地说，你们家买得起这城里的房子，没有30块钱你坐车呀？我们天天辛苦，还在这城里买不起房子呢。你下去吧。

老人还想说点什么。司机大声说，下去！

老人还望着卖票女子，想她心软一些，看她能不能体谅照顾一下，说，真的，钱我二天和儿子一定来给你……

卖票女子冷厉地瞪他一眼，提高了嗓门有些干脆地说，我跑了这多年车，还从没见过一点车费钱还赊账的，下去，不啰嗦了！说着将手里捏的钱放入胸前的钱包里，拉好拉链。

老人一双皱眼还向卖票女子看着，嘴唇抖动着想说什么又说不出口。卖票女子生气地瞪着他：你怎么的呀，快下车！卖票女子说着脸上气愤愤的。

老人一手抓住车门一手拄着拐杖，慢慢将疼痛的脚向车下滑去，他拄着拐杖的手抖动着，腿也打战，好像比上车时艰难多了，哪怕只有一步台阶，哪怕他用一只手把车门紧紧抓着，他的身子还是滑到了地上。

老人终于在车的旁边站定身子，慢慢转身向公路上移动。不是走，是移动。上了主公路，老人略微观察一下，他知道去他老家的方向和公路，就顺着一条公路向前走去，这是向他的老家走去。

这时的太阳已经出来，照得山山岭岭泛着红红的光焰。老人就在这红红的太阳下慢慢地走着，伴着拐杖的敲地声，脚又向前移动一点，那腿就像拧紧了的圆规怎么也放不开似的。他好像没有想到回他老家有 120 里路程，对他来说是不可想象的长征。但他脸上的神情很平静，丝毫没有急躁和畏难神情，两眼平视前方，仿佛是在进行一种毫不着急的散步。

大约走了两个小时，老人就走近路边的一个石头，撑着拐杖，将另一只肿大变形的手慢慢挪向石头，好久他的手终于接近了石头，按住了石头，慢慢坐下石头。这时已经进入乡下。老人向四处山坡上望去，他一眼就看到了那些坟墓上飘扬的清明吊子，有的是白的，有的是红的，有的有红有白，有的还有绿。他就想起他的亲人，他就仿佛看见亲人坟头上还是光光的，没有飘扬的清明吊子，只有枯黄的茅草。

接着他就想起他爹。他爹去抗美援朝战场时，他还只有 9 岁。走时，他爹说，如果我死了，你们每年清明节给我坟上插个青。他连忙说，我一定每年给你插青。他妈不高兴地说，怎么要说死的话嘛，要活着回来！他爹就笑着说，我一定活着回来！你们等着。

　　结果，他爹真的没有回来，死在了朝鲜战场。虽然死了，但没有见尸，爷爷给爹做了个简单棺材，用纸写下生辰八字放在里面，妈给棺材里放了她做的衣服、布鞋，请道士祭奠了一番，跳了"撒尔嗬"（丧舞），然后埋了，砌了一座坟。从此，每年清明节，他都早早地给爹坟上插上清明吊子。

　　这时一辆客车远远地驶来。老人稍微动了一下，意思是准备招手挡车。但他马上想到，衣袋里没钱，怎么能挡车呢，车一停，上车了要买票，你没钱，又要你下来，既让自己没面子，又麻烦司机，又耽误大家时间。因此他马上又坐稳身子，一动不动了，也不看车，就看对面山上，山上有些坟，坟上飘着红的白的清吊儿。这时客车从他面前示威似的轰然一下就开过去了，巨大的气浪差点将他掀倒，头上白发被掀得向上一绕一绕地绕了很久。

　　接着，他就拄着拐杖向前移去，看去，他在努力加快步伐，加大步子，可是步子还是快不了、大不了，而他已经累得喘着粗气。这时他打量着路边一些地方，他是在寻找哪儿有水没有。这里没有水，只有光光的红沙包。

　　中午时间，老人看见路边有一条小水沟，从山上流下来的。他小心地走到水沟边，双腿好不容易跪下来，双手撑在沟里的石头上，将头埋下水里，用嘴喝水。

　　傍晚时候，老人实在饿了，看见路边一户人家正在吃饭，就走进去讨点饭吃，一个大约六十多岁的老妇人连忙舀了一碗饭，要他上桌子吃。她看见老人吃饭嘴像推磨一样，没牙齿了，又给老人碗里舀了一小瓢肉汤，又给老人拣了几片儿肉，要老人快吃。

　　天黑了一会儿，老人慢慢移动来到一个叫长坝的小镇，这一天老人走了 25 里路。这时他实在走不动了。他猫着腰顺着街道边摸索前行，一会儿，老人忽然感到一缕热烘烘的气息向他抚摸而来，他停下来观察，是来到了一家小餐馆灶前，灶洞正对着公路。灶里烧的煤炭火，上面已经用稀煤炭糊了，这是为了不让燃烧又保住火种，不然一夜就燃完了。老人弯下腰向灶下面的洞里看，还是红红的，映着暗暗的火光。

老人微笑一下，觉得这是个好地方，很暖和。这时的天气还有些冷的，特别是夜里。老人就挨着灶撑着拐杖磨蹭了半天坐下来，将背靠着灶，顿时他觉得背就热热的了。他微笑了一下。这时的天上铺满了黑黑的云，像是堆满了煤炭，让人担心会泼下来。

老人就觉得腿还是很冷，身子前面也冷，像泼了凉水的，再后来就觉得腿特别冷，膝盖像是变成了冰。他就将两条腿努力靠拢，用肿大变形的双手紧紧地抱住膝盖。还是特别冷，好像骨头都变成了冰！他就将身子转个向，把两条冻成冰的腿脚慢慢拿进灶下的灰洞里去。可是腿还没有感到热气，背上却变得冷飕飕的了，他下意识地耸了耸肩膀。

风也呼呼地一扫一扫的，像一把粘了凉水的大刷子在老人身上反复地扫来扫去，像是专门与他这老人过不去，或是认为他这老人很奇怪要与他开开玩笑。

腿终于有些暖和了，但是背冻木了。老人又将双腿从灶洞里拿出来，转移到外面，又将背挨着灶。一下子背暖和了，可腿从热地方拿向冷地方，反差太大，一下子又冷飕飕的了。他皱着眉坚持着。坚持了一会，就又把双腿拿入灶洞里，可背上立即像是泼了一瓢冷水，他下意识地耸了耸肩膀。他咬着牙齿坚持着，坚持了一会儿，又把腿拿出来，将背靠着灶……他的身子就这样反复地转来转去，像一台老机器坚持着最后的转动。

后来全身都冷起来，老人就去想他爹，想他妈，冲淡这眼前的冷。可怜他妈，苦了一辈子，没过到一天好日子。他爹在朝鲜战场牺牲了，爷爷奶奶和两个叔叔在一边过。他下面还有一个弟弟一个妹妹，他妈就带着他们三兄妹过日子。三兄妹就全靠母亲种地养活，还送他们读书。他妈好像总觉得父亲没死，还要回来的，每年都给他爹做一双新布鞋，放在箱子里。后来箱子里就放了很多布鞋，也没让他们穿，直到他妈觉得自己不行了，才去他爹坟上烧了这些布鞋。不久他妈也就走了。走时对他说，每年给我和你爹坟上插个青，不让别人说是个孤坟。他说，只要我在，就一定给你们插青。

天边刚刚露一线亮口，街镇上昏昏的，像是天空在播撒着浓厚的灰尘。忽然咣唧一声响，老人一惊，是主人在打开铺门。老人就拄着拐杖吃力地站起疲软而疼痛的身子，歪了一下，差点倒下，老人连忙用另一只手撑住那灶。一个年轻的女老板拿着扫帚打扫灶上的灰尘，一股一股灰尘就向老人背上一扑一扑的。老人没怎么加快移动，他没有感觉到灰尘正在向他扑打。

老人试着在镇上的几家早餐店讨点吃的，但几家老板们有的瞟了他一眼，有的斜了他一眼，再也不予理睬。

老人在拐杖的帮助下移动着脚步，顺着公路向前慢慢移动，就像蚂蚁搬运一个巨大的物体那样移动。

乡下早饭是 9 点多到 10 点钟样子。老人看到路边一户人家正在吃饭，就走进去，有些难堪地磨动一张瘪嘴说，弄点饭吃一下。

一个年轻嫂子就问老人：你是做什么的？

老人磨动一张瘪嘴，简单地说了真实情况，年轻嫂子很感动的样子，连忙叫老人吃饭。

吃了饭老人千恩万谢了，就上路移动他的拐杖和脚步，就如一棵枯树站在那里没动一样。

走了一个多小时，天就忽然下起大雨来，恰巧这时路边一带没有人户，这天再一次与他这位老人过不去，在有人家的地方它不下雨，一来到荒坡野岭，它就下了。并且路两边全是光光的岩坡，连棵树也没有。老人无法加快脚步，不久，老人身上就被淋湿了，老人还是毫无怨言地移动着木头一样的脚步，向前。他是去给父母亲插青，不应该有丝毫怨言的，否则这心情就不真诚了，就对不起死去的亲人了，何况自己承诺了的。后来他身上就彻底湿透了，他感到像是掉进了冷水里，接着就感到衣服重重的，像是铁做的。这时他打了一个喷嚏，接着又打了一个。

这时一辆客车轰隆一声从路上驶过，车轮将泥水准确地浇在老人的裤腿上、鞋子里，气浪使劲掀动着老人身子，老人撑着拐杖坚定地挺立着，连他的白发也没有被掀动，白发被雨水凝聚在一起了，像是胶在了头上的；也没有掀动他的衣服，他的衣服像厚厚的铁。

老人没管下雨不下雨，他好像根本没有看见下雨，他始终那样两眼望着前方，坚强地向前移动，就像一个铁人慢慢向前移动，风雨奈何不了他。

这天老人又走了25里路，晚上老人在一个叫松林坡的山坡上过夜，主人是个没有家庭的残疾孤老，七十多岁了，他的腿是个瘸子，是在70年代学大寨运动中放炮炸残的，也因此没有成家，哪个姑娘要一个残废？他姓李。他十分关心路过的这位陈老者，连忙找了干衣服给陈老者换上，烧火为老人烤衣服，颠簸着腿为老人做饭吃，晚上和老人同床而眠。第二天一早就为陈老者弄饭吃了，他给陈老者10元钱，可陈老者怎么也不要，陈老者想，老了千万别再欠人家什么，欠了就没机会还了。他就为老人煮了些熟洋芋、红苕，带着在路上吃。

第三天，老人没有讨饭吃，坚持走着，饿了就边走边吃那残

058

疾孤人给他煮的洋芋、红苕。这天他走了30里路。现在他一共走了80里路，还剩下40里路程。这晚他在一家农户过夜。这户人家就一个老头在家，他老伴到城里带孙子读书去了。

第四天，老人又走了20里路，已经走了四整天，一共走了100里路程，只剩下20里了，老人脸就露出了笑容。傍晚，老人实在是走不动了。这天他身上的衣服又被雨淋湿了，像穿的一身铁衣。

挨着公路的山跟脚有一户人家，老人移动了好久才移到大门口。门边有一位年轻女主人正站那看着老人。这女子三十多岁样子，脸样漂亮，一头秀发在脑后扎个俏皮的马尾巴，美妙地摇晃着，像一只鸟儿歇在后背上，摆动着灵巧的身姿。

老人用枯叶一样的眼睛望着年轻女主人，微笑着一张皱脸，有些不好意思地磨动一张瘪嘴说，把你家的饭弄一碗吃下，我饿得实在走不动了。

年轻女主人看一眼老人，热情地说，您在椅子上坐嘛。

老人用拐杖撑着往椅子上坐下来，感到像是回到了往日的家里。

女主人这时端来一杯热茶，递给老人说，您先喝杯热茶吧，我给您弄饭吃。

老人很感动地接过茶杯，枯叶一样的眼睛认真地看着年轻女主人，心里涌起温温的感激：哎呀找麻烦了。

不久女主人就在厨房里为老人热了一碗饭，这饭是中午剩的一碗米饭，没有剩下的菜了，女主人看了看老人好像没什么牙了，就细细地切了一些肉丝儿煎了油，煮了一碗鸡蛋汤。她端去桌上，亲切地叫老人快吃。

老人面对这白白的米饭和金黄的肉丝鸡蛋汤，眼睛就湿润了。老人没有了牙，嘴像推磨一样磨着饭，喝着鸡蛋汤，感到好香好香，好像从没有吃过这么香的饭菜，心里充满烫烫的感激，脸上表现出很难为情的感动。

老人吃完了饭，女主人给老人倒了一杯热茶，就问，您是哪里人吗？往哪里去呀？

老人抿一下瘪瘪的嘴说，老家在茅坡，我是回老家给亲人上坟插青的。接着就说了他的真实情况。这女主人听了，满脸的感动、同情。

这时老人枯叶一样的眼睛湿润润的，像是枯木逢春了，磨动一张瘪嘴感动地说，姑娘叫什么名字啊？

女主人微笑地说，我姓陈，叫陈善宜。

老人眼里闪着光亮：哎呀姑娘与我一个姓，真是遇到了亲人啊！我也姓陈，据爷爷说，天下凡是姓"陈"的都是江州"百犬同槽""义门世家"来的。你们听说过吧，这里面有一个很传奇的故事。

陈善宜说，怎么叫"百犬同槽"呀？

老人有些兴奋地磨动一张瘪嘴说起来：那时陈氏家族在江州，有很大的田庄，有很大的居住院子。一天，微服私访的皇帝游江南来到这个大院子门口，一看门上的横匾就大惊——匾上竟然写着"天下第一家"。皇帝气愤地说，我皇帝家门上也没有挂上"天下第一家"的匾啊，这村夫怎么就这样无法无天呢？就要进去问个究竟！

陈善宜听得有些入神了。也来门边一把椅子上坐下来，专注地聆听着。

老人继续讲着故事：皇帝和随从进屋去了，好不容易见到了一个103岁的白发老太。皇帝问，你怎么给这大门上写着"天下第一家"？老太不慌不忙地说，给你说吧，我有九个儿子，每个儿子又有九个儿子，九九八十一，我就有81个孙儿。我一家有

3891口人在一起吃饭，已经有9辈人没有分家了，在一起过日子，同甘共苦，老少没生过一点儿矛盾。你说，这样的家，天下还有第二家吗？皇帝听得蒙了。老太接着说，我家不仅人有这么和气，我喂的100只狗子都能同槽吃食。皇帝说，那让我见识一下。老太说行。皇帝就派人去买了一百个肉包子，拿来放在地上。老太叫人赶来狗子，狗子来了各含一个包子规规矩矩坐着，却不吃。皇帝吃惊地问，你这些狗子怎么不吃包子呀？老太说，不急。这时一只又老又瞎又聋又瘸的狗子颠呀颠地慢慢走来，含起地上剩下的一个包子，坐下吃起来，这时其他99只狗子都同时动嘴吃起来。皇帝一下子惊呆了。接着就拿笔赐书："义门世家"。所以，往年陈家的灯笼上、大门上、堂屋的神龛上都写着"义门世家"。

陈善宜听得脸上都泛起感动的红潮，崇敬地看着老人。老人感恩不尽地说，多谢姑娘！我走了。说着用骨节肿大变形的双手抱拳向陈善宜作揖行礼。

陈善宜慌忙去拉住老人：您老太客气了，我领受不起呀！接着说，今天这时候了，您再怎么也不能走了！就在我这歇了明天我给您找车走。

老人很是焦急地挣开手，有些坚决地说，你别留，我一定要走。

您这么急做什么吗？清明节还有几天呢。我们是一家人，怎么不能歇呢，一定要歇了明天再走，我给您找车。

可是老人像是有急事的，怎么也不答应，拼命地往路上挣。那样子好像已经有火了。

陈善宜看着这样情景，不再说什么，扶着老人的胳膊肘说，那您慢点，我去给您叫个车。说着就向公路跑去。

老人像一个笨重的铁人缓慢地往公路移动，像蚂蚁搬运巨物一样，缓慢得令人焦急。

这时驶来一辆货车，陈善宜长长地伸手招了招，司机只看了她一眼，没减速，轰然一声径直开走了，气流将她额上的秀发掀得一绕一绕地绕了好久。

老人终于移到了路边，对陈善宜感激地说，姑娘，你就不要挡车了，真的，不要挡车了。老人知道，车挡住了，他身上没钱，很丢人的，昨天在车站那辆车上丢了一回人，千万不能再丢人了。就是她找到熟车让他坐了，可这就又欠下了一份人情，他在这个世界的日子不多了，怎么也不能再欠下人情了，如果哪天突然一走，怎么还这人情？人就应该在走之前把该做的事做了，什么也不欠这世界的，清清白白地走。何况车子每天都在到处跑，很不容易找到它。因此他又大声说道：姑娘你别挡车，我晕车，不能坐车！

这时一辆中巴客车远远地开来了。陈善宜从衣袋里掏出一张10元的钱来。拿在手上向这辆中巴客车招手。

嘘的一声，这辆中巴客车停下了。陈善宜连忙跑到车门边，车门呼嚓一声开了，陈善宜走上车问，到茅坡好多钱。胸前挎个小皮包的卖票女子说，10块。陈善宜说，这到茅坡只有20里路了，也要10块钱呀？

卖票女子说，不管好近，上车10块。

陈善宜就给了她一张10元的钱，卖票女子说，快找地方坐好，开车了。

陈善宜微笑地说，不是我走，是一个老年人，很可怜，回老家插青，没钱，硬是凭两条病腿从城里往老家走，走了四整天才走到这儿……这时卖票女子的漂亮脸上忽地像是蒙上了一层云，下意识地往车窗外看那老人。

陈善宜这时也在看老人，并觉得吃惊，老人不是在往车上走，而是在往车的前面走，已经走到车头前面去了。陈善宜对卖票女子说，等一下，说着就跑去车头前，强制性背起老人就往车上走，老人却在她背上大声说，不，我不坐车。我走！

但老人已经被背上了车。卖票女子一看，大惊，脸色一暗，正是那天那位老人！

老人还没怎么注意。这时陈善宜正在把他往一个座位扶着坐下去。司机也看见了是那天早上那位老人，一下子脸色暗了下来。

卖票女子突然把钱退给陈善宜：算了，这老人，不收钱。司机这时也喊着：这老人，不收钱。

可是陈善宜不依：不行，帮忙就要帮到底。说着用力推回卖票女子递来的钱，卖票女子还是不收。

这时老人已经认出了是那天那位卖票女子，啪的一下从座位上将拐杖一拄就往车下移动。陈善宜没注意，老人不知哪里来的那大劲，一手抓住门边的铁杆，一手拄着拐杖，一下子就滑下了车门外。陈善宜忙着伸手去拉住老人，老人却很急地大声说，我不走，我要解手，快，我要解手了！

陈善宜以为老人真是要解手，加之天色已晚，也就接了钱去扶老人，心想一定留下老人过夜。

车很快地开走了。陈善宜扶着老人说，我扶您去我家上厕所吧。

老人脸带笑意，磨动一张瘪嘴地说，我不上厕所，我说的假话，这就是那天赶我下车的那辆车，我怎么能坐呢？给姑娘说，我慢慢走。你让我走吧。我能走。

陈善宜坚决地拉着老人的手，生气地说，既然走到了我这，您就要听我的安排，您万一要走，我给您找车。

陈善宜就一边拉住老人的手，一边注意下面来的车。老人也无奈。

　　不久又来了一辆中巴客车。陈善宜挥手叫住了。她把老人背上车，并放到了一个座位上，给了车费钱，并请卖票女子关照一下，然后才下车，望着车远去。

　　老人在茅坡老家下车后，一眼就看见了自己的老屋，这是他住了几十年的家啊，是他辛辛苦苦修建的房子，顿时心里一酸，满眼涌满泪水。

　　他拄着拐杖向老屋走去，新女主人迎了出来，对老人热情而客气地说，哎呀老人家，您回来了！她说话的口气就像老人是他们家的，终于回来了的意思。

　　老人一听她说回来了，心里一股热流一涌，满身一下子都不冷了，而变得热烘烘的。

　　这女主人三十多岁，脸样漂亮，一头秀发在脑后扎个俏皮的马尾巴，美妙地摇晃着，像一只鸟儿歇在后背上，摆动着灵巧的身姿。

　　女主人热情地说，快到火坑屋里坐！说着就扶住老人一只手往火坑屋里走，她就感到衣服很湿，又伸手仔细摸老人身上的衣服，就说哎呀衣服打湿了嘛，您快坐火炉边烤火，我去给您找衣服换。

　　很快，女主人就拿着干净衣服走进火坑屋里，轻轻地放在木椅上，对老人亲切地说，这火边热和一些，您就在这快把湿衣服换下来。

　　老人有些难为情地磨动一张瘪嘴说，哎呀给你找麻烦了。

　　女主人微笑地说，麻烦什么嘛，哪个不出门的呀，再说这是您的老家。您快换衣服吧，不是感冒了。

　　老人感激地说，谢谢了！

　　女主人仍然微笑着：您莫客气。说着走出去，并带紧了门。

老人换了衣服在火炉边坐下来，就感到身上怕冷，头有些痛。

后来女主人又弄了饭要老人吃，老人说先吃了，吃不下。女主人又说了好几遍，老人还是不上桌子。他这时没有一点胃口，实际上他已经受寒了，身上正在发高烧。

一会儿老人对新女主人说，请你帮个忙，把那个猪圈楼上的旧薄膜纸给我拿点下来（这是他们家去年种了地膜苞谷的，老人把好些的捡了收在那里，怕有时用得着，果然这就有了用处）。楼上旧衣柜顶上还有点红纸的，你也帮我拿来，还把你的剪子和针线用一下。

女主人很快将这些东西找了来。老人就开始忙活起来——做清明吊子。这时他只感到头越来越痛，还晕，身上越来越烫，像在燃烧。但老人坚持做着，他将旧薄膜纸用剪子剪成巴掌宽的长条儿，对折后拴个吊线，在下面用红纸包个圈儿，用针线缝一缝，再用剪子将红圈下面部分剪成细细的细条儿，像柳丝，像雨丝。他剪着，仿佛看见这东西在坟头上高高飘扬的情景，亲人们一个个非常高兴的样子，他心里就又有了些坦然和安慰，就笑了，脸上的皱纹就活了起来。

后来他开始做第四个清明吊子时，实在是坚持不了了，身子像是要滑到地上去，他咬着牙坚持着，硬是将五个清明吊子都做好了，他才洗了去睡。

第二天早上，他想早点起来去坟上挂这些清明吊子，可他这身子怎么也爬不起来。这时他就想起他爹走时的情景，他妈走时的情景，他对亲人们说过的话，一下子像是急了，有了一点儿力气，一咬牙，拼尽全力爬起来了。

他抹了把脸，一手提着清明吊子，一手拄着拐杖就向外走去。女主人说，您吃早饭了去嘛。我的饭快。

老人像是有些急地说，不，这不远，我去给坟上插了青就回来。

他亲人的坟还在屋后山坡上。他这时像是有了些力气，有些兴奋，仿佛真要见到亲人们了，有一种激动。

不久老人就来到了坟地。他心里说，我说过的，只要我在，再怎么也要来给你们插青的。他说着脸上露出浓浓的笑意。他马上收缩了笑意，惭愧地说，对不起你们，今年我来晚了，请原谅。

他先来到妻子坟前，坟上的小草像手一样向他一招一招的，他终于挨着坟头站好了身子，完全是一种和坟拥抱的姿势，用那骨节肿大变形的手轻轻地抚摸着坟头，抚摸坟头的石头，他感觉正摸在妻子的额头上，心里就涌起一股热流。他又抚摸坟头的小草，感觉摸在妻子的头发上……然后将清明吊子的线绳在一根小树棍顶端系好，再双手用力将树棍插进坟头，清明吊子就轻轻地摇晃起来，像在表示一种激动。他就微笑了一下。接着他艰难地挨着给爷爷奶奶、给母亲坟头插上了清明吊儿，有愧地说，妈，我来迟了。说着用变形的手抚摸坟头，感觉正抚摸在母亲布满坎坷皱纹的额头，现时心里一酸，喉咙里一哽……

最后老人来到父亲坟前，挨着坟站稳身子，将拐杖靠着坟放好，用手去抚摸着坟头，他感到是抚摸在战火中的父亲额头上，沾满被硝烟熏黑的汗水和尘土，涩涩的，糙糙的，他就又想起他爹远去时的那个情景，他的手颤抖着，嘴唇颤抖着，说，爹，我来了，你隔那么远，看到了我吗？我答应了的，没有忘记，我说了的，只要我在，哪怕千辛万苦，也一定要兑现。老人说着用颤抖的手将清明吊子系在树棍上，然后双手用力往坟头里插，可他实在是没有力气了，他咬着牙用尽最后的一点力气插着，插着，插着，终于，清明吊子在坟头带着沉沉的感动飘舞起来。他认真地看着，微笑着。

　　忽地，老人身子挨着坟向地下滑去，两手抠着坟壁石头，使身子保持着跪立的姿势，再也没有站立起来。

　　接着站立起的是一座新坟。新坟旁，白白亮亮的清明吊儿飒飒啦啦尽情地歌舞着。

团　年

时间蹒跚着一双老人脚步，毫不着急地啪嗒啪嗒终于走到了腊月，就像好不容易才爬上这个山顶。腊月就是一年四季的山顶，一览众山小。对于许多人来说这是好不容易盼来的时光。

但一进腊月的门槛，又像进入了一个冷冻仓库，正为人们保管过年物资，天和地都更加地冰冷了，人们常常用冰天雪地数九寒天来形容它真不为过，进而可以说，腊月是个制冷机，很形象，它连你的鼻子脸蛋耳朵都给制得冷冷的。但乡下一进入腊月气氛就升温了，人们的脸上一下子变得红嘟嘟的，笑容一下子堆了起来，心里也一下子涌满了热潮，同时手脚也更忙了……一切都因为，要过年了！乡下的年还是和几千年前一样，红红火火，热热闹闹，是一年中的顶峰。

这时张老妈的脸上就变红润了，皱纹们都化成了千丝万缕的灿烂笑容，那眼睛里闪耀着润泽清亮的光芒。她进入腊月的第一件事，就是给儿女们打电话。老人虽然老了，但她还很健旺，很清醒，还能操作手机打电话，有点现代，但上不好网，同时也还没有网到这山坡上来。

她先给儿子打电话，儿子在南方的深圳工作。她有些兴奋地微笑着，好像已经看见了儿子，激动地说，啊，儿子，你们都好吧！

儿子也激动地说，很好。我们都很好，妈就不用担心了。妈身体还好吧？

她笑着说，好。身体还好。你们不用担心。

儿子用放心的口气说，那就好，我们就放心了。妈可一定要注意身体，要把生活过好点，差钱就说，我们寄。妈用的钱怎么也有。

她就有些急地说，你知道这是农历什么时间了吗？

儿子稍微怔了一下说，我记的阳历，还不知农历什么时间了呢。

她脸上的笑容很深厚了，激动地说，我晓得，你们都是只记阳历，我给你说吧，现在已经进入腊月了，今天是腊月初一了！

儿子也笑一下：哦，我还没注意呢。妈真是老得清醒。

她笑着说，我一天就是看农历，什么季节了，不像你们。今年一定回家过年吧！

儿子说一声嗯，然后说一定回来。过年是小事，主要是回来看看母亲，您老这大年纪了，一人在家守着家，太不容易了，我们都很想念您，每时每刻都好想飞回来看看您，可是没办法，抽不开身啊。但今年过年一定回来，好好和您老人家一起过个热闹年！

她听了心里像是忽然喝下了一碗热热的蜂蜜，不仅心里甜甜的，连整个身子都变成了蜂蜜，甜蜜蜜的。激动地说，那就好！那就好！

她脸上的笑容久久不散。她接着给女儿打电话。她的女儿留学美国，并成了美国人，和美国人结了婚，她的外孙便是美国人种，根本不会说中国话，电话里向她这外婆问好都是用的外语，叫老人听了云里雾里不得而知什么意思，好在他妈妈进行了一番翻译，才好不容易从云里雾里降到地面。

她微笑地问了些情况，然后激动地说，今年回家过年吧。

女儿接着有些爽快地说，今年是准备回来过年，但现在还早吧，还没考虑这事。

她有些急切地说，都已经腊月了呢。我知道，你们美国那里不兴过年，过年是中国人的事。

女儿说，是啊，我们这里的日历上根本看都看不到农历。

她有些忧虑地说，那我告诉你，我们这里的农历今天已经是腊月初一了。你们今年回家过年吧。

女儿有些爽快地说，今年一定回来过年吧。本来过年无所谓，主要是回来看看妈，我好想见到您啊！真的是做梦都在想，要是能够见到妈就好了。

她听见女儿这么温情的话，也不知什么时候已是热泪盈眶了。她就充满渴望地说，你们一家子三个人一起回来让我看看，你那美国丈夫和宝贝儿子我还没见过一面呢。

女儿接着充满肯定地说，那是三个人一起回来嘛，让您看看您那美国女婿，看看宝贝外孙，你那外孙就是长得不像我，而像他爸爸，是个美国人的样子。

她说，哎哟管他什么样子都是宝贝啊，我好想看看啊。

女儿说妈放心，今年我一定把这宝贝带回来让您看个够。

她听了简直是心花怒放了，心里像是一个大花园的花朵全部开放了，香香的，甜甜的，美美的，眼前也就像升起一个美丽的太阳，将她面前照得亮亮的，将她身上照得暖暖的。

谁都说张老妈的命好，两个儿女，老家乡下的人形容人生"一儿一女一枝花"，并且她的儿女确实不是一般的人儿。她儿子大学毕业后在大城市的一家大公司任职，经常都是飞机飞国外，孙子在英国读大学，本来她在美国的女儿要他去美国读大学，但由于专业问题，他还是坚持自己的选择，去了英国。

接着老人就开始准备。她首先请人将一头年猪杀了。这头年猪喂了三年多，前年，他们说不回来，老人就没有杀这猪，去年又说不回家，就又没杀它。她一个人在家过年杀它做什么呢，他们回来，杀它才有用处，除了过年吃，走时带点她烘制的腊肉，在远处是吃稀奇呢。今年一杀这猪，哪想到，光肉就有520斤！她想，来好好烘制成腊肉，让他们多带点走。他们都曾说过，在外面吃上老家妈妈做的腊肉那可真是回味无穷啊。村里也都说她烘的腊肉是这一带最香的。

她把肉用盐腌在一个大盆里，然后就背着背篓去了山林里，忙着砍柴，准备烘肉。她知道哪些柴烘的肉煮出来是白水、不香，哪些柴烘的肉煮出来的汤是透明的、很香，好远都能闻到那特别的香味。其中就有香柏树、八角香、枫香树、花栗树、见风干、落叶红。她的家离山林还有点远，加之这些树木不是成片的，而是混杂在大山中，需要去寻找。因此她吃了早饭出门，到傍晚时分才能砍上一捆，然后才背着柴捆，一手拄着拐杖一手拿着打杵（支撑背篓歇气的），慢慢向家里走去。回到家，放下背篓上的柴捆，就一屁股在背篓上坐下来，不想再动一下了。又渴又饿又累，已是浑身变成了一袋子酸水就要倒入地下。她坐了好一会，只见太阳快靠山了，才撑着膝盖好不容易站起身子，拄着拐杖进屋去，先喝了一碗茶水，喘了会儿气，然后才开始弄饭吃。

她连续砍了七天柴，觉得烘肉的柴可能够了。这时肉也腌好了，但要挂到火坑顶上的炕架上去还真不容易，炕架离火坑有一人多高，对她这位老人来说，真是太难了。她看了看也犹豫了，想去请个人帮一下忙，但她又总是不愿请人，何况这是件小事，给工钱别人不会要，这就又欠了别人一个人情，人老了，本就应该要把所有的人情都还完，了结清楚，不欠任何人什么，清清白白地走，怎么还能新欠人情呢？所以她一般时候都是宁愿自己吃苦，想办法，决不找人麻烦，更不欠人情。

她终于想了个办法，将小桌子搬到火坑边，再将椅子搬到小桌边，形成两级台阶，然后提着一块肉先放上桌子，脚再去踏上椅子，再上小桌子，手再将桌上的那块肉提起来，一手抱住，一手去将系子挂进炕架上的钩子，滑到另一边。就这样一块一块地通过几级台阶转运，忙了半天，她好不容易将一块一块的肉顺利地挂在了炕架上。看着挂好的密密的像树林一样的肉块，这时她微笑了一下。

接着她给火坑里加了些干柴，用枯树叶点燃火，干柴呼啦一下就燃起来了，发出呼呼的声音，像高兴的笑声一样。她知道烘肉不能火大，就又加了些湿柴，让它们慢慢引燃。

马上，她又忧虑了：好多人都知道她杀了个大猪，又是一个老人在家，夜里会不会有人来偷她的肉？因此她不敢在房间里睡觉，将铺盖搬到了火坑屋里，在地上放上一块门板，将铺盖放上去，打开，就是一个铺了，而且有火烤，也暖和。再就是，夜里还必须给火坑里添柴，不能让火熄了，一热一冷，肉就会烘臭，不少人家就把肉烘臭了。在火坑边开个铺，添柴很方便，不需要起床穿衣服，睡在铺上一伸手，柴就拿到了火坑里。她洗了睡上这个铺，很快就入睡了，还做了个梦，梦见她的儿女、孙子们都回来了，一个个都非常吃惊地看着她的腊肉，闻着香味，都称赞她烘的腊肉好香，外孙还说，这不是猪肉，是香肉！一高兴她就醒过来，就给火里添上一根柴。她也总是按时醒来，仿佛这火是个闹钟，及时让她醒来，给火里添柴，让火均匀地燃烧，不时大时小，更不能让柴燃完了火熄了。

白天，她也有事做。她趁着天晴，将大蔸菜拔了些回来，将它们洗干净，然后用菜刀剁细，放太阳下晒蔫，撒上盐，再紧紧地筑在腌菜坛子里，这叫作盐菜。她知道，儿子和他爹，都喜欢吃这种盐菜蒸的扣肉，又香又可口，他们每次一人都吃一碗。她看着这一满坛盐菜，心里就涌起一份喜悦，想，他们走时可以多带些去。

接着她又做第二个菜。她先将萝卜拔回来，用水洗干净，用刀切成薄薄的细条儿，像豆皮一样，但都是短条儿，然后放在太阳下晒，晒蔫了，撒上盐，再紧紧地筑在腌菜坛子里，这叫萝卜干。她知道，儿子女儿、他们爹、孙子，都喜欢吃这萝卜干炒肉，那真是香喷喷的，肉也格外好吃，他们吃一碗又一碗，也不伤（腻）人。她拍了拍，满满的一坛子，她想，他们走时一定要多带点去，远处，特别是美国，哪有这些菜？是吃稀奇呢！

她用水在盆里泡了大米、糯米、黄豆，就背上背篓、筐子，带上一把刮树叶的蓑锄，又去了山上——刮那些掉在地上的干枯了的松针叶。她刮了三天，背回来堆在地上，已是一座小山了。然后她将泡的大米、糯米和黄豆滤好，在小磨上推成稀浆，再将灶洞放一把松针叶，点燃，给一个漏斗里舀上米浆，像拿一支大笔一样拿着它，在锅里一圈一圈地绕，像写字，像星星围着太阳转，一股香味喷起，这一锅豆皮就烙好了。她知道，她的儿子女儿和他们爹，都不太喜欢吃面条，就喜欢吃她烙的这种米豆皮。她忙忙碌碌烙了一天，院坝里支的五块竹篾笆上，就摊得满满的了。这天太阳也帮忙，没打闪地晒了一天，差不多都干了。面对这么多的像雪丝一样的豆皮，她笑得甜甜的，好像看见孩子们、他们爹，一个个吃得爽爽的。

接下来她就开始了另一项紧张的工作。她将灶洞里用干柴烧起一般的火，然后将早就做好的阴米子（糯米蒸了阴干的）倒入锅中炒，这炒出来的就是米花，像雪粒儿。她炒了大半天，就将熬的米糖倒入锅中炒好的米花里，进行拌和，然后舀在门板上，双手用一块小木板使劲压紧，再用两块小木板往中间挤紧，挤成四方形，然后用菜刀切成片儿，就是这一带著名的米花糖了。她知道，娃们从小就爱吃这米花糖，包括娃们爹，都喜爱吃她做的这米花糖。闻着香香的，叫人直流口水，一咬，酥酥的，一嚼，甜甜的，那真叫是神仙吃的点心啊。她要多准备点，让儿子带到大城市去，特别是要让女儿带到美国去，让孙子带到英国去，让洋人们见了眼馋，变成一个个大大的馋猫，流着长长的清口水。

她还做了核桃花生糖。她还特别做了薯片。将红苕刮皮后洗了，切成细细的条儿，在锅里煮熟，再摊到竹篾笆上晒，她知道儿子女儿孙子都喜欢吃这种薯条，她相信没见面的美国女婿和外孙也一定喜欢吃这个东西，因为这一带的小娃儿没有不喜欢吃这个的。

她还做了一种不甜的，而且有点麻辣的东西。她将热天里晒干的土豆片儿找出来，用菜油炸酥，再拌上盐、麻辣汤料在锅里一炒，闻着香香的，一咬酥酥的，味儿咸咸的，有点儿麻辣，吃一碗还想吃，吃不够。这叫麻辣土豆片儿。这是她的儿子女儿孙子，还有娃们爹十分喜欢吃的东西。每次她炸一钵，总是几筷子就抬完了。然后她还做他们爱吃的干鱼、炸藕夹。

考虑远处回来的儿孙，特别是女婿和外孙还是美国人，孙子也是在英国生活了的，她就去买了不少高档的商品。有香菇、木耳、银耳、山药、海鲜。还买了一些好水果，有进口的提子、芒果，还有苹果、香梨、香蕉、葡萄、荔枝、龙眼、核桃，等等。

还考虑到儿子女儿，特别是女婿又是美国人，就想，用的东西一定要买新的，最好的。于是就去买了最好的纸巾、洗脸的毛巾、洗澡的沐浴露、擦脸的润肤霜、牙刷牙膏。后来想到女婿是美国人，又专门去买了新床单、新被套、新枕头枕巾，专门收拾了一间屋子，开好了新床铺。她想，一定要认真对付这个美国人。想了想，就又去买来了新的跶脚鞋，新的脸盆、洗脚盆，新的杯子、缸子、碗筷。又想想美国人是用叉子吃饭的，就又去买了一套西式餐具。看着这些，她就忍不住地笑了，她想，一定要让这个美国人看看，中国的农村也是很棒的，比你美国的大城市还要好！这里山美，水美，人美，生活美，看的是美景，吃的是美味，用的是美品，做的是美梦。

接着她买了许多鞭炮、烟花，还有上坟、敬老客的香签和纸钱。她想，要让那个美国人来看看，中国人是多么懂礼节，多么仁义，多么重感情，人死好久了，还没忘记，还在给他们烧（捎）钱去，还在请他们吃饭，还在念叨他们。

她还想一个事情，儿女孙子们回来了，怎么玩得愉快，特别是还有那个美国人，外国人好动，坐不住，一定要让他不感到寂寞，除了有好吃的，还要有好玩的。因此她又去了一趟镇上，买了一些玩的东西，有羽毛球拍、羽毛球，想了想，又买了一个篮球，她家离村里的文化体育活动中心很近，那里有篮球场，经常有人在那里打篮球。她想可能不足的就是，那篮球架美国人用可能矮了一点，她知道美国人很高。她想那就请他原谅原谅了，中国人做事讲的是平平而过，不是高高在上，反正他也不在这里长期打球。

想了很多对付这个美国人的事，她又想起那个同样是美国人的外孙，他还只有6岁，还是个小娃儿，更难以对付。动不动要这要那，没有他就要哭鼻子，他鼻子本来就大，还不哭得更大，那还像个鼻子？那就丢了她女儿的面子。怎么办？想去想来，她就去专门给外孙买了个别人小孩喜欢玩的一些玩具：有小车，有火车，还特别买了个挖机，让他挖土玩，这里到处是土，随他挖。还买了长枪、短枪，还买了奥特曼、超人。又想他爸去打篮球，他也要有球玩，就给他买了个足球。她看见街上的小娃们喜欢玩足球，心想美国的小娃也是小娃，也一定喜欢。

过年的日子也一天天迅速推进，在你忙碌的时候，它也像是走得匆匆的，比平时快了许多。东西准备得差不多了，她心下有些坦然，就又去了山上，一是捡些干柴，二是砍些好烧的湿柴放太阳下晒着，到过年时就正好烧了。电视里常讲环保，她觉得烤柴火最好。他们一家人从小都喜欢烤柴火，柴火比煤火好，柴火很香。她一连在山上弄了五天柴。这时已经腊月二十二了。她接着开始打扫卫生，又忙了两天。接着将所有的床单被套枕巾都洗了，让它们晒着。这时她才将一把木椅拿到院坝里的太阳下，手撑着膝盖慢慢坐下椅子，认真歇一口气。她一靠上去，暖暖的阳光就亲亲地抚摸着她，接着她就睡着了。

新年像一个又大又红的苹果，一晃就熟透了，悬在人们面前，把地熏香了，把天熏香了，吸一口空气都会叫人呼地一下醉过去。人们连老人都变成了一张张娃娃脸，张开宽广的怀抱迎接着新年，其实最重要的是迎接那一年一席的美好团圆，一起欢庆中国人的神圣节日春节！不分天南地北都朝他们那之圆心勇往直前地奔赴，任何东西都不可阻挡，就如黄河长江一泻千里，无法让他们回头。

张老妈就觉得太阳是一张圆圆的笑脸，伸着长长的温暖的手，抚摸着她的脸，抚摸着她的身子，抚摸得暖暖的，也抚摸得心里痒痒的。她真想太阳快点跑去，过年的时刻快点到来，真难盼啊，盼得心里像有一根绳子，把你的心拉拉扯扯，又难受又美味。

可是太阳总是故意不动似的，望她笑着。太阳像老人一样哼着，慢慢移动了几个来回，就到了腊月二十八。她想儿女们肯定要到了吧。也就在这时，远在美国的女儿就打来了电话，说妈妈呀，真对不起，我老公明天要起程去欧洲，与欧盟谈业务，这是公司的一个重大任务，此趟差事十分重要，同时也是他的一个好机会，回来说不定就可以升迁了。我工作的那家美国公司也不放春节假，美国根本没有春节这一说，照常上班，因为是年初，并且非常忙，因此没办法，这个春节回来不成了。请妈妈原谅……

她听了这个电话后，总觉得太陌生，感觉根本没有接这样的电话，脑袋里仍然是她的正常思绪、正常想法，事情是照常运转着。

第二天是腊月二十九，儿子打来电话，说对不起母亲，孙子说，春节就这么几天时间，学习也紧张，不打算回来了。他自己飞机票都买好了，但公司突然通知，要他去澳大利亚总部开会。澳大利亚那里不兴过春节，这时是一年之初，是最忙的时候。媳妇一个人也不想回来了，她妹妹邀她一起去韩国旅游度假。不是说的过年，说的度假。

张老妈虽然分别接到了儿子女儿的电话，告诉她今年过年不能回来了，但她听了好像觉得这不是真的，是她昨晚做的梦，他们早就说了回来看她的，不可能又不回来了。因此她还是笑容满面地做着事，为他们准备着年货。她脑袋里总想着那个美好的时刻，她和儿子女儿孙子们坐在一起吃团年饭。

这一天是大年三十，这是每个中国人最隆重最兴奋的时刻。张老妈兴奋得脸上的皱纹都没有了似的，认真地做着各种年菜。

这时四面八方的山山岭岭都响起了爆竹声，天在晃动，地在蹦跳。

她记得老辈人说的，"除夕的火，十五的灯。"她在火坑里烧了一堆大大的柴火，柴火呼呼地燃烧着，发出声声的欢笑，一时间满屋里红红火火的，满屋欢声笑语，热热闹闹的，像是聚集了许多人，有大人有小孩。她又去将满屋的电灯都拉亮了，又去两间猪圈里也把电灯拉亮了，一时间将家里所有的电灯都让它们发出白晃晃的光芒，照着整个屋子，照成一个光的海洋，火的世界，里外亮堂堂，四处红火火。

　　这时，她去找出罐头瓶蜂蜜，用汤匙舀了些蜂蜜糖在一个搪瓷缸子里，又去提来一壶苞谷酒，将清亮亮香喷喷的酒倒进缸子里，放在柴火边慢慢温化，她知道，老伴就喜欢喝这种蜂蜜酒。等她菜做好了，这酒就炖好了。

　　她满脸微笑地端出所有的团年饭菜，在堂屋中间的一张大桌上摆好。她首先端出的是一大盘圆圆的、白白的、亮晶晶的圆子，它们像一颗颗星星一样团聚在一起，喷射着诱人的腊肉、生姜、大蒜等混化出的浓浓香气，一时间满屋飘香。她知道，这圆子是过年的主菜，是体现团圆的意思，也是她丈夫和儿子女儿孙子们都喜欢吃的东西。她记得孙子用手拿了一个个往嘴里喂，边吃边说真香的情景，她就总是幸福地笑着。长长一条黄红黄红的红烧鱼睡在椭圆形的盘子里，像一幅雕塑，这代表年年有余，她知道，儿子和女儿、孙子都特别喜欢吃鱼；有满满一碗棕红色的盐菜扣肉，这也叫年肉，就如一片铺着红地毯的宽宽的阶梯，她知道，这是她老伴特别喜欢吃的；有一钵白色的山药炖鸡肉，她知道，儿媳特别喜欢吃这道清淡而有营养的年菜。她还煎了一盘韭菜和鸡蛋，像个圆圆的大月亮躺在盘子里，金焕焕的，她知道，娃们和他们爹最喜欢吃煎鸡蛋。还有一个火锅，是炖的一钵拳头大小的猪腿（火腿）肉，里面和的海带、香菇，这也是过年的一道主菜，娃们爹一顿可以吃上几坨。再就是一个个圆圆的金黄色的藕夹，像一个个月亮团聚在盘子里，这是儿媳和孙子特别喜欢吃的年菜。还有几盘凉拌菜。她将这些菜端到桌上摆好，真是五颜六色，琳琅满目，忽地把桌子变成了一个大花坛，也像一张五彩缤纷的大笑脸。

　　然后她走进房里，将专门买的一盒"冲天炮"搬出去放在院坝里，又去搬出一盘大圆饼似的鞭炮，放在院坝里，然后又去房间里拿来香签和纸钱。她首先点燃冲天炮，然后去点燃那盘鞭炮，这时只听冲天炮嘣、嘣、嘣地暴响起来，地便一蹦一蹦的，蹦得老高，像要蹦到天上去。她点燃香签插在院坝边，烧燃纸钱，嘴里念着一些亲人的称呼，请他们来团年。

在鞭炮声中，她笑盈盈地走进灶屋里，拿来高高一叠白瓷碗、一把筷子，在桌上围着摆放，很快，桌上就被一圈洁白如玉的瓷碗围绕，像是给桌子这个大花坛镶砌了一道玉边，在灯光下十分耀眼。接着给每个碗边摆放一双筷子，又拿来酒杯挨着碗摆上，拿来炖好的那一缸子蜂蜜苞谷酒，给每个酒杯里倒上半杯，然后给碗里添上白白的米饭。这时院坝里爆竹还在热火朝天地响，冲天炮不时地在房子上空震响，将激动将笑声撒满天空。这时她按照土家族人的规矩开始请"老客"吃饭。她虔诚地开始从上至下地亲切地说，祖祖、祖婆来团年吧，爷爷、奶奶来团年吧，爹、妈来团年吧，娃们爹来团年吧。你们在生时，都没过到好日子，现在日子好过了，我们有饭吃了，还有肉吃了，有酒喝了，你们就多吃点多喝点吧。啊，没想到我们还能过上这么好的日子。你们一定要多吃点，多喝点。她带着微笑地在"丈夫"座位旁边轻轻坐下来，端起酒杯，对大家说，祝大家过年快乐！都吃好喝好！又将杯子举到身旁，对娃们爹说，我知道你喜欢蜂蜜炖苞谷酒，我专门为你炖了这酒，酒是我专门去小作坊打来的纯苞谷酒，很醇，很香。她说着端起酒杯与他的酒杯碰一下，拿嘴边喝了一口，望着身旁说，快喝吧。她说着拈起一个大大的圆子放进他碗里，亲切地说，我知道你喜欢吃我做的圆子，今天你就使劲吃吧，我做了很多呢。我知道，你眼睛是疼坏了的，视线很不好，一贯总是我给你夹菜，我知道你喜欢吃什么菜，你喜欢吃的，我都特地弄了。她又拈起一块扣肉放到他碗里，亲切地说，我知道你喜欢吃我蒸的扣肉，你就使劲吃吧，我蒸了好几碗呢，说着又给他拈一块放进碗里：快吃。唉，在生时，你吃苦了。往年不宽绰，差粮食，猪喂得小，肉还要卖了供学生读书，自己没吃好过一顿肉。现在有粮食喂猪了，我杀了很大一头猪，有的是肉呢，你就使劲吃吧。说着又拈了一块扣肉放进他碗里：为了两个娃儿读书，你起五更，睡半夜，拼命挣钱，没有吃到好的，没有穿到好的，他们大学毕业，你也累病了，丢下我先走了。现在日子好了，你就多吃点，多喝点吧，啊。给你说，你虽然苦了一辈子，也值，娃们没有辜负你，他们都混得不错，都过得很好。现在，儿子儿媳都在深圳工作，还买了房子，买了小车，孙子还去外国读书去了，是个好人才，回国也一定有个好工作的。女儿去了美国，与一个美国人结婚了，现在是美国的户口了，美国是很不错的。他们有了一个儿子，寄照片来了的，是个美国人的样子，白白的皮肤，高高的鼻梁，圆圆的眼睛，很乖。他们一家生活得很好，你也不用担心。她又给他拈起一块红烧鱼，放他碗里，亲切地说，原来，没有钱，没买过鱼吃，现在经济好了，我专门买了一条大鱼，我烧的这味道还不错吧，你也使劲吃吧。给你说，我呢，现在身体也还好，还能自己去山林里砍柴，还能背起几十斤，能够自己弄饭吃，还能喂猪，还能种两亩田。给你说，你不要以为我很苦，能劳动就是最大的福气，我希望能够永远劳动下去。反正你不要担心，我会注意身体的，我会安排好自己的生活。你放心吧。你就多吃一点，多喝一点吧。各位长辈，你们随便点，都多吃点，多喝点，现在，不差吃的，不差喝的，什么都有，你们尽管放心，不像往年了。她又给娃们爹拈起一块鸡肉，放他碗里，亲切地说，快吃吧。往年，供学生读书，鸡子生的蛋没尝过，鸡肉没尝过，都是卖了钱给娃们寄生活费去。现在鸡蛋没卖过，鸡肉没卖过，都是自己吃，你多吃点吧。说着，又给他拈了一坨山药，亲切地说，这山药很补，原来我们都没尝过，现在我买了，你尝尝鲜吧，多吃点。往年，想也没想过这些菜呀……

四面山山岭岭噼噼啪啪，嘣、嘣、嘣地响着爆竹。这顿团年饭，张老妈也吃了很多，还喝了一杯酒，感到欣欣然，很舒服，似乎还有些飘飘然，是不是成了神仙。饭后，她收拾好桌子，又抱了些柴放进火坑里，一下子又燃起了很大一堆柴火，灿灿烂烂的，微笑地坐在那里，看着电视里的春节晚会节目，一副幸福甜蜜的样子，好像感觉到她的儿女孙子们都回来了，就在她身边。

这时儿子从澳大利亚打来电话，给老人拜年、祝福。问妈团年了没有？她说团年了。问吃得还好吗？她说吃得很好，我弄了一大桌团年饭。她又问儿子：你们团年了没有，他说，这里不兴团年，我在公司随便吃的。她说那吃饱了吗？他说吃饱了。

刚挂电话，女婿就从欧洲打来电话，用生硬的中国话给老人拜年，祝老人福如东海，寿比南山！她都没大听懂。接着儿媳妇在韩国一个度假村打来电话，孙子从英国打来电话，孙子的女朋友是英国人，说的生硬的中国话，她听得直笑……

接着女儿从美国打来电话，给母亲拜年、祝福。外孙要和外婆讲话，他是讲的英语，他妈要给他当翻译，但是他不要妈妈当翻译，一定要与外婆面对面讲话，他说妈妈是中国人，能说英语，外婆也一定能说。老人什么也没听懂，只是在笑。

接了他们的电话，张老妈就想，要是这时老伴也能打来电话，讲讲话，就好了。他们都已经分别快二十年了……

最后她坐在椅子上，烤着火，看着电视，感觉着儿女孙子都在身边，渐渐地就睡着了，脸上微笑着。电灯灿烂地笑着，火焰发出呼呼的笑声，她也打起了鼾声……

突然，她看见他们都来了！她和丈夫和儿女儿孙们热闹而甜蜜地坐在一起，特别还有两个美国人、一个英国姑娘，一大家人幸福快乐地吃着团年饭。

远　梦

这是一绺儿山间的小坝子，像一条鱼儿躺在河边。特别是春天一块块水田都灌满了水，每块水田都是一片闪光的鳞片，整个看去那真是一条活蹦乱跳的鱼，游在这个河面上。因此这里叫"鱼儿坝"。坝子靠东的边上有条河绕着，像是专门养着这条鱼。河宽宽的，清清亮亮，如果从西边山顶看下去，就像一条鱼正在河里向上游慢慢地游着。

张望的家就在河坎上，像一座钓鱼台。张望经常在河边钓鱼，主要是钓了卖，很少吃，也给别人送一些，送的是不一般的人，一般都是送给他的一个相好。张望接近六十岁样子，身体很好，他妻子早已去世，后来就有了一个相好的。

张望今天又钓了一些好鱼，卖了一些，将几条黄牯鱼留下了。他每次都这样，将黄牯鱼留下，这黄牯鱼刺少，光肉，很适合自己吃。但他没有自己吃，他用一根水灯芯草将鱼串了，提起看了看，笑了笑，先是过了河，再沿着一条小路往山坡上走。山坡缓缓的，不一会他就走进了三间土墙屋。头上一间灶屋里有些昏暗，像挂了麻布帘子，不大的一个窗户里塑料纸麻黄黄的，墙壁黑乎乎的，柴火熏的。一个妇人正在锅里拌猪食，张望径直走进去，不说话，笑一下，将一串黄牯鱼递给她，她不说话，笑一下，接过鱼放一个瓷盆里，掺上水，接着就去给他倒茶。张望接过茶杯喝了几口，把茶杯放在灶角上，起身去端过瓷盆，坐下，开始破鱼肚。她提着一木桶猪食去猪圈，不紧不慢，喂猪，看猪吃食，然后提着空桶不紧不慢回到灶屋，这时张望已经破完鱼肚。她弯腰拿过盆，拿瓢掺上清水洗鱼，清洗了三道，将鱼倒进一个瓷钵子里，撒上盐，舀两汤匙豌豆酱泼上，撒点汤料，用筷子拌和几下，腌着。然后她去灶门口坐下，望他一眼，他也正望着她，微笑着。

他望着她耷下鬓角的一缕花白头发，问，姑娘来信了吗？

她往后拢一拢头发，看着灶，说没来信，只寄了点钱来。

他看着她眼角的鱼尾纹，说哦。他记起来，她姑娘几年以来都没有写信回来。不，好像从没写过信回来。

她就是他的相好。她名叫李翠翠，五十多岁，十几年前丈夫胃癌去世。一个儿子出门打工 10 年没有音信，有人说可能死哪里了，一个姑娘在外打工与人结婚，女婿是湖南的。这里是湖北。

她平静地望着他花白的头发，说你儿子他们还好吧？

他平静地望着她的手，说还好。

还在大虎市？

嗯，还在大虎。

她说哦。你哪时吃的饭，饿了吧？

他说还不饿。

那我早点弄中饭吃。这一带乡下的中饭是两三点钟。

不忙的。

这时张望的衣袋里响了，他连忙从衣袋里掏出一个黑不溜秋的手机，这是他儿子不用了给他的。他对着亮光虚着眼看了看显示，不慌不忙放耳边，说喂。

电话是他儿子打来的。儿子说，你去哪儿了？

他说我就在附近。

电话里说我回来了，你快回来，有重要事情。他回答说嗯。

她一直望着他接电话，这时就问，是你儿子打来的？

他脸色显示出有些心慌，说是的，儿子回来了，要我快回去，说有重要事情。说着往衣袋里塞手机，望着她，说我先回去了。

她说我把鱼烧点汤，你吃点了走吧，慢一点回去怕什么嘛。

他有些急地说不，他肯定是没带钥匙，进不了门。鱼是给你吃的。

他走出灶屋来到院坝里，往河那边他家看，大门口是有一个人，他转身望着她，说你看嘛，儿子正站在大门口。

她将手遮在额头上向对面望了望，默认，不说话，随即伸手去拍拍他肩头的灰尘，又摸摸他背上的灰尘，说等下来吃晚饭吧。完全是一种很随便的口气，像自家人一样。

他望着她说不，你把鱼弄了吃了，莫放那，怕变味了。

她望着他，说我一个人怎么吃得了那么多嘛。

他说你腌一半在那明天吃嘛，莫等我。儿子回来了，我要弄饭他吃，我也肯定要在家里吃饭。

她说那你好好走，下坡慢点。他转身向她微笑，把手抬至肩高，像是怕抬高了有人看见似的。他每次走都是这么抬一下手，做着再见的动作。她不抬手，双手握着站在那，微笑地看着他走下山坡。

儿子坐在灶门口看着手机说，爹，我专门回来商量你，我想在打工的大虎市买套房子，好让小儿在那里读书，那里的教育条件太好了。好多打工的都在大虎买了房子。但买房子还差很多钱，想商量爹，把这房子卖了，凑点首付。

张望站在灶背后用刷竹洗着一块腊肉，没答话，认真地刷着黄黄的皮，又刷红红的瘦肉。他瞄一眼儿子的脸，又埋头洗，刷竹在红红的瘦肉上刷出沙沙沙的声响，不时的有水粒溅到他脸上的皱纹里，像茅草上挂满了水珠。

儿子将眼睛从手机上抬起来，去望灶背后的爹，说爹就是想宝儿（孙子）能成大才。宝儿马上就要上学了，大虎市的教育办得好，我们只要在大虎买了房子，有了房产证，宝儿就能在大城市读书了。我们家祖祖辈辈没出一个狠人，我看这个娃儿是个成才的料子，幼儿园的老师经常表扬他，他肯定不会让我们失望的。培养他，是我们整个家庭的最大任务。他将这事充分提高到高度来认识，以说服他爹必须服从。

老人将腊肉放在砧板上，拿一把菜刀滋一声切下去，暗红的肉片像一块门板倒下去，如一块厚厚的花垫子。

爹你就支持一下，把屋和田卖了……

老人往灶门口的儿子望一眼，说嗯，不卖屋和田不行吗？说着砰的一声切下一片腊肉倒在砧板上。

儿子睁大一下眼睛看着爹，说不行，首付要二十多万，我哪来那么多钱。我们早挣的钱你也晓得，修了这房子，后来只存了几万块钱。

老人停住切腊肉的活，站起身子问儿子：那你把屋卖了，爹住到哪里去？

儿子有些兴奋，说爹跟我们去住大城市呀！我们祖祖辈辈在这山沟里的农村，但我们马上就要变成城市人了。当然，还有件大事要麻烦爹，就是早上要送一下宝儿去上学，下午要去学校接一下宝儿。我们上班的地方离学校远，一天很紧张，没有办法。

老人很想说，我不去大城市，我想还是在这里种田，在这河边钓鱼，不要你们负担，我完全可以养活自己。

老人还很想说，给你说一下，我想找个老伴，她也是一个人在家，两人一起过日子，互相有个照应。但他想起来了，那年他说过一次，儿子儿媳都不同意，他们主要怕找的老伴害病了，住院，没有那么多钱，当时修了房，还欠账。

后来张望就只能半明半暗地和李翠翠来往。她常去帮他洗衣服、洗被子，给他做伴干些田里的农活，做饭吃；他去给她做伴干活，他主要帮她干些背挑的重活，两人像一家人一样。两人商量，说等后人们都回来了，一起商量，还是去办个结婚手续。没想到他儿子这么急地回来卖屋！

现在老人说话了：这屋有我的苦劳，也有我的功劳，我也有一份。一共三大间两层楼，你给我留下一间屋，另外留下一间厕所，其余的你卖；田，你给我留下一亩，其余的你卖。我不去城里，我过惯了这里。我还是在这屋里住，种点屋边的田，给你们把根守住，这地方当初……

儿子听了一下子睁大了眼睛，大惊，怔怔地望着他爹，有些急地叫了声爹！他满以为爹会高兴地同意，谁不想到大城市里去呢？没想到他爹竟然这么说！

儿子又说了好多道理，老人还是那样说，我在这里住了一辈子，在这里种了一辈子田，我老了也就在这里，哪里也不去。你必须给我个出路，我的要求也不高，一间屋、一亩田。

儿子怎么也说不好，就想了个办法。他去找来了村长，村长也姓张，60岁了，吸着一杆短小精悍的铜质烟档，烟锅里装着一支黑色柴捆似的叶子烟（土烟）卷。他们是一个家族。村长吸着叶子烟听双方讲话，一副随和的样子。

儿子寄予厚望地看着村长，说了他的计划。

老人充满一脸苦恼，却坚持尽量微笑地看着村长，说给老兄讲啊，我在这住了一辈子，我只习惯这里，还是要给我留个路呀。

村长从嘴里拔出铜烟档杆，有些严肃地说，你去住大城市，怎么不好。大城市的马路宽宽的，平平的，亮亮的，多好，怎么没路？

老人还是那么一句话：我只习惯这里，我的路在这里。

村长看着张娃，说那就给你爹留间房，留亩地嘛。

张娃心忧地看着村长，说这样别人不会买呀，谁会买打缺了的碗呢？

村长终于没有做好这个工作，手握铜烟档杆尴尬地走了。

张娃在脑袋里转了几个弯儿，就忽然想到一个问题，明白了一件事情，他爹肯定是和二姨有关系，不想离开！

张娃指的二姨就是对面山坡的李翠翠。李翠翠和他妈是叔伯姊妹，他给她叫的二姨，两家关系一直很好。他也知道，他二姨人好，是出了名的老好人，对哪个都好，还做了不少媒。于是他就想到一步好棋，去找二姨来劝说他爹。但他马上又想到，她和他爹应该是有特殊关系的，她会不会来劝说他爹呢？他爹多半就是因为她才不愿走的，她又怎么会来劝他爹走呢？那应该是暗里拉住他爹的腿呀。

张娃还是惶惶惑惑地去了李翠翠家。为了把事办好，他还给二姨买了些副食提去了，还在门外就亲热地叫二姨。二姨高兴地迎接他，当他将副食递给二姨时，二姨却一下子变得不高兴了，说你怎么提些东西吗？他说您是我二姨，我几年不回，怎么不能尽点孝啊？她脸上仍然没有笑意，说你给你爹提回去，我从来不吃这些东西。就将副食推给了他，说你坐，我给你泡茶。张娃心里捏着一把汗，一边打量她面色一边轻轻坐下。

他坐了一会，还是大着胆子叫一声二姨，说请二姨帮个忙。

李翠翠一惊，说请我帮什么忙，我能帮你什么忙啊？脸上全是严肃。

张娃也一副可怜的样子说，我妈死得早，二姨给了我们很多关怀，我们怎么也不会忘记的。现在，我又遇到了一个困难，想去想来，还是只有求二姨帮一下我。接着他就说了卖屋这事，他爹不答应，请她帮忙劝说一下他爹。

李翠翠人也不差劲，稍微想了下，就明白了，他为什么要找她，一定想到他爹与她关系很好，牵挂着才不愿卖屋、不愿走的，就来找她，可算是来将了她一军。

李翠翠很随便地看着他，说你们家的事，我怎么好说呀。

张娃就笑着说，哎哟，您和我妈像亲姊妹一样，我从生下来就给您喊二姨，您就喜欢我，这多年，喊也喊亲了，您看我小儿马上就要在城里报名读书了，不买房，没有房产证就报不到名，读不到书啊……怎么也要求您劝劝我这个死脑筋爹……

李翠翠脑袋里的思维转了一圈，又转了一圈，就有些严肃地说：那我也只能试试，你也晓得，你爹的性格，一旦他决定了的事情，别人很难改变他。

张娃差点给这二姨磕头，连声感激地说：哎呀，这就谢谢您了！二姨真是为我们家做了个大好事啊，这不仅仅是关心的我们这一辈人，而且关心到了下一代啊！我一定会孝敬您的。

李翠翠真的去了。她想她必须去，不然这事就真与她有关了，是她拉腿了。从她内心里来说，她当然是希望她的张望哥不走啊，她怎么能要他走呢？他走了，那每天的太阳都要走得慢些啊。他们俩一起种田，做事，太阳都走得快些啊，根本就不累，心里温温的，浑身暖暖的，经常像是喝了喜酒的。这时她又感觉到，这确实给了她一个难题。她不将他劝走，是个问题，将他劝走了，也是一个问题。他会怎么想，会怎么看待她？自从她姐姐去世，她男人去世，他们就是相依为命啊……

老人见儿子带着李翠翠进了屋，一时间心下有些慌乱了。他知道儿子是去搬她来说服他的。一看到她，他更是感到一种亲热，一种依恋，一种难舍。他们已经是十多年的感情了。好多次，他们商量，去乡政府民政办拿个正式手续，把婚结了。可她总是说，等后人们的事处理好了再说。现在后人的后人又要上学了，他们的事还摆着，也可以说，还悬着，上不沾天，下不沾地。

她看了他一会，也是满脸布满复杂的感情，使劲抿了一下嘴，下定决心地说，望哥，儿子现在有困难，而且事情也紧急，孙子要报名上学，这是个大事，你还是要支持一下，帮一下儿子……

老人有些严肃地说，我怎么不支持，屋让他卖，我只要一间屋住一下，田只要一亩，死了什么都不要了，随便他们怎么处理。

她一副设身处地的神情，望着他说，你应该想得到，你虽然只要了这么一点点，可碗缺掉了一块，虽然照常可以吃饭，你还买吗？别人要买，肯定是要一个粑粑成整。你孙子马上就要上学，等着房产证报名。人一辈子，最大的盼头，就是后人成才啊。这比什么都大。后人成了大器，比什么福都甜，就是真正的福啊。

他一副严峻的神情，这下没望着她，是望着地下。

她一副诚恳的神态望着他，亲切地说，不管怎么说，对你这都是大好事啊，你把我一想，我姑娘成了别人家的人，儿子杳无音信，想有个孙子要我去送他上学，接他回家，脑壳想破了，也没有啊。

他还是不表态，眼睛望着地下，一副固执的面孔。

她又微微地笑一下，看着他，说你也太把事情想呆了，不能变了吧。你万一不想在城里待，孙子大些了，不需要你接了，不是又可以回来吗？

他忽然一下抬起头望着她，说屋田都卖了，那时我回来住哪里？哪有田种？

她又轻轻地笑一下，说你又把事情想呆了，现在好多人的屋都是空着的，田都是荒着的，想个人照看屋子呢，你怎么又找不到一个地方住，找不到一点田种呢？她微笑地看着他，那笑容里有些不一般的意思。

他将头往一边转一下，说别人的东西，就那么容易去要吗，哪有自己的巴皮巴肉，自由自在？

她就笑着说，这样说，你到时回来，没地方住，去我家住，我给你一半屋，只是我的屋是老屋，也给你田种，你要种几亩种几亩。她说得很坚定似的。接着望着他，等他表态。

他就转头紧紧地看着她，像是一缕阳光忽然照到了他的面前，豁然开朗。

儿子很快去了镇上，贴了些广告单，又去了一家中介服务所。就在第二天，就来了几个买主，由于地方好，几家都想买，原来打算房子和田地、山林一共卖 25 万，现在卖了 30 万！当即办好了手续，结清了价款，另外将收获的两千斤新稻谷也作价卖了，儿子怕夜长梦多，当即高兴地交了房子的一串钥匙，像要拴住他怕他跑了似的。原来这买主是高山下来的，正在这一带找房子，看了好些地方都不如意，对于这个地方，他一看就拍板了。他非常看好这个鱼米之乡的地方，就说这河，心烦了望一眼绿绿的水、白白的浪花，什么烦恼也都流走了。

儿子确定第二天就带老人去县城乘车，前往大虎。大虎是南方一个城市，相传那里曾经老虎出没，咬死过不少人。

老人做了晚饭儿子和买主吃了，儿子高兴地和买主讲着话。老人说，我出去在附近走走，就出去了。

月光有些微弱，像老人的眼睛昏昏沉沉地照着山，照着田，照着河，像他的老伴望着他。河依然没有休息，翻着浪花，白白的、亮亮的，像是在给他表演节目。老人顺着他的田块走着，每块田都像他的老伙伴，他觉得它们都是那样亲切。四处的蛙声急急地叫着，有的像在呼唤他，有的像在和他说话，有的像在放声哭泣，有的像在埋怨他，说你怎么把我们卖了啊……

他在一条田坎边蹲下来，伸出那双劳动得有些变形的手，轻轻地抚摸着田土，他感觉田土细细的，滑滑的，温温的，像老伙伴的身子。他又摸着那些稻谷蔸子，这稻谷蔸子土黄土黄的，静静地待着，像一个个坐着休息的种田人。他叹口气说，老伙计啊，我们要分手了，我已经不能做你们的伙伴了，我要走了，去很远的地方。也不知什么时候才能回来，你们有新的主人了，人也好，你们还是要好好长粮食啊。我不会忘记你们的，我会常常想起你们的，你们有时也想想我吧。你们好好保重啊。他说着轻轻抚摸着滑滑的田土，并将手紧紧地贴在上面，久久地不拿开，像是和老伙伴握手，接着他干脆将背往地上一倒，躺下来，顿时他感到浑身温温的……

他记起来，听爷爷说，祖祖辈辈做梦都想有自己的田，但都没有实现。他祖祖五弟兄做了一辈子长工，老大老二老三都相继去世，将一点血汗钱交给老四和老幺，说买点田，让我们这个家庭从此有田，安个家，让这个家族不绝后。老四和老幺就买了这里的三亩田和两间烂木屋，这时老幺都已经五十多岁了。不久老四也去世，死时是笑着的，说有田了，我可以死了，可惜几个哥哥没有看到这一天。眼睛紧紧地盯着他：你可一定要守住，千万不能把田搞丢了，还要……没说完就咽气了。不久老幺和一个寡妇成家，有了后代，一代一代人在这田里劳作……

这时老人听见对面山坡上响起一下熟悉的声音，他知道这是李翠翠关猪圈门的声音，他想她一定是去喂猪了，她每次从猪圈门出来，都要顺便望望他这里，看他在哪里，在做什么……想着，喉咙里就一哽一哽的，他就站起身子，慢慢地向河边走去。这时河里是一片的浪花，像他心里的那片东西一样。他踏着一河浪花向对岸走去，感觉掉进了浪花丛中。

他走到院坝坎下，就看见坎上正站着一个人，在打望什么，是她。他说你还没休息呀。她说，我看见你下河了……

他上去抚抚她的背，拉着她的一只手向屋里走去。

他们俩在堂屋门边坐下来，望着鱼儿坝。他摸着她的手，流着泪说，儿子把屋卖了，把田卖了，我现在什么都没有了，没有路了。

她说怎么没路了，路到处都是，只要你走，哪里都有路。去大城市，也很好，路还要大些，宽些。

他抚摸着她的手，说管他好大好宽，反正我不想去。

屋都卖了还不去？

我想，还是把想了好久的事办了吧——和你去乡政府办个结婚手续，正式组合一个家庭，在你这来一起种田，互相有个照应。

她听到这，感动地将他的手握得紧紧的。

他望着她的脸，说唉，也不管后人们同意不同意，能过一天，总过了一天。万一溜（劳动）不动了，也就一辈子差不多了。我今晚来，主要就是和你商量这事的。你同意，我就不去什么大城市了。现在，整个家场都由他们卖了，我什么也没有了，这也对得起他们了。我就剩下我一个人，我这人总可以归我自己吧，我总可以自己安排自己吧。

她好一会没说话，紧紧握着他的手。

他说你怎么不说话？

她有些郑重地望着他，说这事，我劝你还是要跟儿子去。

他有些吃惊，说你有想法了？

她说不是有想法，我是为你着想，你不能和后人搞僵。他们在城里买了屋，经济也很紧，要抓紧挣钱，没时间管孩子，正在困难时期，你应该去帮他们一下。现在都是老人进城带孙子。我劝你必须去。我俩的事，反正我也不会跑，等着你，你孙子大些了，就回来，到我家来我们一起过。

他沉默着。她又说，你还是要听我的，去帮他们一下。你不去，和我搞到一起，别人要议论，后人会有意见，对今后我俩的事也不利，他们就会千方百计阻止。想远点，我俩的事，还要他们支持呢。

他说我实在是不想去呀。我丢不下你……

她说你要听我的，一定要去。你再走好远，走好久，我这后半辈子都是你的。

他感动地说，真是感谢你啊，难为了你，可是我走了，你那些重活怎么办啊，你就答应我，少种一些田……

她紧紧地握一下他的手，轻声说，是可以少种点，你放心，不要担心我……

他从衣袋里掏出钓鱼卖的一沓钱，递给她，说我走了，这一千块钱，你拿着，有时小用一下，重活请个工。

她将钱推过去，说这不行，你自己拿着，去了大城市，用钱的时候多，有时买点什么吃一下吧。我待在家里，红苕洋芋多的是。

他很坚决地推过去，说这钱你必须拿着，不然我就不去了，明天就搬过来住。

她推不过，接了，感激地握紧他的手，说真是太感谢你了！

他说我俩还要说感谢吗？

她想起什么，站起身，说你喜欢吃我做的盐菜，我给你舀点带去。他说那我也不客气了，每顿吃点你做的盐菜，就会有胃口，会多吃一点饭。

她舀了盐菜，用方便袋装好，去递给他。他接过盐菜，紧紧地抱住她的身子，轻声说，我去了，想你，怎么办啊……

她说，我还不是想你……

两人紧紧地抱着，好久没有松开，两双苍老的眼睛湿湿的。

如不是这样急，我一定给你装部电话，有时也和你讲几句话。

她说，没电话，我们就在心里说话，一样的……

你好好注意身体。重活就请工做……

你好好去，我等你回来……

回去后他没有进门，他在屋旁的田边坐着。看着田野上飞舞的萤火虫，听着四处起伏的蛙声……

好久，儿子来到院坝里，一惊，看见他爹正默默地坐在那里，儿子顿时心里也一动。

第二天早上，老人早早地起了床，做了饭，只有儿子吃了几碗，他怎么也吃不下，总觉心里饱饱的。接着就离开老屋前往县城。老人又来到水井边，站了会，然后扑在水井里，将嘴唇伸向井水，喝了几口水，爽爽的水往心里一涌，把憋着的东西冲下去了不少，唉，叹了一口长气，心里顿时顺畅了一些，干脆一屁股在井边坐下来，又看了看他的田和房子。接着他向河那边望去，这时他就看见河边不远处一栋土墙房子，院坝边站着一个身影，向这边看着，谁知看了好久。这是李翠翠。这时他已是满眼泪水。这时儿子催促，快走哇，不是赶不到车了。他这才慢慢站起来，缓缓地转身，跟着儿子后面向前走去。走几步，他又回头向山坡望去，只见那个身影还站在院坝边，一动不动地望着他⋯⋯

第三天下午，老人和儿子就来到了大虎市。首先来到租的房子里，孙子一见老人，非常高兴地跑拢来叫爷爷，并说爷爷送我上学。老人见到漂亮的孙子也非常激动，蹲下身子就抱起孙子，用脸在孙子脸上亲，并掏出一张红红的大钱给孙子，亲热地说，爷爷明天带你去买玩具，啊。孙子高兴极了，抱着爷爷的脑袋说，爷爷真好！我喜欢爷爷！他说，爷爷也喜欢你。孙子说，那你天天送我上学。他说好，我天天送你上学。

很快，张娃来到挨着的一个小区，交了所订房屋的首付房款，签订了合同，房产老板就将钥匙交给了张娃。他们就搬进了新房。这里的房子都是统一装修好了的，买了搬进去直接住。他们买的37层，只剩下这些上不沾天下不着地的高层了。

老人来到阳台上，看一眼楼下地面，头马上就晕了，那些人像灰尘颗粒，车像蚂蚁在麻绳似的街道上奔跑。他看看天，又看看地，觉得完全是悬在半空中，飘在空中，上不沾天，下不沾地，这是什么地方啊，这是一个万丈高的悬崖！再向远处望去，高楼就像树林一样，再看那些街道，就像峡谷一样，只是家乡的峡谷是流的水，这些峡谷里是流的车，那些车真比水还多，流得比水还快啊。这时一架飞机从头顶飞过，他下意识缩了一下头，担心这飞机撞着他脑袋了。

他向天空看去，他想看看太阳在哪里，他好确定东南西北的方向，他知道这里是南方，家乡在北边，然后望一望家乡的方向。可是他仰头看了好一会，天空都是灰蒙蒙的，怎么也没有看见天上的太阳，就怎么也不知东西南北。他想，我的家乡到底在这里的什么方向呢？

这时他更加感到天旋地转，身子在空中晃悠，站也站不稳了，就用一只手扒着墙壁。他将衣物提进卧室，放进连着墙壁的组合柜，最后就剩下一包盐菜了，这是李翠翠给他的。看见这盐菜，就又想起她，心里就涌起一堆热热的又酸酸的东西，喉咙里就一哽一哽的。他看了会，就把塑料袋子解开，伸嘴鼻去闻，一股盐菜的香味呼的一下涌进他的心里，呼的一下香遍全身。接着，他去拿来一双筷子，拈了盐菜喂进嘴里，顿时一种说不出的滋味涌上心头。他又伸筷子去拈，就发现里面有个东西，再一撬，是一个塑料纸小包，他拿出来，打开一看，大惊，这是他给她的那一千块钱！他愣住了。他接着就想，她为什么不要他给的这一千块钱呢？到底是什么意思？他想着。

不久儿媳喊吃饭，这是搬进新房的第一顿饭。她弄了几个好菜，有鱼，有鸡，有猪肉。他将这包盐菜也提去了桌上。儿媳皱眉斜视了一眼，仿佛是一包大煞风景的垃圾。

相反儿子像是闻到了一股香味，走过来，问他爹：这是爹带来的呀？

老人说，是我带来的盐菜，我喜欢吃盐菜。

儿子说，这盐菜还真香啊，我就喜欢吃家乡的盐菜。

老人说，好吃你炒一盘吃吧。

儿子对厨房里说，哎，炒盘盐菜吃吧，这盐菜太香太好吃了。

可是厨房里没有任何回音，像没有人一样。这实际是无声的抵制。

这时孙子一偏一扭地来到餐桌边，手里端着半碗饭，去挨爷爷身边坐下，并望着爷爷。儿媳端来电饭煲和碗筷放桌上，自己舀了一碗饭，表情平淡，来到桌边坐下，用筷子夹了菜，自顾自地吃着，又横了一眼那包盐菜，好像那包盐菜是个大苍蝇。

老人将目光从孙子脸上转到儿子脸上，说你去炒一盘盐菜吧。你们的这些锅灶我用不好。

儿子含有怨气地将盐菜包提进厨房里，接着锅里叮里哐啷响了一会，就端出一盘炒的盐菜来，放到桌上。顿时一股特别的香味飘满饭厅。他舀了两碗饭，递给爹一碗，自己一碗，坐桌边吃起来。

老人没有拈那些鱼肉，他端起盐菜盘子，给饭碗里扒了些盐菜，又伸给孙子，亲切地说，来我给你扒点盐菜。孙子双手端碗急忙转过身去，把碗拿得远远的，大声说我不要！老人亲切地说，这盐菜好吃呢。孙子向远处伸着碗说，我不要！

老人撇一下嘴，用盐菜拌饭吃起来。一吃进盐菜到嘴里，马上就想起他那翠翠，心里就涌起一堆温温的又酸酸的东西，像一堆盐菜，喉咙里就一哽一哽的，他试着吞下嘴里的饭和盐菜，就怎么也吞咽不下去。他起身去倒了一杯水，喝下一口水，用力吞咽着，他想，一定要将这盐菜拌的饭吞下去，可是难以下咽，他就伸直脖子慢慢咽，还用手轻轻地拍拍胸脯。

儿媳看着这些，烦死了似的，干脆将饭碗端到一边去吃。

他强行咽下一些饭和盐菜后，将一张苦苦的脸转过去，很郑重地问儿子，这屋，哪里是北方？

儿子有些怪怪地怔一下，望着他爹，说你问这个做什么吗？

他从另一个方面说，我看这屋是什么朝向。

儿子有些醒悟地说，哎呀，我还真没有注意这个屋的朝向呢。这，你可以看太阳，就确定了嘛。这也不叫个什么事。

老人有些严肃地说，这也不是个小事情。你说看太阳，可天总是昏蒙蒙的，谁知道太阳在哪里呢？其实，他心里想的并不是这房子的朝向，而是另一个事情，他想弄清哪里是北方，他好站在朝北方的窗边或是阳台上，看看北方，遥望他的家乡，遥望他的亲人……但他不知道哪个窗口是北方。

他想到每个窗口去看一看，看哪个窗口对他心里有感应。他首先来到自己房间的窗口，向外向远处望着，可他感觉到的是一片茫然，感到上不沾天，下不沾地，像是飘在云里雾里，不停地晃悠，人晕晕的，哪还知道什么东西南北？他连忙闭上眼睛。

好一会了，他来到阳台上，半睁半眯着眼睛，向天上望去，想寻找太阳到底在哪儿，但天空灰蒙蒙的，看不见太阳的影子。接着他向地面望了下，这一望他就晕了，身上连骨子里都呼呼地刺入一股寒气，像是整个骨头都在呼呼地溶化，他急忙退到背后靠着墙壁，闭上眼睛，可闭上眼睛也感觉是天旋地转，身子要倒下。忽然他感到前方就是北方，不自觉地睁开眼睛，向前望去，但只有厚厚的云雾，什么也没有望到，只获得了更加的晕眩、晃悠。他只好扶着墙壁走进房间，可感觉连整个房子都在旋转。接着他就向床上躺去，但总是感到整个房子在旋转在晃荡，感觉自己在空中晃悠，就是闭上眼睛也是这样。

这时老人就去想他老家，想几十年朝夕相处的房子、田块，想钓了几十年鱼的河，想河那边的翠翠，一下子他的眼泪就流出来了。于是他决定，他还是要回到他的老家，回到他的田里，回到他的河边，回到他的伴儿身边……他心里忽地就涌起一股激流，像是要冲破一切阻挡，一泻千里。

但他没有起来，他觉得实在是头晕，怕摔倒，就在床上躺了下来。

晃悠中他感到天空黄黄的，昏昏的，人还像在飘，在转圈圈。他晃呀晃地，接着他感到来到一个陌生新房里，儿子正在吃面条，但仔细一看又不像儿子，那人见他来了，忙给他端来面条，说爹快吃。他怔怔地，说我吃不下。那人说这面条很好吃，怎么吃不下？但不知怎的他面前忽然跑来一碗面条，碗很大，像是要把他吃掉似的。

他说我、我不饿，我心里饱饱的，真的吃不下。这时他又觉得那人像他儿子，他就说，我给你说件事情。儿子说什么事情？他说你让我回去，我要回到老家去……

儿子惊奇地望他一眼，严肃地说，这可不行，你是专门来帮着接送孙子上学的，你走了，哪个来送他上学，接他回家？

他有些悲哀地说，你不让我回去，我也不能为你接小儿了，我吃不下饭，没有力气去接小儿。我晕，怎么走路？在路上摔倒了怎么办，特别是我摔下去把孙子宝儿打倒了，压坏了，那就麻烦了，宝儿怎么经得起我压呢？那，那后果……他顿住了，好像不敢说下去了。所以你让我回去吧……

儿子还是说，你这是瞎说。儿子说着站起来，他一看，这的确不像他儿子。一晃人就不见了，就剩下他一人在陌生的新房子里，他一下急了，他感到他被新房子吃进了肚里……他想儿子怎么变成了新房子，要吃我啊！房子不停地摇晃着，像是在消化他。

他马上决定：我快走！一晃他就站在了电梯室，好晕，电梯室小小的，就他一人，就像棺材一样，呼呼地下沉，像是要把他送到地底下去，他想这下糟了，他回不成老家了！他哭起来。喊着：我不下地底下去啊，我不下地底下去啊……

晃荡一下，他就落到了火车站，一晃他就坐到了车上。他要回老家了，哎呀这火车兄弟真好！他还是晕眩晃悠，他觉得这火车不是在路上走，是在天上飞，转圈圈。他就去想老家。一想到马上就要回到老家，回到他的田野、河边，心里就一下子好多了。

一晃悠他就到了县城。到处山花盛开。花朵在公路上奔跑。一晃他就坐到了一辆巴士客车上，向他的家乡飞去，不像是走的公路，像是从山间飞的。很快，他就来到了他的鱼儿坝。

这时月亮圆圆的，亮亮的，像他孙子的脸蛋，漂亮极了，不，像他翠翠的脸蛋，把他家乡照得像一个美丽的梦境。他想自己该不是在做梦吧。看见他的老家，他像是分别了好久的游子归来。他闻着刚收割稻谷的田里气息，觉得是那样香甜。他高兴地来到他家院坝里，忽然东边一个红红的像番茄的东西升起来，是早上的太阳。他一步走进屋里，拿了他的钓鱼竿，高兴地向河边跑去。接着他就看见一河的浪花，白白亮亮，天呢，是无数的鱼在跳舞！他拿好鱼竿一甩钩，钩如一弯月牙落进水里，他一提鱼竿，哇，一条黄牯鱼像浪花一样飞到他的面前。接着他一下下地甩去鱼钩，就有一条条黄牯鱼蹦到他的面前，像天上飘下的一片片云儿……

他用一根水灯芯草将鱼串了，提起看了看，笑了笑，先是过了河，再沿着一条小路往山坡上走，很快他就走进了翠翠家。翠翠正在锅里拌猪食，他径直走进去，不说话，笑一下，将一串黄牯鱼递给她，她不说话，笑一下，接过鱼放一个瓷盆里，掺上水，接着就去给他倒茶。他接过茶杯喝了几口，把茶杯放在灶角上，起身去端过瓷盆，坐下，开始破鱼肚。她提着一木桶猪食去猪圈，然后提着空桶不紧不慢回到灶屋，这时他已经破完鱼肚。她弯腰拿过盆，拿瓢掺上清水洗鱼，清洗了三道，将鱼倒进一个瓷钵子里，撒上盐，舀两汤匙豌豆酱泼上，撒点汤料，用筷子拌和几下，腌着。然后她去灶门口坐下，望他一眼，他也正望着她，微笑着。

接着她煮好了鱼汤，两人坐在桌边吃起来。他说，你今天做的这鱼汤真香。她说，是你钓的鱼香。两人都微笑着。

他俩吃着，这时他突然听到一个声音：爷爷，快起床，送我上学了！爷爷送我上学了！他感到胳膊被重重地推着。

他一惊，醒了过来，孙子宝儿正站在他的床边，推着他的胳膊，笑着看他。

他眨了眨眼睛，无可奈何地说：天呢，怎么又到这里来了！

爷爷，快送我去上学！孙子拉着他的衣袖说。

他说是宝儿啊，好，我送你去上学。说着就穿衣起床了。身子不禁歪了一下，又歪了一下。

孙子拉住爷爷的手说：爷爷你怎么的呀？

老人说不怎么，我们快去上学。

不久他们就走在了大街上。老人转头向远处望去。孙子拉一下他的衣袖问：爷爷你望什么呀？学校在前边。

老人努力露出一丝苦笑，望着孙子说：我，我看太阳在哪里……

他们走着。忽然啪啦一下，老人摔倒了，并把孙子压倒在地上。

孙子好不容易爬起来，着急地伸手去拉着爷爷的手，喊道：爷爷，快起来！

老人一手拉着孙子的手，一手撑着膝盖，站了几次，最后站起来，然后拉着孙子的手向前走去。走着，他又向远处望了一下。

木屋记忆

　　木屋记得老太总是起床很早的，但这天中午了还没起床，她怎么了？

　　木屋虽已老成一尊古董且颤颤巍巍，但记得这里的事情。记得住着的老太也老成一棵老树最后站在那，人们都给老太叫的"葛姨"，好像都忘记了她的真实姓名。木屋还记得这里有一头猪也很老了，变成了一头特殊的猪，通人性，最后在这一带留下了一个传奇，老人给它叫的"花花"。

　　葛姨——花花反复考虑，就轻声呼唤了一声，声音很轻很柔，像一个温柔女子。开始花花怕影响老人的休息，一直等着，终于觉得不对劲，就呼唤了一声，又呼唤了一声，都不见老人丝毫回音，花花就很紧张了。

　　平时，一会儿不听见老人动静，花花就会轻轻呼唤一声，像是怕老人有个什么意外的。而老人也会连忙回应一声：哎，我在这呢，花花。听见回音，若花花在圈外就会兴奋地跑去老人身边，像小孩子一样欢跳一阵，若在圈里它会放心地睡下。其实，老人一会儿不见花花就像掉了个什么似的，心里空荡荡的，便要连忙呼唤一声，看它跑哪去了，或去圈里看看，和它说说话。哪怕听见一声花花的声音，老人心里就有一种实在感。经过这多年的相处、交流，老人教了它很多语言，因而花花早已完全懂得老人的语言，老人也完全懂得它的语言。

现在花花急了，就稍大声地呼唤了两声：葛姨——葛姨——平时就是再饿，它也不大声叫唤。当然从没让它饿过，就是老人再怎么受病，爬也要爬到圈里，给花花一点什么吃的。自从有了花花，老人出坡、上山的时间从没超过半天，连几个亲戚家都没有去走过，她担心花花饿了，担心花花会孤独不安。

花花急切的呼唤，使老人有了一点感觉——她昨晚摔倒在木窗下就动不了了，中风了，无法动弹也无法说出什么，但她的心脏还跳动着。她的脸黄黄的，就像飘落地上的一片冬日黄叶。这时她又听到了花花的一声急切呼唤，可她无法回应，她心里十分难受。

木屋记得，老人经过漫长的努力，才慢慢拿起手边抓痒的竹片儿。竹片的一头像五根手指，弯着，和她的手指一样，永远也伸不直了。她拿在手里，感觉很像长出的一只新的小手儿。她就用这"小手儿"向板壁敲了一下，虽然用尽了最后力气，但还是没有什么力气，只敲出了一点微弱的声音。但哪怕只是这么微弱的一点声音，还是被隔壁圈里的花花听见了，花花相信这是葛姨回应它的声音！这时的花花高兴极了，从眼睛里涌出热泪来，它想老人的生命还存在，但肯定病了。于是它激动地回应了一声：葛姨！

啪。老人又用竹片回应了一声。

葛姨——

啪。声音极其微弱。

花花想，老人是不是已经不能说话了呢？它有些惶恐了，禁不住又呼唤了一声：葛姨——

但再也没有回应的声音。老人的手似乎僵硬了，怎么也动不了，无法敲出哪怕微弱的回应。花花决定不再吱声，让老人安静地休息，免得老人忧心它是饿了叫唤的。

　　木屋记得，这天的夜晚很美。圆圆的月亮像一片秋天的南瓜叶，黄黄的，亮亮的，将木屋蒙上黄蒙蒙的意境，古悠古悠的。多少年，老人就躺在这个意境的木窗下，感觉这月亮像秋天的一个大南瓜，吊在半空中，香喷喷的，把这夜晚全染成南瓜色，酿成南瓜香。她想，只要这南瓜不掉下来，她的生命也就像这南瓜一样，既发光又喷香。老人望着，就进入了一种充满南瓜香的梦境。

　　花花几次都想再呼唤一声，但它都忍住了。但就在这时，传来老人向它敲出的极其微弱的声音，像是从遥远的深处传来的轻声呼唤。

　　花花听到的却像一声宏大的呼唤，它激动地流泪了，连忙回应：葛姨！声音很有力，表明它没饿，不要担心它。然而它再没听到回音。花花心情一下子陷入沉重，一夜未眠，将耳朵贴着圈壁篱笆，静静地听着。但再无任何声音。

　　木屋知道，老人一直昏迷着，再也无法回应花花的呼唤。她手里拿着的那个抓痒的竹片，也无法敲出声音。天亮后，花花时不时地总要呼唤老太一声，但直到夜幕又如一块黑布蒙下来将山山岭岭包住，始终没有老人的回音。花花悲哀地叹了一口气，然后愣着，像是在回想着什么。

　　木屋记得，这屋子里好久就只有花花和老太的身影与声音。早上，老人早早地起床，第一件事就是去看花花，拍拍花花的耳朵：花花，你乖！从小老人就叫它"花花"。它的身上本是白色，头部、腰部和尾部有一些黑色点缀，很好看。花花听见老人走进猪圈门的声音，就会一轱辘爬起来，将两只前脚爬到栏杆上，热情地翘着嘴儿说您好！您好！老人就伸手去拍拍花花的脑袋瓜：花花，饿了吧？花花便会摇摇头：不饿，不饿。

然后老人的第一件事，就是烧燃灶里的火，为花花煮食。一边煮食，一边说：花花，你乖，我很快就煮好的。花花回答：不急，不饿。

煮好后老人提了猪食桶去喂花花。她将猪食倒在一个石槽里，用手拍拍花花宽阔的头顶，亲切地说：快趁热吃吧，啊。花花并不急忙去吃，而是感激地用嘴亲吻着老人的手：您辛苦了！同时用两片像风叶的耳朵一摆一摆地为老人扇风，老人累热了，正喘着气。

老人又摸摸花花的耳朵，说：快吃，不然冷了，冷的吃了肚肚要疼呢。花花点点头吃起来，吃两下又抬头望老人。老人就弯下腰，俯在栏杆上，望着花花吃食，脸上微笑着，就像看着自己的孩子吃饭一样，渐渐地就笑得很有些温馨了。花花又抬起头来，用嘴翘着老人的手：您去做饭吃吧。

老人欣慰地笑着说：我还不饿，老年人吃早了吃不下呢，我看着你吃食，真是太高兴了，心里好甜呢。你不知道，我一天最舒心的时刻，就是看你大口大口地吃食。你吃食的样子真乖。要不是一天能看你吃几次食，太阳真不知道要走好慢哟。看你吃一会儿食，太阳就走去了几丈远呢。

花花就望老人笑着：谢谢您！您看着我吃食，我是多么幸福啊！我敢说，我是天底下最幸福的猪了！这辈子，我真不知道该怎么感您的恩啊……

老人说：我要感谢你呢，和你说话，是我一天最舒心的时候，一点也不孤独、苦恼，不然我早就不在这个世界了。老伴去世后的那些日子，我拿过好几回绳子，准备上吊，和他一路去，是你轻轻的呼唤又让我放下了绳子，又来到你身边，心又热了起来……活着当然很好啊。

木屋记得，白天老人从没有关过圈门，让花花自由地来往，随意玩耍。花花喜欢跟随老人活动。老人去地里干活，也总要叫它：花花，我们到田里去。花花哼哼地应着，活蹦乱跳地跟着老人走去，仿佛是去一个什么乐园。

田是坡田，就在屋旁和门口，木屋随时看着这些田块。到田里后，老人说：化化，你自己随便玩吧，我要干活了。说着就开始忙活起来，或是挖田，或是播种，或是锄草……花花看见老人干活太苦太累，就常常来到老人身边，去亲热她，活跃一下气氛。老人看着花花的懂事和亲热，就笑了，就忘记了劳累。

干一阵活儿后，老人就说：花花，我们歇会儿。花花哼哼着挨老人坐下来，陪着老人。老人带的有一炊壶茶水，老人喝了茶水后，也总是倒上一杯，给花花喂了喝。有时花花本来不想喝茶水，但想给老人带来一点儿乐趣和安慰，也就喝，而且喝得津津有味，呷着嘴，这时老人就笑了。花花也高兴，觉得做了一件有意义的事情。

木屋记得，老人和花花坐在阳光下的田边，说着话儿。老人指着这山坡对花花说：这山坡叫茅草坡，是一个不小的村子。几百年前是一坡的茅草，是湖广填四川时，上来的人们开垦出来的。我们祖祖辈辈都生活在这个山坡上。

现在，花花已经一天没有听到老人的动静了。花花呼唤了百十遍，一直不见老人一丝儿回音，只有一片空寂，沉寂。花花急了，老人到底怎样了啊！

随后花花就幻想着，想老人可能是没有力气回答了，勤劳了一辈子，太累了，需要好好休息一下，还只休息了两天呢。这么一想，花花就不再打扰老人的休息，不弄出任何响动，保持整个意境的宁静、安逸。

花花就又开始回想一些事情。花花知道自己和其他的猪们一样，并没有什么特殊。但后来，它的确变成了世界上最幸运、最特殊的一头猪。

木屋记得，花花是那年正月初老人的儿子买回来的。不几天，还没过元宵节，老人的儿子和媳妇就到远处去打工。走时，老人说：你们好好去挣钱，我给你们把孩子带着，把这猪好好喂大、喂肥，等你们回家杀了一起过年。他们说要得，接着就走下了门口的山坡。老人久久地站在院坝边，一手扶着毛桃树，一手遮在额前，望着儿子和媳妇，后来他们的身影早被门口的山坡挡住了，什么也看不见了，老人还站在那里，用手遮在额前久久地望着，好像他们永远都在门口坡下。

后来，木屋记得，在她老伴去世的悲痛日子里，老人就常常依着猪圈栏杆看花花，和花花说话。老人说：一直没有儿子、媳妇的音信，我很担心，儿子是去的山西挖煤，该没出什么事吧……花花摇头：不会的，不会的。老人有什么事，有什么话，就对花花说，像是对它很信任。过年，儿子和媳妇没有回家，老人没有杀它，而且给它弄了好吃的。大年三十老人就没有吃肉，只吃了点简单的饭菜，然后就去一手扶着毛桃树，一手遮在额前向坡下打望，直到天色变成一块黑布蒙下来将山坡紧紧包住。然后就来到圈里和花花说话，老人说：过年他们都没回来……花花望着老人，安慰着：不急，没事的。

木屋记得，第二年，也没有儿子和媳妇的音信。过年，老人还是没有杀猪，老人又没有肉吃，就吃了点简单的饭菜，然后就去一手扶着毛桃树，一手遮在额前向坡下打望，直到天色变成一块黑布蒙下来将山坡紧紧包住。然后就来到圈里和花花说话。老人忧急地说：他们又没回来，不知怎样了……花花望着老人，安慰着：不急，没事的。

木屋记得，第三年正月，孙子初中还差一学期毕业，他对老人说：奶奶，我去打工。老人说：你初中这学期毕业呀，怎么能去打工呢？钱我给你想法子。孙子说：我不想读了，读也读不出个名堂，我去打工，挣了钱去找爸爸妈妈回来。老人说：你还小啊，不能出远门，就在家跟我学种田吧。孙子说：我不学种田，最苦的就是种田人，我要到外面去打工，我有伴。说走就走出了门。老人来到院坝边，一手扶着毛桃树，一手遮在额前，看着孙子向坡下走去，流着眼泪说：你过年一定要回来啊，你回来了我们就杀这头大猪……孙子说要得，很快就走下了山坡，什么也看不见了，老人还扶着毛桃树，手遮额前向坡下望着，好像孙子永远都在这门口坡下。

木屋记得，这年过年时，孙子没有回来，更没有儿子儿媳的音信……老人给花花弄了好吃的送去，看着花花，轻柔地摸着花花耳朵：我那儿子恐怕是不在了呢，媳妇肯定跟了别的男人……花花连连摇头：不会，不会！老人又说：孙儿人小，可能没挣到钱，春节回来的路费又贵，就不回来了。花花点点头……

木屋记得，慢慢地又过了两个年，还是不见儿子儿媳的音信，也不见孙子音信。老人分析：儿子是去的山西，可能是进的黑煤窑，出事了也就埋在了山里面，不会报案，免得受罚，省得赔钱，也就永远没了音信。儿媳妇就跟别的男人去了远处。但这仅仅是分析，老人则总是相信他们还会回来的。至于孙子，现在的年轻人，出门了就忘记了家里，何况她只是他奶奶，也可能是没有挣到钱。

前不久，老人看着花花吃食，摸着花花耳朵说：几年了，我那孙子也该是大人了，再回来，我可能还不认识了呢，也不知我还能不能等到他回来……花花说：能。能。口气很肯定。

其实对花花来说，他们回来了，就要杀它吃肉，他们不回来，老人就不会杀它，它就可以活着。这是一个两难选择。

木屋也不知道远处的事，不知老人的儿子是否还活着。但看花花的表情，它是希望老人的儿子儿媳孙子都平安回来，哪怕要杀了它一家人过年，它愿意为他们付出生命，这是它们的命运和价值所在。花花痛苦的是，不愿离开老人，只希望能永远陪着老人，和老人说话……

第三天早晨，木屋记得，太阳将这山坡木屋晒得暖暖的，并将手从窗户的木杆杆间伸进来，抚摸窗下躺着的老人。老人一动不动，任阳光之手一下一下地抚摸那皱纸一样的脸，抚摸那老树根一样的肢体……其实，老人心里一直在活动，只是不能动不能说话，因此也就十分压抑、痛苦。她就去想象——儿子儿媳回来过年了，背着很多东西，接着孙子也回来了，背着一个牛仔包，他长成了一个高大漂亮的小伙子，他们都笑着，很高兴的样子。明亮的阳光照在他们脸上，非常好看。这时，她的老伴也来了。她说：你不是死了吗？他说：其实，死是死的我的肉体，我的灵魂一直都在这里，给你做伴，只是由于我们身份不同，你不能看见我。她说：那现在我怎么看见了你的呢？他说：现在你也死了，我们都变成了一样的身份，所以你就看见我了。她说：哦……

葛姨——葛姨——

这时她就听见两声非常熟悉的呼唤，她多想回答它一声啊，她手里还拿着那个竹片儿，但她无法指挥一切行为了。她已经昏过去三天了，大脑已经瘫痪，只有心脏始终还坚持跳动着，等待着。但她感到心里从没这么难受！

葛姨——葛姨——花花急切地呼唤着。

就在老人痛苦的一急之下，那竹片敲响了微弱的一声回应：啪——花花激动了，急忙又呼唤：葛姨——葛姨……

但再也没有听见一丝声音。

木屋记得，就在这天下午，花花一副很急的样子，更是变成了一位勇士，向栏杆冲去，用嘴去撬栏杆，它要将这些拦住它的栏杆一根根拆除，然后出去。可是花花用了很大的劲，而栏杆却只如弹簧片似的晃了一下，依旧原样。花花又鼓足劲再一次去撬——它一连撬了十次，栏杆依然原样！花花不泄气，继续鼓劲去撬，去拆！——花花又一连撬了十几下，第一根栏杆终于被它拆除。这时花花的嘴上已经红红的了，流着鲜红的血。花花喘口气，咬咬牙，接着向第二根进攻……直到满天的霞红红的，将木屋映照得红红的，圈里大片地方被花花的血染得红红的，被它撬除的八根栏杆也红红的——花花终于激动地冲出去，那神气就仿佛一个勇士终于冲出重围！

但花花没有在屋里找吃的，也没有去外面田野，尽管外面吹来一阵阵玉米成熟的香甜、红苕成熟的香甜，花花径直来到老人的房间。一见老人躺在地上一动不动，手里拿着的那个竹片儿紧挨着板壁，花花一下子眼泪双流，哀切地呼唤：葛姨！葛姨……但任它怎么呼唤老人也一动不动，毫无回应。花花亲吻着老人的手，那竹片在板壁上发出细微的声音，花花用耳朵倾听老人的胸膛……然后它在老人身边躺下来，守候着，一动不动……它感觉到东边天空又滚出一个大南瓜，吊在空中，满世界一片南瓜香——直到数月后一位亲戚来到这里……

木屋像一位佝偻的老人，默默地站在那，静静地接待这位亲戚……

奶奶妈妈

孩子妈妈抱着孩子喂了很久的奶，像是要孩子狠狠地吃饱，管一年不饿。直到孩子睡熟，才将孩子抱起来，用脸蛋在孩子脸蛋上紧紧地挨着，就如骨肉要久久分别而作最后的一吻，然后恋恋不舍地递给孩子奶奶，哽咽地说，妈，我走了……

奶奶接过孩子抱在怀里，感觉像是抱的一个石头，接着这个石头就压在了她的心上，好沉好沉。孩子紧闭着双眼，不知道看一眼就要远去的妈妈。孩子不知道这是一场分别。

随后就是妈妈远去的脚步声，但孩子没有听见。孩子还在一个天国的梦中。这是清早，没有太阳，对面雪岩岭的上空正向这里飘来一片黑色的云块，像一座岩山在移向他们头顶。

奶奶抱着孩子站在院坝边，看着孩子妈妈向门口坡下走去。她不禁想起去年这时，站这儿望着自己的儿子也向坡下走去——儿子听说山西挖煤一月能挣几千块钱，指望去挖两年煤，一是偿还为爹治病欠下的万元债务，二是把房子重新翻修，这老房子实在是撑不下去了。儿子说去找好了厂子就写信回来，哪晓得去后就没有音信，不知死在了哪个黑煤窑里，埋入了永远的黑暗之中，连一点骨灰也没有留下。根本就不知死在了哪里，就如一只小鸟落入大海，茫茫一片你到何处去寻找？

奶奶就看着怀里的孙子，不禁又想起那时抱着儿子的情景。

也是这样。她习惯地在孩子脸蛋上狠狠地亲一口，又认真看一眼孩子的脸蛋、眼睛、鼻子、嘴儿，还用右手摸摸孩子耳朵、拍拍孩子脸蛋，又走进那远去的岁月……

不久孩子醒了。奶奶连忙给孩子换了一块尿布。她将孩子抱到胸前，孩子就伸出小手儿抓弄着奶奶的衣服，脑袋一拱一拱的，眼睛搜寻着，很快就哭起来了。

奶奶知道孩子要吃奶了，连忙来到灶屋里，揭开灶上的锅盖，从锅里端起一小碗早已准备好的米糊糊。这是将大米用热水浸泡后磨成的糊糊，并放有一点白糖。孩子不知道奶奶在给他准备吃的，还是一个劲地哭叫着，身子有力地扭动着。

奶奶抱紧孩子，亲亲地说，乖娃娃，莫哭，我给你喂饭饭吃……说着用调羹舀起一点糊糊，往自己嘴唇上挨一挨，试试烫不烫，用嘴吹几口，直到确认温度正合适，就向孩子的小嘴里喂去。看见这一调羹糊糊喂进孩子嘴里，奶奶脸上露出了一丝笑容。可是孩子很快就用舌头将糊糊抵出了嘴唇，随即哇的一声哭起来！

奶奶心想是不是烫了？她又舀起一调羹，用嘴吹一会，再向自己嘴边挨一挨，又吹一吹，又在嘴边挨一挨，直到确认肯定不热不冷，正合适，才又向孩子嘴里喂去。很快，孩子又将糊糊抵出了嘴唇，哇哇地哭叫着。

就这样，奶奶一连喂了上十次，孩子都将糊糊抵出了嘴唇，一个劲地哭叫着。奶奶叹口气，唉，也是呢，这孩子才五个月，太小，还是吃奶的时候，这米糊糊肯定是不会吃的了。孩子就是孩子啊。她马上感觉到一种惶然。

奶奶抱着孩子摇一摇，孩子像是发火了，拼命哭叫着。奶奶摇一会了就又给孩子喂糊糊。可是还没等到喂进嘴里，孩子伸出的小手一下子将碗推到了地上，啪嚓一声摔成了碎片，糊糊泼了

112

一地。

　　奶奶就急了，我的天，这可怎么办啊！

　　孩子哭着，声音特别地大。孩子妈妈的奶水好，孩子才五个月，个头却不小，声音也大，哭声也响亮。而且力气也大，几下子就将奶奶的衣服拉开了，还拉掉了一颗扣子，一个劲要拉开奶奶胸脯的衣服。他似乎看见了那胸脯很丰满，一定长着很大的乳房。

　　奶奶年纪还不大。她十七岁时爹患病，有算命先生说，要用喜冲一下，没法，她是大的，就去了婆家，结婚了。谁也不觉得这有什么不可以的，这山沟里还有十五岁就结婚的呢。她十八岁就生下了这孩子的爸爸，孩子爸爸二十一岁就结婚了，所以现在她还只有四十岁多一点，还算年轻，胸脯也还丰满。

　　奶奶心下忽然一动，干脆掀起衣服，乳房就啪的一下弹出来。她将乳头塞进孩子的嘴里，孩子马上不哭了，紧紧咬住了奶奶的乳头，像是十天没吃奶了，拼命地吮吸。

　　奶奶觉得乳头很是疼痛，但她必须忍住这疼痛，必须让孩子这样，因为孩子没哭了。她的心就在一种疼痛中得到一丝暂时的安慰。孩子吸得很有劲，用力真大。因为没有奶水，而孩子又想吃到奶水，就拼命地吸……望着没哭了的孙子，奶奶觉得奶子不疼了，可是她心里正在涌起一种疼痛。

　　不一会，孩子又哭叫起来。因为他费了好大的劲，却没有一点收获，肚子仍然很饿。奶奶决心还试一次，又去端来一小碗米糊糊，给孩子喂了吃。可是，这孩子灵性得很，像是知道是骗他的糊糊，不是奶，就连嘴也不张开了，任随奶奶怎么喂，嘴唇咬得紧紧的。接着就是啪嚓一声闷响，碗又被孩子推到了地上，摔得粉碎……这还有什么法呢？

　　奶奶无可奈何地摇摇头，有一种彻底失望的感觉。糟了！

奶奶就去冲了糖水，给孩子喂。可孩子以为还是米糊糊，怎么也不张口。奶奶没办法，只好捏住孩子的鼻子，哇一声，孩子哭着张开了嘴，她就趁势给孩子嘴里喂进了一调羹糖水。孩子感觉到这次不是米糊糊，被迫吞下了。她就又给孩子喂下一调羹糖水。费了好大工夫，总算给孩子喂下了三调羹糖水，但喂第四调羹时，孩子怎么也不张口了。这孩子聪明得很，骗不了他，他知道这是糖水不是奶水，就再也不喝了，一个劲地大声哭叫。

面对孩子大声的哭叫，奶奶又将衣服解开，将奶头塞进孩子嘴里。顿时孩子不哭了，拼命地吸着奶奶的空奶，并一边用小手儿捏弄着乳房，要捏出奶水来，不相信这鼓鼓的乳房里没有奶水。她感到好痛。但是，她觉得这点痛她完全能够忍住，只是孩子用完一身的力气吸奶，而并没吃进奶水，肚里仍然空空的，这该怎么办？

吃中饭的时候，乡下的中饭是两点多钟，望着小儿这么饿着，奶奶也没想到要做中饭，根本就吃不下饭！

俗话说，养儿容易望孙子难啊。这家人可是三代单传，这孩子是这家人唯一的命根子。前年孩子爷爷患病住进县医院，借了一大笔债治病，人还是死了。没想到去年春上，儿子去山西挖煤，又不知死在了哪个黑煤窑。但也有喜，去年农历七月得了这么一个男孙，这可是个宝贝啊，一家人又忘记了悲伤，高兴不已。今年过了春节，儿媳妇就要去打工，说去挣点钱，把债还了。在这个家里，她是唯一年轻力壮的劳动力。接着她就去信用社借了路费，真的去了，将这么一个五个多月的孩子扔在了家里，扔给了她这奶奶。

但孩子奶奶还存有一线希望——她想孩子饿久了是会吃米糊糊的。可是过去了大半天，孩子已经饿得快快的了，她给孩子喂米糊糊还是不吃。

她想，把我吃的苞谷卖一点，给孩子买包牛奶吧。只要孩子吃牛奶，我的口粮就卖了让孩子吃，我光吃菜也行，反正我们也是下山的人了，只要能救活孩子，后继有人，怎么都行！接着就用袋子装了二十斤苞谷，将孩子用旧衣服塞在背篓里，然后背上背篓，用肩扛上袋子，就急急地往茅田镇上奔去。这去还算不远，只有十多里路程。孩子在背篓里哭叫着，但奶奶也没有办法，只好让他去哭叫，她想买了牛奶就有希望了。

奶奶的脚步像飞一样，很快就买了包牛奶回来了。进门坐也没坐，茶也没喝一口，就喘着粗气去给孩子换了尿布，冲了一杯牛奶给孩子喂。这时孩子的声音已经哭嘶哑了。

奶奶说，乖娃娃，给你买回了好东西呢，几好吃哦，快吃啊。说着就舀起一调羹牛奶，放嘴边吹一吹，用嘴唇挨一挨，又吹一吹，直到确认不烫了，才向孩子嘴里喂去。可是，这孩子不知是害怕又是米糊糊，还是闻不了这牛奶的气味，忽地将头扭向一边，小手儿乱推乱打，嘶哑地哭叫着。

孩子奶奶想，这牛奶是好东西呢，怎么不吃？就又给孩子喂。可是调羹还没有接近孩子嘴唇，孩子就将头一扭，伸手将调羹打到了地上！还好，这地面是土垒的，不怎么硬，调羹没有打碎。她捡起调羹去洗了，继续给孩子喂，但忙了好一会，一直没有喂成功。

她吃惊了，我的天，这孩子不喝牛奶！也是呢，孩子吃惯了人的奶，又怎么会吃牛的奶呢？也还不知这到底是不是真牛奶呢。这牛奶的气味也确实太大，大人闻了都要作呕呢。这可怎么办啊？

奶奶只好又让孩子吃着她的空奶。可是这只能混时间，却怎么能混肚子呢？唉，孩子是吃"寸奶"（常吃奶的意思）的，今天一天了，还是早上吃了他妈妈的奶的，米糊糊不吃，牛奶不吃，这叫我怎么办呢？早知是这样，就千万不该让孩子妈妈走喽。但是走也走了，谁知去了哪里，这真是给了我一个要命的难题啊！

白天慢慢地走向黑夜。孩子吃着空奶终于让太阳落下了山那边。她觉得这天过得好慢。她心里像烧着一堆火，真的是忧心如焚！一天了，孩子肚里没吃进一点儿东西啊。今晚上又怎么望得到天亮呢？这办法该怎么想呢？

望着孙儿这么饿着，她不想吃饭，只感到心里烧着一堆火！为了照顾孩子，她热了剩饭剩菜，强迫自己吃了一点点。

孩子很饿了，当然要哭。孩子吸几口空奶头，又哭叫一阵。哭叫一阵，又吸着空奶头。然后又哭，就这么重复着……

外面的夜黑得阴森可怕，这屋子像是掉进了深渊。

她又抱起孩子，在堂屋里来回走动，边走边摇晃着，指望孩子能睡一会。可是孩子还是用最后一丝力气哭叫着，而且已经哭不出什么声音了。转了一会，她又冲了糖水，来给孩子喂。孩子大概饿极了，喝了四调羹。再喂，再也不喝了，还是哭叫，已是声嘶力竭。

折腾了一晚，第二天早上，奶奶把孩子抱到大门上一看，天呢，孩子瘦了，脸上黄了，眼睛半睁着，没有一点神采了！孩子奶奶一屁股坐到椅子上，像是再也站不起来了。

好久，她想到一个办法，就急忙背着孩子向茅田镇上走去。

孩子奶奶来到茅田镇上，接着就去了中医院。还好，一去就找到了她的族房老表。他是个好中医。

这中医老表一见她就说，这孩子怎么的呀，这样子了。

她说，不是病，是饿了的。接着就将儿媳妇出门打工，将孩子扔在家里，孩子不吃米糊糊，连牛奶也不吃的事说了。请他救急。

这位表哥脸上一下子沉重了，说，那怎么办呢？赶快叫孩子妈妈回来呀。

她说，谁知孩子妈妈到哪里去了，你上哪去找？她看一下周围没人，小声说，老表，我有个想法，你一定要帮帮忙。

中医老表说，你说嘛，我尽力。

她低下头，抿抿嘴唇，有些害羞地说，我想请你给我开点好中药，把我的奶水发出来……

这位中医老表稍微吃惊一下，接着就认真看她的脸色，看她的胸脯……后来就问，你怎么想到了这个事的呢？

她低头望着桌面说，孩子吃了我一天一夜的空奶，奶头都吸疼了，我就想到这个办法，也只有这一个办法了。

唉——中医老表叹了长长的一口气，说，你今年多大年纪了？

她望着桌面说，四十多一点，身体还算好。

中医老表点点头，说，莫急，我有一个秘方，开两服药试试。

那就谢谢你啊！你看我这孙子可是饿着肚子等奶啊，声音都哭不出来了，只有一口气了。这事比什么事都紧急啊！

中医老表找出一个很旧的本子，查了那秘方，开了药方。又亲自去划价拿药，包了一大包。然后将药递给她：快回去将药和着鸡子炖了，一天喝四顿，一顿喝一大碗，多吃点鸡肉。不时地又让孩子吸一吸，心里想着里面有了好多奶水……

她抬头望了他一眼，说，多少钱？

他看一眼已经哭不出声音的孩子，说，钱我已经给了，你就不要给了，孩子饿成了这样，就算我为孩子做的一点救助吧。

她说，不，我以后还你。他说这点小事，你就不要啰嗦了。她还是去问了价钱，一个女医生告诉她：一共 52 元。

她又转身去向老表说了声谢谢，就急急忙忙地往回赶路。

孩子奶奶虽然一天多没吃什么饭，但还是有一股子劲头。听到孩子像要咽气的哭叫，她的心里就有一把刀子在划口子，她感到孩子的每一声哭叫都完全是在死亡线上做最后的挣扎！

她很快背着孩子又爬上茅草坡，回到了家。她喘着气去捉了一只鸡子，操起菜刀一刀下去，鸡子的头就飞去了五尺远，扑腾两下就不动了。

她一边扯着鸡毛，心里一边想着自己还很年轻，是自己坐月子，要发奶水，孩子等着要吃……想着，不觉脸上有些发热——发烫，好像自己真回到了那个年代。她想着，几下子就把鸡子捋得白净净的，用水认真清洗，宰碎，很快，就将鸡肉和着药用一个大瓦罐装好了，放进火坑里，找来干柴加火。她将身子蹲下去，用力吹火。这一蹲下，她的乳房就挺在了大腿上，她就感觉到乳房还是鼓鼓的，就去感觉里面正在生长奶水……

火一下子燃烧起来，红艳艳的，照着她的脸，她的脸也红艳艳的，真像是一位少妇。在红红的火光中，在她的热血涌流中，在她的想象中，鸡和药炖好了，飘满一屋的香气，连孩子的哭声也掩去了。这时孩子已经没有哭叫声了，他已经没有力气哭叫了。

她一边喝着药汤，一边想着自己生了个孩子，快生长奶水；她一边吃着鸡肉，一边想着自己的奶在渐渐膨胀，充满了奶水，使乳房变得鼓鼓的……

喝了一大碗药汤，吃了些鸡肉，放下碗，她就放下背篓，抱出孩子。孩子尿布一塌糊涂。她给孩子打整了一下，换了一块尿布。她将奶头塞进孩子嘴里，孩子已经没有力气吸她的奶了。

她努力感觉乳房胀胀的，鼓鼓的，里面有了很多奶水，不停地往外涌流，孩子吃得有滋有味，吞得咕嘟咕嘟地响，奶水正一股一股地流进孩子肚里……她心里感到温温的，暖暖的。渐渐地，她的脸也热热的了。

她心里就这样不停顿地去想象，去感觉。

这时她完全变成了另一个人。

其实孩子的嘴儿没有动，一直就没吸，不知道吸了。

她看看孩子一动不动的嘴，忽然从意境中醒过来，一下子惶恐了，用手指去探孩子鼻孔——孩子还微微喘息着。孩子已经饿得不行了，很衰弱了。

她又去热了牛奶。当她将牛奶喂进孩子嘴边时，孩子大概是感觉到难闻的牛膻气，忽地将头扭到一边，闭紧了嘴，任她用调羹怎么喂，就是不张开！好久，孩子才用尽最后的力气哀号了一下，又一下，但已经完全没有了声音，只能让人感到这是生命最后绝望的哀鸣。她眼里的泪珠便如断线的珠子，啪啪地滚落，滴打在孩子的胸脯上。

没办法，她又将胸部的衣服扣子解开，一个乳房顿时球一样滚出来，用手捏挤着，但什么也没有。她就用心去努力想象这乳房里已经充满奶水。她将乳头塞进孩子嘴里。但这孩子闭紧了嘴，不再吸了。

她默默地祈祷，快出来奶水吧，这孩子饿了两天了！

这时间就像小脚女人的脚步，好久才慢慢地走到这天下午。她感到是走了一年。不，像是走了一生！

孩子已经气息微微，危在旦夕。他的手与脚也一动不动了，连眼皮也没有力气睁开了，但又没有完全闭上，还在向这个世界睁开最后一丝微弱的缝隙，做最后的渴望和祈求……

她望着孩子掉泪，祈祷自己乳房里快快生长出奶水……她只能这么去做了。

叮是孩子真的不行了！孩子那用力撑开的一丝儿眼缝，也绝望地闭上了。

天啦，这可怎么办啊！她哭出了声音。她父母亲去世，她都没有哭泣，她说老人去世是顺头路，人人都要老的。孩子爷爷去世，她也只无声地流了几颗眼泪，她想还有儿子。她儿子在山西挖煤不知死在了哪个黑窑里，她很悲痛，但也只无声地抹了几把泪水，毕竟她也没有看见那个惨状。可是现在她面对这奄奄一息的孙子，面对这毫无能力、完全无助的可怜的孩子——她家的命根子——就要消失的小生命，她却怎么也忍不住泪水的涌流，竟然哭出了悲痛的声音！

在这惶恐与悲痛中，她急忙抱着孩子，向山路上走去，去看村里有没有生孩子的，要他们做做好事，让孩子吃一口奶……

她只有一个心情，快去给孩子找到奶水！所以她走得很快。但殊不知由于慌急，她走下院坝坎就摔倒了！由于她双手死死抱着孙子，哪怕摔下去，手一直抱着孙子，孙子就没有受到丝毫的伤，而她摔了个实在，背部、臀部都被摔伤了，而且脑袋在一个石头上碰出了一条口子，流血不止！她很快爬起来，这时血已经给衣服上流了许多。她急忙去找了毛巾，将头包扎了。看去，就像刚从战场上下来的重伤员。然后她抱着孙子向山路走去。

这是山大人稀的地带。孩子奶奶走遍了全村，没有带婴儿的人家。她又向外村走去。翻了好几架山，终于找到一户刚生小孩的人家。她去了，这家人一看这孩子，脸上黄黄的，无一点儿血色，一双眼睛紧紧地闭着，嘴儿一动不动了，像个死娃娃，都惊吓不已。这位母亲非常同情这孩子，连忙放下自己的孩子，抱起这孩子喂奶。可是这孩子已经不知道张口了，或许是没有力气张口了，或许是生命已经走到了尽头。

这位母亲也惶急了，只好将奶头强迫地塞进孩子嘴里，然后用力挤着乳房，让奶水射进孩子喉咙里，又从喉咙里流进孩子肚里……这奶水就如一条生命之线，通过这条线将生命注入孩子体内，让孩子恢复生命。进行了一会，孩子还是没有动一动。这像是进行一个漫长的工程，更像是从死亡线上拉回一个远去的弱小生命……

大约过了一个多小时，孩子的嘴开始微微地动起来。

这时孩子奶奶伸手抹着眼里的泪水，叹口气，也总算喘过来了一口气。

回家的路上，她才感到肚子很饿了，这才想起来，刚才怎么没在那户人家讨点饭吃。现在她上哪去讨口饭吃呢，这里正是大山深处，看不见一户人家。

这时她就看孩子，看看孩子的脸，这脸上有了一丝儿正常的颜色，但仍然很衰弱，连眼睛也没睁开。这可是她家的命根子，她家要后继有人就靠这孙子了。一看孩子，她又有了一点力气，又加快了脚步。可是再一想，孩子明天怎么办？明天又跑几十里路程来吃那户人家的奶？她也有孩子啊，让我这孙子吃了，她的孩子怎么办？也不好意思再去的。那么又到哪里去给孩子找奶吃？

最后还是把希望寄托在自己身上，希望奶水能尽快发出来。可是自己的奶水什么时候能发出来，到底能不能发出来？她都二十多年没生孩子了，虽然奶子还很大很鼓，但她毕竟四十多岁的人了呀！她又掏出奶子，用手挤了一阵，还是什么也没有。她就看看天，说，天老爷啊，您可要行行好，保佑我的奶水马上能发出来，救救我这可怜的孙子啊……

这时她就看见天边飘过来一缕云霞，原来这是晚霞，天快黑了，唉，还有几架山爬呢。她又看孩子，在晚霞的映照下，孩子的脸蛋红红的，就像早晨的太阳，很美。她浑身一下子热起来，像是看见了一丝希望，又有了力气，又急急地赶路。

后来她实在是饿了，就又看一眼怀里的孙子，她就又有了一股力量，坚持向前走去。就这样坚持，不久就从大山坡上来到山脚的河边。天渐渐变黑，像一块麻布从天上盖下来。她看见河边一块田里长着绿色的东西，走近一看，是种的油菜。她慢慢在田边坐下来，将衣服解开，将奶头塞进孩子嘴里，心里想着里面正充满着奶水。一边想象着，一边用手掐了几片油菜叶子喂进嘴里，嚼着，慢慢咽下。味道有点苦涩，但她看一眼已经安稳地睡着的孙子，心里忽地沁出一股甜意。她就一边看着孙子想象着奶水，一边吃着油菜叶子，她感觉到的是浓浓的清香甜润。她决心多吃点，正在给孩子发奶呢。就吃了很多，就感到有了力量，又向高高的山坡爬去。

第二天早上，孩子奶奶又用手去揉挤奶子，她挤了好几下，她感觉挤出了一滴奶水！她像是真变成了一个少妇，充满着天真和激动，忘记了一切，我有奶水了，孩子有救了！好像这真是她的孩子了。她又揉挤另一只乳房，揉挤了几下，也挤出了一小滴。她凝神看着那小滴不知是不是奶水的东西，心里轰然涌起一个声音：有望了！我们家有望了！她连忙将奶头放进孩子嘴里。她想越吃肯定会越有的。

她抚摸着自己白莹莹的乳房，心里想着自己刚生了孩子，乳房里有好多好多奶水。孩子很虚弱，没什么力气吃奶，她就用手将乳房不停地揉挤。她感到奶水正射进孩子嘴里，像山沟里飞泻的泉水，她听见了孩子吞咽奶水的声音，她感到浑身涌起一股热浪，像远去了好久的热浪又回到了她身上……

她喝着药汤，她想象着。她的奶水真的有了。连她自己也不知是怎么一回事。真的是她想出来的？自己是不是在做一个梦？在她如梦的想象和感觉里，渐渐地，孙子脸上又有了笑容。在孩子的笑容里，她完全感觉到自己是一位年轻的母亲。她忘记了一切疲劳和忧虑。她脸上也有了笑容，这笑容像飘回的远去的笑容，像飘回的远去的岁月……

在孩子的笑容里，她教孩子唱儿歌，尽管孩子什么也不懂。她教唱着：

娃娃乖，上街来，你也爱，我也爱……
娃娃香，走四方，香满水，香满山……

也不知孩子是否听懂，是否被这歌声感动，稚嫩的脸蛋笑了，笑成一朵花，笑成一汪满月……她用手指轻轻地摸摸这如玉的脸蛋，灵感又一下子涌出心口，又激动地教唱道：

娃娃靓，快快长，长大了，挣江山……

在这歌唱中，她觉得自己真变成了一个母亲……

孩子吃着奶奶的奶水，在奶奶的怀里渐渐长大，就像对面的太阳渐渐升起一样。她望着孩子的脸蛋，那脸蛋是她的太阳。

孩子十个月时开始有一些最初的语言。孩子说的第一句话是"妈妈"。这是天生使然。吃奶时总要用手拍打着奶奶的乳房，嘴里叫着妈妈、妈妈，然后就抱着乳房吃奶。吃几口奶后，嘴又离开乳房，望着奶奶：妈妈、妈妈。大概是不见她回答，就又叫唤妈妈、妈妈！奶奶脸上露出幸福的微笑。接着她教孩子说，叫奶奶，哦，叫奶奶。可孩子依然还是叫妈妈、妈妈！她又教孩子：叫奶奶！孩子笑　下，还是叫妈妈、妈妈！然后就埋入她的胸脯，抱着她的乳房吃奶。

后来孩子能走路了，常常独自在院坝里玩耍，饿了，就跑进屋里，叫唤着妈妈、妈妈，我要吃奶，妈妈——一边叫着妈妈一边奔向奶奶，用小手儿撑开奶奶胸前的衣服。她就按住衣服，说，喊我，喊我奶奶了就吃。孩子望她笑着，可爱地依然叫着妈妈、妈妈！她看着孩子，进入了很远的一种意境，情不自禁地笑了，笑得有一种激动，有一种幸福感，忘记了一切，忘记了去计较或是纠正孩子对她的称呼，手不自觉地拿起胸前的衣服，乳房便像一个月亮一样从山间滚出来，与同样如月亮的脸蛋挨在一起，组合成一幅永恒的爱之画、一幅永恒的童话……这时她的脸也如一个月亮，如一部读不透的童话……

孩子的妈妈一去两年，没有音信。在这山大人稀的山坡上，交通不便，又没有电话，当然也无法联系。孩子妈妈也不会写信。

就在孩子两岁零五个月时，孩子妈妈回来了。回家过春节。孩子妈妈瘦了，憔悴了，看上去，让人感到一种疲惫和无奈。

孩子的奶奶在灶屋里做家务，孩子一人在院坝里玩耍，手里拿着长长一根竹棍，学孙悟空一样玩耍。

孩子妈妈看见了孩子，充满苦涩的眼里飞出热泪，激动地奔向孩子：快叫妈妈！快叫妈妈……

但她没有想到，孩子冷眼瞪她：你不是我妈妈！我妈妈在屋里。说着用小手指一下屋里。接着就跑到大门上，像个卫士一样站在那里，挡住门口，学孙悟空一样高高地举起竹棍，像对待企图进屋的陌生人一样大声喝道：不准你进来！

妈妈说，好孩子，我真是你妈妈呢，快叫我妈妈——说着仍然走向孩子。

这时孩子大声地说，你不是我妈妈，你快走！

家

　　石头不吱声，愣愣的，像是哽了个石头在喉咙里，很是惶惑不安。这石头是一只狗子，它在这老屋里和主人们一起生活十多年了，现在已经老了。

　　田树最后看了一眼老屋，他是站在院坝里看的，他背着一些东西，表情有些复杂。他们的老伙伴石头也学他站在院坝里看那老屋，不过石头的表情就显得惶惑。它对主人近来的表现感到很是不安，而且有一种不好的预感。田树说一声：石头，走！接着就转身向山坡下走去，再也没有回头。石头愣着，还是站在院坝边像往常一样目送田树远去。

　　女主人陈竹锁好大门，提着一些东西走下院坝里，唤石头：石头，跟我走。石头听到这话还是没动，愣着看她，有点不相信这话似的，因为他们出门从来都是叫它就在家里好好看屋，不要乱跑。今天怎么要它跟他们走呢？石头继续愣着，疑惑不解地看着她。她就又唤它一声：石头，快跟我走。说着并向它招手。石头不太理解地跟在她后面走，走一步又总回头看一眼那屋，这体现它的一种崇高职责。它从来都是在这看家，坚守岗位。

　　石头走着，总感到有些莫名其妙，往常它跟在主人后面一走下院坝坎，主人就总是吵它、吼它：快回去看屋！如果它不回，或是回去慢了，主人甚至还会用石头或是树棍打它，而今天他们竟然要它跟着往外走！

　　这里叫庙坡，是整个大山坡的最上段。这里曾经有座很大的庙，后来庙拆了，修了生产队的保管室，就只剩下一个名字。田树他们从庙坡上走下几里路，就来到了陈竹的娘家。现在，就陈竹的父母亲两位老人住在这里，他们的儿子媳妇和孙儿出门打工多年，已经在好地方买了房子，他们暂时还在这里留守。

　　石头也很随便地走进了门，它知道这是陈竹的娘家。两位老人对它也很熟悉，老人经常去女儿陈竹家，它每次都对老人很友好，它知道老人是陈竹的父母亲。这时它热情地向老人们点头摆尾，打招呼，表示亲热，还跑去亲吻他们的腿、手，显得很深情很激动的。这时它也看见了田树的两个孩子。它还看见了一辆双排座货车，后面货箱里装着一些东西，有吃饭的大桌子、小桌子，茶几、沙发等，这些东西它很熟悉，它整天都看管着它们，随便在哪里，一看就认得这是它家的东西。这时它想主人们连吃饭的家具都装上了车，不在家里吃饭了？要到哪里再去吃饭呢？它就有些惶恐了。它不是为自己惶恐，它从没上桌子吃过饭，它是为主人揪心，他们要到哪里去吃饭？

　　一会儿，石头就看见陈竹认真地看它一眼，然后对她母亲说：妈，我们走了，我这狗子就麻烦你们把它喂着，它看屋，守强盗，是最不错的，从它来到我们家，就没有被小偷偷过东西。它最通人性。

　　陈竹的母亲说，要得，狗子不吃空饭呢，也吃不到好多东西，还是个伴呢。

　　陈竹就看着石头，石头就连忙走拢去，抬着头望着她，像准备接受任务的，并表现出一种极大热情，伸嘴去吻她衣服，吻她的手。这时陈竹伸手抚摸它的头，亲切地对它说，石头，我们走了，你就在这里来吃饭，给老人做伴，有时也回去看看老屋，啊。石头神情有些沉重地点头，没说什么，很深情地看着她。

石头跟他们家这么多年，很能听懂他们的语言，它明白了，他们要走，要把它留在这里寄人篱下，它的眼神一下子黯然了，心头一酸，涌起难过和留恋，一时间又说不出什么，眼眶湿润了。

陈竹说完之后，又抚摸了一下石头，就去上了双排座驾驶室，这时田树也在后车厢里收拾好了东西，两个孩子早已高高兴兴地背着书包进了驾驶室。很快，车就响了，车上的陈竹和两个孩子都向两位老人挥手，说再见。两位老人站在院坝边，一边抹眼泪，一边向他们挥手。石头也和两位老人站在一起，第一次感受到他们远去挥手再见的滋味，一下子它眼睛里就有东西要涌出来，喉咙里就一哽一哽的，终于眼泪就流了下来。

车就像一头大象，一下子向前跑去。这时，石头就没有忍住，很快跑下院坝坎，向车子后面追去，两位老人知道，它是去送行，看着它跟着车屁股后面跑去，心情也不一般，又抹着眼泪。

石头它就一直跟在车后追赶，可是车越跑越快，远比大象要跑得快，到底是个特别的大动物，一溜烟就去了，它怎么也无法追上，但它不放弃，还是远远地追赶着。直到车不见了影子，它还是顺着公路向前跑去，这时已不是跑，而是慢慢地走着了，它已经老了，再也没有年轻时那种精力了，只跑了一段路就不行了。但它嗅觉很好，知道它的主人们去的路径，它慢慢地走着，它想谁都有停下的时候，车也一样，白天不停夜里也要停的，人们晚上都是要睡觉的。

这天晚上，石头跟踪来到县城，又来到一个小区，正准备进门，门卫拿着一根木棒把它挡住了，恶狠狠地要打它，它只好退到街道边上。过了一会，它又去那门里，又被门卫挡住了，这次门卫更凶，一棒打来，不是它逃得快，就会挨他一闷棒，不是腰断就是腿折。它只得去不远处一个角落待下来，看着那个大门。它相信它的主人会从那个门里出来的，它跟踪的线索是不会错的，他们一定是进了这个小区里。这时它觉得很饿。它不想去找吃的，一是怕别人打它，它觉得这城里的人很恶，不像它那个山坡上的人们温和；二是它要看着那个门，它相信主人会从那个屋里出来的，它不能错过一丝机会，它相信主人进城了还能认识它的。这一夜它就这样躺在那个角落，它也的确筋疲力尽了，躺下就似乎不能再站起来了，有一种永远躺下去的感觉。

第二天似乎来得很慢，也像它的脚步一样。它确实等得太久了。但这还是比较早的早晨，这时已是满街的车和人，就要过年了，人们都在忙着打年货。哇！它一下子跳了起来，女主人陈竹终于出现在小区的大门口！它一眼就认出了她，他们相处十多年了，不看也能感觉出来是她，她一直对它很好。它现在明白了，男主人在外面打工挣了一点钱，凑了个首付，在县城的小区里买了一套新房，虽然是按揭，银行还有一大笔贷款，但一家人住进了城里，这是祖祖辈辈想也不敢想的事情，还是感到一种从没有过的开心，那欠账和在城里谋生的忧虑也被高兴掩盖了。

它没有想到，它怎么一下子有了力气，就在女主人陈竹走出大门的一刻，它猛地跑上去，向她亲热地问好，它太激动了，它用两只后脚站立起来，两只前脚高高地举起，像举起的两只手要和她拥抱一样，但它没有和她拥抱，它知道它不能和人拥抱的，特别她又是一个女性。女主人陈竹毫没注意，被这突如其来的情景吓了一跳，她也是刚进城，她还没有在城里生活过，她没有出过远门，没去打过工，她就带孩子守在那个山坡上，让丈夫在远处打工挣钱，因此一切对她来说都是新的东西。但她毕竟还不老，很快就反应过来，就看清楚了原来是她家的那只老黄狗石头，她心里一下子涌起热热的震动，像是在这个陌生的城里突然遇到了一位亲人。她伸出手抱住它的头，这是她的狗，她轻轻地抚摸它。它更是吻着她的衣服、她的手，异常激动，他们真像是久别重逢的亲人。它眼里泪汪汪的，她眼里泪汪汪的。真是老乡见老乡，两眼泪汪汪。门卫看到这一幕才明白，昨晚几次想闯进来的这只老狗，原来是有主人的，但是这小区有规定，不准喂狗，不准狗进出，他必须履行职责。门卫就对这女子说，这狗昨晚一直要进来，但没法，我不能违规……

女主人流泪了，于是她去给石头买了四个肉包子，一手拿着喂它吃，一手亲切地抚摸它身上的毛发，她觉得那些毛发乱糟糟的了，这哪还像以往的它呢？不禁心里难受。她含泪望着它，说，石头，快吃，啊，吃饱了回去，啊，我们没法，你还是快回去吧，给老人做伴，看屋。它深情地看着她，它懂得她的语言，"看屋"这两个字的含意，它早已记忆深刻，这是它的神圣职责，它已经为主人看守家庭十多年了。要说，这肉包子它还从来没有吃过，真是太好吃了，但它却吃得并不快，像是有沉重的心事，毫无一点胃口。它边吃边望着她，喉咙里一哽一哽的，像有很多话要对她说，但一时间什么也说不出，都哽在了喉咙里，吃进的包子就难以咽下。

它终于吃完了包子，她继续抚摸着它的头。她说，石头，听话啊，快回去吧。它难过地点头，小声说了句什么，认真望她一眼，然后转身向前走去。她站那望着它，它走得很慢，一步一回头看她，她就向它挥手，她看到它那苍老的身子，眼泪就流出来了。她想，它能顺利地走回老家吗？老家又还有它的家吗？虽然她将它托付给了娘家两位老人，但它能感觉到那是它的家吗，能习惯吗？

在吃午饭的时候，陈竹又想起她的狗——石头，又叹了口气，说，唉，石头这么远跑来，还不是想看看我们的新家，新房子，可是它（她眼泪又流出来了），连门都没有见到啊，饭都没有吃到一顿，就要它走了……也不知它能不能顺利走回去啊，路上车多，这又是年关期间，人们也喜欢打狗子，过年好吃狗肉……

石头这时正在赶路，它想早点回到那个叫庙坡的山坡上，回到它熟悉的地方去，回到那个它早已习惯的家，只是再也看不到它熟悉的主人们，因此它的心情特别沉重，也就走得很慢。

它在这晚的深夜才进入那个家乡。它实在是走不动了，远远地它看见那个叫庙坡的山坡，仿佛流浪汉终于回到自己的家，它又有了一点儿力气，努力地向它熟悉的山坡上走去。这是一个高大的山坡，它还要走到山坡的最上端。它记得人们叫的那里庙坡，它从来就没有看见过庙，它不知道庙是怎么一回事，但它总感到一种神秘，往往不清楚的事情就让人感到神秘，它也一样。它记得人们讲过，那时这山坡上有一座很大的庙，曾经香火鼎盛，周围五省游客如云来来往往，后来人们将庙拆了，修了生产队的保管室，而这栋保管室又在改革开放后，农业生产包干到户时被拆了，卖了木材还了生产队累欠信用社的部分贷款，就什么也没有了。那时它的妈妈都还没有出生。

这时，它看见了一棵树，那是这山坡上剩下的唯一一棵古树，这古树就站在那老屋身边，像一个永远站在那里的岗哨。它听人们多少次地讲过，当年生产队修保管室时要砍掉这棵树，它主人田树的老爷爷怎么也不让砍这棵树，他说这是古树，长这么大一棵树要上千年啊，怎么能随便就将古树砍了呢？他说要砍就先砍死他！他死死地抱着古树。砍树的人就向干部们汇报去了。他就连忙将一根粗铁丝宰了几百颗钉子，将古树下半截五尺高的树干上钉满了铁钉子，人们就没法再砍这棵树。

它没有去陈竹的父母亲两位老人家，那里不是它的家。它径直向老屋走去，它只记得这里是它的家，它只熟悉这里，它习惯了这里，它觉得这里才亲切，看到这树、这屋，它心里就热乎乎的，就有一种踏实感。它确实很饿了，它很想找点东西吃，可到哪里去找呢？这庙坡已经没有人家了，它也不想到陈竹娘家那去。它想起来，老屋里还有老鼠，它也许能抓住老鼠的。它终于走到了老屋院坝里，它觉得一下子回到了家，肚子也不怎么饿了。它像往常一样，在院坝里睡下来。刚睡下，就觉得很冷，这时北风呼啸着。它想进猪圈里去睡，它知道那里有猪窝，应该要暖和些。可是它找了半天没能找到进去的地方，门都锁紧了，它无法进去。它就只好来到屋檐下，在正屋和猪圈相交的一个小角落里睡下来，这里可以淋不到雨，但不能保证雪花飘不到身上，更没有什么阻挡寒风的吹打。它觉得太疲劳了，一躺下就要永远睡过去，再也不能站起来似的，但它还是没有睡着，它还在时刻听着四周的动静，听着房子里面的动静。它知道，这里就剩下这栋房子这棵树和它了，它不能大意，它要好好看守着。

后来，它饿得实在有些受不了，就到陈竹的父母亲家去。来到老人屋旁，它站住了，它看见两位老人正站在屋旁望那庙坡。它当然不知道，两位老人每当想起女儿，后来又包括外孙，就站这里看庙坡。但看不见那屋，就看冒上天空的炊烟，就想到这是女儿做饭冒出的炊烟，只要看到炊烟，两位老人就像是看见了女儿轻盈的身子一样。就常常在早晚出来看那炊烟，但炊烟又非常短暂，一有风就吹散了。但老人发现每次都有一个青青的东西站在那里。就是那棵树，不管什么时候出来看，都能看到那棵树，它像是永远站在那里。渐渐地老人就喜欢看那棵树，看到树就倍觉亲切，因为女儿就在树下，每当看到那棵树就像看到了女儿，就觉得那棵树是自己的女儿站在那，也在看他们。

现在，石头从山坡上向老人走去，正在看那棵树的两位老人大概是泪眼模糊，没注意到它。它哼哼两声向两位老人打招呼，老人回过神来，抹一抹眼睛，就看清了是它，老人一下子十分激动，十分亲热地迎上去。女儿去了远远的城里，难得见面，见到女儿家的狗，他们也倍觉亲切，像是见到他们的女儿回来了，连忙伸手去抚摸它，说，石头，你跑哪去了吗？就待在我们家呀。它翘翘嘴，苦笑着，摇着尾巴，喉咙里一哼一哼的，像有很多话要说，一时间又说不出来，全哽在了喉咙里。

陈竹的老母亲很快将它带到屋里，给了它一大碗饭和一些剩菜，要它快吃。它感激地向老人翘嘴，去吻她的手，表示非常感激，然后才慢慢吃起来，因为充满了感动，吞咽时喉咙里就一哽一哽的。

老母亲看着它吃食，亲切地说，要过年了，你就在这里过年，不去庙坡了吧，给我们做伴，我给你搞好吃的。它没有听懂老人这些语言，只是抬头望着老人微笑，点着头。它只习惯陈竹的语言："就在家看屋，莫乱跑！""注意屋附近的东西！""不要偷吃家里的东西。"

吃过饭，它就又向庙坡上它的老家走去。它走得很快，像是要赶去上班的。两位老人出来看时，它已经向山坡上走了一段路。看着它苍老的身影，老人明白它是去庙坡的老屋了，老人眼里一下子又涌满了泪水。

人进了城肚子也进了城，一家四个肚子可还是要些东西才能装满。特别是还有两个小孩读书，要很多钱。为了生存，田树邀了一个老乡合伙搞起了个小事业，为各个小区的新家安装雨棚遮阳棚。这活危险、辛苦，但为了一个家，再危险辛苦也得上。陈竹也终于结束了种田的事。四个人的家务，要买菜做饭，收拾洗衣，打扫卫生，送孩子上学，陈竹就只能在家忙活了。

时间终于来到了除夕这一天，天一亮，远处的山坡上就响起了鞭炮声，它知道这是人们在上坟——在死去的亲人坟前烧纸、敬香、放鞭炮，表示一种祭奠、一种怀念。声声鞭炮，是对死者灵魂的问候，是对死者灵魂的诉说。后来，从中午起，家家户户院坝里就响起热烈的鞭炮声，它知道，这是人们开始吃团圆饭了。这一天，就是人们团圆的时刻，这一天，家家户户都要在一起吃团圆饭，这里叫"团年"，谁家开始吃团年，就要先在院坝里燃放鞭炮，表示喜庆，然后开始吃团年饭。有的为了热闹，几家亲人在一起团年，轮流团年，你家中午，他家傍晚，几家亲人合在一起吃团年饭，热烈、欢乐，充分体现团圆的美好气氛。

它就记起往年的这一天，它主人家都是热热闹闹在一起过年，还有它，他们对它很好，也完全把它当成他们家的一员。团年时，他们坐在桌子边吃团圆饭，喝团圆酒；它坐在桌下，两位老人不停地给它扔肉块，扔圆子，扔各种菜肴，还说，这一年你也辛苦了，你帮我们看屋，我们有的去远处打工，有的在田里做活，家里就靠你守着，什么也没损失，你也是有功的。后来两位老人过世了，变成了坟堆，团年时，就有主人田树、陈竹给它扔东西吃，还有两个小孩，也总是给它扔东西吃。他们在桌上吃，它在桌下吃，它和他们一起热热闹闹、高高兴兴欢度这个幸福温馨的团圆时刻，都觉得很有趣，给这个除夕带来了无限欢乐，无限情趣和味道。人们在这一天都十分大方，毫不吝啬。可以说，除了酒，它什么都吃到了，吃好了，吃得饱饱的，吃得舒舒服服的，吃得温馨，吃得快乐。吃了团年饭后，它就陪着主人们去给一棵核桃树、一棵柿子树、两棵毛桃子树喂年饭，说是喂了年饭来年果实就结得好。它看见他们用刀在树干上削一个口子，然后放一点饭和肉进去，说上一句：吃点年饭吧，帮我们多结点果子，啊。然后看看果树，把结满果实的目光投到树枝上，然后缓缓离开。

可是今天这里冷冷清清的，一点儿人的声音都没有，只有远处的鞭炮声。它睡在那动也不动，不想动，它回忆着那些过去。后来它就感到非常地冷。过年往往就冷，就冰冻，就下大雪，好让人们安安心心坐在家里过年，坐在火边热热乎乎吃喝玩乐。想着想着，它睡着了，进入了梦乡，真的和他们在一起了，它高兴极了，一下子醒了过来，它身上已是一身的雪……

正月初三，这家主人们又回到了山坡上，来给两位老人和几家亲戚拜年，给死去的亲人上坟，这是人们过年必须要做的两件大事。这时漫山遍野已被大雪紧紧覆盖，大雪似乎要将一切隐去，冰冻去，包括房屋坟墓。田树和陈竹在两位老人家吃了饭，就去庙坡老屋那里给亲人上坟。这里上坟也讲究要一家人热热闹闹去，让死者感觉到热闹，感觉到后继有人，兴旺发达。但两个小儿不愿再往那个山坡上爬，他们的爸爸妈妈说，怎么不去嘛，去，去给爷爷奶奶烧张纸，放封鞭炮，让他们保佑你们。怎么说，两个小孩也不愿去，就没有去。其实他们也不小了，都读初中了。田树和陈竹就踏着厚厚的、没有脚印的冰雪，向高高的山坡也就是庙坡上走去。尽管冰天雪地，很冷，但他们边走还是感到一种亲切，就像回到娘家一样。远远地看见自己的老屋，他们眼睛一亮，心底一热，涌起一汪温温的水，又甜，又酸。

老屋被厚厚的冰雪覆盖着，似乎只有厚厚的雪，而其他什么也没有了，门窗紧闭，一切静静的，就像一只死去的大象躺在那里一样，他们心里一下子酸酥酥的，神情复杂而无可奈何。接着又看了那棵古树一眼，并仿佛感觉到那树像一个人站在那里。他们首先去看老屋。一来到院坝边，一眼就看见他们的老黄狗还睡在屋檐下的大门口，它身上是一层白白的雪，它像往常那样守护着大门，守护着他们的家。可眼下这还是什么家呢，仅仅只剩下一栋没有了生命的老房子。这时老黄狗抬起了头，它已经很老了，眼睛不怎么好了，耳朵也不好了，加之寒冷，瑟缩的身子失去了许多灵敏，他们到了身旁它才感觉到，才警觉地抬起头看他们。当它看见主人回来了，一下子好激动，眼里涌起泪花，急忙向上爬起来。可是一时间没能爬起来，又一次用力才慢慢站起来，向主人亲热地叫唤着，声音里充满凄凉苦楚，充满激情地向他们奔来。可是在下屋檐坎时就摔倒了，好像什么力气也没有了，像变成了一团软棉花。陈竹急忙向它奔去，她和它相遇了，它使劲将两只脚举起来，但它用了好大力气才举起了一只，和她亲热。她激动地伸手抱住它，轻轻抚摸它，它的眼泪一颗颗滚出眼角，她的眼泪也像断线的珠子滚落到雪地里。他们像久别重逢的亲人。它口里哼哼的，像说着许多心里话。她抚摸着它的肚子，叹道：哎呀，都瘦成这样了，你还是什么时候吃了东西的吗？它吻着她的手，嘴里说着什么，可能只有她才能听懂的语言。她说你怎么不到那老人家去吃饭吗？他们人很好呢。它吻着她的手，嘴里喔喔地说着什么，喉咙里一哽一哽的。

田树说，快去上坟吧。陈竹对狗说，走，跟我们去上坟，每年上坟你都总是跟着我们呢。说着向屋旁走去，狗也亲热地跟在他们身后。

他们依次给几座坟墓去烧纸，上香，燃放鞭炮。一时间鞭炮响起来，像是这山坡又笑开了，笑了很久，这寂静的山坡又像一个人一样醒过来了，充满了生动。

上了坟后，他们就向老人家走去。黄狗看着老屋，似乎还不想走的意思，陈竹去拍拍它的头，说，石头，走，跟我们到老人家去吧。它跟着她去了。他们带它来到两位老人的家，陈竹给它去舀了一大碗饭，还舀了一些好菜和肉，用一个舀猪食的瓢装了端去，说，石头，快吃啊，这就作为你的年饭吧。它深情地看她一眼，嘴里说一句话，然后很快地吃起来，它确实饿了。她看着它吃，心里充满了无限怜悯。它吃了两口又望着她，嘴里轻声说着话，尾巴使劲摇晃着。她望着它说，以后就在这里来吃饭，我早就说了的，老人们很好，你就来这里吃饭吧。它没说什么，低头吃起来。陈竹的母亲说，我吃饭时都唤了它的，可总不见它的影子。也不知它跑哪去了。陈竹说，它还守在庙坡上，给我们看守那个老屋。陈竹母亲有些感动地说，唉，它也真忠心啊，可能也是习惯了那里。

石头的主人们吃饭后就上了车，准备回城里。陈竹对它说，你就不要跟着去城里了，城里正在打狗。听见没有，就在这老人的家吧，也给老人做个伴。它亲吻着她的手，嘴里说着话。她拍拍它的头，说石头，再见，就去上了车，车一下子就开走了。

它站在院坝边望着主人的车渐渐远去，它忍不住又流下了两颗好大好大的泪珠。

时间又慢慢来到了三月清明节。这天，天下着小雨，一副很伤心的样子。陈竹又向老屋场走去。这天就她一人来了，她丈夫早已去远处打工了，两个孩子要上学。她是去给死去的亲人"挂青"的，就是给亲人坟上用树棍儿挂一串白纸和红纸做的花——上面是一朵花，花下面是一些碎条儿，风一吹像柳条儿一样，像纷繁的思绪一样，给人一种幽远的苍凉的意境。这里人们叫"挂青"，都非常重视这种纪念死者的风俗，许多人在农历二月初就在亲人坟头挂起了清明吊儿，说挂得早管得久一些，如果等到三月间挂，风大雨大，管不了多久。

陈竹看见了那棵古树，它仍然健康地站在那儿，接着就看见自己住了多年的老屋还站在那里，心头就涌起一股酸酸的潮水，并一下子涌向全身，酸酸的，凉凉的。当陈竹来到院坝里时，她一惊，一眼就看见他们的老黄狗还睡在屋檐下的大门口，它身上已不是往日的金黄色，变得黄灰黄灰了，毛也乱糟了，但它仍像往常那样守护着大门，守护着他们的家。这是她喂了十多年的那只狗——石头！她向它快步走去，看见它已经很老了，那双眼睛仍然很亮，望着院坝，看有什么情况没有。她忽地心里像有什么在刮着，刮着，很难受，全身一下子寒了，眼泪就流出来了。

她向它走去，呼唤着：石头，你乖啊……你怎么不到老人家去吗？它没有抬头，只是那眼睛好像望着她，它也没有站起来。她想它很老了，也一定很饿了，已经站不起来了。她走拢去，蹲下来，抚摸着它的头，亲切地说，你怎么不到老人家去吗？他们家有吃的。它什么也没说，神情静静的，呆呆的。她说：起来吧，跟我一起去上坟挂青吧，往年你都是陪我们去的，今年就我一个人来，你就陪我去吧。她拍它一下，去抱它起来，她吃惊了——它的身子已经僵硬了！但她不相信它已经死了，因为她看到它的眼睛还亮亮地望着屋前，望着她呢。她又拥抱它起来，她心里一震，它真的死了！这时她认真看它的眼睛，发现眼角下凝固着两颗大大的泪珠，呼的一下她眼里就滚出两颗大大的泪珠。她久久地看着它，它肚子瘪瘪的，能够一针穿过去了。

这时风从山坡上吹过，她感觉到风里有一种声音，呜，呜，像曾经它的声音。

她掏出一串钥匙，一下子就认出了这大门的钥匙，在她的新钥匙串上仍然串连着这大门的钥匙，她打开大门，进去拿了一把生锈的锄头，然后将狗抱到一些坟堆旁。她用锄头挖了一个小坑，将它轻轻地放入土坑，将它的身子弄伸，并且将头向着老屋，让它的眼睛望着老屋和那棵大树的方向，她没有去抹合它睁着的眼睛，她想不能违背它的心愿。她静静地看了它许久，亲切地拍拍它的身子，说，就在这安息吧，好好看着屋和树。然后就去弄来一些茅草盖在它身上，再用锄头挖土将它掩埋，并用一些石头为它砌了一座小小的坟墓。这样，在这些大坟旁就增加了一座小坟。

她去给旁边的亲人坟上挂完清明吊儿，烧了纸，点燃了香，她暂时没放鞭炮，她来到它的坟前，站着看了看，就它坟上光光的。她想了一下，就去挖了一棵青青的小树苗，然后栽在它的坟上，像一个特殊的清明吊儿。这时，她点燃鞭炮，一时间沉静了好久的山坡变得十分热闹，但很快结束。她望着那一排坟堆，好久才转身向老屋场走去。她走了一段路又回头张望，她看到那棵小树轻轻地摇晃着……

她缓缓地来到老屋大门前，她站住了。由于没人管理，瓦片滑动了，下雨墙壁上被雨水冲出了许多水沟。

这晚，她做了一个梦，梦见回到了老屋，狗子亲热地向她跑来，高高地向她伸出双手……

第二年的一天，田树在施工中绳子脱扣，从三层楼上摔下来，为抢救借了一笔钱到省城治疗，命是保住了，但下半身瘫痪，成了个废人，只能吃饭，不能劳动，许多事还要人料理。陈竹除了会种田也没什么专长，四个人要吃饭，怎么办，就只好去卖菜。但做生意不是她的长项，同时这生意太小，只能挣几斤米钱，吃菜就只能吃别人不要的烂菜，根本无法解决四个人的生活问题，更无法偿还银行贷款。

不久，银行收回了房子。他们又从新房里搬了出来，只好在一条老街上租了一小间旧木房，矮矮的暗暗的，四个人挤在这点屋里，做饭只能在外面屋檐下进行。

中篇小说

突　围

　　日子像老人脚步慢慢地走着。后来进入腊月就不是走了，而像是年轻人跑的，大步大步逼近年关。向炎黄老人就想起老家这时已经热火朝天地开始办过年货了，心里就像一壶水烧热了，有些热热的激动，又有些痛痛的憋闷。

　　向炎黄到底没有忍住，就向儿子提出来一件事情。他一副郑重其事的神态望着儿子说，帮我买张火车票，我要回去一趟……

　　向炎黄还没说完，儿子向长江就有些生硬地说，要过年了，这么远，回去做什么？屋卖了，在哪里过年？

　　向炎黄不在乎地说，回去了，哪里都可以过年，我弟弟、妹妹还在那里，可以去他们家过年，还有几家亲戚……

　　儿子很不高兴地瞥了他一眼：自己有儿子孙子一大家人，怎么要跑别人家去过年？

　　其实向炎黄老人是有他的家的。秋季的时候，他儿子向长江将他接到了这个大城市，住上了高高的 39 层一套新房，一伸手就能摸着天，似乎已经接近美丽的天堂。老人的儿子向长江读大学后在这个大城市的一家大公司工作了多年，孙子向大洋也大学毕业了，也在这个城市工作，而且谈了一个女朋友，但他们没有这城里属于自己的房子，不能结婚，女方说结婚必须得有自己的房子，言外之意很明显。老人儿子就回老家去要把老房子卖了，凑钱在工作的这个大城市里买房。老人十分不愿意，他们老家的地方很不错，山清水秀，同时国道从门前过，交通十分方便。这是一栋很好的房子，是他和妻子竹儿辛辛苦苦修建的——竹儿挑石头，和泥，他就砌墙，他是砌墙的老师傅，主要靠打夜工，硬是修起了一栋石木结构的好房子，里外粉刷得白白亮亮的。竹儿就是为修建这房子累病的，加之儿子要读大学，没钱治疗而慢慢拖死。他经常去她坟墓前看她，抚摸着坟头说，你虽然不能动了，但我能动，我会常常来看你的。还有他父母亲、大哥……他说，只要我在，逢年过节我都会来给你们烧张纸、上炷香的。虽然他们死了，但他总觉得他们还在身边不远的地方。因此他最希望的是不离开老地方。但儿子说，你一个人住这么大一栋房子是浪费，特别是年纪大了，没人照顾不行，老了就要跟着后人走，好让后人照顾。他不是为了有人照顾，他为了顾全大局，特别是孙子的婚姻大事，必须要把他那房子卖了去凑个购房的首付。虽然各方面条件都好，但三大间正屋加三间厢房连同土地山林才卖了三十万，首付也是三十万，很快就在城里买好了新房，孙子在新房里结婚了。

当时村里许多人都说他不该卖掉那么好的房子和土地山林，这里是土家族传统文化圣地，又有奇山秀水的风景，正在搞旅游开发，很快就是一个热闹地方，将有大作为的。离开这熟悉的自由老家，去到那个陌生的大城市，整天被关在一个盒子似的房子里，上不沾天，下不沾地，四处高楼像密集的炮楼，人车像汹涌的洪水，你却谁也不认识，像条小虫子掉进蚂蚁窝里。可是人老了，也就身不由己。

虽然儿子不答应买火车票，但老人依然是一副郑重其事的态度说，我真的要回去，我有大事要办——回去给你妈，给那些亲人们上个坟，烧张纸，上炷香，放封爆竹，问候一声……从古到今都是这样的。我也对他们的坟堆说过的。人说了话是要算数的。

向长江一副哭笑不得的样子，有些生气地说，千多里的路程，就为这么点儿小事回去一趟？哼哼。儿子说着竟冷然笑了两声。

老人仍然一副郑重其事的态度说，这怎么是一点小事？

不是小事那还是什么大事？

当然是大事，这是我们几千年的传统，规矩！日子好了，先辈都不认了？

儿子有些不以为然地说，真是个老古董。现在这些东西都在淡化，它没有什么实际意义。

老人生气地说，几千年的传统规矩，怎么能淡化呢？没有先辈哪有我们，没有根哪有树？

我们并没有忘记他们，在心里记着就行。儿子这样说。

没忘记，就要有没忘记的表示。年年过年过节我都上了坟的，怎么能一下子就断了呢？就说你妈，虽然变成了那么一个土堆，可她还有儿子，有孙子啊。别人坟上都热热闹闹的，就她坟上冷冷清清？别人会怎么说？我们心里过得去吗？

俗话说，人死一股风，一去永无踪。再热闹，再烧纸，死了的人能收到吗？都是假的，迷信！

老人有些气愤地说，你又凭什么说他们不能收到？你这么说，他们在天之灵都要心里难过！我们祖祖辈辈住在那个山沟里，现在一下住到了这么大的城市里，这是翻天覆地的变化，这是后人们的奋斗，也是祖辈的恩德，不能忘记了先辈和传统规矩。古话说，前人有恩，后人有福。你给我一千块钱，我回去一趟！

你以为回去一趟容易吗，去来车费，看望亲友，等等开销，一个人最少要两千多块钱。你一个七十多岁的老人，怎么能放心让你一个人走？都这么忙，又有哪个能陪你回老家去？就是有时间回去，两人要四五千块钱，就为上个坟，搞那么一点形式，划算吗？我们不是钱多，学有的人每年旅游，旅游过春节。我们刚买房子，还欠很多贷款。人要现实一些，既来之则安之，入乡随俗，这大城市的人哪个还兴这些古老的形式？

老人就不再说什么，但他可是满脸的气愤和委屈，那眼睛里一半是火焰一半是泪水。

向长江又安慰老人：过年都是往家里走，怎么能让你一个老人往家外走呢？这里日子美啊。

没想到老人竟然气愤地说出一句：老家才是我的家！我情愿在老家种田吃苦，我乐意！

儿子就吃惊地望了老人一眼，好像他不认识老人似的。好久才平静心情地说，爸爸既然到了这么好的环境里，也就不要无事找事，还想着老家的那么些不必要的事情。

染成满头红发的孙子也听到了一点端倪，走出房间，连红头发都冒着怨气地对老人说，爷爷现在主要是好好享福，不是天远地远地想些不起作用的事情。想吃什么都给你买，今后百年归天了，我们把你的骨灰送回老家，和亲人们安葬在一起。

老人听到"骨灰"二字就浑身一惊，一阵惶恐，他就是害怕火化！

儿子又安慰说，给爸爸说，你来和我们在一起了，我们就是你最好的亲人，最亲的亲人，你还想那些死人做什么嘛。

老人感到委屈地说，我不是觉得你们不亲……

老人在一种极度憋闷中慢慢挨着沉重的日子，就好像这日子是铁做的，怎么也挪不动。他整天忧虑着，思索着，也没有想出一个什么好的对策。

一晃过年就是明天！老人从身上进行了一番搜索，到底找出了几十块钱，他再次将钱好好装进衣袋，就拄着拐杖出门了。他乘电梯下到一楼，感觉像是从天上下到人间，然后去到对面的街上，总觉眼花，头晕！

老人看见一个门面上的牌子：妮娜香纸，就高兴了，忙着说，我买香纸。年轻女子说，好。随即拿出一包画着外国女郎的纸巾给他：这个香，法国进口的。他说不是这个。女子说我这纸很香，怎么不是香纸啊？他进一步解说，我是买上坟用的香签和纸钱，我们那里叫的"香纸"。女子生气地一甩满头黄发，说没有。

他就顺着门面往前走，边走边看门店，都是一些外国式名字，什么菲娜、拉尔、卡莱斯等等，他一点也看不懂，就一个一个地问，说买什么，都怪怪地或生气地望他回答说没有。

老人仍然往前走着，可是他走一条街道没有香纸，又走一条街道也没有香纸。他叹着气，这城里什么都有，怎么就是没这纸钱和香签呢？这可怎么办呢？

老人不甘心，还是边走边问，边问边走。后来有人告诉他：买这些东西要到郊区去，也就是到城的最边上挨农村的地方去找。

老人打听了好些人，到一个公交点乘上一辆公共汽车，又转了几趟公交车才终于来到了城郊。他一条一条街道打听，最后来到一家娜娜百货。他慈祥地笑着说，请问这有上坟的香纸吗？

大概六十多岁的女老板十分热情地笑着，用生硬的普通话说，有，有专门给亲人上坟用的香签、像人民币的纸钱。

老人听了高兴地笑着，眼睛一下子有了神采，脸上的皱纹战栗地笑着，这是他好久以来没有了的高兴和安慰。他有些激动地又问，有爆竹吗？他说的是方言。

女老板略微思索一下，热情不减地笑着说，你是说鞭炮啊？

老人也热情地笑着说，是的。我们那里说的爆竹。

女老板依然笑着并带一丝遗憾地说，哎呀这个鞭炮，没有啊，现在到处都不准放鞭炮了。

老人还是微笑着：我知道可能没有，就问一下。不要紧，只要有纸钱和香签就行，阳间阴间一样，真正起作用的是钱。有钱就好。

女老板赞许地笑着说，你老说的真是。买好多吗？

老人缓缓地摸出一张五十元的钞票递给女老板：就买这么多钱的，不找数了。

女老板很快拿来一个黑色的方便袋，把纸钱和香签放进去，满满的一袋子，热情地递给老人。老人笑容满面地伸出双手接住并抱进怀里，如获至宝地继续笑着。

女老板笑着说，你老真舍得呀，买这么多纸钱和香签。

老人收缩一些笑容庄重地说，我那些亲人们在世时都不容易啊。特别是我大哥，1950年去当兵抗美援朝，还只有20岁。是农历十月份去的，腊月，母亲给家里每人缝一套新衣服，做一双新布鞋，同时也给大哥缝一套新衣服，做一双新布鞋，放那，心想他会回来的。第二年又到了腊月，大哥没有回来，母亲给家里每人缝一套新衣服，做一双新布鞋，又给大哥缝一套新衣服，做一双新布鞋，心想说不定他大哥过年就会回来。可就在这年过年的前几天，同乡战友的爹来信说，他大哥在一次突围战斗中牺牲了。后来也得到政府通知，他大哥确实牺牲了，是烈士。母亲差点哭瞎了眼睛。一家人商量，虽说大哥死了，哪怕不见尸，还是要按照这一带土家族的传统规矩，进行安葬。请人用木板做了个简易棺材，将母亲给大哥缝的两套衣服、做的两双布鞋放进棺材里，再用纸写上大哥的生辰八字放进去，请道士写了个灵位牌子，办了个祭奠仪式，按土家族人的规矩，还为他跳了一场热烈的《撒尔嗬》，就将棺材埋了，做了座大大的坟。母亲哭着给他烧了很多纸，这晚母亲梦见大哥回来了……

我爷爷奶奶，也都是苦了一辈子，做（劳动）死的，死的时候还在田里。我的爹妈苦了大半辈子，还是饿死的……我屋里人（妻子）害病，有一分钱都要让儿子读大学，没钱给她治病，是硬拖死的，唉，想起他们我难受啊！现在条件好些了，给他们多烧点钱，让他们宽绰一点，买点好吃的……说着他流出了大大的几颗泪珠，滴打在怀里的纸钱袋子上，啪啪地响。

女老板受到感染地看着老人，充满敬佩地说，你老真不错啊！亲人们过世那么久了，还念着亲人的苦情恩德。唉，现在像你老这样的人，太少了哟。

老人擦擦泪水说，人啊，越是过上了好日子越是不能忘记死去的那些亲人，不能忘记牺牲的那些烈士英雄，没有他们哪有我们，哪有现在的好时代？是他们吃了苦，才有我们的甜，是他们有恩德，才有后代的发旺。

女老板敬佩地看着老人：你老说得真好啊！看来你老一定有大福的。你现在住在哪个小区呢？

住在莱茵河国际城。

女老板一惊：这名字我还不懂啊。

老人脸上泛起几丝苦笑地说，是啊，我们中国没有这条河。我转了好些公交车才来到这里的。还多亏一些好心人为我指引，不然我是怎么也走不到这里来的呀。

女老板一脸的感动，关心地问，你老回去还有公交车钱吗？

老人微笑地说，还有。说着掏出衣袋里的钱，让女老板看：还有二十多元，够了。

女老板充满怜悯地看着老人：就这点钱了？

老人微笑着说，没找儿子他们要钱。吃的穿的用的都不要我操心，我又不需要买什么，要那么多钱做什么？

女老板转身去拿来老人给的那张五十元钞票，还给老人：这钱你老拿着用吧，身上总要有几个钱的，人老了，找后人要钱，还不是有些为难。

老人严肃地将钱又塞进女老板手里：这怎么行？

女老板还是要往老人手里塞钱：怎么不行嘛。这么几张纸钱、几根香，好大个事嘛。送给你。你让我好感动啊！拿着。拿着吧！

老人还是说不行，肯定不行。我给我的亲人烧纸上香，肯定要我出钱，不然怎么是我的心意呢？那就等于是你烧给他们的，我就没有尽到责任，没尽到心。你快拿着！

女老板没说什么，眼眶已经湿润，很感动地望着老人：听你口音像是四川人，老家很远吧。

老人微笑着：不是四川，是离四川不远的湖北恩施。

女老板感兴趣地说，哎呀听说那里是个好地方啊，我们这里的好多人去那里旅游，回来都说那里的山美水美，人也好啊。我就想去呢。

你去吧，有腾龙洞、大峡谷、清江画廊、神奇石门河、野三河，好看极了，是仙境啊！还有处处的山民歌，听得让人年轻啊！我老家就在石门河不远。张献忠当年被困石门河，夜里鲁班带着神仙们下凡来凿开了几道石门，在悬崖半空架起了石桥，让他逃走了……

女老板听得有些入神了，好久才说，我一定去！

老人习惯地看一眼天上的太阳，他经常是在田里看太阳确定时间的。可是天上没有太阳，他忘了，从他来这城里就没看见过太阳，他十分纳闷，怎么这样漂亮的城市总是看不见太阳，是不是太阳化到了云里？是不是这城里灯光太多，不需要太阳，太阳就到别处去了？

女老板说，污染了，满天的烟雾，看不见太阳了。

老人关心的是时间，问女老板：几点钟了吗？

女老板说下午一点了。

老人就对女老板含着感激的口气说，麻烦你了！我走了。然后一手紧紧抱着装满纸钱和香签的袋子，一手拄着拐杖，慢慢向前走去。

老人走不远又回望女老板，女老板正望着他，他用拿拐杖的手向女老板抬了抬表示再见，她也抬了下手继续目送着他。

提着这么一袋子纸钱，老人感到很欣慰，觉得做了一件大事，心里有些踏实感。

谁知这城里公交车太复杂，老人坐错了好多车，后来一些好心人给指点，一个退休老者还专门带他去找该坐的公交车，好不容易才在黄昏时刻来到他家的楼下，那二十多块钱也早坐完了。这时老人才感到浑身上下已经没有一点儿力气了，两条腿里像是灌满了酸水。

回到家，全家正在等老人吃饭，儿子向长江正在着急老人是不是走错路了，该怎么办。儿子也没埋怨老人。勉强笑着说，爸爸快吃饭。说着就看见了老人手中提着一个黑色方便袋，再一看就看清了是提的上坟的香签和纸钱，就睁大了眼睛，脸上就升起哭笑不得的表情，没忍住就问一句：爸爸买这么些香纸来做什么？

老人脸上显得庄重，有些干脆地说，你们不管嘛。

儿子有些生气地说，怎么不管，你把这些东西提到家里来了？你也知道的，按我们老家的风俗习惯，上坟的东西是不能提进屋里来的，这是不吉利的事情，你也应该知道的。明天就过年，这是搬新房里来过第一个年，你看你竟然买些上坟的东西到屋里来。

儿媳也来到客厅里，瞟了一眼老人手中那个刺眼的黑色袋子，仿佛是个不祥之物，见儿子在说老人，她虽没有说什么，但眼里喷出像火一样的气愤直射老人脸上。

老人没回答什么，以无声胜有声来应对，以静制动，将手里的包径直提到他住的卧室里去了。

儿子没有再说什么，悄悄跟踪到老人卧室外面窥视。只见老人将黑色袋子像收藏宝贝一样放到了柜子里。他没去再说什么，又悄悄地回了客厅。

老人好久没出他的卧室，儿子又去了，平静地说，爸爸吃饭啊。

老人还是回一句：你们吃吧，我在街上吃了。

儿子问，那吃的什么啊，晚饭都不吃了？

我真吃了，你们吃吧。我要躺会儿，走累了。

儿子向长江就回到客厅里，又叫出房间里的向大洋和新婚媳妇欧妮，一起吃晚饭。

向大洋来到餐厅就问，爷爷怎么还没回来呀？

向长江充满烦躁地说，回来了，说在街上吃了，要躺一会儿。

向长江媳妇生气地小声对大洋说，你这个爷爷，住进这样的新房，明天就过年了，他买些上坟的香签和纸钱回来，我真不知道怎么说。

孙子向大洋一下子不高兴了，连满头红发也冒着火气地说，他怎么能搞这么些不吉利的事情呢？这可是我们住家的新房啊，怎么能把上坟的东西拿进来呢？

打扮得像外国女郎的孙媳妇连满头金黄的头发都摇晃得十分生气：也真是老糊涂了！

向长江还是做工作劝说大家：哎呀千万不要再怎么说了，明天就过年了，不要让老人怄气。老人有老人的想法，每个人都有每个人的想法，不要责备。

大洋有些火气地说，可这是我要住一辈子的新房啊，是一百多万的财产啊，还要按揭 30 年啊，就好比把你按在地上一层一层地揭皮啊，不容易啊！

向长江严肃地望着儿子大洋说，不多说了，过年不要搞得一家人心里不愉快。

孙媳欧妮不高兴地朝向长江转过头，金黄的头发连连摇晃着：是他搞得我们不愉快呀。都高高兴兴地准备过年，他搞些上坟的东西回来，我们心里能愉快吗？说着金灿灿的耳环连连摇晃。

向长江媳妇满脸不高兴地端来一钵热气腾腾的海鱼豆腐汤，压低怨气地说，我们吃。说着又很快端来一盘金黄的炒鸡蛋和一盘绿色的炒白菜、一盘橙红的胡萝卜片。

孙媳欧妮伸出长长的红指甲，抹一下耷拉到额头的金黄头发，从纸盒里抽出一片白白的餐巾纸，含着怨气地擦着面前白花花的大理石餐桌，其实什么也没有。

向长江谁也不望一眼，正一正显示一家之主气派的身子，用满脸的严肃镇定尽力去掩盖怨气地说，都吃饭，什么也不要说了。

于是都不再说什么，自顾自地吃着饭。欧妮有气地伸手摸一下餐桌，餐桌像一个舞蹈家一样旋转着五颜六色的身子，好像这就是她的语言表达。

向长江吃完饭，抽出一片白白的餐巾纸，很讲究地擦擦嘴唇，又擦擦鼻子，这时垃圾桶就自动张开大嘴，让那白白的餐巾纸丢进它嘴里，然后只听桶盖温柔地拍了一声，像一种美好的音乐。接着向长江向老人房里走去。

老人已经按亮一个圆圆的灯，满卧室白亮亮的或者说白粉粉的，望老人笑着。这时老人正坐在洋气的床边。老人面前放着先前那个黑色袋子，他正用双手抚摸着里面的香签和纸钱，满脸郁闷。

老人心里想到，他的父母亲都是1959年饿死的，连过年也没能吃上一顿好饭，他们将一点粮食挤给几个小娃吃，他们最后浑身都肿了，肿得发出了亮光，像个塑料人，后来就死了。唉，给他们捎（烧）点钱去，让他们买点好吃的过年吧，还是七月亡人节给他们烧了纸的，肯定早已用完了。

老人进一步回忆着：妻子竹儿是害病没钱治疗而死的，那些年长江在县城里读高中，接着又去上大学，卖鸡蛋的钱都是存着给长江寄去，她自己没吃到一点好的，没穿到一件好衣服，一定要给她多烧点钱去，买点好吃的，买点好穿的，买点药把病治一治。也不知她的病好些没有，唉。

还有，老人想起，爷爷奶奶也是穷苦一辈子，现在我家情况好些了，应该给他们多烧点钱去，让他们买点好吃的、好穿的，再不窝囊受穷了，让人看看他们的后代有用，有吃有穿，有洋房子住了，他们也可以扬眉吐气了。

特别还有他大哥，1950年当兵去了朝鲜战场，死了那么远，老家只留下了一座假坟，供每年祭奠。

接着老人就掏出了一大叠纸钱，拿在手里……

这时向长江就走进了老人的卧室，一看老人手里正拿着纸钱，像要马上燃烧的，不禁身子被吓得猛地一震。但他尽量忍住性子，耐心地说，爸，你可千万不要在这个房子里烧纸钱啊。这是买成百多万的崭新住房，可不是给死人烧纸钱的地方啊！再者，纸钱一烧，周围人家都会闻着纸钱烟雾的，谁都会忌讳这样的事，都要骂人的。

老人也平静地说，我知道，我不会烧的。我就摸一摸。

儿子向长江看看老人的脸，他觉得老人到这来后更老了，就像一下子老了，脸色沉重，像一面老岩壁。他平静地说，哦，我知道爸不会在这烧的。还要给爸说，如今我们是三辈人在一起过日子，是一个大家，也像是一个新家，和年轻人在一起，也要学会相处。他们都是有知识的人，懂理的人，对老人也不会怎么样的。但他们也都是很讲究的人，各个方面，包括我，我们都尽量注意一些，尊重他们的生活习惯，他们说怎样就怎样，就是我们觉得不舒服，也不要去和他们计较。不管怎么说，都是一家人，老人只愿后人好，后人好，我们这个家庭才有希望。希望都在年轻人身上，年轻人都好，我们也就高兴了，放心了。现在吃的什么都有，穿的什么都有，用的什么都有，你要什么我们给你弄什么。几个年轻人也都大方，不会对你有什么见外的。

老人平静地说，这些我知道，你不用说了，你去忙吧。

向长江还是心有余悸，担心老人会一时糊涂做出什么不吉利的事，在房间里烧纸钱，便还是不放心地说，那你这些纸钱和香签怎么办？

老人平静地说，放这着。说着将手中的纸钱又放进黑袋子里，两手去系紧袋口，然后起身放进柜子里。

向长江看见老爸把纸钱袋子放进了柜子里，才充满一种后怕地向门外走去，转过门口时，还回头仔细地看了一眼老人脸上的神色。

这晚老人做了一个梦，见到了爷爷奶奶、爹妈、大哥、妻子，他非常激动，又十分难过，总想哭一场，真是家乡人说的那样：细娃儿见到娘，无事哭一场。接着亲人们都对他说，他们现在都没钱用了，也没人给他们寄一分钱……他流泪了，他对他们说，你们别急，我给你们买了一袋子钱呢，明天过年就给你们烧来。你们放心吧，我一定也让你们过一个有吃有喝的快乐年。

醒来老人就很快地坐起了身子，穿上衣服，然后去拉开书桌的抽屉盒，拿出那个绿色的打火机。这是他原来吸叶子烟（自己栽的土烟）用的打火机，来这新房子之前，向长江对他说，爸去城里住新房子了，就不要再吸那个叶子烟了，像烧火粪的，还不搞得整个小区都是烟雾。万一要吸烟，我给你买纸烟抽。他说，纸烟有什么味，过不了瘾，算了，什么烟也不吸了。他就把烟戒了。但还把这个打火机装在衣袋里，有时还拿出来把玩一会，但一看见它又想吸烟，就把它放进了窗边的书桌里，不拿出来玩了，让它就待在书桌里。

此时老人好像还在梦境里，很顺地从柜子里拿出那个黑袋子，解开袋口，拿出一叠纸钱来，想一下，又找出那个痰盂，小声说，爷爷奶奶，爹妈，大哥，竹儿（妻子名），对不起你们，本是应该到你们坟上来烧的，这么远不可能到你们坟上来了，我就在这里想着你们，望着你们的方向，给你们烧点纸钱吧，相信钱一定能够到你们手上的。万一不能到你们手上，你们就给我托梦，我来想办法。

老人忘记了一切，根本没有想到这是在一个大城市的文明小区住房里。老人左手先拿出一张纸钱，右手拿着打火机啪的一下就按燃了，火光像一颗太阳一样升起来了，亮闪闪的。老人的脸一下也亮了。老人庄重地将火光送向纸钱——

就在这时门忽然开了，老人连忙吹熄打火机。

接着灯就亮了，是儿子向长江站在了老人的面前，责问道：爸你怎么真的在卧室里烧纸钱啊！原来老人儿子向长江一直没睡，在阳台上监视着老人，怕老人搞出糊涂的事来。

老人慌忙回答说，没有哇。

我明明看见打燃了打火机，往纸钱上点，我不来，你还不把这些纸钱全烧了？

老人吞吐一卜，有些清醒了地说，哦，我刚才做了个梦，梦见你爷爷奶奶、妈，都说没钱用了，我一时间急了，也就糊涂了，忘记了是在这个新屋里，爬起来就把打火机打燃了，但我不会在这屋里烧的，你不来我也会马上醒过来的。

儿子又劝慰了一番才出去。

第二天是腊月三十——过年，整个中国人的喜庆日子。老人早早地起床了，以为还是在老家的屋里，第一件事是去给亲人上坟。打开房间门时就看见对面高高的白花花的洋楼，想想是不是在做梦，愣了一会才明白他已经来到了这座大城市里，住进了一个叫什么"莱茵河国际城"的高楼里。老人就想这莱茵河国际城是什么意思？来到阳台看一眼楼下，高得令人头晕，地面那些人比蚂蚁还小，车比火柴盒还小，虫子似的在地上奔跑。老人想起来了，这是39楼。老人看看天，又看看地，老人觉得完全是悬在半空中，上不沾天，下不着地，这是什么地方啊。再向远处望去，高楼就像炮楼林立，再看那些街道，就像奔涌着洪水的峡谷。

老人接着又看见一架飞机从远处向高楼顶上飞过，他就想起电影里那些飞机轰隆隆飞过的场面，就有些胆战心惊，真担心撞到屋顶了，还好，一晃就不见了，老人想是不是钻进天里面去了？老人又想，照这样发展，到天堂里去也是很容易的事情。老人想，要真有去天堂的飞机，我一定要去，去看看那些死去的亲人。即使去了不能再回来，也要去，去和他们永远在一起。

接着老人就遥望家乡的方向，可他怎么也搞不准确到底是哪个方向，他心里就陡然涌起一大片酸酸的潮水。

这时向长江来叫老人去吃早餐，并说是很香的水饺。他知道老人喜欢吃水饺。

老人去了餐厅桌边，儿媳端一碗水饺放餐桌上，儿子热情地说，爸快趁热吃。

老人看了看碗里饺子的颜色，就觉得不对劲，就是那种用漂白粉漂了的面粉做的皮子，特别的白，不是家乡的那种正常颜色，更不是竹儿包的那种。老人记得，他妻子竹儿最会包饺子，她包的水饺就是香，就是有味。她是专门去坡上挖了野韭菜，这东西最香，再掺了家乡的生姜、大蒜，特别是腊肉，切碎了，用面皮包好，煮了咬一口，浑身都香了，满屋里都香了。接着就想起来今天是过年，就觉得对不起竹儿，往年在老家，这时他早给她上坟了，烧了纸钱，上了香，并放了爆竹，让她感到热热闹闹的，也高兴高兴，可今年……想到这里，就没有了吃饺子的胃口，反而心里涌起一摊酸酸的东西，喉咙里就一哽一哽的。

儿子向长江吃得呼噜呼噜地响，好像吃得很有味，忽地抬头看见爸还没动筷子，就说，爸怎么还不吃？这饺子好吃呢。这是专门去拉斯妮名店里买的，知道你喜欢吃饺子。

老人看了一眼儿子，端起碗轻轻喝下一口汤，然后用筷子去碗里夹起一个饺子，慢慢地往嘴边送去，并吹了两口，好像真怕烫似的。然后才喂进嘴里咬下半截，品味地咀嚼着，马上就觉得味道不对劲，根本不是他家乡，更不是他妻子竹儿包的那种饺子。老人又看一眼儿子，就鼓起劲吃起来，就想是吃的家乡的饺子，不是什么大城市的饺子，就尽量很快地吃着。

吃完早餐，儿子儿媳又上街去了，说还要买点什么海鲜，孙子两口子还没起床。老人连忙趁这机会去了卧室里，打开柜子门，拿出那个装着纸钱和香签的黑色方便袋，然后去打开厅门，看看外面，慌忙把门带紧，就去了电梯间。老人会按电梯键了，儿子教的。很快电梯就对老人开门了，老人一步就跨进去了，一切是这样顺利，老人心里有些安慰。

不一会儿，老人就到了顶楼，走出电梯就去了顶层平台。老人向周围一看，感觉是来到了天上，不，还是上不沾天，下不沾地！还好，这里没有一个人，老人想这是个好机会，就在这悄悄望着家乡的方向给亲人们把纸钱烧了，把香燃了，然后将纸灰装进这方便袋里，拿去外面放垃圾桶里，就什么事也没有了。老人快步走向一个角落，他把脚步抬得轻轻的，拐杖也点得轻轻的，生怕惊动下面的人上来，那就完了。

这时远处一架飞机飞来，老人吓得慌忙学着电影里那样趴下去，扭着脖子往天上看，他真担心飞机把他的背擦掉了。还好飞机没有擦着他的背。

老人来到一个角落里，从那黑色袋子里取出一叠纸钱，然后分出一张，拿在左手上，右手迅速去掏出打火机，啪的一下就按燃了，高高的火焰像秋天的一片苞谷叶儿，长长的，黄黄的。老人兴奋地向左手中的纸钱上点去。

哎！你这老头怎么在这里烧纸钱啊！啊？一个人吼着就向老人冲过去。

老人吓得浑身一抖，由于是蹲着的，一抖之下就一屁股坐到了楼板上，慌忙松手熄了打火机，惶恐地将纸钱往袋子里塞。

这人已经走到老人的身边，气愤地说，你是哪个楼里的呀，怎么这样不晓得规矩，这样不文明？这样楼房顶上是烧纸钱的地方吗？这是住宅楼啊，不是坟墓！烧纸钱要到坟墓上去，这点规矩你都不懂，你几十年的饭白吃了！

老人在家也听说过，可以不在坟上去烧纸，可以在其他地方望着埋坟的那个山峰、那个方向烧纸，烧时要说明一下，是给哪些人烧的。老人连忙向来者解释，赔礼道歉地说，对不起，我才来，请原谅，以后再也不这样了。

来者还很有火气地说，看你一个老头儿，今天原谅了，你应该知道，你在这里烧纸钱，是把这栋房子当成坟墓了，太不吉利了！你也肯定是住在这栋楼里的，想想吧，对你家也同样不吉利啊。快走吧！

老人提着袋子坐电梯来到一楼，像一个小偷似的走出去，生怕别人看见了他的这个黑色袋子。

楼前是一个小花园广场，四周都有密密的树木像岗哨站在那里，还有一些圆形的花坛像地堡一样埋伏在那里，很是森严，并没有对今天过年表示什么热烈和喜庆意思。花园里有一些少年儿童在玩耍，他们高兴的是玩耍，而不是过年。对他们来说，好像过年不过年都无所谓。

老人在前面花园里看了一会，没有任何机会下手，就提着他的纸钱袋子向楼房后面走去。可是后面是后面楼房的前面，和前面差不多，到处都是人，除了少年儿童还有老人在活动，像是都在严密地监视着他。

他有些不懂，怎么一切好像都没有什么过年的表示。老人仔细看了一会，还是没有任何地方可以下手。老人已经下定决心，只要有一个缝隙，没有人的什么角落或是树木下，他就将纸钱拿出来烧了，然后将纸灰装进方便袋里，去投入垃圾桶里，什么痕迹也不会留下。

老人在小区里走着，转着，寻找着，侦察着，但没有找到一个避人的地方，都是房子后面还是房子，房子旁边还是房子。最后他来到一个院墙下，这是小区的一个角落，院墙外面虽是街道，但院墙是封闭式的，而且很高，外面根本看不见里面。

老人面对墙壁蹲下来，大胆地从袋子里取出一叠纸钱来，拿出打火机，又向前后望了一眼，人影也没有，就放心地打燃了打火机，火苗就像一把剑，显示出无比的力度和亮度。就在这时楼上一个窗户里大声骂道：

你个死老头找死啊，你在这里烧纸钱！接着就是一瓢水劈头倒卜来，全泼在了老人身上，像是一块软石板拍在头上背上，好痛，打火机的火苗早熄灭了。老人慌忙提起袋子就走，又是一瓢水倒下来，泼在地上啪嚓一阵震响，像是天上倒下了一瓢石子。上面还在骂着：你怎么这样缺德，在这里烧纸钱！这是住房，你眼睛瞎了吗！接着就是一个啤酒瓶在老人身后如一个炮弹啪嚓一声爆炸！慢一步就砸在背上了，好险啊！让老人想到那战场上手榴弹爆炸的情景，就着实心惊胆战了。老人不要命地向前跑去，可哪跑得动，脚下踩着了青苔还差点摔倒了，哪想到也就在这时，老人的背被重重砸着了，一个狗啃泥啪的一声扑倒在了地上。这次是一个进口的葡萄酒瓶，由于老人背脊是软的，瓶子在老人背上并没有爆炸，而轻松地落入地面发出咣啷几声响，像炮弹壳落到地面那种声响。

老人爬起来拼命地向前走去，他担心再打到他的头上，那就完了。生命是小事，可是他的任务还没有完成，还要继续前进。老人终于走到另一栋高楼的院墙下，这里没有人，老人停下来，好好喘口气再说。老人站着向前看看，又向后看看，都没有一个人影，但老人马上想到天上会有人，他不能久留，他边走边系着袋子口，不然等下走出去别人看见袋子里的东西，还不像看见了魔鬼一样。

老人向外面走着，他想，看来在这城里的大街小巷不可能找到一个可以烧纸钱的地方，要烧，只有到城郊去了，可是他身上已经没有乘车的钱了，怎么坐车呢？这时老人才感到背很痛，是刚才的酒瓶砸了的。老人想用手去揉一揉，可是他的肩一直很痛，手怎么也反不到背上去了。老人忍耐着，坚持着，决心着。他勇敢地向大街上走去。没有钱，他上车了，一个可怜的老年人，谁还硬要他给车费钱呢？

这时老人就想起了买纸钱的那个娜娜百货店，可惜不知道那店子在哪儿，应该坐什么路数的车去。要是找到那位女老板就好了。老人就开始打听去郊区的公交车路数。

来了一辆公交车，停下了。老人走了上去，心突突地跳，好像自己变成了个地下党。

这时司机正大声说着话：刚才从后面上的那位到前面来给钱。这时他已经走近了塞钱的那个铁箱子。听到司机的大声说话，老人的心里像有一部拖拉机在响，他弯着腰，不敢正眼看那司机，有些可怜地说，对不起，我忘记带钱了。说着手还在衣袋里摸索着。

司机态度很好地问，你多大年纪了？

老人诚惶诚恐地说，75岁了。

你这大年纪了，坐车可以不要钱。但你应该去办张老年卡。

老人转了好几路车，终于来到了最后一站，这是郊区了。老人走下车，笑了一下。这里没有高楼，最多也只有四五层高，房子虽然较密，但还有少量的田块，还有小片的树林。老人有些高兴，这里一定能够找到一个烧纸钱的地方了。老人不禁在心里默默地对大哥、竹儿、爹妈、爷爷奶奶说，你们一定等急了吧，都买过年货了，你们还没钱买，不要急，我现在就给你们捎纸钱来了，你们就快点准备拿吧。

老人来到一个挨着树林的田块边，向四处反复看了又看，没一个人，就蹲下来，很快从袋子里面取出一叠纸钱，摸出打火机，啪的一下就打燃了火焰，火苗燃得像一只射向天空的箭。老人放心地向纸钱上点去，呼的一声，纸钱燃了，老人又从袋子里掏出纸钱来接着点燃。

就在这时后面传来了骂声：你个死老头子，怎么到我田里来烧纸钱？狗日的！我打死你！一个妇女拿着拖把棍向他冲来，边跑边骂。

老人吓得有点心慌了，惶恐了，一时间像是徒手面对冲锋来的敌军不知道该怎么对付。老人连忙站起身子，深深地向来者鞠一躬，双手抱拳，十分礼节地说，对不起姊妹，我老糊涂了，你一定要原谅一下。

这妇女跑到老人的身旁，举起棍子就要打下去，可一看，老人确实有很大年纪了，怕打出事来脱不了干系，就用棍子指着老人的眼睛说，你瞎了吗，这是我的菜园，你上坟应该去坟上啊，怎么跑到我屋跟前来烧纸钱，你找死啊？要是我儿子在屋里，不打死你算你狠！

老人还是低着头，双手抱拳，一个劲诚恳地说，对不起，请你原谅……

那你快滚！不然我这棍子就不讲情面了！

老人连连点着头说，谢谢了，我走，我走……

老人继续向郊外走去，虽然有不少田块、树林，但是房屋还是密集，像密集的碉堡群。老人就继续向外走去，他想，他要走到田更多的地方，树林更多的地方去，走到真正的乡村去。老人相信在那个广阔的天地里是完全能够找到一个烧纸钱的地方的，和他的家乡一样，哪里不可以烧点纸钱呢？

老人尽量快步走着，走得信心百倍，走得越来越高兴激动，每当看见田野树林，老人就觉得亲切，就想能够找到一个烧纸的地方了，就觉得离亲人近了，但是，往往田块边树林边都有人户，并且有人活动。老人走了半天还是到处都是房子，不时的还有许多高高的烟囱，冒着浓浓的黑烟，他知道这是工厂。

老人不甘心，继续向前走着。老人在家是喜欢看天的，一是看太阳走到了哪里，什么时间了，二是看天色的变化，是不是有雨了。但是老人今天好多时候都忘记了看天上的太阳和天色，只是在一个劲地走，只偶尔才下意识地抬头望一眼天空。其实看也是白看，每次老人都没有看见天上的太阳，天就像一块厚厚的铁板盖着，从早上就这样盖着，不，从他来这城市就这副面孔、这副德性。老人一直搞不懂，为什么他老家的天上有太阳，而这么好的城市的天上没有太阳。大概因为城里电灯多，晚上也像白天，天就不必给它太阳了，让太阳到没有灯光的地方去了。由于没有看见天上的太阳，老人也就不知道到底什么时候了，以至于现在进入好远的下午了，老人还没有感觉到时间不早了，还在一个劲地往前走。

又来到了一块田边，还有树林，老人还是在走，他想这次一定要搞准确，搞安全，不能轻易下手了。哪晓得就在这时一只狼狗向老人猛地蹿来，汪！老人听到狗叫吓了一大跳，差点摔倒，连忙用手中的拐杖迎敌！

老人也没有向它打去，只做了个防卫的样子，将拐杖向它伸着，哪知这狼狗像是一定要咬到他的肉吃，一个劲地向他腿边箭一样扑来！他就被迫地做出要打到它的样子，大吼一声，举起拐杖向狼狗猛地打去。可狗很灵活，头一摆声东击西，猛地蹿向他的另一条腿侧边，恶狠狠地张着大嘴露着长长的尖牙，一定要咬到他那腿上的肉！

老人有点慌了，他毕竟是已经75岁的老人了，不年轻了，远没有这狗灵活有劲，此时已是疲于应付，招架不住了。老人感到了一种惶恐，心想死去的那些亲人可要保佑我啊！老人用拐杖拼命打着，但无法打到它，而且越打它越恶狠狠的，露着长牙向老人猛扑！只听哗嚓一声脆响，老人一支裤腿就被撕成两块！

老人惶恐极了，浑身都发抖了。老人痛心地想，亲人们啊，怎么不保护我啊，是不是我隔远了，你们感觉不到了？可我就要死于这疯狗之嘴了，天呢，快救救我啊！我可是好人啊，一生没干过什么对不起人对不起狗的事，没干过什么对不起天对不起地的事啊。天啊，地啊，都快救救我啊。亲人们啊，都快救救我啊！我要被这疯狗咬死了！

远远的都市家里，老人的儿子向长江急得团团转，马上就要吃团年饭了，却不见了老人！他想去想来不知道老人到哪儿去了，会不会出什么事？他开车去周围找了好些地方，都不见老人的影子。老人到底去了哪里呢，都等着老人回来吃团年饭啊！今天可是过年，是搬进这大都市新房子过的第一个年。这个老古董也真是！

向长江忽然想到一个重要线索，于是急忙开车回到小区，一头冲进电梯，神情紧张地回到家里。妻子就问，还是没找到呀？

向长江充满焦急地说，附近大街小巷我都找遍了，不见人影。

妻子没好气地说，也真是烦人！老糊涂了，不晓得今天是过年啊，全中国今天都过年！

向长江没理会她的，慌忙地跑进老人的卧室，伸手打开柜子门，一看，装着纸钱和香签的黑色方便袋不见了！他马上想到，老人一定是找地方烧纸钱去了！就给大洋打电话，要他在这附近的各个花园里、大小角落、树丛里去仔细寻找。说着自己也向电梯间走去，准备下楼去继续寻找。

大洋骑着自行车在附近的各个小巷溜了好几遍，都不见老人的影儿，就给他爸爸打电话说，快去派出所报个案吧。

向长江却说，这个案不好报，他是找地方烧纸钱去了的，这是违反规定的，报了到时候还要罚款呢。还是继续找！

大洋不耐烦地说，这近处我都找遍了，谁知他去了好远呢？越远越不好找啊！

儿子向长江心想：再远有个家，肯定要回来的，他也不是小儿，也没有患老年痴呆症。于是他对大洋说，你也不要去远了，还是就在附近一些僻静的角落里找。他说着，又把车往回开。打算去附近的一些角落里找。

家里向长江的妻子更是焦急，她已经准备好了团年的饭菜，如果还不快吃，菜就不鲜了，不香了。

她的儿媳欧妮早就说饿了，她就叫她先吃点喜欢吃的东西。欧妮就真的拈了些喜欢的菜吃起来。

这时的向炎黄老人还在战斗。他已经筋疲力尽了，已经是做着最后的顽强拼搏，做着最后的殊死战斗，做着最后的最坏打算！这时恶狗又恶狠狠地向他没有了裤腿遮掩的肉腿凶猛地扑来，形势万分危急，老人危在旦夕！

这时老人已在心里做出和大哥一样战死沙场的决定，于是他最后还想想那些亲人，最后还想一次。他想起劳苦一生身子劳动成弯弓的爷爷奶奶；想起劳动一生还落得饿死的爹妈；想起和他一起同甘共苦、自己打夜工修房累病，舍不得拿一分钱治病而要送儿子上大学的妻子竹儿……他的眼泪水流出来了，视线模糊了，猛扑过来的恶狗一下子就把他另一条裤腿给撕成了两块，虽然侥幸没有咬到肉，但已经露出了白白的肉，两条光腿都暴露在恶狗面前，没有了任何遮挡！

这下恶狗张开的大嘴就露出了狰狞而充满胜利的笑容，那想着马上就要吃到肉的尖牙下已经流出了长长的涎水。它调整一下进攻姿势就如箭一样射向老人那白白的小腿——

老人没有慌，因为一个做好战斗而死的人，已经不知道慌张了，唯一要做的就是拼死一搏！他接着就想起朝鲜战场牺牲的大哥，他想大哥那次突围一定就是这样面临最后时刻的，一定就是这样最后和敌人拼死的，哗的一下，他马上感到自己也变成了大哥，正在和美国兵做着最后的战斗！牺牲就牺牲，人生谁不死，只是自己不会像大哥那样成为光荣的烈士。但自己也应该是英雄，一个75岁的老人与这样大一只恶狗拼死战斗致死，当然是英雄，是老英雄！现在的问题是，自己可能死，但一定要让这凶恶的敌人也死，不再咬人！大哥，你在天之灵看着吧，你老弟也是好汉！也就要死了。死吧，我75岁了可以死了，只要死得勇敢，死得纯洁，也和大哥你一样，虽死犹荣！他没想到，一想起大哥，一准备死，浑身忽的一下又有了力量！他扔掉了袋子，双手紧握拐杖，就和大哥双手紧握钢枪一样，这时他才想起他的拐杖头上是一个铁钻式的，而且头上很尖，这是为了保护木头拐杖头上不至于受损，他想这是和大哥用的刺刀一样，他奋力向恶狗刺去！可是到底年纪来了，不如当年的大哥，等他刺去，恶狗早就闪到了他的另一条白白的腿边去了。他在大哥的鼓舞下，也不示弱，身子顺势一转将刺刀又向这恶敌猛地刺去，这下刺刀呼的一下从它脖子上擦过去，差点就刺了个正着！老人有点激动了，他想当年大哥就是这样战斗的。但他不能学大哥那样把命送给美国人，他要战胜这只凶恶的敌人！起码要一块死！

殊不知这只恶敌也越战越勇，越战越狠，完全和凶恶的敌人一样。但老人马上想，大哥面对的敌人有枪，这只恶敌它没有枪，而他手中有武器，他一定要战胜这个凶恶之敌，一定要消灭它！

恶狗又向老人的腿箭一样蹿去，老人双手握紧"钢枪"向它猛地刺去，可是这恶狗灵活，一闪就扑向了老人的另一条腿。老人又一转身子向它刺去，可就在这一转身之时，到底上年纪了，老人身子摇晃一下就倒在了地上。就在这时，恶狗逗机一口咬向了老人的一只小腿。老人也奋力地向它脖子刺去，恶狗一下子闪开了，"刺刀"仅仅接触到它的皮毛。老人趁机猛地站起，恶狗就在老人站起之时又竟然向老人头部扑来，说时迟，那时快，老人手中的"钢枪"剑一样对准它张大的血盆大口用尽最后的力气猛地刺去，只听呜的一声闷吼，那恶狗喉咙里刺进了长长的拐杖，他借势勇往直前，直捣黄龙，那拐杖就捅入了敌狗的心脏地带，接着用力乱捅，狠狠地说，我看你还凶！看你还恶！它就倒下了。老人对着敌狗笑一下，心中说，大哥，我也消灭了一个恶敌！大哥，我胜利了！

老人忘记了腿上的伤痛，对着恶狗有如英雄地笑了一下，又笑了一下：你也只有这点本事！哈！老人又认真地笑了一下，站直身子，抬起头，又看看天。然后对着恶狗说，我这拐杖还要挂路，不能让你就这样吃了。说着，呼的一下，拔出了他的"钢枪刺刀"，就像拔一个水枪一样，呼嚓一声，拐杖拔出来了，像一条烧得红红的铁棒，接着一股恶臭的红血涌出。

老人正准备喊一声大哥，忽然感到小腿痛得厉害，他弯腰一看，天呢，恶狗将他的肉咬掉了一块，满腿血淋淋的，连鞋子里也灌满了血！老人想这肯定是一只疯狗，不然它不会这样凶恶地咬人呢。肯定是疯狗，那就必须马上去医院治疗，否则染上狂犬病就麻烦了，就要让儿子他们缴钱破费。快，先去医院再说。

老人将红红的拐杖在泥土上擦干净，反复地擦了后，捡起地上的黑色袋子拿好。这时不禁又想起烧纸钱的事，但他看见四处有人走动，特别是怕别人找来要他赔狗子，他便迅速脱离战场，撤退，向路上走去。

不久呜呜地开来一辆摩托，老人就向摩托招手，大喊：师傅救个急，我被疯狗咬了！并将血淋淋的腿向前伸着。

摩托停下了，是一个中年人，一看老人的腿，就说快上车，并伸一只手去扶老人：坐好啊。

上车后，摩托人问老人：去哪？

老人有些坚定地说，就去附近好点的医院，我要打狂犬针。

摩托人说，好，我本来只到这前面，那我就专门送您一下。就呼地加大油门，摩托像箭一般呜呜地向前飞驰而去。他想象这就像战场上的坦克一样。

很快就进入了市郊。这是一些小街道，有来来往往的行人，有许多小孩在街道两边玩耍。这时已是傍晚时分了，许多人家都在准备吃团年饭了，有的已经在吃了。但没有爆竹，没有响动，老人总觉得没有一点过年的气氛，他想这叫过什么年呢？这只是叫吃饭，不是叫过年。他想过年就是过的一个热闹啊，没有爆竹响，没有惊天动地，没有天摇地动的热闹，那叫过什么年，那只是叫吃饭！可人光吃饭行吗，特别是过年，中国人一年辛苦上头，盼的就是这一天的热闹、开心啊！全家人在一起，放放爆竹，笑一笑，一年的辛苦愁闷就被爆竹炸飞了，什么也没有了，只剩下高兴了。接着老人就想起老家过年时的热闹情景，心就又跑去了很远，连腿的疼痛也远去了。

这摩托很快就带老人去了一家小医院，将老人扶进值班室，就对老人说，我还要去办点事，家里正等着我回去吃团年饭呢。我就先走了，老人好好保重。

老人感激地望着摩托车师傅：哎呀，真不知该怎样感谢你呀！你留个电话号码吧……

摩托师傅微笑地转身并说，这点小事，您这么大年纪了，又受伤了，应该帮助的，还感谢什么嘛。说着就向门外走去，很快就是一阵摩托声响起，又渐渐远去。老人一直向窗外望着，像望一个亲人远去。

值班医生一看老人的腿血淋淋的，有些受吓地问，您的腿怎么了？

老人有苦难言地说，被疯狗咬了。请医生帮忙打一支狂犬针。

医生望着老人：你身上有钱吗？医院要先交钱的。

老人有些为难地说，身上没带钱，你给我打上针了，请帮忙给我儿子打个电话，叫他拿钱来接我。不会差你们一分钱的。只是先救个急。

医生也显得为难地说，可这是个手续问题，不先交钱，不好办啊，这是制度，我不敢违反。

老人通情达理地说，是的。那请你先给把这伤口消一下毒，上点药，包一下。等我儿子来交了钱再打针吧。

医生就问老人儿子的电话号码，老人说了，医生表扬老人地说，您老还不错嘛，这大年纪了，还能记住儿子的手机号码。

老人微笑地说，我也就记得儿子的号码，其他人的我没问，怕他们嫌烦。

医生就忙着拨打电话。

老人儿子接到电话就问，在什么地方？

医生说，在城东郊区的鸟岗街医院。

儿子就叹口气说，这么远啊，天呢，要走老半天啊。

医生有点严肃地说，远你也要快点来！

儿子忙说，当然快点来。我这就来。

医生又说，老人被疯狗咬伤了，腿子血淋淋的，必须要马上治疗，马上打狂犬育苗针。

儿子着急地说，我开车来，起码要一个小时，请你先给老人治疗，打针，我来了给你结账，负责不差你一分。

医生说，我一个值班的医生也做不了主，也拿不了药，医院有制度，有规定，要先交钱办手续，再才能进行相关治疗。

儿子焦急地说，可我还隔这么远，一下子不能赶到，老人又是被疯狗咬的，感染了怎么办啊，你们应该救个急啊！你们一定先治疗，我负责不差你们一分钱的医药费。

医生有些烦地说，你不啰嗦了，快开车来，我们知道该怎样办的。

医生就叫老人去了治疗室。医生忙着给老人洗伤口、消毒。

医生吃惊地说，哎呀，咬得还不轻啊，扯掉了一块肉呢，满腿是血。看老人嘴里一点声息也没有，敬佩地说，您老这么大年纪了，这么大个伤口，给你洗，你一点儿哼声都没有，很坚强啊，真不简单。又问老人：您当过兵吧。

老人慈祥地笑着说，没有，我大哥当过兵，在朝鲜战场一次突围中牺牲了。

哦。一时间都沉默了，像是在为一位逝去的英雄和亲人默哀。

过了一会，医生才问，你家在哪里吗？

老人说，在莱茵河国际城。

医生笑一下说，莱茵河在外国呀，那离这里很远啊……

老人说我也不知道在哪里，是不是来到了外国……就如实地向医生说了，找地方为亲人烧纸、上香，因为城里面没地方烧纸上香。

医生听了感动地望着老人说，哎呀您真是个重情义，不忘根本的人啊。

老人说，不完全是情义的问题，这是我们土家族人几千年的传统规矩：过年必须要给死去的亲人上坟，烧纸、上香、放爆竹，给一点钱，让他们热闹一下。当然也是表达我们的一种心意。

医生说，现在都尊重少数民族的风俗习惯呢。不过在这大城市里，有些事无法办的。

老人无可奈何地说，我不放爆竹，就烧点纸钱，上炷香。我求你一下，能不能让我在你们这院坝角落里烧几张纸，燃几根香，烧了我就给你们打扫干净。

医生白白的脸上一下子很严肃了，很直接地说，这可不行，虽然我的家不在这里，但医院毕竟是我们的第二家，这么华丽的院子，怎么能在这当坟烧纸钱、上香呢？这肯定不行。烧纸应该在坟上去进行的，亲人也才能收到钱的。

老人解释说，在我们家乡，是可以望山烧纸的……

医生还是严肃地说，在这大城市里，肯定是不行的。

一个小时多几分，老人儿子向长江来了，他是开着小车来的。还好，都回家吃团年饭去了，路上的车不是很多，没有堵车。向长江本来肚子里窝了满腔的火焰，但他尽量忍耐着，今天是过年的日子，动气是不好的兆头，那一年上头心情都会不好，会经常出什么事的。所以他走到老人面前时是一副忧心而带着关切的神态。

儿子关切地望老人说，爸还是早晨过了早的，这时一定很饿了。我给你带了两坨蛋糕，你先吃了吧。

老人有些感动地说，我还不饿。

儿子关心地说，不饿也要吃点，这时候了，哪有不饿的。说着将蛋糕递给了老人，老人也接了。

向长江接着就对医生说，你给老人治疗了，好多费用？我这就给钱。

医生略微有些尴尬地说，把伤口已经洗了，消毒了，上了药包扎了，针药还没打，这医院有制度规定，我做不了主。

向长江有些急切地说，那你快给老人打针吧，一起多少钱，我去给。

医生说，针药四百元一支，加消毒费、治疗费、注射费、挂号费，一共四百五十元，你去给钱吧。

结了账、打了针以后，老人和儿子分别都给医生叫了谢，儿子扶着老人往小车走的时候，就又看见了老人手里提着的那个黑色袋子，他知道里面装的是纸钱和香签，就一惊，然后去拿老人这袋子，说，这东西放后备厢里吧。

老人握紧袋子不松，好像怕他拿去扔了，慌忙地说，我拿着就是。就提上了车里。儿子在旁边皱一下眉头，没再说什么，也就去打开车门坐进驾驶室。

小车终于回到了小区，在一个花坛边轻声停下，像远道赶来团年的一个亲人。老人提着那装着纸钱和香签的袋子，就准备往电梯间走。儿子走过来劝说道：爸，你这东西就不要拿到家里去了，就放在我车里吧，我保证不给你搞掉了。

老人仍然提着袋子往电梯间走，也不说什么。电梯正停在一楼冲他们敞开怀抱，做着欢迎、请进的姿态。但进去后就让人感到是关进一个铁笼子送到天上去。

出了电梯老人去推家门，推不动，儿子连忙掏钥匙才打开。老人径直就往他的房间里走，还好，这时孙子两夫妇在他们的房间里，儿媳在厨房里忙。老人就将那个黑袋子拿去他的房间，房门早就为他打开了，进去后门就啪的一声关紧了，像是等候他多时了。老人伸手打开柜子门，将袋子认真地放进里面，又用手扶了袋子一下，这时柜门就自动关上了。

接着儿子就来到房门口，说，爸快去吃团年饭啊，都等半天了。

老人走进餐厅时，已经开始给桌上摆放团年的饭菜。顿时桌上像是突然开放出红的黄的绿的白的紫的棕的等等五颜六色的种种花朵，五彩斑斓，鲜艳夺目，桌子完全变成了一个旋转的大花坛，美丽极了。桌子像个舞女自动地旋转着，一边显示、展示着，一边自动地为人服务，它也知道这个特别时刻，也充满一种兴奋。这时窗户自动调暗了光线，吊灯自动地亮起红润的灯光来，温柔地飞撒着多彩的光雾，一方面表示它的现代，一方面表示它的关怀。

桌上早就放着两瓶葡萄酒，就像两个漂洋过海来的贵宾，一副高高在上稳坐钓鱼台的样子，神态一览众山小，目不斜视，仿佛它代表了世界的尊贵与荣华。

向长江喊大家上桌子团年了，并说，你们看桌子都等急了。

这时老人缓缓走近桌边，一见旋转的花花绿绿的桌子，就晕了，连忙伸手握住一个椅子靠背稳住身子，对正在扭着葡萄酒瓶盖的向长江说，还是学在老家，先"叫老客"（死去的亲人）吃饭吧。他们那一带，逢年过节，饭菜摆好了，首先是请死去的亲人来吃饭，这是一个重要仪式，然后才自家人吃。

见老人这样说，儿子很是心烦，但马上就要吃团年饭了，是一家开开心心团圆的时候，还是极力忍住不让心里的烦躁从嘴里从脸上冒出来，尽力平和地说，爸也是，这是大城市，哪个兴"叫老客"嘛。

老人一本正经地说，这是我们几千年的传统规矩啊。

孙子向大洋正带着媳妇往桌边坐下，显得很反感地说，吃团年饭主要就是吃，还讲个什么传统规矩吗？

老人有点据理力争地：你也在学校里读过那么多书，任何事都有一个仪式啊，你们在学校里为什么星期一总要升国旗，不直接上课？上课时为什么还要首先喊老师好，然后才上课？

孙子眉眼一皱，满头红发抖动着，反感地说，你扯远了！

儿媳也在旁边帮腔说，"叫老客"就是叫死人的灵魂来吃饭。过年，怎么能叫那些死人的灵魂到家里来嘛。也真是的。儿媳不是他们老家的人，是另一个小城镇的人，

老人就向她解释说，这是我们老家的传统，逢年过节，吃饭都是要先"叫老客"的。

孙子大声地说，给爷爷说，我们这是城市，是我们的新屋，决不能叫死人的灵魂来这屋里。他说得很严肃很坚定，那满头红发像是变成了燃烧的火焰，吓得老人的身子不禁向后一缩。

孙媳抖一下金黄的头发，眉峰一凝，那纹得吓人的眉头顿时变成两把左右开弓的黑剑，厉声说，叫死人的灵魂来了，那我是不敢住这房子了。

老人还是坚持说，哪有什么灵魂？这是一种心意！中央开大会，都向死去的先烈们默哀三分钟，那又怎么了？没什么嘛，中国越来越兴旺了嘛。我们老家不管是接媳妇还是嫁姑娘，都是专门先请老客坐席，那又有什么，都很好嘛。我说还是先……

这时孙子大洋的新媳妇就气愤地起身向房间里走去，那满头金发一抖一抖，很有力度。一时间都一愣。

向长江就说，不扯那些淡事了，吃饭。大洋你去把欧妮拉来。

大洋就去了房间里，给他新婚的爱人做工作，快去吃饭，这可是吃团年饭，不比平时。

新婚媳妇翻一下白眼，加之那涂得暗暗的眼皮，构成一对变形变色显得有些狰狞可怕的眼睛，又把头往旁边一摆，不听他的劝说。但大洋还是继续做工作。

接着向长江也来到大洋的房间，有些庄重而耐心地对儿媳说，欧妮，还是去吃团年饭。老人其实也没什么，只是一种心情，这种心情并不坏，每个人都要老的，老了就有许多远远的想

法，就与近处有些不合拍，这很正常。我也给老人说好了，不叫老客，直接吃团年饭。快去吃吧。我们去吃我们的，只当没这么个老人的。今天是过年，过年是不能生气的，不然一年都有气生，一年都心情不好。快去，一杯酒一喝就什么也没有了。

老人的孙媳欧妮就又来到了餐桌边，微低着一头金发坐下，挥动着加得长长的有如一只只黑箭的睫毛，看着面前的桌子和菜，其他什么也不望。

老人实在不想继续坐在这花坛一样的、令他眼花缭乱的旋转魔桌边，他也毫无任何胃口，但他知道自己是老人，是这里的最高长者，虽然不是最高权威，可他知道今天是个什么日子，作为他，应该知道怎么做。因此他非常顾全大局，并不离席去房间，而是在桌边慢慢坐下来，保持一个长者的风范。他不再说什么，脸上露着慈祥的笑意。他晕，就牢牢地靠住椅子背靠，以防摔倒；他眼花，就不再看眼前旋转的花坛，只看面前的桌边、自己的大腿、脚。他心里憋闷，就想遥远的心事。

他就想起他妻子竹儿。那年过年后，他专门去卖了一块腊肉，将钱交给妻子，要带她去医院，可她怎么也不去，只是忧心地说，快给长江寄去，他生活费可能用完了。他说先去医院给你弄点药着，他的生活费我再想办法，不会让他饿着的。她说不，长江隔这么远，人生地不熟，没有借处，不比我们在家，青菜萝卜也可以混一顿，一定要先给他把生活费寄去。我这病不要紧的，没什么，他把大学读毕业了，挣钱了，我们就好了的。快去给他寄钱吧……哪知道，长江大学刚刚毕业她就不行了，就走了，好像是专门坚持到儿子大学毕业，她就放心了，就可以远去了……

儿子给老人倒了一杯葡萄酒，递给老人，亲热地说，爸喝一杯这个葡萄酒吧，这是进口的呢。

老人忍住心里怨气和憋闷，尽量不从嘴里和脸上冒出来，要始终保持一个老者、长者样子。他平静地说，你也知道的，我喝不惯这个酒，我只习惯我们那里的苞谷酒。有没有苞谷酒吗？

儿子笑一下说，这城里哪来的苞谷酒嘛，都是一色的瓶装酒。你既然来了，就要慢慢习惯这里的生活。

老人也不再说什么，将那杯倒给他的葡萄酒推到儿子面前，微笑地说，你替我喝下吧。

儿子又说，那你喝杯牛奶吧。说着就要开一个盒子。

老人微笑地说，牛奶我从来没喝过，闻着那气味就烦。

儿子又说，那喝一点饮料吧，说着就拿起一瓶饮料要开。

老人又平静地说，饮料我也不想喝。你给我舀点汤吧。这桌子打转转，我怕舀不好。

儿子说，你把这桌边一按就停了的，说着伸出一只手将桌边一按，那花坛就不旋转了。他便拿起汤匙给老人碗里舀汤，舀了一汤匙老人就说，够了。

老人端起碗喝上一口汤，他觉得这汤甜不甜咸不咸，辣不辣香不香，太腥味了，臭臭的，不知到底是中国菜还是外国菜，反正他不喜欢，闻着就心里不舒服。

接着老人就在桌上寻找一个菜——圆子，他知道全中国都是今天团圆，必做一道菜，那就是圆子，这是象征团圆的圆子，不是一般的菜。他老家那里，团年饭的主菜就是圆子，人们把这圆子做得大大的，里面都是用的豆腐、瘦肉、生姜、大蒜、辣椒，还有一些调味作料等，再用一种很有黏性的、很有凝聚力的洋芋粉拌和，做成软软的、绵绵的圆子，外面再用很有凝聚力、黏合力的糯米滚满，蒸熟，就成为一个个圆滚滚、亮晶晶的圆子，快乐地团聚在一起，像一盘凝聚的星星。端到桌上，整个屋子都香了，吃一口，心里香透了，全身都香透了，整个人都变香了，每个人都变成了一个香喷喷的大圆子，一个个紧紧地黏连在一起，再也分不开，永远分不开……那感觉，就叫作幸福，叫作甜蜜，叫作过年，叫作团圆！他真不懂，儿媳为什么不做这盘真正的年菜——团圆菜——圆子？老人下意识向儿媳审视地看了一眼，他想看看她到底是中国人还是外国人？从她的脸样看他觉得又是中国人，可是她……唉。老人又伸手按住旋转的桌面，睁大双眼在桌子上仔细地搜寻了一遍，看是不是刚才搜索掉了圆子，老人反复仔细地搜寻了几遍，还真是没有圆子这道年菜，老人心里一下子空落了，看着面前坐着的儿了孙子们，老人觉得他没有和他们团圆到一起，没有黏连到一起，而是隔了很远，仿佛隔了一个大海……

儿子又热情地对老人说，今天是过年，一起团圆吃团年饭，是最喜庆的时刻，爸怎么也要喝上一口团圆酒。

老人轻声说，不喝，我喝汤一样，这汤一定很有营养的。老人想要把舀的这点汤喝完，不能剩着。

儿子端起酒杯，对大家说，来，都端起酒杯，我们一起喝一口团圆酒！我祝大家健健康康，平平安安，天天好心情，月月好收入！

这时老人笑着端起他的碗和大家的杯子碰杯，一时间都又笑了。老人说，我祝大家月月天天兴旺，子子孙孙幸福！

儿子笑着对大家说，老人说得很有水平啊！而且祝福得很远啊，祝愿到子子孙孙都幸福上去了。感谢老人，感谢大家，祝我们这个家世代兴旺，永远发达！干杯！

长江媳妇也端起杯子，脸上有些红润地笑着说，我祝大家新年快乐吉祥！

接着就是孙子给大家敬酒。

那个欧妮也忘记了先前的不快，闪动长长的睫毛笑着高高地举起杯子，充满温情地说，我祝大家健康平安、幸福美好！

接着就是吃团年饭。但老人好像什么菜也吃不下，什么菜也不符合他的口味，他仅仅喝了一点汤。

儿子笑着说，爸使劲吃菜呢，不要光喝汤。

其实老人连汤也不想喝，但他节俭了一辈子，不想浪费，哪怕一点汤。他微笑地说，你给我舀点饭，我吃饭。

老人想，饭一定是米饭，到处的米都是米，饭也是差不多的，肯定合口味。老人想过年不能受饿，这不吉利。老人就吃了一口米饭，他还是觉得没有老家用木甑子蒸的那种香味，不知是这里的米的问题还是电饭煲的问题，总之没有老家米饭的那种香，那种味。

虽然那些菜五颜六色，像开的满桌花朵，比他老家的团年饭漂亮、花哨，但他觉得哪一丝儿气味闻了都不舒服，都不想吃。加之老人心里近日本来就窝满了怨气，此时就什么胃口也没有，什么也吃不下。老人下了好大的决心，鼓了好大的劲，才把半碗米饭吃完，就只吃了这比较纯洁的米饭，没动任何菜。

这时儿子的手机响了，老人一下子抬起了头，有些兴奋地望着儿子，老人想这肯定是他女儿打来的电话。老人有个女儿，出外打工时和外省的一个男娃恋爱、结婚了，平时在很远的地方打工，过年回到了男方家里。他有好几年没看见她了。想起往年过年，他在老家准备了好吃的，儿子女儿都回来了，团年这天，他们放着爆竹，满山坡奔跑，狂欢，唱歌，这时山山岭岭都是一片爆竹震响，天摇地动的，多热闹，多来劲！一家人吃着土气而香甜的团年饭，听着外面的爆竹声，多舒服，多开心！晚上，人们继续放着爆竹，还放烟花，遍地笑声，满天彩花，一家人坐火炉边，吃着本地的特产葵花籽、花生、核桃，加工的米花糖、萱谷糖，听着外面的爆竹声，那真是地蹦天笑啊，那真叫过年啊！

这时儿子将手机递给老人：妹妹打电话来了，给你拜年，快和她讲话。

老人拿过电话，眼眶就湿润了。女儿在那边也很激动。女儿问他的身体还好不，他说很好；问他吃得怎么样，他说很好；问他睡得怎么样，他说很好；问他心情怎么样，他说很好。老人都是说的两个字：很好。女儿说都很好，那我就放心了。老人问女儿：春节期间能不能来这里玩。女儿说没时间，初三就要去远处打工，已经在网上买了动车票。老人说那你什么时候能回来。女儿说争取明年过年来吧。老人说，你每年都说的明年过年回来……女儿说没办法哟，两个娃娃放家里老人带着，自己都没时间回去看一眼。老人理解地说，那你好好照顾自己啊……老人的泪水就流下来了。女儿说爸好好照顾自己啊……

老人早早地回到了自己的房间里，往铺上躺下去，这时小腿被碰得很痛，像是又被恶狗撕咬了一口。于是就想起和恶狗的那场战斗，接着就又想到大哥和敌人的战斗，大哥牺牲了，而我还在。可我虽然还在又能为大家还做点什么呢？我还能回得去吗？

老人没有开灯，房间里暗暗的。他不想开灯，开灯了到处一张白花花的脸望你笑，晃眼睛，不舒服，他想暗暗的好，这样就能回到远远的老家，回到远远的过去，就能看见许许多多的亲人，说许许多多的话……

老人的脑袋就又进入一个个梦境似的世界。

后来老人就没有忍住，又撑着床爬起来，伸手到柜子里，小心地从里面拿出那包纸钱和香，抱在怀里，坐在床边，抚摸着。老人默念着：爷爷奶奶，爹，妈，大哥，竹儿，我对不起你们，请你们原谅我……接着老人眼里的泪水就如两条小溪一样哗哗流下……

老人郁郁闷闷过完了正月，就想起老家这时已经在给死去的亲人插青了，他每年都是正月二十几里就插青，插得早，风小雨小，管得久一些，插晚了管不了几天，就被风吹坏了，被雨打坏了。

老人就对儿子说，给你说一下，我想要回老家去。

儿子不高兴地说，回老家做什么？

老人也有气地说，做什么，你忘了？每年我都是正月下旬就给亲人坟上把青插了，现在下旬已经完了，还不回去插青？

儿子有些哭笑不得，坚持耐心地说，只有爸，总想着那些死人做什么？

老人反驳说，不是总想着什么死人的问题，这是我们祖祖辈辈的传统规矩。生活再困难时我们都没有甩了这些事情，现在生活这么好了，更不应该忘了根本，怎么要甩掉这些？

儿子尽量解释：现在情况变了，没有办法，路隔千多里，我们要上班，要还房贷，每天都紧紧张张的，没人送你回去。

老人有些坚定地说，你给我买火车票了我自己回去就是。我还行，硬棒得很，那么凶恶的疯狗我都战胜了。

儿子尽量耐心地说，你这么大年纪了，我们能让你一个人走吗，你是有儿子孙子的，我们要对你负责。再者，回去一趟要很多钱啊，我们现在经济上还很紧张的。你现在能来到这么好的现代大都市，是福气，就要在这大都市好好享福。想吃什么我们给你买，想穿什么我们给你买，想在这城里怎么玩，星期天我们开车带你去，想在哪里玩就在哪里玩，想怎么玩就怎么玩，我们陪你。你看这城市哪里都是美丽如画，像天堂，像仙境，多好啊，这是我们祖祖辈辈连想也不敢想的呀，真像是在做梦啊！

老人还是坚持着：不，你给我买张火车票，我要回去……

儿子当然没有答应。

清明节还是像亲人一样又来了。

这晚上，老人做了一个梦。老人梦见来到了亲人坟前，他给亲人们坟头插满了一个个白亮亮的清明吊儿，在风中轻轻地摇晃，像是摇头，像是点头。

后来老人就一天不如一天了，病了。老人担心自己年岁已高，怕不会好了，就对儿子说，你们送我回老家去。我怕是不行了，我想死在自己的老家，按照我们土家族几千年的规矩，给我跳《撒尔嗬》（古代巴国军队出征时的阵前激励舞，后来土家族人死了用之跳丧，欢送死者远行），和我父母祖辈埋在一起……

儿子有些烦躁地说，你还说得好，病了回那个乡下去？别人会怎么说我们？

老人带着请求的口气：你送我回去了，说不定我的病就好了……再说，我有医保卡，现在我们乡镇的医疗条件也很好了。

儿子显得很坚决地说，不行，病了就送回老家去，我这当儿子的还叫人吗？

儿子进一步安慰地说，病了，我就要尽一切努力给你治疗，这大城市的医疗条件很好，是一定能治好你的病的。

老人坚持说，不，我要回去……

永远的家家

四个孩子都伤心地哭着。哭得很是凄惶，像是死了亲人似的。他们满脸泪水像淋了大雨的，嘴都张得大大地撕天扯地喊着妈妈、妈妈。这天，他们的爸爸妈妈都一起出门到远处打工去了。

这四个孩子都只有三四岁。另外有一个大点的孩子叫春儿，是个女孩，已经八岁。这四个孩子好早就和她天天一起玩，实际上是她照料他们，他们都是隔壁邻舍的孩子。她还有一个帮手叫桂娃，是个男孩，七岁了。他俩都还没有上学读书。村里早就没有了学校，因学生少，拆了，小学都集中办在管理区的中心学校，离这里有二十多里路程，孩子们读书只能在学校住读，包括一年级的六七岁大的孩子，这样就有不少孩子不愿去上学，大人也不放心，生活无法自理，同时生活也太差，中心小学不是托儿所，也不是保育院，让他们大一点再上学吧。

春儿见几个孩子哭着，眼里也涌满泪水。她想起自己的妈妈——一直不知在哪里……

春儿将四个孩子抱在胸前，亲切地说：莫哭，啊，我带你们玩。她耐心地抚摸他们，哄他们，说莫哭，莫哭，可他们总是哭喊着：我要妈妈——妈妈……

春儿实在没有办法抚慰他们，忽然心里一动，就说：莫哭，我就是你们的妈妈，啊，莫哭，我是你们的妈妈。

孩子们一下子镇住了，不哭了：你是我妈——妈？

桂娃连忙证明似的说：她是你们妈妈，走了的妈妈不是你们妈妈。真的！她天天和你们在一起呢，她是你们的妈妈。

孩子们眼泪巴巴地望着春儿，春儿认真地点头，亲切地微笑着说：是的，我是你们妈妈。我天天抱你们，天天和你们在一起玩，我才是你们的妈妈，真的是你们妈妈……

孩子们连忙喊道：

妈妈——

妈妈——

妈妈——

妈妈——

接着，孩子们脸上就露出了笑容，紧紧地抱着春儿。

春儿欣慰地感受着一种激动，大声地说：来，妈妈带你们到仙人洞玩去。

孩子们说：啊，啊，妈妈带我们去玩！妈妈带我们去玩……

春儿就拿上一个打火机，和桂娃一起带孩子们向仙人洞走去。春儿两手各拉着一个孩子，桂娃两手各拉着一个孩子，像几只鸟儿活蹦乱跳地走着。走着，春儿左看右看，捡起两块小石板抱在手里。几个娃儿就问：妈妈你捡石板做什么呀？她笑笑说：有大用的。

桂娃已经在路边找了根干柴。春儿笑着对孩子们说：去，每人都找根干柴，看哪个找的干柴大些。

这时桂娃已经找了两根干柴。在他的带动下，几个娃儿都争先恐后地找着干柴。

一个叫田儿的娃儿显摆地说：妈妈，我找了一根干柴。

叫菜儿的娃儿也不示弱地说：妈妈，我也找了根干柴。

叫树儿的抢着说：妈妈，我也找了好大一根柴！

叫苗儿的娃儿有些急地喊着，妈妈，我找了根干柴，我拉不动，你帮我拉一下。她最小，还三岁不到。

春儿就连忙来到苗儿身边，帮她从树丛中拉出了这根干柴，让她拖着，这下苗儿高兴地说：我有了柴了。

孩子们高兴地拖着干柴，干柴在地上发出呼呼呼的响声，像一辆长长的儿童列车天真地飞奔着。很快这辆儿童列车就到了仙人洞站。孩子们便欢呼起来，像是到了自己的家一样。春儿和桂娃将一些干柴放在一堆，春儿掏出打火机，咔嚓一声，一股火苗就像小孩子一样蹦跳起来，她小心地将这火苗送到干树叶下，呼的一声就燃起来火来，接着细柴就呼呼呼地燃烧着，像是在对孩子们发出欢快的笑声。山洞里便一下子亮堂了，也有了温暖。

这是一个童话王国，这是一个快乐的王国。这地方是一个神秘的山洞，但又离这里人家很近。这山洞过去叫仙人洞，是一个充满美好传说和神秘故事的山洞，就像神话中的那个山洞。这山洞并不大，洞口较小，但里面生得有些神奇，既像一个展览厅，又像一个游乐厅。它有一般乡间房子那么大，比较神的是，这洞像是专门为孩子们修建的一个童话乐园。地面很平，可以任孩子们奔跑，像是神仙用黄土专门为孩子们垒筑好的。而且在洞两边有岩石生成的儿童滑滑梯，还有旋转式的，它早已被一代代孩子们滑得光滑无比，泛着青亮的像蓝天一样的光芒。特别神奇的是乐阵、迷宫——由一个个天地连接的石柱——神似一个个扁钟组成的乐阵，密集而又四通八达，复杂而又单纯，特别是用石头敲那些柱子，会发出不同的声音，或高或低，或浑厚或清脆，或粗犷或柔美，而且真能余音绕梁，久久不散，真是美乐妙极。这完全是一个器乐方阵，完全是一个交响乐团，而且此阵只应天上有，人间能得几回闻。他们敲打音乐，演奏欢乐，送走谁也不知的——他们心头的郁闷痛苦。

这时春儿用石头敲着几个不同的"编钟"，马上传出优美的音乐，春儿就说：来，我教你们唱歌：世上只有妈妈好——

孩子们跟着唱：

> 世上只有妈妈好，有妈的孩子像个宝……
> 世上只有妈妈好，没妈的孩子像根草……

一曲唱完，春儿又说：下面我教你们唱个好听的儿歌：

> 茅草花，花茅草，草是花，花是草。草儿当柴烧，花儿满山飘。飘上天，做神仙，飘过山，到远方……

这个乐阵也是一个迷宫，最适合孩子们玩耍，捉迷藏。这时，春儿神秘地笑着说：来，我现在就躲着，你们找——接着她就在这迷宫里和孩子们兜圈子。顿时这迷宫里就传出天真的笑声，创造出一种更为生动的乐章……

山洞两边洞壁是一组神来之笔的雕塑，神秘魔幻，形象，像各种各样的神仙、菩萨、动物，看去栩栩如生，活灵活现！并且洞壁都是回音壁，你轻轻一敲打，就能发出回音。这些神奇的设施，展示出一部立体的神话、童话。这一定是上帝专为儿童们打造的了。外面，洞口周围长满了小小的秀竹和小树儿，像一群爬在岩石上玩耍的小孩，有的歪着头，有的抬着头，有的扭着腰。

这个山洞本来叫仙人洞，因从来就是孩子们玩耍的童话王国，渐渐地，人们就再不叫它仙人洞，而叫成了"娃娃洞"。洞旁不远有指头粗一股泉水，孩子们渴了就将小嘴儿一伸，让泉水直接流入嘴里，和城里的自来水一样，但绝对比城里的自来水好喝，水质和娃娃的心灵一样，纯洁而甜美，没受到任何污染，天生美味。爷爷奶奶们整天也很忙，又要种田，又是猪子牲口、家务，孩子们一起在这娃娃洞玩耍，十分安全，也省去了他们的许多心事。只要吃饭和晚上回去就行。这洞就变成了孩子们的托儿所、幼儿园。

　　这时外面下着小雨，像无数的蚕丝从天上抛下来。孩子们都望着洞外的雨丝好玩儿。

　　春儿逗着孩子们说：天上养了好多蚕宝宝呀，吐这么多丝……

　　桂娃撇下嘴儿说：这是天上流下的粉丝……

　　田儿去用嘴接雨丝，接着不高兴地说：你说是粉丝，那怎么弄不到嘴里吃？

　　菜儿歪头望着雨，想了想说：是面放少了，稀了。

　　苗儿嘟一下嘴儿说：你们骗人，这是雨。

　　春儿解释地说：这不是弄给我们吃的粉丝，这是弄给田野吃的，弄给庄稼吃的。

　　树儿一本正经地说：不是粉丝，是星星们在屙尿……

　　哈哈……孩子们就都笑了。

　　春儿还睁着大眼睛望着树儿，眼睛里有许多说不清道不明的东西。

　　接着他们就开始重复千百次的活儿。春儿说：我来给你们做饭饭吃。

　　哇——做饭饭吃喽——于是孩子们又哇哇地兴奋起来。这山村孩子的游戏活动分外朴素、古老，总是充满着泥土香味。

　　桂娃微笑地看一眼大家，说：我还去捡点柴来吧，把火还烧大点。说着有几分当家人似的出"门"了。

186

春儿也像家庭主妇似的望桂娃一眼：你快点回来吃饭啊。

桂娃回头哎一声，拿着刀一转身就消失在了洞口边。他向洞旁的树林里走去了。

春儿就家庭主妇似的忙碌起来。首先是"和面"——把水倒在泥土上，用一根小树棍儿和面一样和着泥土，渐渐的泥土就变得稠稠的，真像和的面。

田儿眨着眼睛看着春儿，正正经经地叫唤着妈妈，充满好奇地问：妈妈，你做什么菜？

春儿微笑地看他一眼，有些吊他们胃口地说：你们看着吧。春儿说着，将"面"做成小圆饼儿，对几个孩子俏皮地说：这是麦面饼儿——

孩子们都拍着手儿，哇——哇——咂着小嘴儿，好像看见了从没吃过的好东西。

春儿进一步刺激他们的胃口，渲染着说：这饼儿多好吃哟。说着将一个小圆饼儿轻轻放入"盘子"里，盘子是一块漂亮的小石板。这时树儿就伸去嘴巴，用舌头去舔那饼儿。春儿忙伸手推他的头：还没煎熟，不能吃。

春儿很快就做好了一盘"麦面"饼儿，又开始"和面"，这是"白面"——她在白沙里掺上一点水，然后用手揉搓，也做成小圆饼儿，对孩子们笑着说：这是白酥饼儿。

哇——孩子们又是哇哇地欢呼，接着就咂嘴儿，仿佛已经品到了美味。

春儿又将青草切碎，和黄土和在一起，拌和着，对孩子们说：这是韭菜炒鸡蛋。

哇——啪啪——孩子们这次还拍起了小手儿，又是哇哇地欢呼着，哇哇声中还伴和着啪啪的脆响：妈妈真会做！像是过年一样。

苗儿拉拉春儿的衣服，完全是拉妈妈的衣服一样，问：妈妈，饭是什么吗。春儿歪过头去，像妈妈一样亲一下苗儿的额头：今天是"蓑衣饭"（这是土家族人的特色饭：用玉米面和大米混合着蒸的饭，很香，土家人叫它"蓑衣饭"）。

春儿的话一出口，孩子们又拍起小手儿，欢呼，哇——哇——！这道饭难做，费时，费工，要翻来覆去做几道，大人们忙，一般无时间做这种饭。

春儿忙着，苗儿便已紧挨春儿身子站着，一只小手儿拉住春儿衣服，就像要拉住妈妈一样。

春儿将黄土盛在一个小石板上，有些正经地说：这是苞谷饭。又将白色的砂子儿舀过来和在黄土一起，搅拌着，望一眼几个孩子说：娃娃，这就是我们这里出名的"蓑衣饭"。好香啊！孩子们又是一阵欢呼——哇！妈妈真会做！都凑到"饭"边上去，一张张小嘴巴咂巴着。

菜儿也过来拉住春儿的衣服，刨根问底地：妈妈，还做什么菜吗？

春儿像母亲一样望菜儿一眼，清爽地笑着：还做一碗"扣肉"（这"扣肉"也是土家族人一道特色菜）。

她说着用水把泥土和好，弄成一节肉的形状，对孩子们说：这就是一节腊肉，来，我来教你们做扣肉——先将这节肉切成一块一块的，不散开，还是一节肉的形状，再在这上面蒙一层"面辣椒"（用苞谷面和切碎的辣椒拌好，放在菜坛子里腌制成的），然后放甑子里用大火蒸熟。

孩子们听着看着，又咂着嘴，笑着说：哇！妈妈真会做！

苗儿就拉一下春儿衣服，好奇地问：妈妈，你这么会做菜，跟哪个学的吗？

春儿笑一下，说：跟我奶奶学的。

菜儿也拉一下春儿衣服，抬头望着她：你也没有妈妈呀？

春儿忽地停住手，浑身一下子像是木了，不说话。但她很快用头去挨菜儿的头，菜儿就伸双手去将她的脸抱紧。苗儿也伸手将她头抱紧。接着田儿、树儿也过来伸出手，紧紧地抱着她的身子，她就被四个孩子紧紧地抱着，久久的，都没动一下，像是在享受着一种浓浓的亲情……

春儿听奶奶说，她的妈妈是嫌这山沟里穷，在她一岁多时，出门去打工，和一个男子私奔去了远处，不知去了什么地方，一直没有音讯。她是奶奶带大的。爸爸打工去了，她就一直跟着爷爷奶奶在家守着。

菜儿偏着脑袋瓜看着春儿：妈妈，你哭了呀？

春儿强力忍住什么，用头去挨一下菜儿的头，用力向菜儿笑着，亲切地说：没哭。我还要给你们做一碗好菜——这碗菜呀，是过年才做的——叫圆子。过年是团圆，一家人在一起团年，吃团圆饭，就一定要有这碗圆子。

哇！妈妈快给我们做圆子，我们一起过年！一起过年！苗儿和菜儿、树儿、田儿都一起欢蹦乱跳地说。

春儿边做边说：我奶奶做的圆子很大（土家族人的圆子做得大，它是一种象征：大团圆），有橙子这么大，春儿用手比画着。

菜儿有些兴奋地说：妈妈你也做很大的个个。我们一人一个，好过年。

春儿笑着说：要得，我给你们一人做一个，做很大，做得圆圆的。

孩子们就跳着，蹦着，欢呼着：过年啦——妈妈做圆子啦——过年啦——妈妈做圆子了——孩子们像在唱歌一样。

春儿弄来一些细细的白沙，对孩子们说：这就是洋芋粉，做圆子全靠这。又弄来一些白沙坨儿，对孩子们说：这是豆腐，说着就把它们捏碎。又去弄一些松树皮，对孩子们说：这就是腊肉，将它们切碎。又去弄了红色的、黄色的、白色的树根来，对孩子们说：这是胡萝卜，这是生姜，这是大蒜，没有这个，圆子就不香，说着用小刀将它们切碎。孩子们就欢呼着，哇，好香啊！一个个咂巴着小嘴儿，清口水就流出来了。

春儿就望着孩子们说：莫馋嘴，我等下让你们吃个够！

哇——都欢呼着：妈妈做圆子啦——过年啦——吃团圆饭啦——

妈妈，我要吃一大个！苗儿拉着春儿的衣服说。

春儿显得开心地笑着说：好！

树儿也拉着春儿的衣服说：妈妈，我要吃两个！

春儿亲切地说：要得！

妈妈，我也要吃两个。田儿也拉着春儿的衣服说。

春儿用手背挨挨田儿的脸蛋说：好！

妈妈，我就吃一个，说的就是一人一个。菜儿拉着春儿的衣服说。

春儿转头看着她的脸蛋说：好！

接下来，春儿就将这些配料和在一起，对孩子们说：还要撒上一点盐，说着撒上一点白沙，又说：还要放上一点味精，说着又撒上一点白沙，用双手拌匀，然后掺上一些水，用力拌和，揉搓，像揉面团一样。

这时，桂娃就扛着一捆柴回来了，他身上的衣服有些湿了，头发上也满是蚕蛋似的雨粒儿。他将柴捆往"门"边一放，解开，就像一个好丈夫一样，拿出两根柴弄成小节儿，抱进火堆边，看一眼春儿忙活的事儿，兴奋地说：哇，这是做的什么好吃的呀？

春儿高兴地说：我在给娃娃们做圆子——接着伸手背去挨桂

娃身上的衣服，又吃惊又感动地说：哎呀衣服打湿了，快把火烧大点，把衣服脱下来烤。

桂娃一脸笑意地说：是麻麻雨，只稍微湿了一层，我里面穿得多呢。

田儿和树儿过来抱一下他，像亲热回来的爸爸一样，说：我们马上过年，吃圆子。

桂娃笑着说：啊，那好啊！用手轻轻地拍拍他们的脑袋，说：过年好啊。

春儿就一个一个做起圆子来。

树儿眼睛都不眨地盯着春儿手里，要求地说：还做大点。

春儿笑着看树儿，热情地说：要得。

田儿望着春儿说：我也要做圆子。

春儿高兴地说：好，过年的圆子就是一家人做呢。来，你做一个吧。

树儿也说要做。苗儿和菜儿也要做。

春儿笑着说：好啊，真像过年啊，都做圆子。

接着几个孩子都做起来。桂娃已给火堆里添了些柴棍，将面上的衣服脱下来，伸在火边烤着。田儿对桂娃说：我帮你做一个大圆子。

桂娃说：谢谢田儿了！

树儿也望着桂娃说：你弄柴辛苦了，我给你做个大圆子。

桂娃说着谢谢，又给火堆里添了一根柴，开心地说：我把火烧大点，过年的火要大呢。大人们常说："三十（除夕）的火，十五的灯"。

孩子们做着圆子，咂巴着嘴，像是忘记了一切。

菜儿用舌头舔舔嘴唇说：我想吃了。

春儿耐心地说：还等一下吧，还有汤菜没做呢。

苗儿说：还等一下，妈妈还要做汤菜。

春儿安抚地望他们一眼说：你们莫急，我慢慢来弄。我给你们弄最好吃的"梭梭"——这是土家人用洋芋淀粉做的一道特色菜，叫粉条，也叫梭梭（一根根往嘴里唆的意思）。

菜儿睁大眼睛问：什么梭梭呀？

春儿温柔地望她说：就是粉条呀。

菜儿有些困惑地说：我还没吃过。

春儿笑着说：那我弄了你吃啊。

她找来一些松针，放在一个不知是哪年的又旧又小的铝钵子里，掺上水，放上一点"味精"。说：这是什么？

苗儿笑着说：这是粉条汤——梭梭。

孩子们拍着手儿，高兴地说：太棒了，妈妈真会做！

桂娃凑过来看一下，说：还没有炒腊肉嘛。脸上完全是一副当家人的神情。

春儿以一种主妇的口气说：你就只想到吃肉。接着去找了一些落在地上的棕色树叶，切成片儿，放锅里，又撒上一点泥土面儿，炒着，问道：这是什么呀？

孩子们兴奋地说：面辣椒炒腊肉！

她又找来几个小黄土坨儿，将它们切成一个个小四方坨儿，摆在"盘子"里，问孩子们：你们知道这是什么菜？

孩子们都愣愣地看着，说不出话来。

春儿就大声说：告诉你们吧——这叫霉豆腐！这也是土家族人的一道特色菜，四四方方的坨儿，像积木，外红（裹着辣椒面）内白（经过制作的豆腐），特别香。

树儿说：我奶奶会做霉豆腐。

苗儿说：我奶奶也会做。

接着，春儿将一盘一盘的菜端到"桌"（一个大石头）上，大声说：孩子们，开始吃团年饭啦——

桂娃仿佛当家人似的望春儿笑着：你真会办，办得这么丰富！

田儿兴奋地对春儿说：妈妈真会做。像我奶奶做的饭菜一样。

菜儿抓住春儿衣服，说：我又有奶奶，又有妈妈。

苗儿说：妈妈你莫走了。

春儿说：我不走。

树儿也来抓住春儿衣服：妈妈你莫走了。

春儿说：我不会走，我一直在这给你们当妈妈，给你们做饭饭。

田儿也来抓住春儿衣服说：妈妈你真不走了呀？

春儿说：真的不走。我几时走了的呀？

几个孩子紧紧地抱着春儿，欢呼着：哇，我们有妈妈了！我们妈妈不走！

春儿说：你们听话，乖，我天天给你做最好吃的东西。啊。

孩子都拉着春儿的衣服，说：妈妈真好！妈妈真好！

田儿忽然说：我们还没有爸爸。

树儿说：要是还有个爸爸就好了。都知道，他的爸爸去世了，是在山西挖煤死的，但也不知到底死在了哪里。

桂娃就拍拍树儿的头，亲切地说：我就做你的爸爸。啊。

树儿跑过去抱住他，感动地说：你真的做我的爸爸呀？

桂娃抚摸树儿的头，亲切地说：真的做你的爸爸！

树儿兴奋地大声叫道：爸爸！

桂娃大声地笑着回答：哎——

树儿激动地说：我有爸爸了！我有爸爸了！

其余孩子都去抓住桂娃，恳切地说：你也做我的爸爸！也做

我的爸爸！也做我的爸爸！

桂娃激动地说：好，我就做你们的爸爸——我就是你们的爸爸！快叫爸爸。

孩子们就一个个争先恐后地叫着：爸爸！爸爸！爸爸！爸爸……

桂娃兴奋地一个个答应着。接着孩子们就都拍着手，再一次欢呼着：我们有爸爸了！我们有爸爸了……

这时桂娃的头却一下子低沉下来，这几个孩子还不清楚，他的爸爸出门打工7年了，走时他还没有出生，而直到现在，一点音信也没有，不知去了哪里，不知是不是不在人世了，还是把这里的家甩了。

春儿看他一眼，有些明白，她知道他爸爸没有音信，就拍一下桂娃的肩头，说：孩子们有妈妈，又有爸爸了，我们已经是一家人了，你就当家吧，我听你的。

桂娃感动地望着春儿，眼睛很湿润，慢沉沉地说：我听你的。

春儿看着他的脸说：好，我们是一家人了。来，孩子们，围着"桌子"坐好。我们一家人团年喽——吃圆子喽——

桂娃也大声地说：吃团圆饭喽——

孩子们一人去拿起一个大大的"圆子"，欢呼着，吃圆子喽！菜儿还真的把这"圆子"喂到嘴边去，还用舌头舔了一下。

这时，田儿向春儿举着大大的"圆子"，大声说：我祝妈妈身体健康！又向桂娃举着圆子：我祝爸爸身体健康！

接着每个孩子举着"圆子"争先恐后地祝"妈妈""爸爸"身体健康……

这时桂娃有些沉静地说：对不起孩子们，我没给你们准备饮料。

苗儿就说：爸爸，我要喝饮料——

菜儿也说：爸爸，我也要喝饮料——

桂娃就笑着说：二天真的过年时，我给你们一人准备一瓶饮料！

菜儿就问：过年还有好久吗？

春儿说：还有很久啊，现在还是正月间。

孩子们一下子不高兴了。

春儿又说：我们刚才不是在过年吗。孩子们，妈妈天天给你们做好吃的，我们天天过年，啊。

孩子们又笑了。

春儿和桂娃带着孩子们在这里享受着天然童话乐园，享受一种温馨的天伦之乐。

孩子们都离不开春儿和桂娃。小孩容易记住事情，也容易忘记，很快，孩子们就只记得眼前的"妈妈""爸爸"，而忘记了自己还有真正的妈妈爸爸的事。

这天，春儿背着一背篓东西，带着孩子们欢快地向这个岩洞里奔去。远远地就看见洞口站着桂娃。孩子们齐声叫道：爸爸！爸爸！喊着拢去拥抱着他。

桂娃激动地说：你们好！说着一个个地抚摸着他们。

接着春儿说：你们看看，今天爸爸妈妈给你们带来了什么？

孩子们向里面一看，哇，地上放着很多东西——有一个钢筋锅，有方便袋装的米、洋芋，还有一棵白菜。这是他和春儿商量好了的，今天要让孩子们真的吃上一顿好饭菜，两人就分别从家里偷着带来了一些东西和粮食、菜类。

孩子们异口同声地说：爸爸好！爸爸好！

桂娃也大声说：娃儿们好！娃儿们好！

春儿也放下背篓，从背篓里拿出一个钢筋锅、一个小铁锅、还有碗筷。还有一个大方便袋，里面装的有香菜、蒜苗，有装着豌豆酱的小瓶瓶，还有一个小些的方便袋，里面塞满了小菜、油、盐、汤料、味精的小包。

孩子们高兴地看着，笑着，说：妈妈真好！给我们带了这么多东西！妈妈好！妈妈好！

春儿也兴奋地说：娃儿们好！娃儿们好！

爸爸好！妈妈好！

娃儿们好！娃儿们好……

一阵阵喊声在山坡上飘荡。茅草花也兴奋地摇晃个不停，像是一个个晃动的小脑袋。

春儿像妈妈一样笑着说：娃儿们乖乖，就在这里坐着，爸爸妈妈去捡柴来，然后做饭你们吃啊。娃儿们乖乖，等爸爸妈妈回来。

孩子们说：我们也去帮爸爸妈妈捡柴。

春儿说：好吧。

他们一起来到洞旁山林里，开始拾柴火。都是拾的干柴，他们将一枝一枝的干柴拖到一个地方。一会儿，就汇聚了一小堆柴。春儿和桂娃将干柴分为两捆，用一根树条儿捆起来，两人分别扛了向洞里走去。几个小孩子跟在后面。

这时，菜儿摔倒了，在地上哭起来：妈妈，妈妈……

春儿连忙放下柴捆，跑到菜儿面前，抱起菜儿，关切地问：把哪里摔疼了？

菜儿用小手儿着膝盖，流着泪说：这疼……

春儿便用手儿轻轻地给菜儿揉摩，亲切地说：不疼了啊，妈妈摸了就不疼了啊。

菜儿又指一只手掌，伤心地说：这也疼……

春儿就用手拿起她的小手儿，抚摸几下，将嘴对着手掌儿，一口一口地吹着，嘴里还说：妈妈吹吹就不疼了啊。

菜儿还打着哭腔说：还疼……

春儿又给她轻轻地吹着手掌儿，说：妈妈吹了就不疼了，啊。

菜儿打着哭腔说：妈妈背我……

春儿耐心地说：你莫哭，妈妈背你回去，啊。说着蹲下身子，将菜儿背上了背上。

这时桂娃就放下柴捆急急地走来，关切地问：菜儿怎么了？

春儿说：她摔倒了。

桂娃说：那你背菜儿回洞里，我来扛你的柴捆。说着就双手抱着柴捆一用力，柴捆就竖在了地上，像是要和他比高矮的，而他比这捆柴矮多了，细多了，就像这捆柴的小弟弟。然后，他弯下小小的身子，将小小的肩膀对准柴捆，一用力柴捆就上了肩膀。看去，他像是扛起的一座大铁桥，而他就是一个瘦瘦的小桥墩。于是这座"铁桥"就缓缓向山洞一步一步移动着，就如一座铁桥在延伸。

春儿背着菜儿向洞口走去。

春儿问背上的菜儿：膝盖还疼吗？

菜儿就说：妈妈背着，不疼了。

手儿还疼吗？

手儿也不疼了。

这时树上的几只鸟儿望着她俩，头一点一点地一声接一声地叫着。太阳从云边露出半张脸来，白灿灿的光像母亲的手一样拂来，顿时树林里暖暖的。

春儿将菜儿背到洞里，轻轻地从背上放下来，将她抱到一个石头上坐着，亲切地说：你莫哭，就在这坐着看妈妈做事啊。

菜儿平静地说：我不哭，我看妈妈做事。

桂娃将两捆柴都扛进了洞里，他的脸儿累得红红的，额头上有一些汗粒，他一边喘着粗气一边伸手用衣袖擦着额头。接着对春儿说：我去找石头来砌灶吧。说着又向洞外走去。

几个小娃儿向桂娃拥上来，咋呼着：爸爸，我也要去找石头。爸爸我也要去找石头……

桂娃笑着说：山林里不好走，你们就在这里玩。等下给你搞东西吃，啊。

很快，桂娃就喘着粗气端来一个不太小的石头，往洞里的地上放得砰的一声。接着一转身又出去了。

不一会，桂娃端来好几个石头，然后就在地上搬弄着准备打灶。

田儿上去问桂娃：爸爸，你打灶呀？

桂娃笑一下说：哎打灶。

苗儿也蹲下来看一眼石头又看着桂娃，好奇地说：爸爸你打灶呀？

桂娃耐心地回答：我打灶，做饭饭你们吃啊。

菜儿也从石头上滑下来，向打灶的那里走去，她只走了两步就叫妈妈。春儿问什么事呀？菜儿说：我膝盖还疼。一走就疼，妈妈，你还给我摸摸。

春儿就走过去，弯下腰来，给菜儿揉膝盖。她揉得很轻，揉几下了，就说：妈妈揉了就不疼了的啊。

接着春儿将菜儿抱到石头上坐着，说：你就在这坐着看爸爸打灶啊。

桂娃望着菜儿说：菜儿乖啊，我打灶灶，给你们弄饭饭吃啊。

苗儿望着桂娃说：爸爸，我不哭。

树儿也望着桂娃说：爸爸，我也不哭。

桂娃对孩子们说：你们都乖啊，爸爸打灶灶，妈妈做饭饭啊。

他几下子就将石头摆成一个灶形，像一个 U 字，并用小石子进行塞垫使之落实，一个简单的灶儿就这样成型了。他接着拿来一些柴火放里面，又拿一些干好的枝叶塞在下面，再掏出打火机，叭的一下打燃一片儿火焰，放入枝叶下，枝叶一下子就燃烧了起来。接着柴火也开始燃烧，火焰红红的，像孩子们的脸蛋。柴火也像小孩子一样，燃烧得笑呵呵的。

这时春儿将钢筋锅放在燃烧的灶上，将炊壶里的水倒一些到锅里，再将口袋里的米倒入锅里，然后将锅盖盖好，煮起来。对桂娃说：当爸爸的，将你带的炊壶还去提一壶水来，还要用很多水呢。

桂娃说：好！答应着提起炊壶就出去了。

桂娃很快提来了水。水就在洞旁的一条山沟里，那是一泓泉水，是从上面的岩壁里流出来的，又清又纯，还有一点儿甜味。

春儿望一眼桂娃，正经八百地说：你就负责给灶里添柴火，我来做菜。

桂娃笑一下：我负责把火烧好，你快做菜吧，不是娃儿们饿了。

孩子们一个个拍着小手儿，欢呼着：爸爸妈妈真好！

过了一会，树儿就喊：妈妈，有煳味了。

春儿一下子慌了，连忙来揭开锅盖：哎呀，真有煳味了。又急又自责得要哭了。

桂娃宽慰地望她笑着说：莫急，你虽然当的妈妈，可是第一次做饭。是我把火加大了的。说着把燃柴退出了灶。

春儿自责地微低着头：是我把水掺少了。

桂娃一副什么事也没有的样子说：不要紧，第一次嘛。再多放点水……来，我还来掺点水。你当妈妈的就做菜吧。说着就提起炊壶给锅里倒进一些水，然后将锅盖盖好，再去烧着小火。

不一会，桂娃揭开锅盖看，说：饭好了，没什么煳味。

春儿说：你把它放地下扯一扯地气，就没有煳味了。我看见奶奶是这样搞的。

桂娃就端起钢精锅放地下了。接着就喊哎哟、哎哟！春儿忙问：怎么了？

桂娃嘴里嘘着，难堪地说：钢精锅的耳子烧烫了，把我的手烫了。

春儿心疼地说：你怎么不先试一下嘛，这样的灶，火苗儿到处蹿，加之你把火烧得大，当然把钢精锅耳子烧烫了。春儿说着就看他的手，一看一惊：哎呀，烫红了。说着就用嘴给他吹着，又说：这怎么办，又没有药。

桂娃却不在乎地说：我有办法。

春儿关切地说：你有什么办法，快弄，不是要起泡了。

桂娃不好意思地低一下头说：那我到外面去弄。

春儿有些纳闷地说：怎么要到外面去弄嘛，这里怎么弄不得呀。

桂娃脸有点红地说：我去外面给手上屙泡尿。我看见有人这样搞过，就没有起泡，很快就好了。

春儿笑一下：那你快去弄吧。

桂娃就到外面去了，那几个小家伙不知他要干什么稀奇事，一个个都跟着跑出去看。

春儿连忙摆手招呼：你们莫去。你们莫去。

可小娃儿们就这样，你说不能看，他就偏想看，偏要看个究竟。于是都跑出去了。

桂娃跑到洞口旁边树林里，哗哗地给手上屙着尿，顿时手上被刺激得疼痛，嘴里发出一嘘一嘘的声音。

田儿在后面跟上来：还疼呀？

桂娃说：疼啊。

这时菜儿和苗儿便连忙跑回洞里，对春儿说：妈妈，妈妈，爸爸他给手上屙尿尿……

春儿说：爸爸手儿烫了，尿可以治疗，不起泡。

桂娃进来了。春儿走过去，关切地说：来我看看，怎么样了，不要紧吧？

桂娃嘴里嘘着说：还有点儿疼，不要紧的。

春儿关心地说：你休息吧，我来做菜。

桂娃有些难堪地说：我手上有尿，就帮着添柴加火吧。

春儿一副家庭主妇的神态望着他：听我指挥，我说要小火就小火，我说要大火就大火。

桂娃笑着说：要得。你说要什么火，我就加什么火。

春儿又对孩子们说：娃儿们，你们猜猜，妈妈今天给你们做什么好吃的呀？

菜儿说：给我们做圆子吃。

春儿笑笑说：不是。

苗儿说：是做粑粑吃。

春儿摇着头拖着话音说：不——是——

树儿说：是做饭饭吃。

春儿说：那做什么菜呢？

一个个就说不出了。

春儿大声说：今天，妈妈给你们做——五香火锅吃！可好吃了！好不好啊？

好——好——好——好——像一声声鸟儿歌唱。

这时外面忽然传来响动，一个老人背着双手冲进来了！

这是桂娃的爷爷。他将手从背上拿下来，原来是收着一根小棍子！接着就向桂娃的手打去：你这个家强盗！

桂娃沉着应战，连忙闪开，一副男子汉气势看着老人。老人又转过身去要打他：你把家里的东西偷这来了？你这个败家子！

这时春儿已经冲上去捉住老人的手，求情地说：老爷爷，你不要打他，我二天带来还给您。几个孩子也上去抱住老人的腿，说：爷爷，莫打爸爸，莫打爸爸，我们二天带了还你。

老人一愣，气愤地说：什么爸爸？他是你们爸爸？就怪笑了一下。

孩子们争着说：我们天天都没有爸爸，他说的做我们的爸爸……

春儿抓住老人的手，笑着说：我们大家都带了东西的，大家带东西大家吃，她指着她带的东西：您看嘛。老人看着，看出东西是不少。

春儿解劝地说：其实我们都只有一个肚子，在这里做了吃了，回去肯定吃得少些，是一样的。

在屋里弄了不能吃吗，怎么硬要在这里来弄了吃？以后都不准在坡里来弄东西吃了！说着转身往回走：我这就去告诉你们的爷爷奶奶！要他们来看，来收拾你们，这还得了啊，当起强盗来了！

老人说着气愤愤地往路上走去了。

春儿对桂娃说：我们是不是转移一个地方，他肯定要去向我们每家的爷爷奶奶说：他们会跑来打我们的。

桂娃沉着地想着什么，仿佛是一家之主在考虑什么大事的。接着说：不走，就在这！我们团结起来，还怕他们不成？都莫怕，我去给每人准备一个武器，砍根木棍，他们来了，我们一起站在洞口，举着木棍，警告他们，敢拢来我们就一起开火！

孩子们都说：要得，你给我们一人砍根木棍！

田儿说：爸爸你去砍木棍，我们就准备石头，他们来了，我们就向他们扔石头，他们就不敢上来了。

桂娃很有气势地说：好，那我们就准备战斗！说着就拿着一把砍柴的弯刀冲进了树林里，砍棍子去了。

其他孩子就迅速向洞里搬运石头。

很快，桂娃就砍了六根树棍，走进洞里，有些严肃地说：我给你们每人发一杆枪，一起保卫我们的家！说着一人发一根木棍。于是这六个人组织的童子军便有了最原始的武器。

接着桂娃就组织孩子向洞里搬石头，并大声鼓动：同志们，快搬炮弹，敌人就要来了。他喜欢看战斗故事片，他似乎懂得怎样打仗。又大声说：我们都是超人，天上的敌人、地下的敌人都不怕！快，快搬炮弹，做好战斗准备！

不一会儿，四周山坡上碗儿大的、杯子大的、拳头大的石头全被捡光了，一起搬到了洞口，已是堆成了一大堆。

桂娃又去砍了许多刺枝，拖到洞口下面的路上，大声说：我来拉上铁丝网。说着就将路拦住了，进行了封锁，真像厚厚的铁丝网。看去，有点森严壁垒。

桂娃像是命令似的说：春儿，赶快做饭，大家吃饱了好打仗！

春儿将锅放在灶上，然后将切好的肉片儿放入锅里。桂娃连忙给灶里添柴加火，很快，红红的火焰有如火山爆发般冲起，锅里便发出嗞啦嗞啦的油炸响声。春儿急忙拿起锅铲左翻翻右翻翻，开始炒作，锅铲像一个奇怪的乐器，在锅里敲打出叮叮当当的响声，像奏乐一样，好听极了。她翻来覆去地炒着，敲击着，一股腊肉香味顿时飘满岩洞。

　　几个小娃儿都围上来看着锅里，一张张小嘴儿一咂一咂的，好像已经吃在了嘴里，很有味道。锅里不时地爆出一声响，仿佛有个爆竹爆炸了。春儿忙着说：都站远点，怕油炸到了脸上，要烫出疤子的。正说着，一声响，一颗油溅到了树儿的脸上！他哎呀一声，接着就哭起来。

　　春儿慌忙地说：不要用手摸，我来弄。说着就用嘴儿给那溅油的地方吹着，用湿抹布轻轻沾去油滴。又瞅着桂娃命令似的说：把火小点儿！桂娃连忙将燃烧的一根柴退出了灶膛。

　　春儿抱着树儿到洞口来看他的脸蛋，真有一油星溅在了他的额头上，已经红红的了，像一颗小太阳升起在天边。春儿急了，眼睛一转就想起了先前桂娃的办法，对对桂娃说：你手烫了的怎么样了？

　　桂娃将手伸给她看：没事了。没起泡，好了。

　　春儿着急地说：树儿额头上被油溅了一点，你快把他带到外面去，给他厕点尿在烫的地方，怕起泡。不然他爷爷奶奶要找我们扯皮。说着又指了下位置：快去吧！

　　桂娃就将树儿背到外面去了。他将尿厕在手心里，然后将树儿横着抱起，小心地将尿滴在树儿额头上油烫的地方，滴上一滴又一滴，多了，一滴尿液像露珠一样滚到了树儿的眼睛里，树儿就喊：爸爸，流眼睛里去了……桂娃便将指头伸去他眼睛上揾着尿水。嘴里说：莫动。不是还要流到嘴巴里呢。树儿就把嘴儿抿紧，一动不动地任桂娃给他"治疗"。

　　回到洞里，春儿就连忙来看树儿的额头：怎么样了？

　　桂娃说：还有点红。

　　春儿说：说不定要红几天，那次我奶奶被油烫了一点，红了好久。说着脸上升起一片愁云。

　　春儿继续忙活着，并要孩子们站远点。

孩子们一个个稍微退了下，还是痴痴地望着锅里，笑着说：好香啊。好香啊。妈妈真会做。

桂娃说：不是妈妈会做菜，是妈妈带来的肉香啊。

孩子们又说：妈妈真好！

春儿说：爸爸带了那么多米、洋芋，爸爸也真好。

孩子们像唱着歌儿一样说：妈妈真好——爸爸真好——妈妈真好——爸爸真好……

春儿将肉在锅里炒着，并压出一些油来，然后放进切好的洋芋片儿，放上碎辣椒、豌豆酱，还有大蒜、生姜，和着一阵炒，一阵香气顿时将整个岩洞装满，孩子们的清口水就流出来了。禁不住说：妈妈炒得好香！田儿还学着电视里那样伸出大拇指说道：妈妈真棒！

桂娃给灶里加把柴火，高兴地说：你们妈妈不错，我这爸爸只有添柴加火。

春儿说：爸爸也不错，没有你们爸爸砌的这么好的灶，这么好的火力，我这当妈妈的再会炒菜也炒不好的。娃儿们，今天，我们就给你们烧一个洋芋火锅，让你们吃吃，我奶奶经常搞洋芋火锅，很好吃呢。今天，你们也尝尝妈妈的这火锅手艺。

孩子们说：妈妈的手艺真好！

菜儿就说：妈妈，我想吃了。

树儿也说：妈妈，我也想吃了。

春儿笑一下说：娃娃，还没熟呢，不能吃。

春儿看他们一眼，亲切地说：你们还等一会儿吧。说着，又放上盐，撒上一些汤料，左翻翻右翻翻，炒了几下，就掺上一些水，望桂娃说：快加大火！

桂娃便忙着添柴加火，灶洞里就发出噼里啪啦的响声，像快乐的歌唱。很快锅里就开了。春儿从包里拿出一把粉丝放进锅里，盖上锅盖。这些东西都是她从家里带来的。这是她和桂娃商量好了的，每人带一些东西，来这个"家"里真正给孩子们做一顿饭吃。

很快，锅里水开了，冒出腾腾蒸汽，将锅盖儿掀得啪哒啪哒响。桂娃忙着帮忙揭开盖儿。春儿急忙大声道：小心烫手！你手这下不疼了？春儿说着拿起一块抹布包了锅盖提手，再揭开。顿时一股香气升腾，孩子们都眉开眼笑，拍着小手儿，跳着，蹦着。

这时春儿就端来白菜，放入锅里。并望着孩子们说：不流清口水，白菜煮一会儿就可以吃了。孩子们的爸爸快给他们舀饭吧。我还来腌一盘折耳根。这"折耳根"学名叫"鱼腥草"。这时春儿拿出一包切好的白白嫩嫩的折耳根，将它倒进碗里，倒上一点酱水，又放进一点汤料、味精，拌匀，顿时一股鲜香气味向周围散去，孩子们用鼻子吸着香气，咂叭着小嘴儿，舌头恨不得伸进盘子里去。这东西的确是土家人的一道好菜，很好吃，而且还可以消炎清火。

菜儿望着春儿说：妈妈，我想吃了。

苗儿也说：妈妈，我也想吃了。

树儿也说：妈妈，我也想吃了。

田儿没说什么，望着盘里，舔着嘴儿，似乎已经吃进去了一大口。

春儿将盘子放在一个石头上，对孩子们说：还等一下，啊。

这时锅里一股更香的味道让孩子们一下子张大了嘴巴。

春儿用一支筷子戳一下洋芋片儿，高兴地说：熟了。说着用筷子给孩子们碗里拈锅里的肉，每个碗里拈了两片，说：快吃。

孩子们却说：妈妈也吃，妈妈吃我们就吃。

春儿说：妈妈还要给你们做一个好菜呢。你们先吃，你们爸爸快给他们舀饭。说着又给一个碗里夹了几片肉，亲热地递给桂娃：这是你的，和他们一起吃吧。

桂娃说：先让娃儿们吃吧，你也快忙完了吃吧。

孩子们说：我们等妈妈，妈妈吃我们就吃。

春儿说：不等，我很快就做好了的。

我们等妈妈。

春儿还在忙着。她从方便袋里拿出一把土家香菜，这菜土家族人叫它芫须菜，实际就是香菜，它特别香，主要是用盐腌了吃。她几下子就切碎了，然后放碗里，再放一点儿盐，倒入一点儿酱水，又撒几颗味精，用筷子拌和着。顿时，岩洞里又飘荡着香菜味儿，孩子们的眼睛早已移到了这盘菜里，而对碗里的肉不感兴趣似的。孩子们还一直没有吃，他们在等妈妈、爸爸一起吃。

春儿将这盘香菜放到石头上，石头不平，盘子歪歪的，里面的酱水流了一些出来。春儿说：我们这个家，就是还缺少一张桌子。

菜儿说：妈妈快舀了吃。

这时，桂娃就将舀好的一碗饭递给春儿，说：把你忙坏了，辛苦了，我这当爸爸的都不好意思了……对孩子们说：你们可不要忘记了你们这妈妈，要好好地报答她。

田儿说：妈妈，我长大了，给你买新衣服，

苗儿说：妈妈，我长大了，给你买好吃的，

菜儿说：妈妈，我长大了，带你到远处去旅游，

树儿说：妈妈，我长大了，也去打工，挣了钱给你买一辆小车。

桂娃又说：你们有妈妈了，好不好呀？

孩子们大声说：好！有妈妈真好！

一个孩子望着春儿说：你是我们的好妈妈，你还没有妈妈，你也找个妈妈……

这时春儿眼睛里就如一股泉水涌出，她赶紧转过脸去，下狠心忍住，站起来，顺手拿过一个汤匙，说：来，我给你们泡点热汤吧，这汤真香，喝一口，浑身都香了。就一个一个地给孩子碗里舀汤。

谢谢妈妈！

谢谢妈妈……

春儿也对桂娃说：你也快吃呀。

只见桂娃低着头，他眼睛里涌满泪水，怕孩子们看见。

树儿望着桂娃说：爸爸，你也找个妈妈吧，有妈妈真好。

桂娃没说出什么，只是点着头，嗯了一声。

春儿说：孩子们快吃呀，不是碗里冷了。来，把肉放锅里再煮热了吃。就将孩子们碗里的肉拈出来，放入锅里，又从锅里拈出热的放入孩子们碗里。又给桂娃拈一块肉：你也快吃，今天做了很多事，辛苦了。

桂娃将肉放入锅里，说：让孩子们吃吧，我昨天还吃了肉的。

春儿就对孩子们说：你们爸爸是心疼你们呢，你们就使力吃吧。啊。说着还是坚决地给桂娃拈了两片肉，要他快吃。

菜儿说：妈妈和爸爸都吃。说着，就伸筷子去锅里拈一片大大的肉，放进了桂娃的碗里，树儿也夹了一大块肉放进了春儿的碗里。这时田儿也去给他俩拈肉，苗儿也给他俩拈肉到碗里。都望着他俩说：爸爸妈妈不吃，我们也不吃。

春儿说：好，我们也吃。都吃。说着，拈起一片肉放进嘴里，甜甜地吃着，好像不是吃的肉，是吃的糖。桂娃也吃着，嘴里故意咂出一连串的响声来，逗得孩子们都笑。

春儿又给孩子们拈了些肉到碗里，叫他们快吃。自己就舀了些汤和洋芋片儿、白菜到碗里。又给桂娃舀了些肉到碗里，亲切地说：你要多吃点啊。当爸爸的，责任更大，要做的事很多，很辛苦的。爸爸也不好当呢。

桂娃点着头，受到感染地说：小娃们吃饱了，我也就饱了。

就在这时，洞口下面路上的刺堆被弄响了！

桂娃马上站起来向下看去，这时就来了两个老人，正在拉刺堆。

桂娃马上对大家下达命令：来人了，快拿炮弹，准备开炮！

那老人已经将刺堆拉开，桂娃对他们大声喊道：你们快回去！胆敢再上来一步，我们就开炮了！说着向他们面前扔去一个石头。又一小孩也扔去一个石头。

来者没听这些，很快地拉着刺堆，这时桂娃命令到：同志们开炮！

一时间，大大小小的石头如雨点似的向下飞去！两位老人一下子被这阵势吓坏了，慌忙退下去。他们毫没想到，这些娃娃们竟然有胆子向他们开炮。但他们也气坏了，对孩子们大声骂道：你们反了，等下回去收拾你们这些小崽子！

上面孩子们却发出了笑声。

田儿还大声喊道：我们胜利了！

树儿也大声喊道：我们打赢了！

走远了两位老还在吼道：晚上收拾你们这伙小强盗！

红红的太阳像小孩子一样几蹦就去了西边山顶，又一蹦就跳下了山那边不见了，整个世界就像闭上了眼睛一样。

春儿和桂娃早早地将孩子们带回去。这时，他们的爷爷奶奶都还在田里忙活，这些老农民一般要等黑尽了才会回家，尽量要多干点活儿。

春儿走在前面，提着一个蛇皮袋子，袋子里装着一个小钢精锅和几个碗、筷子等物，身边跟着苗儿、菜儿。桂娃一只手里也提着一个袋子，袋子里放着做饭用的一个小锅儿、小锅铲和几个碗，身边跟着树儿、田儿。他们正带着孩子们向各自家里走去，蛇皮袋子里不时地发出一些叮里当啷的响声。

他们首先将顺路的田儿送到家。田儿的爷爷奶奶高兴地迎出来，谢谢桂娃和春儿帮助带孩子，一定要他们去屋里去吃饭了再走。

桂娃和春儿说还要送几个孩子回家，坚决拒绝了。接着就送树儿回到了家里。送了树儿很快来到苗儿家，将苗儿交给老人们。哪知苗儿的爷爷奶奶硬是要桂娃和春儿吃了晚饭再走，说天天麻烦他们照料小娃儿，不好意思。

苗儿也叫着爸爸、妈妈，吃饭了走。拉着他们的衣服不松手。

老人就惊奇地问苗儿，你怎么给他们叫的爸爸妈妈？

他们说做我的爸爸妈妈……我喜欢他们……

桂娃和春儿就对老人解释，说几个小娃儿爸爸妈妈走后，都哭着喊爸爸妈妈，哭得非常伤心，我们看了就说做他们的爸爸妈妈，他们就高兴地叫我们爸爸妈妈，我们就真的答应了，就带他们玩，他们非常高兴。今天下午还在仙人洞里弄饭吃了。

两位老人听了，看他们送苗儿回来的这情景，很是感动。就说：那一定要进屋吃了饭再走。

春儿就说：我们都吃得很饱，还一点也不饿。我们还要去送菜儿。

老人就问苗儿：是不是在仙人洞里弄什么吃了？

苗儿说：是吃了的，是这爸爸带的米和洋芋，妈妈带的很多菜，是妈妈做了吃的……

老人又问苗儿：你吃饱没有？

苗儿说：吃饱了。

老人一脸感动地说：哎呀，真是太感谢你们这"爸爸妈妈"了。

苗儿又说：爸爸妈妈真好！我就跟爸爸妈妈玩……

老人就说不出什么了。

好久老人才说出话，问春儿：下午你的爷爷和桂娃的爷爷在那边骂人，是不是骂的你们？

桂娃说：是的。

老人点头，哦。

他们骂我和春儿是家强盗，偷了家里吃的东西……

老人就闷着头思考着什么。

春儿就微笑地对苗儿爷爷说：我们送菜儿回家去。

老人又说：哎呀麻烦你们了，真不好意思！

春儿就拉着菜儿转身向门外走去。谁知苗儿就上去抓住了春儿的衣服，哭着说：我要跟妈妈去（过夜）！

春儿弯下身子用手抚摸着苗儿的头，将脸贴着苗儿的脸，亲切地说：就在家里过夜，啊，我明天来带你去玩，啊，苗儿好乖。又摸一下她的脸，站起身就往外走。

哪知苗儿还是紧紧地抓住春儿衣服不放，哭着说：我跟你去……

苗儿奶奶也来抱苗儿：跟奶奶玩，奶奶弄好东西你吃，啊。

不！苗儿用手推着奶奶，大声说：我跟妈妈去！我跟妈妈去……

奶奶哭笑不得，还是笑着去安抚地要抱她，可她用手推着奶奶：我跟妈妈去……

春儿就对苗儿奶奶说：就让她跟我去过夜吧。

奶奶有些无奈，爷爷又蹲下来握着苗儿的手，亲切地安抚着说：就在家里，我二天赶场给你买玩具，啊。

苗儿流着泪说：我不要玩具，我要妈妈！说着用双手使劲抱住春儿寻求帮助地说：妈妈，我跟你去……

爷爷再也说不出什么。

春儿抚摸着苗儿的头说：好，跟我去，我们走吧。

爷爷奶奶无奈，只好让苗儿跟春儿去。他们将春儿送出屋旁，望着他们向菜儿家里走去。这时晚霞将群山映衬得暗红暗红，就像正在锻炼的铁矿，而又是那样沉沉的，仿佛渐渐冷却的铁山。

春儿一手拉着苗儿，一手拉着菜儿，缓缓来到菜儿家的院坝边，就看见菜儿的爷爷奶奶正从田里收工回到院坝，奶奶将手里锄头往台阶边一放，就向屋里走去，爷爷去墙角一个篓子里拿出一坨苞谷叶子，然后把锄头放在台阶上，人站在院坝里弯下身子擦锄头。春儿这时走上去，尊敬地也叫爷爷。

爷爷转身微笑地望着几个小娃儿说：是春儿、桂娃，哎呀真麻烦你们俩了！又伸手抚摸菜儿的背：菜儿回来了嘛。

春儿就对菜儿亲切地说：菜儿跟爷爷玩，啊。

菜儿就要哭地说：妈妈，我跟你去，我要妈妈……说着就双手紧紧地拉住春儿的手。

这时奶奶也走出了大门，和爷爷一起都怔怔的。

一会，奶奶感激地说：真是感谢你们两个啊！帮我们带小娃儿……

接着奶奶难为情地说：快进屋里坐，我来弄饭你们吃。

菜儿就望着奶奶说：我们吃饭了，爸爸妈妈带的肉和米，在洞里弄的。

奶奶又关切地问：坡里弄的能吃饱吗？我重新弄了吃。

几个小娃儿都说吃饱了。春儿说要回去了，老人们只好让他们走，奶奶便说：明早上要菜儿回来吃早饭。春儿和桂娃也来吃吧，我弄腊肉吃。一定来呀！

这时的天色已经像一张麻布将一座座山都包裹起来，要收藏什么地方去似的。

桂娃从自己家门过路而没到家，他想把春儿她们送到家了再回家。

春儿转过身子望着桂娃说：你回去吧，我也不远了，很快就到了。

桂娃望着路边的一蔸茶树说：回去也没什么事，还送送吧。

苗儿、菜儿一人拉着春儿的一只手，轻轻地一晃一晃，慢慢走着。

他们来到春儿家院坝里，老人刚刚从田里回来。爷爷一见春儿，就找来一根树条，要打春儿，气呼呼地说：你这个家强盗，还得了，偷起家里的东西来了，我今天要好好收拾你！

奶奶也来门边帮腔：那么大一节腊肉，你偷坡里去糟蹋，是要打！

原来先前去岩洞的就是春儿的爷爷和桂娃的爷爷。

这时，苗儿和菜儿都紧紧地抱住春儿，大声说：不准打妈妈！不准打妈妈！

桂娃放下蛇皮袋子，用双手拿着树棍勇敢地站在春儿面前，两眼瞪着春儿爷爷，大声说：你打她，我就打你，我不怕你，我打得赢你，我一棍就把你打倒了！说着像武松打虎一般扬起了木棍。

老人一看桂娃高扬着一根大棍，就怔住了，气得脸上的青筋如风吹茅草一般颤抖，向桂娃迈进一步，又气愤愤地站住，大声说：你这个小崽子还得了，敢和老人作对！我今天连你一起打！

桂娃以静制动，不说什么，双手高扬着木棍，怒目圆睁，逼视着老人，一副拼命的架势，那木棍像是随时要落到老人头上的。

老人气愤之极，脸上的青筋乱跳，像疾风吹动的茅草，但又不敢动手，一个长者和别人家的小娃儿打架，真不受说，打伤了是不好交代的，甚至会惹上官司。

双方严重对峙着。这时奶奶走出来说：今天算了，再偷了家里的东西，打死她！

爷爷气愤愤地喘着粗气，无可奈何，脸上的青筋如茅草般颤抖。

奶奶对桂娃说：你回去，再就不拿家里的东西了。

桂娃说：我们拿外面去吃了，在屋里就吃不下了，不是一样吗，我们又没有两个肚子！他还是一副要拼了的架势。

奶奶缓和地说：桂娃你回去，啊。

春儿也望着他说：你回去吧。

桂娃一副气呼呼神态说：我回去，你们如果打了春儿，我明天来和你们拼了！

两位老人听了大吃一惊，身子沉沉地一抖，像是忽然袭进一股寒气。

桂娃拿着木棍，转身雄赳赳地向院坝外面走去。春儿一直望着他的背影，直到什么也看不见。

桂娃走一会了，春儿带着苗儿和菜儿来到堂屋里，轻轻地将蛇皮袋子放于一个角落里。

爷爷也走进了堂屋，偏着脑袋瞪着春儿有火地说：你今晚就不吃饭！

奶奶非常心痛地说：明天也不吃饭！偷了我那么大一节肉

哟，还拿了一坨粉丝！还偷了酱、汤料、味精、大蒜、生姜，还拿了小锅小钵子、碗筷，这太不像话了！还不教育，二天还得了啊，那不把家里的东西偷完啊？

这时爷爷的气又来了，大声说：你给我跪下！偷起家里的东西来了，还得了！跪下！说着拿起一根小木棍。

春儿不动，直直地站在那，苗儿和菜儿都护着春儿，双手紧紧地抱着春儿：不准打妈妈！不准打妈妈！

两位老人更是吃惊。

爷爷很气愤，拿着木棍一时不知打哪里好，因为有两个小娃儿紧紧护着春儿，又怕打了别人家的小娃儿，但又不解气，就照着春儿的脑袋上一棍打去，木棍在春儿的脑袋上发出咚的一声响，苗儿和菜儿都哭喊着：莫打妈妈！莫打妈妈！春儿也没躲闪，仍然那样直直地站着，真像一个不屈不挠的小英雄。爷爷一看春儿这样子，更加气愤了，就上去拉开苗儿和菜儿，想狠狠地抽打春儿的身子。但苗儿和菜儿两人都用手紧紧地抓着春儿的衣服，爷爷根本拉不开。都哭喊着：莫打妈妈！莫打妈妈……

爷爷气愤之极，就伸出手掌照着春儿的脸上打去，顿时发出啪啪两声清脆的响声，春儿也歪了歪，但由于苗儿和菜儿抱着，没有摔倒，她仍然直直地站着，像一棵风中挺立的小树。这时苗儿和菜儿拼命地大声喊着：莫打妈妈……莫打妈妈……

莫打，这样的小强盗还不教育，将来得了！春儿爷爷说着又举起木棍，要打春儿。

你这是干什么！一个老者忽地走进堂屋里，吃惊地说着，伸手去抢走春儿爷爷手中的木棍。这老人是苗儿的爷爷，他是想来接苗儿回去的，他不想给春儿的爷爷奶奶添麻烦，也知道他们是些小气人，有些不放心，就来了，正巧碰上了这一幕。

这时苗儿更是伤心地哭着说：爷爷，他打妈妈……

菜儿哭着说：妈妈嘴里在流血……妈妈嘴里在流血……说着，伸出小手儿用衣袖去给春儿擦嘴里流出的血。

苗儿也伸出小手儿，用衣袖给春儿擦嘴里流出的血。

苗儿爷爷就来看春儿的嘴，他弯下身子一看，春儿不仅嘴里流着血，而且脸蛋已经肿了，红红的，像柿子一样了。

这时苗儿和菜儿都伤心地哭着：妈妈……啊……妈妈……啊……

苗儿爷爷就对春儿爷爷严肃地说：我说你真是老糊涂了，把孩子打成了这样，她好大吗？你这样下手打？

春儿的奶奶有火地说：还不该打，她偷了我好大一节肉，到坡里去煮了吃……

春儿爷爷接着说：从小就这样偷进拐出，不打，还有用啊？再偷我还打，下死手打，我看你怕不怕打！小来偷针，长大偷金，你晓得不？小娃不教育，能成人吗？

苗儿爷爷又说：她从小就没有妈，可怜，主要应该说服教育，不能打，打坏了，就害了她一辈子。你打坏了，她爸爸回来你也交不了差。

菜儿伤心地哭着，对苗儿爷爷说：快去给妈妈弄药药……

这时苗儿就拉着春儿的手说：妈妈，到我们家去吧。

苗儿爷爷说：走，到我们家去。

春儿爷爷瞪着他们，不说什么。

菜儿也拉春儿的手说：妈妈我们快走，不是他们要打妈妈。

春儿被苗儿和菜儿拉着向大门外走去。这时天已经黑下来，四处黑沉沉的，像是掉进了深深的水底。

苗儿爷爷要背苗儿，苗儿不让，说：我要拉着妈妈走。

近处的山也看不清，朦朦胧胧，像是小孩打翻了墨水瓶，一条儿山路昏黄昏黄的，宛如一条旧布带子随便扔在地上。春儿一手拉着苗儿、一手拉着菜儿，晃晃悠悠地在这路上走着。

苗儿心疼地说：妈妈，还疼吗？

苗儿的问话温暖了春儿，春儿坚强地说：不疼了。

菜儿有些怀疑地说：真不疼了呀？

春儿摸摸她的头说：真不疼了。

菜儿说：妈妈你再就住我们家，我爷爷不打你。

苗儿忽地拉紧春儿的手：妈妈，你去住我们家，和我睡。我爷爷从不打人。

菜儿也紧紧地拉着春儿的手：到我家去，和我睡。

苗儿在另一边紧紧地拉着春儿的手一拉，拉得春儿身子一歪：到我家去。

不一会就到了苗儿家的院坝里。电灯已经亮起来，从窗户里、堂屋里透出亮来，明晃晃的。苗儿在前面拉着春儿的手往堂屋里走。

菜儿拉着春儿的另一只手往屋旁方向拉：到我家去。

苗儿拉着春儿的手急切地说：到我家去！

菜儿也急切地说：到我家去！

一时间两个孩子左拉右扯，弄得春儿不知怎么好。

这时苗儿的爷爷走上来抱起菜儿：到我们家去，啊。

几个娃娃走进屋里，苗儿爷爷放下菜儿，就来查看春儿的伤。

苗儿爷爷一看，就心疼地叹道：天呢，打得真狠，已经肿了！

春儿紧紧地咬着牙齿，不让眼泪流出来。

苗儿拉着爷爷的衣服，要哭地说：她爷爷打的……

爷爷忙对苗儿奶奶说：快把白酒找来，我来给春儿提一下伤。

奶奶跑动着脚步，很快拿来白酒瓶递给老伴，接着就看春儿的头上的伤，一看就一副哭腔地叹道：天呢，怎么这样狠心打娃娃的脑壳呀……亲切地抚摸着春儿的头说：爷爷给你用酒提伤，啊，莫怕，爷爷按摩不疼的……

春儿咬着牙，眯着眼，极力忍住伤处的疼痛，没有哼一声，更没有哭。

苗儿爷爷为春儿按摩了伤处，非常为春儿不平，心里像是着了火，充满气愤。接着苗儿爷爷和老伴商量了一下，就去切下一节肉，风风火火来到了春儿家，将这节肉放到桌上，说：今天几个小娃娃吃了你们家的肉，我代表他们还给你们。我只要求你们不要再下狠手打娃娃，特别是不能打脑壳。他说着，没有看他们。

春儿奶奶连忙将肉拿了递给苗儿爷爷：我们不是要你们还肉，是教育娃娃不要偷进拐出，要学些好德性……

苗儿爷爷有气地说：你们那么下狠手打娃娃，还不就是为一节肉吗？肉是几个娃娃吃了的，你们心疼了，怎么不还？

我们是教育娃娃不要偷东西……春儿爷爷尴尬地说着，向苗儿爷爷望去。

苗儿爷爷没有望他，一转身向自家走去，头也没有稍微向主人家歪一下。

不一会，苗儿奶奶又做好了面条鸡蛋，白菜梗儿炒瘦肉丝，要几个娃娃快吃。小儿饿得快，这下见了面条鸡蛋，也不说什么了，又坐在桌上吃起来。苗儿奶奶特别来抚摸一下春儿的肩，亲切可掬地说：春儿多吃点瘦肉，啊。

饭后，苗儿奶奶在火炉上的炊壶里热了水，春儿主动找来盆倒水，苗儿奶奶伸手去拿盆说：我来。

春儿双手握紧盆沿转身向着一旁，不让苗儿奶奶拿盆：奶奶去忙别的吧，我来给他们洗。

苗儿奶奶一看春儿这阵势，也就随春儿心意了，将春儿往怀里抱一下，用手摸摸她头发，疼爱地说：春儿真懂事。

春儿将炊壶里的热水倒入盆中，伸手在盆里试了试，有点烫，接着又舀来了冷水掺入盆中。这时菜儿就走过来说：妈妈先给我洗。

苗儿也走到春儿身子一侧说：妈妈先给我洗。

春儿笑了一下，一时间有些不好答复，略想了想，摸着苗儿的头说：菜儿在你家来了是客人，让她先洗好吗，苗儿多懂事啊。

苗儿听这么一说，笑着看看菜儿，望春儿说：菜儿是客人，她先洗。

春儿笑着又摸一下苗儿头说：苗儿真乖！

春儿先轻轻地给菜儿洗脸，接着将水倒入洗脚盆，给菜儿脱掉鞋子、袜子，将她一双小小的脚儿拿入盆中，然后用一双白嫩嫩的小手去捧住一只白嫩嫩的小脚儿，慢慢地洗起来，小脚儿在一双小手儿中滑来滑去，像几只青蛙在一起亲热、嬉戏。

这时苗儿也蹲下身子，感兴趣地说：我也帮她洗。说着也就一双白嫩嫩的小手儿去捧住菜儿的一只脚儿，摸着，拍打着，又摸脚板痒痒儿，搞得菜儿笑起来，苗儿也笑起来，春儿也笑起来，于是嘻嘻哈哈的笑声就装满了火坑屋，暖暖的。

接下来春儿倒了水，又舀水给苗儿洗了脸，又洗脚，菜儿也来帮忙，于是又是一阵阵嘻嘻哈哈的笑声，让整个房子生动起来。

春儿看了一会中央 3 台的歌舞节目，见菜儿和苗儿都在打瞌睡，就跟苗儿奶奶说：奶奶给我指个铺，我带她们去睡。

奶奶去房里给春儿指了铺，这时两个小娃儿一人拉着春儿一只手，依恋地说：我跟妈妈睡。我跟妈妈睡。春儿亲切地说：先去上厕所。

这时菜儿和苗儿就争先恐后地向厕所跑去，春儿急忙跟上去照护她们：慢点儿。

上床了，春儿将两个小娃儿放在自己两边，给她们脱了睡下，然后自己解衣在中间睡下去。这时两个小娃儿都伸出一双小手儿，去紧紧地抱住春儿：我抱妈妈睡，我抱妈妈睡……

春儿伸两只手分别抱着菜儿和苗儿。

苗儿轻轻推推春儿：妈妈唱个歌。

春儿带着安抚的口气说：好，我唱个歌，你们快点睡着。

菜儿充满期待地说：妈妈唱歌，我们就睡着了。

春儿便轻轻地拍着两边的小娃儿，唱起来：

茅草花，花茅草，草是花，花是草。草儿当柴烧，花儿满山飘，飘上天，做神仙，飘过山，去远方……

第二天早上，春儿说要回去，苗儿爷爷奶奶定要留春儿在他们家吃早饭，春儿也就吃了。然后春儿就要带着菜儿和苗儿向仙人洞走去。老人们说慢！苗儿爷爷就去拈洋芋，苗儿奶奶就拿菜刀去切下了一节熟腊肉，又去舀了一碗米，用方便袋装了交给春儿带好，还拿了一个小锅和小钢精锅、碗筷等。春儿便提着东西和菜儿、苗儿向仙人洞走去。

来到仙人洞，只见桂娃已经来了，正在往洞口搬石头。他搬的这些石头都很大，不知他干什么。他昨晚回家，爷爷就找了根树条，要抽打他，而他就去拿了一把砍柴刀在手，做出拼的样子，把爷爷吓得愣愣的，奶奶连忙来调解，怕闹出祸事来。其实他们不知道，桂娃是专门做样子吓唬他们的。今天早上老人也采取了措施，将几个房间都锁了，并且把碗柜里的东西，包括没吃完的饭菜，都端到了爷爷奶奶睡的房间里，锁了。桂娃十分恼火，但又没有办法。

见面后苗儿和菜儿就给桂娃叫爸爸，桂娃爽快地答应着。苗儿就向桂娃告状，说春儿爷爷昨晚打了妈妈（春儿），是打的脑壳。接着菜儿也说春儿爷爷打了妈妈，把脸都打肿了……

听说春儿被她爷爷打了，桂娃闷着不说话，继续搬运了一个石头，就从树林里走了。都以为他继续搬石头去了，其实他去了春儿家，他要去找春儿爷爷算账，他昨天说清楚了的。他找了一根长长的木棍，气愤愤地奔向春儿家，不亚于酒后上景阳冈的武松。

这时春儿爷爷刚从田里回来，正在院坝里的木椅上坐着喝茶。桂娃决定来一个突袭，不声不响从春儿爷爷背后走过去，照准他的脑袋就是一棍打下去，只听咚的一声响，仿佛打在一个鼓上。春儿爷爷还没反应过来，又是一木棍在脑袋上咚一声响起。接着桂娃大声说道：你昨晚打春儿脑袋，打了那么重的伤，我也就打你的脑袋，让你尝尝脑袋被打是什么滋味！看你往后还打不打人！

春儿爷爷一时间被打蒙了，反应过来，起身拿起椅子就来打桂娃。桂娃像是胸有成竹，没跑，当春儿爷爷拿起椅子向他打来时，他闪一下身子，双手将长长的木棍猛的一扫，打在了春儿爷爷腿上，春儿爷爷顿时一个踉跄摔倒在地上，桂娃扬起木棍大声喝道：你还打不打小娃儿？嗯，快回答，还打不打小娃儿，不然我就是这一棒要你的命！

当然这也只是说说，但春儿爷爷以为桂娃真要一棒打下来甚至要他的命，吓坏了，连忙摆手说道：你莫打，我再也不打春儿了。

说话是不是真的算数？桂娃喝问道。

春儿爷爷狼狈地点头说：算数，算数。

桂娃严肃地说：好。看你的！说着收回木棍扬长而去。

这天，由于苗儿爷爷奶奶给了充足的米和肉、菜，春儿做了很好的饭菜小娃儿们吃了。一个个吃得饱饱的，笑哈哈的。

黄昏时刻了，春儿和桂娃首先将小些的菜儿和苗儿送回家。这两家紧挨着的。这时菜儿的爷爷奶奶刚刚从田里回来走进院坝，爷爷用一把苞谷壳叶擦锄头，奶奶正坐一把椅子上脱下脚里鞋子，一下一下地磕着鞋子里的泥巴。春儿牵着菜儿去交给她奶奶。老人连忙说：谢谢春儿帮着照护娃娃。这时菜儿连忙双手抱紧了春儿，大声说：我要跟妈妈去！我跟妈妈去……

春儿亲切地说：明天我来接你去玩，乖些，啊。

菜儿大声说：不，我跟妈妈去！

菜儿奶奶就来抱起菜儿，哄着说：走，我们到屋里去，奶奶弄好东西你吃啊。

菜儿大声说：妈妈给我弄了吃了。

菜儿奶奶感动地说：哎呀真难为你们了！

春儿伸手抚摸着菜儿的脸蛋记：你听奶奶话，不哭，妈妈明天就又带你去玩，不听话，明天我也到远处打工去。

菜儿忙着抓紧春儿的衣袖，哭着说：妈妈你不打工，不打工……

春儿亲切地说：那你要不哭不闹，妈妈就明天来接你去玩，给你做饭饭吃。

菜儿就忍住哭泣，身子一抽搐一抽搐的。

接着春儿和桂娃来到苗儿家。进屋将苗儿交给她奶奶时，苗儿也是连忙抓住了春儿不放，春儿又安慰了好一会才脱身。接着又去送田儿和树儿回家。

这天，桂娃早早地就来到了岩洞。他背着一个背篓，背篓上放着一个旧茶几。

这时春儿带着孩子们来了，连忙上去给桂娃接下茶几，对孩子们说：你们看，爸爸给你们带什么来了？

带茶几来了，

带茶几做什么呀？

好放菜碗……

对，爸爸对你们好不好呀？

好——

但是，这茶几上可能再也没有真正的食物放。这天，没人给小娃们带粮食和肉、菜。桂娃家，老人也将门锁得紧紧的，他不可能拿到任何食物。后来，也没有家长给小娃们吃的东西带去山洞。已经有些明了，事实上家长们都打起了小算盘。

几家老人聚在一起商量，认为不能让小娃们在山洞里去做饭吃，这样还是不妥，有许多弊病，就统一意见，可以让他们在山洞里去玩，但吃饭必须回家吃，吃饱了饭又去玩就是，不能带食物去。同时小娃们烧火弄饭，也怕失火烧山。

于是小娃们又只有用石子、泥巴、沙、草、树叶来做饭饭，过家家……

这天，桂娃对春儿说：你照护他们在这玩吧，我去捡柴来。

这时一个孩子说：爸爸，还有田儿没来。

桂娃就问田儿隔壁的树儿：田儿怎么没来？

树儿说：他爷爷奶奶到田里去了，我去邀他，他还在铺上睡着，他要我给爸爸妈妈说：他奈不何（不合适），今天不来了。

春儿有些急地说：你们和爸爸一起玩，我去看看田儿。

桂娃一副郑重的神态说：你当妈妈的在这照护他们吧，我去看看。

一会儿，桂娃就来到了田儿的家，不远，都在这附近。桂娃径直走进房间，这时，就听见田儿哭着说：妈妈，爸爸，我要妈妈……

桂娃走进房里，田儿就激动地叫着：爸爸！然后就边哭边说：我想妈妈，我要到妈妈那去。

桂娃皱着眉头说：你怎么的吗？说着就伸手去摸他额头。他马上一惊，天呢，你发高烧了！

田儿望着桂娃：爸爸，我想喝水。

桂娃去给他倒了一杯热水，将他扶起来，给他喂了喝着。然后又轻轻将他放下，说：你感冒了，好好睡着，我去给你买药来。说着，就朝门外飞奔而去。

桂娃很快跑到田里，对田儿的爷爷奶奶说：田儿病了，发高烧了，快给钱，我去给他买药。

爷爷奶奶一惊，连忙回到家里，一看，田儿真的在发高烧。就急忙找了钱给桂娃，请他去卫生室买点感冒药。桂娃应了一声就跑上了路。

桂娃怕春儿担心，顺便跑到仙人洞，对春儿说：田儿感冒了，发高烧，躺在床上哭，说想妈妈。我这就去给他买药。

春儿满脸焦急地说：你快去。接着又对几个小娃儿说：我们今天都去陪田儿吧。

桂娃去了，春儿带着几个孩子去了田儿家。

田儿一见春儿来了，在床上哭着说：妈妈，我想你……说着又哭起来。

春儿亲切地说：田儿，妈妈来了，莫哭啊，你乖。

孩子们都上去向田儿问好，有的拉着他的手儿，有的摸他脸蛋。田儿就微微地笑了。

春儿摸着田儿的额头，忍住焦急而露出笑容说：爸爸给你买药去了，很快就来的，啊，吃了爸爸买的药就要好的，啊。

不久，桂娃喘着粗气进门了，他已经是汗如水洗，内衣都湿透了。他径直跑进房间，伸手摸一下田儿，安慰地说：爸爸买药来了，喝了就好的。

田儿满眼泪水地说：谢谢爸爸！

桂娃微笑地说：这是爸爸应该做的。

春儿已经倒来了开水，对田儿说：来，妈妈给你喂药药。接着给田儿喂了药。说：莫急啊，马上就要好的。

这时就不见了爸爸。一个孩子说：爸爸哪去了？

春儿平静地说：不知哪儿去了，他要来的。你们都好好坐在这里啊，陪田儿。我去找点什么给田儿煮了吃。

这时桂娃就进门了，手里拿着几个鸡蛋，对春儿说：快煮了田儿吃吧。

春儿忧虑地说：感冒了不能吃鸡蛋呢，奶奶说的，吃了就得"鸡窝寒"，就都会感冒的。

桂娃急了，说：那怎么办呢？弄什么他吃呢？

春儿说：感冒了也要少吃油，我去给他煮稀饭吧。她接着就看了看碗柜里，没有米。又去看了那几个房间，都锁着的。

桂娃着急地说：那我去田里叫他爷爷奶奶回来。春儿点头说：嗯。

一会儿，桂娃就带着田儿爷爷奶奶回来了。春儿对田儿爷爷奶奶说：快给米，我们来给田儿煮稀饭吧。

桂娃对春儿说：你就在这里照护田儿吧，你是妈妈，照顾得好些。我去烧火煮稀饭。桂娃说着就去了。

春儿不放心，去灶屋里看了几次，最后稀饭煮好了。春儿就用勺子给田儿一口一口地喂了吃。田儿吃了一大半碗稀饭，加上服了药，也一下子有些精神了，想起床，春儿亲切地说：睡下热乎些，感冒好得快些。

春儿想让大家活跃一下，就说：来，我来给你们讲个这里神仙洞的故事吧。

孩子们都拍着小手儿说：好！好……

春儿就做着一副神秘的样子对小娃儿们说：从前这个山坡上有一个小娃儿，他爸爸妈妈都生病死了，就剩下他一个孤儿。地主家就要他去放牛，给他饭吃。他整天就和几头牛在山坡上，没人跟他说话，他很孤独，就常常在山坡上哭。有一天就下凡来了一个仙女，对他说，莫哭，我带你去一个山洞里玩，他去一看就睁大了眼睛，又吃惊又不敢相信了，这山洞像一个宫殿，美丽极了。她天天陪着他在山洞里玩，给他唱歌听，讲故事听。后来，他们都不见了，她把那个男孩也带到天上去了。

孩子们听得很入神，一个个眼睛睁得大大地望春儿。都说：还讲一个，还讲一个……

春儿笑着说，我们唱个歌吧。一唱歌，田儿的病就好了的。接着孩子们跟着春儿唱了起来：

世上只有妈妈好，有妈的孩子像个宝……
世上只有妈妈好，没妈的孩子像根草……

后来，他们主要还是在山洞里玩，这里有滑滑梯，有编钟，有迷宫，是天生的儿童乐园，而且天晴晒不到太阳，下雨淋不了雨，热天凉爽，冬天暖和。

这天下着雨。

桂娃独自去了岩洞，他没有去邀孩子们，冬天来了，天冷，岩洞里冷，怕把孩子们冻感冒了。他知道下雨爷爷奶奶是不会让孩子们来的。但他一人冒着雨向岩洞走去了。他决定今天要做一件事情——搬运石头，不知怎么的，他已经喜欢上这个家，完全进入了角色，要为这个家做点什么。

他正搬运着石头，这时春儿来了。

桂娃高兴地说：今天下雨，你一个人怎么也来了？

春儿笑着说：你不也来了吗？

桂娃憨笑着。

春儿多少有些困惑地说：我在屋里一个人待不住，就出来了。我去找了孩子们的，孩子们都要来，可是他们的爷爷奶奶不准他们来，说天冷了，又下雨，怕把衣服打湿了，冻感冒了，不准他们出来玩。我就一个人来了，没想到你也来了。哎，你搬石头做什么？

桂娃神秘地望着她：你猜吧。

春儿抬眼向四周望望，笑着说：我想，你要给这洞口砌一壁墙，好挡风。是吧？

桂娃笑了，说：是的。我怕把娃儿们冻感冒了。

那我也来帮着搬石头，我们一起砌。说着就向洞外走去。这时雨水在树林里，发出啪啦啦的响声，像一种音乐。

不久，没想到几个孩子竟然来了，并且每人手还提着一个方便袋。他们是悄悄跑出来的。孩子们老远就呼喊着：爸爸！妈妈！

哎！哎！他们俩激动地回答，向他们拥去，泪水都流出来了。一时间，桂娃和春儿真像是见到了亲人，紧紧地撸抱着孩子们。他们不是要做事，真会永远这么撸抱着的。桂娃去找了些柴，用洞里原来的干柴引燃，然后让孩子们坐在一个个如凳子的石头上烤火。桂娃看了看这些石头，心想这石头太凉，要是有木凳子就好了。唉，安个家真不容易啊。

春儿摸摸孩子们的头说：今天下雨，我想你们不会来，我没带什么吃的，你们就只烤火啊，饿了就回去吧。

几个孩子就提起袋子说：妈妈，我们都带了洋芋，给妈妈爸爸都带的有，等下我们就给爸爸妈妈烧了吃。说着又提起袋子要看：你们看，这么多。一时间，桂娃和春儿又感动地紧紧地抱住了孩子们。

好一会，桂娃和春儿说：娃儿们就在这烤火。爸爸妈妈要去有事了，去给你们修一栋漂亮的房子。

这个洞口实际很小，只一般门的三个宽，而且还没门高。他们两个忙碌了两天，将洞口砌成一个小门。这时桂娃又找出搞了营养块苞谷苗的旧塑料薄膜，用刀砍了几根树棍，在墙壁上将塑料薄膜撑了起来，又做门页，又做窗纸，又挡风，这样，整个洞子就完全成了一间屋子。桂娃和春儿还嫌不够，又用一些稀泥巴将石墙的缝隙糊上，这样就吹不进风了，保暖了。两人直忙了半天，才弄好。

这时孩子们就欢呼着：爸爸妈妈真好！给我们修了这么好的新房子。我们长大了，也给你们修一栋好高好高的房子。然后他们就在这里玩滑滑梯，敲编钟，捉迷藏，做饭饭，过家家。

一晃就要过年了，这六个孩子的父母都没有回来。孩子们也无所谓了，似乎忘记了他们。但他们对过年感兴趣，因为过年有爆竹玩，有红红的对联，很喜气，还有许多好东西吃。

过年是一年之中最温馨的时刻。孩子们兴奋得像小鸟儿，吃了早饭就欢呼雀跃地飞到了他们的王国。他们手里，用树棍撑着世界上最特别的爆竹——用麻绳编织的一串树棒棒，嘴里都使劲模仿那爆炸的声音喊道："噼里啪啦，嘣！""噼里啪啦……"

如是耳朵不灵便的老人听了，还真以为这山坡上有人开始放爆竹吃团年饭了呢。土家族人叫除夕日吃年饭为"吃团年饭"。

也因此吧，天气也显得娃娃似的高兴，晴得像认真化了妆的女子。那太阳也变成了一张娃娃脸，红红亮亮的，稚稚地笑个不停。

孩子们放过"爆竹"后，就坐在他们的"家"里，烤着火。他们再不是坐的石头，而是坐的板凳、木椅子，这是每个小娃从家里带来的。火里还煨着一大缸子茶。还烧着洋芋、红薯，浓浓的香味将这小小的岩洞挤得满满的，没了缝隙。后来孩子们的爷爷奶奶允许他们带点洋芋红薯去烧了吃。乡下红薯洋芋多的是，不值钱，主要喂猪。那洞壁上，还贴着一些旧画，这是他们从屋里撕来的。唯独就是没有电视，他们想了好久，也没想出弄个电视机的办法，桂娃和春儿就找来了一块木板，用煤炭染黑了，靠着洞壁放着，说是电视机。孩子们像是见了稀奇，高兴地拍着手儿，大声说着哇——哇——我们有电视机了！都坐那看着，完全是当成真电视机地看着，好像那里面真有好多精彩的节目。他们高兴地拍着手儿，嘴里唱着不多的歌儿。他们都为过年这个温馨时刻的来临而高兴不已。

但这时桂娃和春儿却为一件事情难住了，正急得没有办法。

田儿说：爸爸，我们也要贴对联，都把门上贴上红红的对联。

树儿望着春儿说：妈妈，我们也贴红对联。有对联才叫过年。

桂娃说不出什么。

菜儿拉着春儿的手说：妈妈，我们也要贴红对联。

春儿说：好，我们也贴红对联。

什么时候贴吗？

你们等着吧。

他们不知道当爸爸的桂娃和当妈妈的春儿正是在为这对联的事焦急——就要过年了，到处都贴了红红的春联，他们这崭新的洞房上，这特别的门上还没有贴上对联！怎么办呢？

田儿看他们着急的样子，说：爸爸，妈妈，要过年了，你们应该高兴啊。爸爸，妈妈，你们不高兴我们也不高兴了。说着就都一个个愁起一张张脸来。

春儿有些无奈地笑着说：孩子们，你们玩吧，妈妈和爸爸还有事。

你们还有什么事，说了我们帮着忙吧。

你们乖，玩吧。等下妈妈和爸爸陪你们一起玩。

他们知道，过年，首先就体现在门上的对联上，没有对联，一切都是旧的，就毫没有一点过年的新气象。但他们这对联的事还没有着落。他们没钱买对联。他们爷爷买的对联都是按照门的个数买的，而且买回来就贴上了，丝毫没有多的。谁也不会给孩子们的这个洞房的门上买副春联的。根本就没人知道这个孩子们的王国——孩子们的家。

桂娃这时似乎忽然想到一个办法，就兴奋地说：我有办法了。

春儿高兴地说：什么办法？

桂娃小声说：今晚，你给我放哨，有一户就一个老爷爷在家，我去把他门上的对联偷悄悄撕下来，拿这来贴上，他会以为是风吹跑了的……

他还没说完，就遭到了春儿的反对。春儿说：我们可以拿家里的东西来吃，反正只有一个肚子，在这里来吃了，在屋里就吃得少些，但是我们决不能去偷别人的东西！偷来了别人也会发现，那我们就真成强盗了。

桂娃皱着眉头说：那怎么办呢。

他们两个焦急万分，想不到办法解决。孩子们仍然在高兴，他们没让孩子们知道这事还没有解决的办法。

春儿想了一会，就想出了一个解决春联的办法——她说：这事就交给我来解决。

桂娃又惊又喜，激动地说：什么办法？说出来，我来办！

春儿胸有成竹地说：你在这带孩子们玩，我去买这对联来！

桂娃有些疑惑地说：你说出来，或是把钱拿来，我去买，你在这带孩子。

春儿笑一下说：你在这好好带孩子，我去。要好好照护他们，莫让他们出什么事。

桂娃有些爽快地说：好，只要你能买来对联，我一定完成任务！

春儿又认真交代：我不回来，你不能离开！

桂娃坚定地说：要得。你不回来，我不离开。

春儿望了他一眼，又望了孩子们一眼，就一人向树林里走去了。

桂娃有些纳闷，心想她要去哪里弄对联？是不是要走直路去街上买对联？可她身上有钱吗！是不是要回她家去撕对联？他想了很多，也没有想出结果。

可是春儿去了很久还不见回来。

孩子们都问：爸爸，妈妈怎么还不来？

爸爸，妈妈去哪里了？

爸爸，你去把妈妈找回来——

他说：还等等吧，妈妈要回来的。

太阳都快落了，还不回来，爸爸你去找妈妈吧。

又过了一会，太阳快靠山了，用最后那红红的目光亲吻着山坡、树木。

可是还不见春儿回来，桂娃急出汗来了。

孩子们又说：我们快去找妈妈。但桂娃想到春儿走时对他的交代，他不能离开。可是他觉得不对劲！于是他对孩子们说：今天你们回去吧，我去找妈妈。我们明天早上都到这里来，在一起过一个快乐的年。

孩子们不答应，说：我们和爸爸一起去找妈妈！

我们和爸爸一起去找妈妈……

桂娃想，是不能让他们单独行动，就说：好，那就跟我一起去找妈妈。

他们顺着春儿去的那条山中小道，向前走去。

他们走了一段路，就听见树林里有一点声音传来，桂娃仔细一听，像是有人在哼，就带着孩子们向那里奔去。

很快，他们顺着声音来到一棵树下，就看见了春儿，她躺在地上，一动不动，满嘴是血，而脸儿白白的。桂娃冲上去抱起春儿，大声说：春儿，你怎么在这里？这是怎么回事？

孩子们都围上来，哭起来了：妈妈……妈妈……

桂娃说：你这是怎么一回事啊，春儿……

他们都不知道，春儿是从树上摔下来了……

这时春儿吃力地伸手，摸了摸孩子们的脸蛋，又望着桂娃，拍一下她挎着的布包，说：对联在这，快去，为娃儿们把对联在洞门上贴好……

桂娃拿过包一看，大惊，里面全是一张张又大又红的枫叶，有的枫叶上还有春儿流的血。他们哪里知道，春儿是去采枫叶当对联，一个字贴一张枫叶，一路下贴下来就是红红的春联了。她采好了又大又红的枫叶，可是在下树时摔下去了，重重地跌在了地上……

桂娃顿时也明白了。他什么也没想，就想到按春儿说的去办。他背起春儿向他们的岩洞房子走去。

很快就到了，桂娃让孩子们拿出一把椅子，将春儿放在椅子上，让她靠坐着，叫几个孩子扶着她。他迅速用火里烧的洋芋在枫叶上涂成糨糊状，然后，在洞的两边贴上。他虽然没上过学，但他好像识数，给两边都是贴的 10 张枫叶。看去，像是两串红灯笼挂在门边，也像两串红花挂在门边，闪耀着红红的光芒，像两串朝阳，真是比那些纸写的对联还要漂亮！真是世界上最美丽最独特的春联！上面虽然没有文字，但你可以任意去想象每片枫叶所表示的文字。

这时孩子们欢呼起来：我们的家里有对联了！我们过年有对联了！

这时，春儿望着这世界上最特别的对联（枫叶），也是最原始的对联、最朴素的对联，轻轻地微微地笑了一下，然后合上了眼睛。

客车的错误

太阳很红，像一个小孩的脸蛋。一片白云轻轻地飘来，悄悄地蒙住了，顿时太阳变白了。

李山扛着一个行李包急匆匆地走着，媳妇背着 3 岁的儿子冬儿。

冬儿哭泣地说："妈妈，我不回去，我要跟你们在一起。"

李山粗声粗气地说："不回去怎么行，这里又不是你的家！"

冬儿伤心地哭着。妈妈安慰地说："你先回去，妈妈还要上几天班，等结了工资就回来。给你买好多玩具。"

冬儿流着泪说："我和你一起回家。"

冬儿妈妈说："妈妈要上班，哪个带你？你乖，妈妈过几天就回家。"

冬儿哭泣着问："过几天是多久吗？"

妈妈随便地说："就是很快。"

爸爸喘着气安慰冬儿说："我们会经常给你打电话的。"

"要天天给我打电话……"冬儿哭着。

"每天晚上给你打电话。"爸爸说。

遍地的人和车。春节后的景象就是这样酷美。这世界已经被人和车挤得满满的，连呼吸都很困难了。李山扛着包在人群中左冲右突，冬儿的头上是大人们密集的身子和包裹撞来撞去，他就犹如丛林深处的一棵小草，被密集的树木覆盖得严严实实。

李山和媳妇带着冬儿来到一个熟车面前。司机姓马，微笑着说："你们回家？"李山笑着说："不，请马师傅帮我把这个小东西带回家。他叫'冬儿'，我已经给家里打了电话，冬儿爷爷在蒿坡镇车站等着接。"说着递给马司机一个纸条："这是冬儿爷爷的姓名和电话。"马师傅接过纸条笑着说："虽然是个小东西，车费还是要收一个人的。"李山掏着钱说："那是。"很快付了一个人的车费，将小娃儿交给了马司机。

冬儿哭喊着："我不去，我要跟妈妈走。"

冬儿妈妈不耐烦地说："先就给你说了，妈妈过几天拿了工资回来。很快的。"

李山最后认真望着儿子："你乖，我天天给你打电话。"

冬儿哭着说："妈妈很快回来。"

冬儿妈妈笑着说："你乖，妈妈很快回来。"

接着他们就匆匆消失在人群中，他们得赶回去上班。车上的冬儿隔着玻璃搜索着爸爸妈妈的背影，满脸泪水如早晨的露珠在嫩嫩的白菜上流淌……

就在李山夫妇走后几分钟，又一对年轻夫妇给送来一个小男孩，马司机微笑着说："你们回家？"男人笑着说："不，请马师傅帮我把这个小东西带回家。他叫'中儿'，在高坡镇上交给我亲戚带回老家。"说着递给马司机一个纸条："这是我亲戚的姓名和电话号码。"马师傅接过纸条笑着说："虽然是个小东西，车费还是要收一个人的。"年轻男子掏着钱说："那是。"很快付了一个人的车费，将小娃儿交给了马司机。

中儿哭着说："我不回去——"

妈妈摸着中儿的头发说："你乖，跟师傅回家去。我等几天就回家的。"

中儿流着泪说："等几天嘛……"

妈妈说："很快的，就几天。"

中儿爸爸妈妈不顾小娃儿的哭喊，接着转身就消失在人群中，中儿久久地看着人群搜寻着那个背影。

这两个孩子都在这个城里出生，两岁去上了一年幼儿园，因为费用太贵，现在只好送回老家去。

第二天傍晚，马师傅的客车到达蒿坡小镇，在车站缓缓停下。一位背着背篓的老人——冬儿的爷爷已经站在这里等候了多时。老人很快与马司机取得联系。马司机很随便地对背后铺上喊："中儿，到蒿坡了，快下车，你爷爷接你来了。"

——就是这司机一个小疏忽，将"冬儿"和"中儿"搞混淆了，一个错误很容易地发生了！这时两个小娃儿都在睡梦中，中儿听见叫他，慌忙地从铺上爬起来，就下车了。就这样，两个小娃儿被轻易地调换了，就制造了一个巨大遗憾，制造了一个沉重的故事。

冬儿爷爷不知道这小娃儿并不是他的孙子，老人还没有见过他的孙子。冬儿爷爷背着行李包，高兴地抱起中儿，将一袋果冻塞进中儿手里，算是见面礼了，这时老人脸上的笑容简直比朝阳还要灿烂，就仿佛他真的抱着一个早晨的太阳！多少年，老人做梦都想有一个孙子。他才第一次看见孙子，能不高兴吗？俗话说：养儿容易，望孙难。他就一个儿子，一直在外打工，三十多岁才结婚，婚后媳妇又一直没生育……

回到家，两位老人高兴地欣赏着孙子，都一下子变得年轻了，怎么也不会想到这个小娃儿根本就不是他们的孙子，他们的孙子冬儿还在那辆客车上颠簸着，被错误地拉向遥远的一个大山沟。

这时奶奶有些惊异地对爷爷说："你看他样子，怎么既不像他爸也不像他妈？"

爷爷还是满脸高兴："你管这些做什么嘛。"

接着，爷爷就掏出那张写有电话号码的烟盒片，很快用座机拨通了儿子的手机，说："小儿接到了。他很好，不用担心了。"

中儿连忙抢了话筒叫"爸爸！爸爸！"他不知道这不是他爸爸。爸爸的声音都相似。

话筒里说："冬儿你乖啊，听爷爷奶奶的话，啊。"中儿此时什么都忘了，根本不知道去区分电话里说的"冬儿"和"中儿"的话音。中儿答非所问地说："要妈妈明天回来……"

这时电话里又是一个女子的声音叫着"冬儿！"中儿感到是妈妈亲切的声音，他不会怀疑妈妈，妈妈的声音都相似。他早哭起来了："妈妈，你明天回来……"

对面的妈妈根本不会去想这小娃儿是不是她的冬儿，小娃儿的哭声都一样，没什么区别。她根本不会去想这小娃儿是谁，这是家里的座机，没错。当她听到小娃儿的哭声，她亲切地说："不哭，你乖，妈妈过几天就回来……"

可电话里全是小娃儿的哭声："过几天？"

妈妈还是说："过几天，很快的……"

中儿哭着。妈妈挂断了电话。可是中儿还将话筒握得紧紧的，怎么也不放下，还在哭喊着："妈妈，我要来……"

奶奶挨着话筒听，确实没有了声音，就对中儿说："电话里没有声音了，快把话筒放下，啊，明天又打电话，啊。"

中儿听着里面是没有了声音，望爷爷哭着说："我还要打电话……"

奶奶说："明天又打电话，啊。乖，听话。"

中儿哭叫着："我要打电话……"

爷爷抚摸中儿的头说："来，爷爷抱你去外面玩。"

奶奶将话筒用力拿下，将中儿抱起来，可中儿哭得更急切了，哭声变成了哭喊："我要打电话——我要妈妈！啊……"奶奶好不容易才抱住他，可他手脚乱打乱蹬。爷爷将手伸过来："来，爷爷抱你去外面看星星。"

中儿在爷爷怀里还是乱蹬乱打，哭喊着。爷爷还有力气，就用力抱紧他，向外面走去。

这时的天像一块暗色的花布，除了稀疏的星点小花，其余全是黑色，就像一块阴森的幕布，那里面不知藏有多少灵魂和恐怖。四周的山峰就像巨大的老熊一样站着，好像随时要扑向人的。这孩子在城里生、城里长的，还从没经历这种环境，他感到太恐怖了。

爷爷抱着中儿走在屋旁的山路上。中儿还是一个劲地哭喊着："我要打电话……"

爷爷就说："你不要尽哭啊，山里的毛狗子听到了，要来吃娃娃的。那天，我们的鸡子叫唤，毛狗子就来把鸡子拖去一只吃了，爷爷撵到山林里去找，就只看见一堆鸡毛。快莫哭了，再哭，毛狗子就要来拖娃娃的啊！"

这时山边真的传来扑腾的响声，这是在田边觅食的山鸡听到说话声慌忙逃跑。中儿一下子给吓愣了，连哭喊也不知道了。黑暗中那身子还在不停地抽搐着，好久才惶恐地小声说出："回去，我怕。"

爷爷说："好，那你莫哭啊，你哭，就是在屋里，毛狗子也会来的。我们的鸡子就是在屋里拖去的。"

"我不哭……"

"好，我们回去。"爷爷便抱着中儿使劲地走着，嘴里还说："快走，不是毛狗子来了！"

对于出生就待在南方城市的孩子来说，从没有经历过这种黑暗暗的山区之夜——这种近似恐怖的场面和情景，中儿一下子吓蒙了，似乎忘记了想妈妈的事，只是本能地用两手将爷爷的衣服紧紧抓住。在这乡下，往往就是用吓唬、恐吓的办法来对付哭闹的孩子，人们不知这会给孩子带来多大伤害，终生都会做噩梦。许多人的胆小怕事也许就缘于此。

进门后，只见中儿满脸的冷汗、泪水，连额前的头发都湿漉漉的了，脸已变形，神色苍皇、惊恐。这夜里的老人眼睛不可能看到这些变化。中儿愣愣地坐在那儿，用一双惊恐的眼睛望望爷爷，又看看奶奶，眼珠的转动已经很是艰难，一点也不灵活了。

过了好一会，中儿才在眼神里显现出对爷爷奶奶的审视和揣摩。他明显地对爷爷奶奶、对这里的一切都充满一种恐惧感，已经露出一些感到无助的绝望。

爷爷把电视打开，调到一个动画片，对中儿说："来，看电视。"

中儿惶恐地看着爷爷，眼珠子一动不动，仿佛要看穿那眼里的世界到底是什么。

爷爷又说："你看电视，爷爷做事去了。"

中儿看了爷爷的背影好久，收回眼珠往电视上看，但他此时对电视毫无兴趣，张望一会就将目光移向了窗台上那部电话机。接着他将目光移到了门口。这是一间火坑屋，其实和机关上的办公室一样好，放着个刷漆的红亮亮的回风炉，外面像漂亮的小桌，里面烧着煤球，有烟筒将煤气排到屋子外面，真是又暖和又卫生。

中儿慢慢移到门边窥视，不见堂屋里有人，就走回到窗台下，急切地站上一把椅子，拿起电话筒，轻轻地呼唤一声："妈妈，妈妈……"他没有听见一丝人的回音，只有嘟嘟嘟像敲打他的声音，他又轻轻地呼唤着："妈妈……妈妈……"还是没有人的声音，只有嘟嘟嘟像敲打他的声音，于是他拿起话筒认真地看着，又用手儿轻轻拍了拍，然后再轻轻地呼唤："妈妈……妈妈……"他呼唤了许多遍，话筒里始终没有出现人的声音，这时他那眼睛里早已涌满的泪花就如破闸的水涌出来……口里还是下意识地呼唤着："妈妈，妈妈……"

"哎呀中儿你在整电话呀？"忽然门口传来奶奶的埋怨，中儿被吓得浑身忽地紧缩，整个身子一下缩小了许多！他愣住了，睁着惊恐的眼睛望着奶奶，那眼珠看上去像是永远也不会转动了，永远地愣住了。

奶奶走过来伸出那喷着猪草味的手，亲切地抚摸着中儿头发，轻声地说："乖，莫挠电话啊，不是搞坏了不能跟妈妈打电话了。"

中儿鼓了很大勇气畏缩而慢吞地说："我要给妈妈打电话……"

奶奶说："刚才打了电话的呀？明天再打，啊。"

中儿就哭起来了……

爷爷看着中儿，觉得可怜，就又拨通了儿子的手机，让中儿又和"爸爸妈妈"讲了一会话，并约定，不哭，明天晚上又打电话。

中儿一夜不自在，爷爷奶奶也就一夜没睡好。

要说，中儿比那个冬儿幸运多了。中儿爸爸没答应他每天通电话，却能每天接到电话，听到电话里亲切的声音。而冬儿一心指望爸爸答应的每天一个电话，却错误地走进那个遥远的大山沟里，像是永远与世隔绝的深渊，根本没有电话……

早上一起来，中儿就哭哭啼啼，爷爷奶奶都十分焦急，爷爷对奶奶说："这又怎么办呢？他在大城市里待惯了，特别是跟爸爸妈妈在一起待惯了，回这山旮旯里来，玩没个玩处，爸妈都看不到，你说他怎么好受？"

奶奶对爷爷说："你吃饭了带他到镇上去转转，他肯定喜欢街道……"

爷爷说："我是这么想的。他刚来，不习惯，唉……"

这乡下不兴过早（吃早餐），一般是10点钟正式吃早饭，中饭是下午3点。吃了早饭，爷爷就对中儿说："走，爷爷今天带你到街上去玩，好不好？"

中儿满面的愁容稍微松开了一些，伸着双手走向爷爷面前："我要去幼儿园。"

爷爷说："我们这里没有幼儿园。"

中儿皱着眉头说："那就到街上去玩。"

爷爷找来背篓，笑着说："来，爷爷背——"

中儿自个儿向路上跑去。爷爷急忙跟上去。

奶奶来大门口望着中儿喊道："莫跑，小心摔倒！"

这时爷爷已经追上去将中儿的衣服拉住："慢点走，爷爷拉你，我们一起走啊。"中儿也伸出手让爷爷拉住。

很快走到门前的村级公路。中儿挣脱爷爷的手，向前跑去，他要一个人走。

爷爷在后面跟着，喊道："不要跑，慢点，爷爷腿痛，跑不动啊，你等等爷爷啊！"

中儿停住，转过身，望爷爷笑着，说："你腿痛呀？"

爷爷说："爷爷腿痛哟，你拉着爷爷走嘛。"

中儿连忙来拉着爷爷的手："我拉你走，我腿不痛。"

走了一会，爷爷说："你走累了吧，爷爷背你，你看爷爷这背篓又新又漂亮，这是专门买了背你的呢。"

中儿看着爷爷说："那你腿痛，怎么背嘛。"

爷爷笑眯眯地说:"爷爷只有腿痛,背不痛,就是想背你,背着孙子,腿就不会疼了。"

中儿带着疑惑地说:"真的呀?"

"是呀,你看我背上你,保证跑得很快呢。"

中儿转动一下眼珠说:"你背嘛。"

这时爷爷早将背篓放下,将中儿抱起来放入背篓,然后蹲下身子钻进背系里,一用力就站了起来。他自己也吃惊了,平时蹲地上,不背什么也要半天才能站起来,今天背着小娃儿怎么一抻就站起来了?他想,我真的变年轻了,那脸上便笑得合不拢嘴,那一缕缕笑容便像雕刻似的永远不会掉下来,那脸便像一个早晨的太阳,也永远不会落了。

爷爷背着没有走几步,中儿就想问个究竟:"爷爷,腿还疼不?"

爷爷笑着说:"腿不痛了!"

中儿不太相信地又问:"真的不痛了呀?"

爷爷乐呵呵地说:"真的不痛了!"

中儿嘟一下嘴说:"我不信。"

爷爷便使劲走起来,兴奋地说:"你看嘛,爷爷腿不痛了,能走这么快!"说着使劲走着,中儿在背篓里一颠一颠的,觉得很好玩儿,就咯咯儿笑着。听到中儿的笑声,爷爷兴奋得要疯:"爷爷还能跑呢!"说着就真的跑起来,中儿在背篓里就更是一颠一颠的,咯咯儿地笑个不停。爷爷也就呵呵、呵呵地笑着。

跑了一段路,中儿说:"爷爷,你累了,歇歇吧。"

爷爷很是兴奋地说:"不累不累,呵呵。和中儿玩爷爷不累。不累,呵呵!不累!呵呵……"说着,跑着。中儿就咯咯儿笑个不停。爷爷也就像一下子回到了年轻时候。

跑了一阵,中儿说:"爷爷,我要下来。"

爷爷有些诧异地说:"你怎么要下来?"

中儿嘟一下嘴儿说:"我想自己跑。我要自己跑。"

爷爷理解地说:"好,你慢点啊。"说着歇下背篓,将中儿抱出来,往地上一放他就像出笼的鸟儿,跑了。

爷爷担心地说:"慢点,小心摔倒啊!"

可是中儿不停地向前跑去。

爷爷就说:"中儿,爷爷走不动了,你不等等爷爷呀?"

中儿转头一看,爷爷还在后面好远,一歪一歪地走着,就笑着说:"我等你。"

等到爷爷赶上来,中儿说:"爷爷,我和你赛跑,看哪个跑得快!"

爷爷兴奋地笑着:"好啊。"

于是中儿就挨着爷爷站好,然后说: "一、二、三——跑——"喊着就向前跑去。

爷爷怕中儿跑快了摔倒,就故意慢在后面。中儿跑一会回头一看,高兴地说:"爷爷输了,我赢了!爷爷输了,我赢了——"

爷爷笑着,满脸的笑容都快流到地上了:"孙儿赢了!孙儿赢了!我的孙儿真不错啊,真不错啊!"

爷爷故意在后面慢慢地一偏一歪地跑着。中儿却跑了很远,回头一看爷爷,见爷爷在后面,就停下来等爷爷。中儿看着爷爷的腿,皱着眉头说:"爷爷,你的腿又在疼呀?"

爷爷装着很痛的样子说:"是在疼啊。哎哟,怎么办呢?"

中儿有点急地说:"怎么办呢?我拉爷爷走吧。"中儿就拉着爷爷走。看着爷爷一偏一歪的样子,又皱着眉头问:"爷爷你腿还在疼呀?"

爷爷装着很痛的样子说:"是在疼呀,只有又背上你才不会疼了。"

中儿睁大眼睛说："真的呀？"

"真的嘛，先背着你，腿就不痛了，还能跑。"

中儿说："那你又背吧。"

于是中儿就让爷爷将他放进了背篓里，又背到背上。这下爷爷像是浑身来劲了，兴致勃勃地走着，中儿便在背篓里一颠一颠的，咯儿咯儿地笑着。

不久就来到了镇上。这时中儿就在背篓里拍着爷爷肩膀说："我要下来！我要下来！"

爷爷让中儿下来，接着就去给他买了一袋果冻，让他拿着，边走边吃。中儿吃着果冻，看着花花绿绿的街道，有些高兴，爷爷拉着他的手，他不让拉手，他要自由自在地走。

正在这时，前面轰隆隆驶来一辆大客车，中儿一下子兴奋了，连忙拉着爷爷的手说："爷爷，带我到妈妈那去！"

爷爷听了一惊，怔住了，不知该怎样回答小娃儿。

中儿又急切地说："爷爷，你挡车！"

爷爷还愣愣的，这时车已经来了，中儿忽然跑向客车，招着手："我要坐车！我要坐车！"

司机看到小孩子身旁有个老人，真以为要乘车，就停下了，问老人："去哪里？"

中儿抢了说："去妈妈那里！"

爷爷赶紧大声说："不去哪里。"

中儿用手敲着车门，大声喊道："带我去妈妈那里！带我去妈妈那里！"把车门拍打得嘣嘣嘣地响。

司机吼道："不带小儿！快走开！"

爷爷吓得脸面凝固成皱巴巴的老岩壳，急忙去抱住中儿。这时客车就呼地一下开走了。中儿垂头丧气地耷拉着脑袋，哭起来，又拉爷爷的手说："我要去……妈妈那……"满脸的泪水像一条条蚯蚓在纸上爬着。

看着中儿满脸的泪水，爷爷心里难过，蹲下来摸着中儿的手说："你才回来，又去，妈妈会吵你的。你听见了嘛，司机都不带小娃儿。"

中儿哭着说："你带我去，司机就带……"

爷爷一副为难的表情说："爷爷没钱啊。"

"爸爸有钱。我们去——"

"你妈妈说了的，过几天回来，你怎么硬要去嘛。"

爷爷千方百计地安慰中儿，拉着他走上、走下游玩着。为了让中儿高兴，爷爷还带中儿去一家店里买玩具，任中儿选了一把水枪。中儿拿着水枪，感激地望着爷爷说："谢谢爷爷!"

玩了一会儿，爷爷又给中儿买了包子吃。爷爷自己不吃，中儿说："爷爷你也吃。"他将包子伸给爷爷："你吃一点。"

爷爷只好又买一个包子，笑着望中儿："来，我们一起吃，好不好?"

中儿高兴地说："好!"于是就咬了一口，望着爷爷，说："你还没咬!"

爷爷微笑着说："我分了吃。"就掰了一点喂进嘴里，望着中儿脸蛋慢慢地嚼着，不像吃的包子，而是在品尝中儿脸蛋的滋味。

一晃就玩到下午两点了，爷爷着急地说："我们回去吧，天气冷了。"

中儿不高兴地说："还玩!"

爷爷笑着看中儿："好，还玩一会儿。"

又玩了一小时，爷爷说："回家去。"中儿不高兴地说："还玩!"爷爷就很是着急了。后来只好强行将中儿带回家，中儿就是一路哭着回家的。

过了几天不见妈妈回来，中儿就问爷爷："妈妈说的过几天回来，怎么还不回来呀？"爷爷说："还等几天。"中儿就愁着一副脸，又问："几天是多久嘛？"

爷爷看看中儿，笑笑说："很快的。"中儿还是愁着脸，又问："很快是多久嘛？妈妈也说很快，叮是还没回来。"爷爷苦笑着，只好说："很快回来的。"

过了两天中儿又问奶奶："妈妈怎么还不回来呀？她说的过几天就回来。几天是多久嘛？"

奶奶同情地望着中儿，耐心地抚摸中儿的头说："过几天回来，就是过年回来。"

中儿皱着眉头说："过年还有多久吗？"

奶奶蹲下身子，摸摸中儿的脸说："那还有蛮久啊，过年还不到一个月，一年有十二个月呢。"

中儿听了一点也不懂，但感觉到可能还有很久，脑袋啪的一下就耷拉下去了，像一个霜打的苦瓜，眼里有些绝望地流着泪珠。

奶奶看着中儿，心里充满怜悯，连忙将他抱在怀里轻轻摇晃，安慰说："跟奶奶玩啊，等下带你到街上去玩，给你买果冻，啊，中儿好乖哟。"

中儿快快地说："你带我去妈妈那……"

奶奶安慰地说："不能去，妈妈过年要回来的。"

吃早饭时爷爷回到屋里，见中儿很伤心的样子，心里也十分难过，但又没有办法，便急忙去抱来一些玩具，在中儿面前蹲下来，亲切地说："来，爷爷陪你玩玩具，啊。中儿乖，爷爷陪你玩，啊。"

可是中儿不想玩，一副病恹恹的样子望着门外，像一个霜打的茄子，仿佛一下子得了什么重病，饭也不想吃，吃得越来越少。

爷爷焦虑地对奶奶说："这可怎么办啊！"

奶奶皱着眉头说："吃饭了带他到镇上去玩吧，买点他喜欢吃的东西。"

为了不让小娃儿伤心，思念成病，只好常常带他去镇上玩，镇上很热闹，都是一色的新房子，高高的，有花花绿绿的各种门市，能看见各种车辆，也像城里一样，在镇上玩，中儿会忘记许多。可是一来客车中儿总是奔过去，爷爷又慌忙地拉住他，他就哭闹着要去妈妈那里，半天又不会平静。每当回到家时，中儿就一副病恹恹的样子，脑袋耷拉着，像是突然患上了什么重病。

中儿每天都快快地坐在院坝里，皱着眉头看着天上的太阳，希望太阳快点落下山去，天快点黑下来，好和爸爸妈妈通电话。中儿就靠接听"爸爸妈妈"的电话而活着。他不知道打电话的其实并不是他的爸爸妈妈。他还有个最大的寄托就是——过年时妈妈就回来看他的，他每天都渴望快点过年，总觉得过年很快就到的……对每时每刻都渴望见到爸爸妈妈的中儿来说，这一年真是太漫长，太难以等待了！一个小小的心灵就在这种等待中时时煎熬着。

好不容易盼到过年，没想到李山夫妇决定过年不回来，因为厂里过年可以拿双份工资，加之春节期间车费太贵。

过年的这一天毕竟瞒不住孩子，因为乡村里过年的气氛很浓，到处是鞭炮声响个不停。附近的孩子们都喊着"过年了！过年了！"

中儿听见鞭炮声和喊声，就对奶奶说："今天是过年！怎么爸爸妈妈还不回来呀？"说着就哭起来了。

奶奶认真想了想，只好说："过年车子紧张，没找到车，过年以后车不紧张了就回来的。"

过年的这晚上，老人的儿子媳妇打来电话，向老人们拜年，还没讲什么，中儿就抢了话筒气愤地大声说："你们骗我！你们骗我！"说着就哭起来："说的过几天回来，怎么骗我？到底什么时候回来？"

中儿问得那边的妈妈不好答话，又怕在这喜气时刻搞得孩子不快，就说："现在车子紧张，等一段时间就回来看你，啊，听话，乖。"

中儿等着，忍耐着，已经是一副病恹恹的，像是患了重病的样子。在过年后的第十天晚上，中儿对着电话说："妈妈骗我！你不回来，我就不吃饭！"他说得很坚决。

第二天早上，中儿就真的不吃早饭，奶奶怎么劝说，安抚，中儿还是病恹恹地摇头，不吃饭。两位老人急得没办法。中儿坐在院坝里的一把椅子上，病恹恹看着远方。那样子完全是一副患上了重病，而且充满绝望的样子。

爷爷奶奶尽心安慰，可怎么安慰中儿也不吃饭。他说妈妈骗他，妈妈不回来，他不吃饭。虽然他身子病恹恹的，话却说得很坚定。早饭不吃，中饭还是不吃，晚饭也还是不吃！爷爷奶奶急得一下子老了，一点办法也没有，就给儿子打电话，电话通了，要与中儿说话，没想到中儿居然拒绝接电话，生气地说："我不接，他们骗我。他们不回来，我不吃饭！"

孩子不吃饭，一时间给了这个家庭一个大地震！都慌了，惶恐了！

电话里冬儿妈妈张冬菊惶惶地对老人说："要冬儿吃饭，我明天就乘车回来！"

爷爷对中儿说："你妈妈明天就去坐车，后天就回来了。你快吃饭吧。"

248

中儿生气地说："妈妈骗我的。我不吃饭。"

爷爷一副焦急的样子，皱着眉安慰说："中儿，你吃饭，你妈妈若不回来，我就送你去找他们！"

中儿皱着眉认真地盯着爷爷的眼睛，想要钻进去看个究竟似的。爷爷含着泪说："真的，你妈不回来，我就送你去！"

中儿认真地看着爷爷，好久才说："真的呀？"

爷爷肯定地说："真的。爷爷几时骗过你呀？"

中儿伸手去抹掉爷爷脸上的泪珠，扑进爷爷怀里，爷爷紧紧地抱住中儿，眼里的泪珠屋檐水一般不住地滴下来，滴在中儿的头上。中儿伸手摸头，转过头来看，只见爷爷满脸泪水，又为爷爷抹眼泪："爷爷莫哭，我都不哭了。"爷爷说："你吃饭我就不哭了。"

忙了好一阵，才让中儿吃饭。

第三天到底来到了。上午，冬儿妈妈张冬菊真的回来了！她还在院坝外边就大声呼唤："冬儿——妈妈回来了！"她走得有些上气不接下气的，听说小娃儿不吃饭，她心中焦急如焚啊！

中儿在火坑屋里挨回风炉坐着，听见外面说妈妈回来了，高兴得狂了似的奔向门外，不小心过门时啪的一下摔倒在地上。他摔得差点窒息，好久喘不过气来，也说不出话。本能支撑他坚强地爬起来，这时，就见一个妇女走近他，口里正说着："冬儿！妈妈回来了！"

中儿眼睛里嵌满泪水，模糊了视线，没有看清，就赶忙叫"妈妈、妈妈！"接着就哭着扑上去。

进来的张冬菊眼睛里也早被泪水模糊了视线，以为是她的冬儿，连忙奔过来抱起中儿："冬儿，妈妈回来了……"说着哭起来。

当冬儿妈妈擦掉自己眼里泪水，想好好看看她的冬儿时，她一下子怔住了——这不是她的小娃儿！

中儿也认真地看着面前的这个妈妈，他一时间说不出什么，似乎感觉变成了一团糨糊，既看不清什么，也想不起什么，更无法分辨什么，但有一种感觉是准确的——陌生、惶恐！

冬儿妈妈急忙问："他奶奶，这娃儿是哪个的？我们的冬儿啦？"

奶奶并没听清冬儿与中儿的话音，很随便地说："这就是中儿呀，是你们请客车司机带回来的呀？"

冬儿妈妈认真打量小娃儿，放到地上，说："这哪是我们的冬儿？"

"怎么不是？你们这些当妈的，连自己的小娃儿都不认识了！"

"说得稀奇，我生的娃儿，我不认识呀？"

奶奶不服气地说："那真的出了稀奇哟，带回来的就是他，一直跟着我们，又怎么会搞错？"

冬儿妈坚定地说："我的娃儿我认得，这小娃儿肯定不是我的啊。"她哭起来。

"是你们带回来的，不是你们的又是哪个的？"

这时中儿也惶然地哭起来了，越哭越伤心，并跑去抱住奶奶的腿。

奶奶也吃惊了，弯下腰对中儿说："莫哭，啊，你看看，怎么连妈妈都不认识了？"

中儿一个劲地哭着，那脸上充满惊恐、惶惑，不仅是一副孤儿才有的可怜神态，而且是一副绝望的神态！他苦苦等来的妈妈不承认他了，他怎么不绝望呢？

奶奶原谅中儿地自言自语说："唉，也是啊，离开时还只3岁多，又是一年多时间没见面，再是亲妈，小娃儿又哪还记得嘛。"

冬儿妈妈越哭越伤心："我的小娃儿我肯定认得，这不是我的小娃儿啊……"

奶奶憋着气地说："小娃儿一天一个样，你一年多时间不见，小娃儿长变了，你再仔细看看！"

冬儿妈哭着说："我说了不是的，我的娃儿就是过十年不回来，我也认得啊！"

奶奶又弯下腰摸着中儿的头说："中儿，你看看她，到底是不是你的妈妈？"

中儿只是一个劲伤心地哭着，什么也说不出。

冬儿妈妈问："您刚才叫他什么名字呀？"

奶奶说："叫'中儿'啊，你们给他取的名字都忘记了？你们当妈的也真是！"

冬儿妈妈停止哭泣，说："什么？叫'中儿'？"

"我们问过他，他说的叫中儿。你们在电话里说的也是中儿呀？"

"我们说的是'冬儿'，冬月的'冬'！小娃儿是冬月生的。"

奶奶有气地说："电话里说的怎么听得准确？"又弯下身子问中儿："你说说，你到底叫什么名字呀？"

中儿完全是一副孤儿的神态，惶恐而绝望，一个劲地哭着。

奶奶便蹲下身子，亲切地说："你说就是，有奶奶给你做主，不怕，你到底叫什么名字？"

中儿抽搐着，伤心地说："叫'中儿'。"

冬儿妈妈充满火气地说："你看，他是说的叫中儿嘛。我们的娃儿叫冬儿！"

冬儿妈妈也弯下腰，对中儿平静地说："我问你，你那天坐车回来，车上还有小娃儿没有？你说，还有没有小娃儿？"

中儿惶然、绝望，颤抖着，望着眼前的女子，哇一声又哭起来。他脑袋里可是一片空白啊。

奶奶憋闷地说："他太小啊，能记得什么？你不要逼他嘛。"

冬儿妈妈抹一把泪，哭着说："天呢，我的小娃儿在哪里啊！"

奶奶还是坚持说："我看未必搞错了？"

冬儿妈妈没有回答老人的问话，她急火火地掏出手机给冬儿爸爸李山拨电话。很快，电话通了。她说："我们的娃儿被搞错了！他爷爷接回家的不是我们的'冬儿'，是另外一个叫'中儿'的小娃儿，你看怎么得了啊……"说着就伤心地哭起来，"我的冬儿啊……"

电话里冬儿爸爸说："你说什么呀，这不可能吧，你有没有搞错？"

冬儿妈妈气愤地说："我自己生的娃娃还不认识吗？你给我赶快联系那个背时司机，要他负责，他把我们的娃儿搞调换了！"

"天呢，这是怎么回事啊！"冬儿爸爸在电话里像是要哭似的。

冬儿妈不耐烦地说："你少啰嗦，赶快与那背时司机联系。我等你回话。你晓得不，我回来一看，小娃儿不是我的，我的魂都不在了啊！"

冬儿爸爸说："小娃儿一天一个样，他回来一年了，又是待在老家山角落里，各种条件都差，变化肯定蛮大，你要看仔细。"

冬儿妈妈火气一喷，大声说："我生的娃儿，我闭着眼睛也认识！"

冬儿爸爸说："我这样说，是对小娃儿负责，如果没错，你这样搞，对小娃儿是多大的打击啊——爹妈都不承认他了，他成了无依无靠的孤儿，给他心灵是多大的伤害啊。小娃儿还这么小，没有多大的承受能力啊……"

冬儿妈妈愤怒地说："你给我少啰嗦！你赶快给我找！"

"你先莫急躁。急没用……"

"还不急！我现在心都碎了！"

"凡事都不是急出来的。"

"我看肯定是你在搞什么鬼！我问你，我那么多年没来，这是不是你的私生子，你搞了抽帮换底？你老实说！"

"你放屁！"

"没有鬼那你为什么这么个态度？"

"你的儿子难道不是我的儿子？我搞什么鬼？胡扯！"

"肯定是你调换了！你不马上去给我把儿子找回来，我和你没完！"

这时站在旁边的中儿早被吓得愣在了那里，哭都不知道哭了，浑身一下子缩小了，瑟瑟颤抖着，完全被惊恐、绝望吞噬。听到她这么一吼，他像是一下子惊醒了，连忙转身去躲到奶奶身后，双手紧紧抱住奶奶的腿，不让她看见，像是害怕她来一脚把他踢出门外。他看见过踢小儿的——那天爷爷带他到镇上玩，他就看见一个小儿被大人用脚踢出了店子。他当然不知道那是一个跟着奶奶过日子的可怜小孩，爸爸妈妈好几年没回来了，这小孩常常去街上捡垃圾卖，这次是在一个店子里偷东西吃，被老板发觉，对他又打又踢，直到踢出门外大道……

中儿小心翼翼地将一只惊恐的眼睛露出奶奶裤腿，打量这个女人。他现在已经完全认识到，这个女人真不像是他妈妈，她是个疯子，他好害怕。他的妈妈在哪里啊……

冬儿妈又急不可耐地给李山打电话："你联系到没有？"她喂了几声没回音，再认真听，才听清里面说的是，"你拨打的电话正在通话中。"

这时冬儿妈转过身来，走到中儿身边，尽量平静地说："你知道你爸爸叫什么名字，住哪儿吗？"

中儿充满恐惧地看着她，什么也说不出。他能知道什么，又能记得什么呢？他离开时还是个不能记事的小娃儿啊。

她吼一句："你连爸爸的名字都不知道啊？"

又烦躁地追问："你妈妈的名字呢？"

中儿哇的一声大哭起来，向后面躲去，抱紧奶奶的腿。

奶奶生气地说："你不要逼他嘛，他这么小能记得什么？"奶奶说着将中儿抱起来，向那边灶屋走去，并对中儿说："不怕，啊，奶奶喜欢你。"

中儿更加忍不住地大哭，像是那道闸门敞开了，痛苦的泪水怎么也堵不住，一定要泻完。

奶奶安慰中儿："你乖啊，不哭。奶奶喜欢你……"奶奶也流泪了。

中儿极力忍住不哭，浑身抽搐着，想说什么，可总是抽泣着。好久他才说出很不连贯的几个字："奶奶……你带我……去……找妈妈……"说着又哭出声来。

奶奶听了眼泪哗的一下就涌流出来了。

中儿摇动着奶奶的手，可怜地说："奶奶，你带我去找妈妈，我给你买好吃的……"

奶奶的眼泪又一次涌流出来。

冬儿爸爸李山接了妻子张冬菊的电话，听说儿子搞错了，也是一下子没了魂的。他此时正在上班，他顾及不了那么多，接着就打通了那个司机的电话，说："你去年正月十六那天，帮我带的儿子冬儿，下车时搞错了，我媳妇想儿子，这次回家看了才知道……"

司机说："这不可能。我带了好多小娃儿回老家，都没搞错过，怎么唯独你的小娃儿搞错了呢？"

李山说："任何事，谁敢打保票百分之百，不错一回？"

"我看，是你们自己搞错了，小娃儿一天一样，带回去一年了，变化肯定大，再回去觉得不像了，这很正常。"

"你想，哪个自己生的娃儿能不认识？"

"女人啊，我给你说，没有几个清白的，十女九糊涂，一个不糊涂是个傻鸡母。"

"你不要这样说，肯定搞错了，你快回忆一下……"

"既然你的儿子下车搞错了，那就说明还有一家的也错了，可是一年了怎么没人找我说是儿子错了？"

"那说明搞错的那一家也和我们一样，小娃儿是在这底下打工生的，爷爷奶奶不认识他们的孙子，而小娃儿的父母这一年也没回家，还不知道儿子被搞错了。"

"我不相信是这样！"

"真的错了！你不知道啊，我那女人她快疯了……"

"没那么严重。"

"是真的。你现在哪里？"

"我现在还在四川，明天下午才得回中山。"

李山还想说什么，可司机说："我这是在悬路上，不说了，我明天就回中山的。"

李山刚挂上电话，冬儿妈妈的电话就打进来了，这证明她一直在给他打电话。他妻子还是又气又急，简直就是气急败坏，像是已经疯了，话不是话，屁不是屁，又把他吵骂了一顿，还只讲找不到儿子要和他拼命……当她听说司机要明天才能回中山，明下午他才能跟司机走，她粗鲁地咒骂司机不得好死，骂李山不是人，肯定其中有鬼，毫不听他解释、劝说，真的完全疯了！这也叫他十分着急，害怕媳妇真会出现什么不测。他知道这也不怪她，小娃儿连着娘的心啊。她 36 岁了还没怀上小娃儿，花一笔钱进行了治疗，才怀上这么一个宝贝娃儿。当时两口子和爷爷奶奶想娃儿子都快想疯了。

和冬儿妈妈在电话里吵了好久，好不容易才挂上电话，他真的感觉到心里塞满了荆刺！他急忙去给厂里请假。厂里说最多只能批准十天假期，十天赶不回来，就按自动辞工处理。他没想那么多，只想快点去找到自己的儿子，就爽快答应了。

这时冬儿的妈妈忽然在堂屋里大声痛哭："哎呀……我的儿啊……你在哪里啊……晓得还能不能找到我的儿子啊……我那么大年纪才得这么个儿子啊……你叫我怎么不伤心哟……也只怪他爸，怕耽误挣钱的时间，想省几个路费钱……就酿出了这样大的事哟……"哭声很是悲痛。

中儿显得惊慌失措，眼睛里透露出绝望神色。

奶奶抚摸中儿的脑袋，小声说："你就在这，我去堂屋里一下。"

奶奶来到堂屋里，用手轻轻地拍拍冬儿妈妈，亲切地说："冬菊，不要尽哭啊，伤了身子事大。想宽些，不也有一个小娃儿在这吗，这小娃儿也长得很好，将错就错，长大了一样是你的儿子！"

冬儿妈抹一把眼泪说："我只要自己的小娃儿。古来说，'地要深耕，儿要亲生。'不然那些年都要我弄一个养着，我怎么没弄？小娃儿要是自己的亲骨肉才亲，心里才踏实……"

中儿惶恐地将一只眼睛从门边悄悄露出来，打量着奶奶和冬儿妈妈。

第二天中午，冬儿爸李山来到车站看了很久，不见那辆车。

256

他急切地转来转去，等着，他相信他总会来的，他不会为这事就不跑这客车生意了吧。下午3点多那车来了，李山走上去，是那个马师傅，他心里很窝火，尽量忍住气愤平静地讲了情况，最后说："请你回忆一下，去年正月十六那天你带了几个小娃儿回老家，是去哪里的？我自己跟你去找。"

马师傅一下子怔住了，好久才摇摇头说："我的天，这已经是一年多了，请我带小娃儿的多啊，怎么还记得？"

李山尽量平静地说："你仔细想想……"

"时间久了，每天上车下车的大人小娃儿多得没数啊，不是三两个啊。"马师傅说着，就摸出一支烟点燃，身子靠在驾驶室的靠背上，将脚跷到方向盘上，抽着烟，一副悠闲的样子。这时好些下车的老乡都很同情李山，气愤地瞪着那个马司机。

冬儿爸李山就站在车窗外望着马司机抽烟，焦急地指望他能想出个线索。

马师傅抽了一支烟，睁开眼睛，对李山说："我大概想起来一点线索，过元宵节的第二天，我带的小娃儿好像是四川刀坡镇的。你的小娃儿是在蒿坡下车——很可能是因为这两个地址的读音听起来容易混淆，小娃儿没听清楚，就下车了。哎，你现在家里的那个小娃儿叫什么名字？"

李山说："叫中儿，中国的中。"

司机微笑一下："那怪不得，一个叫冬儿，一个叫中儿，两个名字也容易混淆，可能是小娃儿没听清就下车了。"他点点头又说，"肯定是那个刀坡乡。"

李山就说："那我就跟你去刀坡乡找。"

司机说："不容易找啊，一个乡好几万人，都是山大人稀，多是深山峡谷。哎，我说你也别死脑筋，家里有个小娃儿，长大了谁晓得不是你的小娃儿啊？就不要自讨苦吃了。"

李山很不高兴地："你说的，小娃儿就要是自己的亲骨肉啊。"

"你好迂哟。"

"没办法，我媳妇她……哎呀她来了!"李山说着一下子怔住了，看着前方。

也就在这时，一个疯疯癫癫的女人向这车奔来了!她是冬儿妈妈张冬菊，她昨天和李山通了电话以后，听说这车还在四川，今天才得回中山，哭了一场就去搭车奔向了这里，正巧刚才一下车就看见了这个车牌号，也看见冬儿爸李山正站在驾驶室外。

马师傅一看这真像疯了的女人也一下子怔住了，连烟也停止抽了，不眨眼地窥视着她。

"就是这个司机带的小娃儿吗?"张冬菊大声说。

李山点下头："嗯。"

张冬菊像怀有深仇大恨地睁大眼睛瞪着司机，眼里喷射着愤怒的火焰，胸脯急剧地起伏着，喘着粗气，好久才说出话来："你这个没良心的，我们与你联系带小娃儿回老家，你说保证没问题，他爸才来找你，给的是一个大人的车费，没白要你带，你怎么就不负责，给我把小娃儿搞错了?"说着就哭起来了，站立不稳，蹲下身子，越哭越伤心。

周围人很多，有几个人都是一个厂里的老乡，都是回家过年后才来的，看马司机把脚翘在方向盘上抽烟，一副爱理不理的样子，早就气愤至极，有人啪的一下就拉开驾驶室的门，一伸手就逮下了马司机，啪哒一声坐在了地上，有人狠狠地刷了一耳光，有人恨恨地踢了几脚!还有人气愤地揪住他衣服，高举着拳头要砸向他脑袋，马司机一下子脸都吓白了。有人在旁边说："今天遇到了硬家伙。"

"你还是不是人啊，这么一副态度?你这个狗日的!"

"你收了钱为什么不负责?"

"你知道不,这大姐38岁了才生这么个小娃儿!"

"狗日的!"又有人在他背上连踢了几脚。

还有愤怒的拳头捅过去,但终于压住了火气,只碰了碰他的脑袋,做出恨恨的警告。接着这人说:"你说,这事怎么办!"

司机只好求情地说:"我负责带他们去找,也不要他们的车费钱。"

"狗日的你还好意思提车费!"有人又刷了他一耳光,"生活费也要你包!"

"你们莫急,我负责带他们去找。"

客车经过两天颠簸,终于来到四川一个叫作刀坡的镇上。李山和妻子下车后来到一个小店,买了点饭菜吃了。冬儿妈的心情像是好些了,想到儿子就在这周围,仿佛就要见到儿子了。有希望了,人的精神和心情都会变得好些。可是到底在什么地方呢?他们连一点儿线索也不知道。两人商量去商量来,没有商量出个办法。

小食馆的女老板问了一些情况,说:"你们带了照片没有?"

李山说:"带了的,是去年正月十五在广东中山照的。"接着掏出照片递给女老板。

女老板拿过照片边看边说:"我这里经常有乡下赶场的来吃东西,大多是老人带着小孩。小孩饿了,要吃,老人就买。爷爷奶奶总疼孙子,老人自己并不吃,只给孙子买了吃。"她看了好一会,不情愿地摇下头,叹口气说:"没看见过这个小娃儿。"顿一下又说,"也许不是这一方的,你们到街道的那一头去找小食馆问问。"

两人叫了谢,又来到街道的另一头,找到一家小食馆问情况。也是一个女老板接待他们，女老板认真看了一会照片，很不情愿地说："没见过这个小娃儿。可能不是这一方的，或者隔得远，小孩便不会跟老人来赶场。"

他们差不多找了所有的小食馆问了，都说没见过这个小娃儿，他们急了，有人就劝说："你们莫急。我给你们出个主意：你们去找派出所，他们有办法的。"

李山和妻子来到派出所，找到一个同志，李山连忙给同志递烟，然后说了事情，并递给小儿照片和自己的身份证，求他们帮忙……"

同志有些吃惊地说："有这样的事？"

冬儿妈妈这时哭起来，说："真的，我的小娃儿……搞错了，就在这一带……"

那同志看着照片，纳闷了好一会才说："就凭这么一点照片我们实在难以查找，这地方宽啊，又是山大人稀。"

冬儿妈妈哭着说："一定请同志给我们想想办法啊，都说你们派出所是有办法的。"

同志一头闷着，什么也不说。李山夫妇焦急而虔诚地望着不吱声的同志，像是望着菩萨一样。

过了一会，同志说话了，问："那错在你们家的小娃儿呢，有照片没有？"

冬儿妈妈说："没有照片，我手机里拍的有，走时拍的。"她说着将手机递给同志看。

同志又看了一会，思索了一会才说："照片还清晰。建议你们到县电视台去用两个小娃儿的照片登个寻人启事，这样快一些。漫无边际难找啊。"

两人一听，顿时眉头慢慢舒展，像是山头的云雾忽而散开。冬儿妈妈对李山说："哎，我们就去登寻人启事，我看行。"

李山闷着不急于表态，像是在思考什么。

同志又说："只有这个办法。"

冬儿妈妈望着李山："我们去吧。" 又望同志："这到县城有好远吗？"

同志说："不太远的，80公里路程，两个小时。"

冬儿妈妈急切地说："不远，我们快去吧。"

李山说："嗯，去吧。"

两人对那位同志道了谢，就去了车站。在车站等了好久才等满一车人，司机才开车。来到县城天色已晚，这时电视台早已下班，只有等明天了。对他们来说，这等待真是一个漫长的黑夜啊。李山说，怎么也要吃点东西，于是两人找了家小食馆。老板问吃什么炒菜，两人不好意思回答，最后还是冬儿妈妈说："吃面条，坐车了不想吃饭。"其实不是不想吃，是吃面条便宜一些，吃饭就要炒菜，起码也得几十块钱，吃碗素面4块，两人才8块。

然后两人去找了半天，终于找了个便宜的住宿，是私人小店，分别住了个统铺性的8人间，每人只要10块钱，一共才20块。为这事，不知还要找好久，还要花费好多钱啊。

不叫睡觉，只是有一个地方躺着，好不容易度过了一个难眠的夜晚。

第二天一早两人就去了电视台，找到一位同志，讲了要登寻人启事。那位同志说："是这样啊，要在电视里把两张照片播放出来，还要播广告词，给你按最低的非商业广告标准，一天500块钱。"

李山考虑了一下，说："登四天吧，我们只能拿出2000块来。如中途找到人了就联系停播，没播的天数就退钱。"

那同志说："定下四天就播四天，中途退钱，不好办的。你们先考虑好吧。"

冬儿妈妈请求说："我们这事是应该同情的啊，求你给我们优惠一点吧，我们没带什么钱啊……"

"价格定了，对谁都一样，没有优惠的政策。"

他们无奈，就办了播四天的寻人启事，每天 500 元，共计 2000 元。

走出电视台，他们感觉已经看到了希望，仿佛儿子已经走在回家的路上，心里面就多了一丝儿亮光，但仍然不可能完全照亮他们那黯然无边的忧虑……

夫妻俩没有在县城里住着等待，而是回到了刀坡小镇，那里是乡下，生活住宿都要便宜一些，更重要的是，觉得回到这里就离小娃儿近了，仿佛小娃儿就在身边，心里就有些踏实和安慰。

李山和妻子乘车来到刀坡镇上，在一家小食馆坐下，李山就掏出手机看，看是否有人与他联系，因为电视台说的中午就播出来。左看右看没有未接电话，一副很失望的样子。老板娘问他们吃什么，他们才想起来要吃点什么，于是每人吃了一碗面条。没歇一下，就接着往附近的村子里走去。他们决定一边等待广告回音，一边实地寻找，他们相信小娃儿就在刀坡镇一带，相信一定能够找到，总觉得奇迹马上就会出现。

中儿几天来一直打不起精神，病恹恹的，像是患上了什么重病，眼神滞涩，浮现绝望神色。他与真正的爸爸妈妈失去了联系，也等于没有了爸爸妈妈，没有了家，这个家不是他的，他的家到底在什么地方啊！

这下午中儿不吃饭，想采取一下措施，求得一线希望，找到他的妈妈。

奶奶百般地安慰中儿，叫他莫怕、莫急，这里就是他的家。中儿却说，我想我的妈妈……奶奶抚摸着他的头，亲切地说，你快吃饭。啊，乖。中儿说，你带我去找妈妈，我就吃饭。

小娃儿坚决不吃饭。早饭没吃，中饭也不吃，晚饭，怎么哄他也不吃。他已经知道这是个办法，上次就是不吃饭才把冬儿妈妈逼回来的。

望着小娃儿像是患了重病的，老人急了，这如何是好呢?

后来，爷爷不得不哄他，说："你快吃饭，吃饱了，我明天带你去镇上找车，带你到妈妈那去，啊。"

中儿知道爷爷说话是算数的，从没骗过他，此时他还是认真审视着爷爷的脸色、眼神，好久才说："你会不会骗我?"中儿仍然不吃，表现得很坚决，很坚强。

爷爷摇了摇头，显得非常诚恳地说："爷爷决不骗你，你快吃嘛。你要吃饱了，我明天才得带你去镇上找车。"

奶奶也趁机帮腔，显得十分诚恳地说："你吃饱了，爷爷一定会带你去的。"

中儿含泪望着爷爷："爷爷，你带我去了，我给你买好吃的，爸爸有钱……"

爷爷奶奶都被说得露出了伤心的微笑，微笑里奶奶的泪水一滴滴滚落。

中儿看看爷爷又看看奶奶，天真地说："你们是好人……"

这下连爷爷也抹眼泪了。

奶奶就将中儿抱到自己腿上，在他脸上亲一下，声音颤抖地说："你真是我们的好孙子啊……快吃饭，啊，孙孙真乖啊……"

中儿看着奶奶："奶奶，你明天也送我……"

奶奶将碗拿到中儿面前说："快吃。"这是煮的鸡蛋和面条。中儿喜欢吃鸡蛋。

中儿说："我回去了，天天给你们打电话。"

奶奶说："你记得我们的电话号码吗?"

中儿摇头。爷爷说："这座机号码是8895995。"

中儿就接着念："'爸爸救我救救我'（8895995）——记住了。"

爷爷兴奋地说："中儿真不错!"

奶奶允满希望地说："那我们大大等你电话啊!"

中儿显得正经八百地说："我天天给你们打电话，天天想你们。"

爷爷满脸伤感地说："你想我们就又来啊……"

"要得，我叫爸爸给我找车来。"

"太好了! 快吃啊。"

中儿又认真看着两位老人，他所看到的都是满脸感人的诚恳、亲切，并且奶奶眼里一直流着泪水，他有些相信了，就端起碗，开始吃起来，可是他没什么胃口。他看了看奶奶脸上的泪水，还是决心吃，吃不下也使劲吃。两位老人看见小娃儿终于吃起饭来，脸上转忧为安，露出苦涩的微笑。但中儿还是没吃下多少。

感到充满希望的是中儿。吃饭后，中儿就将他的衣服找来，往一个袋子里装。奶奶问他："这是做什么呀?"

中儿有些认真地说："我装好了，明天早上就好走。"说着继续装他的衣服。接着又装他的鞋子、袜子，然后又装玩具。

爷爷奶奶看着小娃儿收拾东西，心像是跌进了深谷的一个岩石上，粉碎在黑暗的深渊，极度难受。他们想，这娃儿真要走，怎么舍得啊! 他们不相信这娃儿不是他们的孙子。退一万步说，就是不是他们的孙子，他们也绝对不能让他走，他们已经走到了一起啊，一年来有了浓厚的感情，分不开了啊!

两位老人都一时间紧张了，惶然了! 小娃儿明天要走，该怎么对付啊? 已经答应了小娃儿，是送走，是不送走? 天啦，这太

264

难选择了！

奶奶将中儿抱得紧紧的，什么也说不出来了，只有泪水涌流……

爷爷挨过来，摸索着中儿的手，说："你就在我们家吧，我们都喜欢你，啊，不走了，就做我们的孙子，我们一定对你好。"

"我要爸爸妈妈……"

"我们把你当一家人，完全当我们的孙子待啊……"

中儿摇下头："没有爸爸妈妈，就不是我的家。"

两位老人一下子沉重起来，什么话也说不出来。

奶奶又将中儿抱紧些："奶奶舍不得你啊，奶奶会时时刻刻想你，吃不下饭的，怎么办啊？"

中儿从奶奶的怀里挣脱出来，来到袋子边，从袋子里拿出一个漂亮的布娃娃——蓝蓝的衣服，黄黄的头发，白白的脸蛋，那眼睛蓝莹莹的，很亮，很有神，像是蓝宝石，她对任何人都是那么微笑着。

中儿用两只小手儿捧着微笑的布娃娃，递给奶奶，充满留念地说："我给你们送个娃娃，你们看见她，就吃得下饭了……"

奶奶伸出苍老而满含猪草味的双手接过娃娃，泪流满面，接着就哭出声来。

中儿说："奶奶怎么啦，这娃娃乖呢……"

啪的一下，奶奶将中儿抱得紧紧，好像生怕别人抢了去。哭着，随后拍着中儿身子说："奶奶要你这个真娃娃呀……"

李山和妻子在刀坡镇周围转了一天，找到两个村长说了情况，并给他看了照片，都说没见过这两个小娃儿。他俩又一户一户地访问老百姓，也没一丝儿线索。也没任何电话信息。晚上，两人回到旅店，便有些心灰意冷，连面条也不想吃了。

李山现在心里有些后悔，他觉得在这个县电视台播的寻人启事可能是白费了钱。山大人稀，深山峡谷，保准冬儿所在的人家能看到这启事吗？这也怪他妻子太急躁。可是又还有什么办法比这办法更好呢？

第二天还是寻找，不时地总要掏出手机看看，是否有未接电话和信息。不见任何电话信息。

走远了，无法回镇上住宿，他们就在乡下投宿。就这样寻找，就这样等待，就这样煎熬。他们花了6天时间，找遍了刀坡乡几十个山村，却无任何收获，一点线索也没有找到！也没接到一个寻人启事的反馈电话，那2000元费用丢进了水里，心也就沉入了一潭又深又冷的苦水。

这时，李山突然接到父亲的电话：那个叫中儿的小娃儿失踪了！

他立刻觉得麻烦了，这小娃儿丢了，就等于丢了本钱，拿什么去和别人换回他的小娃儿呢？因此要他爹无论如何也要把小娃儿找到！可他爹说到处都找了，就是没有踪影啊……天呢，这可怎么办啊！

中儿收拾东西的第二天早晨，这是一个阴天。中儿很早就起床了，叫爷爷送他走。爷爷奶奶看着中儿，觉得这小娃儿也十分可怜，但又不能就依了小娃儿的。爷爷就说，明天去吧，今天爷爷要准备一下，还要去亲戚家办点重要的事情。你今天把饭吃饱了，不哭不闹，明天爷爷就带你到镇上找车……

中儿忽地哭了，并大声说："你们都骗我……"

爷爷弓下身子抚摸中儿脸蛋说："爷爷这就去办事，今天把事办了明天就带你去，啊。"爷爷说着又抚摸他脸蛋。老人想的是：把中儿带到镇上找车要司机带，而中儿又说不出爹妈的地址，司机就不会带，爷爷也就表示了诚意，不至于让小娃儿说骗了他。拖延几天，冬儿妈他们也就回来了的。

中儿勉强不哭了。爷爷就真的走出了门。

奶奶从灶屋走出来，弯身拉中儿的手，说："来，跟我到灶门口来烤火，我等下给你煮双黄蛋吃，昨天鸡子下的，好新鲜哟……"

中儿转动一下眼珠说："我跟爷爷去玩。"说着向爷爷后面走去。

中儿走到屋旁就站住了，看着爷爷的背影。他看见爷爷进了树林，就站在那久久地看着爷爷的背影，抹着泪。爷爷的背影看不见了，他还站在那儿。

爷爷去了半天才回家，他真的去了一家亲戚，只是与小娃儿的事无关。他回来就问老伴："中儿呢？"

奶奶吃惊地说："不是跟你去了吗？"

爷爷有点慌了："没有哇。我走好远了他还站在屋旁呢。"

奶奶紧张了："他说的跟你去玩，我就没有注意啊。这——快找！"

爷爷一下子惶恐了："我们快在附近找找！"

两位老人在屋子四周找遍了也没发现中儿的影子。两位老人急得团团转，小娃儿到哪去了呢？

他们又到附近一些人家去找、去问了，都不知道小娃儿下落。

爷爷思索着说："我看中儿肯定是去镇上了！"

奶奶焦急地说："那你快去镇上找，不然他可能钻进车里跑了。找到找不到，在镇上给我打个电话。"奶奶一副愁容地说，"我晓得，小娃儿也不小了，不能哄他，骗他……"

爷爷一路小跑向镇上走去，边走边打听，都说没有看见小娃儿。谁去注意一个小娃儿呢？

爷爷急匆匆来到蒿坡镇上，急得喉咙里冒烟了。通过和中儿一年时间的生活，中儿完全占据了他的整个心灵，整天脑壳里都是中儿的样子，梦里也是中儿的样子，他只记得中儿是他真正的孙娃儿，毫没有发生过那些小插曲的印象，就是儿子说的话他也忘了。他心里只有这个孙娃儿。到哪去找？他十分焦急，心像是被火烧着，极度难受！他一来到镇上，首先买了一袋果冻，提着从上街跑到下街，又从下街跑到上街，寻找着中儿，可是不知跑了多少回合，就是不见中儿的影子！他连魂魄都没有了，一下子懵懂了，愣了，对这世界没有感觉了！

直到下午天快黑了还没找到一点踪影，爷爷便一屁股往人行道边沿上坐下来，望着手里那袋果冻，叹着气，下意识地说着："天呢！到哪去找呢……"其他什么已经不会说了。

天黑好久了，爷爷还不知道回去。没有找到小娃儿，什么也不需要了，也不需要回家了。他想好了，只要找到中儿，他真的要带中儿去寻找他妈妈，他觉得小娃儿先要有爸爸妈妈再才有爷爷奶奶。可是小娃儿在哪里呢？难道真坐车走了？司机会带一个不知住哪里的小娃儿吗？该不会遇到人贩子吧！

中儿是一路小跑去镇上的，不时地总要向后张望，看爷爷或是奶奶是不是追来了。中儿来到镇上后，什么也没去关注，就看过往的车辆，主要是客车。不久就在一个地方停下一辆客车，这时中儿还在另一个路段，便飞快地向客车跑去，当跑到离客车不远时，客车呼的一下开走了。中儿要哭了，急急地向客车挥手、呼喊："停车！停车——"

司机一看就一个小娃儿，理也没理，飞一样开走了。中儿跟着客车后面追赶，拼命地奔跑着，大声呼喊着："停车——停车——"车开得更快了，中儿哭了，仍然拼命追赶，这时车已奔去老远了。

中儿苦苦地等待着。不久又来了一辆客车，这时中儿改变了主意，远远地站在路中间向司机招手。司机一看前面路中间有个小小娃儿，就按喇叭，可是怎么按喇叭，中儿也不让，客车就向边上开去，可中儿也向车前面移去，一定要把车子挡住的架势，一个劲招手喊道："停车——停车——"

在这十分危急的时刻，司机急忙刹住车，走下车来，大声吼道："你这个小崽子，不要命了？"就去拉他。

中儿并没被吓住，流着泪说："我要坐车到妈妈那去……妈妈有钱给你……"

司机问："你妈妈在哪里呀？"

"在打工……"

司机哭笑不得，说一句："荒唐！"

中儿哭起来。司机说："你这样是无法找到妈妈的。你这样危险！小娃儿不能挡车，也没哪个司机带你这样的小娃儿。听话！"说着把中儿抱到路边人行道上，接着就上车开走了客车。

中儿不甘心，见后面又来了一辆客车，就又跑上去招手挡车，不过这时他是站在靠边的道路。客车吓人的喇叭声也没把中儿吓走，他仍然站在那里招着手，喊着："停车！停车——"。司机望了中儿一眼，把车从另一边呼地开走了。

中儿看见司机望了他一眼，就跟着车后追赶，招着手："停车——带我——"他哭着、跑着，忽然啪的一下摔倒在路上！这里是二高山，正月中旬还很冷，中儿那冻得像胡萝卜的手摔打在水泥路面上，钻心地疼痛。中儿扑在地上哭着，哭得很伤心，看去，像一只冻僵的小狗在微微抽搐……

路旁一家店铺的年轻女子走过来扶起中儿，心疼地问："怎么的嘛，娃娃，你是不是掉车了？"

中儿哭着回答："不是的。"

"那你怎么追车，摔成这样？"

"我要坐车……到妈妈那去……"

"天呢，你哪个屋里的嘛？"

"我妈妈屋里的……"

"你妈妈在哪里吗？"

"在打工……"

"在哪里打工吗？"

"在厂里打工。"

"哎哟天呢，那怎么找得到的嘛？你要在家跟爷爷奶奶。"

"我家不在这里……"

"那你怎么到这来了的？"

"司机把我带来的，他带错了……"

"那你的家在哪里吗？"

"不知道。"

"哎哟，你这样不行啊，快到我家里去，我来帮你想办法。"

中儿一听，像是看见了希望，流着泪说："谢谢阿姨！"又看着女子问："你帮我找妈妈？"

这女子认真点了下头。就将中儿带到店铺后面房间，房间里有一个暖暖的回风炉，还有一个小女孩在玩玩具，和中儿大小差不多。小女孩见中儿进来，连忙站起来向他问好。女子也忙给中儿洗手、洗脸，还擦了些营养霜。

中儿又对女子说："你帮我找妈妈。"说着眼泪像珠子一样滚出来。

女子抚摸着中儿的头说："你可不能急。你又不知道你的妈妈在哪里，也不知道家在哪里，我还得来想办法啊。但我相信会找到的。"

这女子给中儿找了一些玩具，要他和女儿就在客厅里玩，又拿来一些水果和糖食，叫他吃。中儿久久地看着这女子，他觉得她像他的妈妈，他还是有些害怕，怕她骗他，他妈妈就骗他。他的脸上就蒙上一层阴影。小女孩对中儿说，你吃糖吧，这糖可好吃呢。中儿看着她，似乎在审视她会不会骗他，就说："你怎么不吃？"她一边玩玩具一边说："我吃过了。"她说着拿起一颗糖递给中儿："吃吧。真的好吃。"中儿认真看了看她，接过糖，咬了一点点，慢慢地吃着。

天黑了，很冷，雪风像针刷一样刷在爷爷的脸上。爷爷的身子哆嗦着，缓缓挪动着脚步，他还是不甘心，要继续寻找。

爷爷从头到尾一户一户地询问着，好半天才来到中间街道。他走到一家店铺前打听时，这时里面忽然跑出一个小娃儿，叫着爷爷、爷爷，跑来拉着老人的手，有些伤心又有些委屈地说："爷爷，我在这，阿姨帮我找妈妈！"在他身后跟着个小女孩。

老人觉得是不是在做梦？中儿又叫了一声："爷爷，我是中儿！你怎么啦，爷爷？"

小女孩也问："老爷爷，你怎么啦？"

爷爷已是满脸泪水，蹲下身子，用颤抖的手抚摸中儿的头，在昏黄的路灯下，认真看着中儿："哦，是中儿，爷爷又看见你了，爷爷还以为见不到你了……"说着老泪纵横，将拿了一天的那袋果冻递给中儿："吃爷爷的果冻……"

中儿接了："谢谢爷爷！"

爷爷将中儿抱进怀中，幸福地笑了，笑容里泪花飞了出来，那个小女孩也挨过来，路灯下，组成一幅永恒的童话雕塑。

刚才，中儿听到外面的问话声很熟悉，是爷爷的，觉得像是分别了好久的亲人，就连忙奔了出来。

爷爷给店铺女老板说明了情况，女老板也向老人说了当时的情景。于是爷爷向女老板千恩万谢，说着就流泪了。

爷爷对女老板说："把你的电话借用一下，我要给儿子打电话，要他们快回来，带着这小娃儿去广东中山找他的爸爸妈妈，他们在中山，我相信能找到。"

这时中儿忽地紧紧抱住爷爷："爷爷，你是好人，我跟你……"说着哭起来。

爷爷流着泪说："爷爷不好，爷爷哄了你……"爷爷抹着眼泪。

中儿给爷爷擦着眼泪："爷爷好。"

店铺女老板亲热地说："外面冷，到里面去坐吧。"

爷爷对中儿说："去烤火吧。爷爷打电话。"说着拿起电话筒，给儿子李山拨通了电话，说了情况和想法。

女老板见此情景感动得泪流满面。

中儿一直挨爷爷站着。爷爷对中儿说："跟爷爷回去，好吗？"

中儿带着笑意地说："我跟爷爷回去。"

第二天中午，李山夫妇心情沉重地回到家，一见中儿这小娃儿，一下子眼睛又亮了，就仿佛见到了自己的小娃儿！一时间又忘记了许多苦痛。

李山激动地把小娃儿抱起来，对冬儿妈说："你看，这小娃儿长得多好！我们那冬儿也肯定是这么大了。你看，他真还和我们冬儿有点同相呢。真乖！"

冬儿妈妈走过来，看着小娃儿，轻轻地伸手抚摸着小娃儿的头，微笑地说："好乖啊。还真像我们的小娃儿。"亲妈妈一样抚摸着："小娃儿长这么好，爷爷奶奶也费了蛮多心血哟。"说着想起什么，忙从包里拿出给冬儿买的见面礼——一盒巧克力，塞到中儿手里，亲切地说："乖啊，快吃巧克力，这是我专门给你买的……"

中儿看着她满眼泪水又如此亲切的神情，又忘记了那天的恐惧和伤心，说："谢谢阿姨。"

这时冬儿妈妈已是泪流满面。

中儿说："阿姨找到冬儿了吗？"

冬儿妈妈摇着头："没有……"抹着眼泪。

冬儿妈妈将中儿抱在怀里。中儿说："阿姨，你莫难过，慢慢找，会找到你冬儿的。"

冬儿妈妈心中一震，猛地将小娃儿抱得很紧，激动地说："好懂事的小娃儿啊！"又说，"快吃巧克力，啊。吃完了我又给你买。"

爷爷慈祥地笑着："这中儿真乖的，我在坡里干活，他就跟着玩，过一会又叫我'爷爷，歇歇嘛……'。他看见我挖田，就说：'我长大了，买个拖拉机，你就不用挖田了……'我说：'爷爷这是些坡田，拖拉机怎么走得稳呢？'他就说：'我买个长翅膀的拖拉机，和鸟儿一样，就能爬坡了……'说得我高兴了好久，真不好怎么回答他呀。太聪明了！"

这时奶奶也说："中儿太乖了……他喜欢看电视里的动画片，看了还讲给我和爷爷听呢……他和我在坡上打猪草，他也忙着帮我扯猪草。时不时地又说：奶奶，你歇歇嘛……"

他们都看着中儿，都忘记了一切悲伤，都感受到一种久违的温馨和甜蜜……

奶奶忽然想起来他们找冬儿的事，就问："你们去四川找到线索没有？"

李山摇头："没有。"

奶奶皱着眉头说："四川那么宽，难找啊。我看，就是这个娃儿，很好的。长大了谁说不是你们的儿子呀?"

李山点着头说："我确实是这么想的：都是小娃儿，一样的。看样子也最多4岁，长大了也记不得现在的事。一般要6岁后才能记住事情。"他说着，望了一眼冬儿妈妈。

奶奶态度有些坚决地说："我看就这样。什么亲生不亲生，都是小娃儿，一样的，把他养好就亲，有感情就亲。这小娃儿跟我们一年多也习惯了，没问题的。"

冬儿妈妈没作任何表示，只是紧紧地抱着中儿，仿佛是抱的她的冬儿，陪他吃巧克力，享受着抱自己小娃儿的那种幸福甜蜜，什么也忘记了……

李山看着父亲："我看就按妈说的，也不要劳神费钱去找了。爹您说呢?"

爷爷望一眼中儿，说："这小娃儿和我们生活了一年，要走，我真还舍不得呢! 可是有一点我反复想过——我们不能违背小娃儿的心愿啊，小娃儿最希望的是能够找到他的爸爸妈妈，他心里很难过呢。我看过一些电视，懂一些情理，你们可能也看过那个电影，叫"妈妈再爱我一次"，我当时是看哭了的。这一年，中儿主要就靠电话安慰着，天天望着太阳，想它快落下，天还没黑，就去守着电话机，等爸爸妈妈的电话。不是电话，还不知变成了怎样个小娃儿。可是没想到，这些安慰都不是他爸爸妈妈的，他太失落了。他这些天就吃不下饭，他心里很难受啊，现在我们最重要的是帮他找到爸爸妈妈，不让他心里继续受伤害，同时，也就找到了我们家的小娃儿……"

爷爷顿了下又说："我给你们讲个故事——我们小时候就听母亲常讲，我二舅把一个两岁多的小娃儿背到奶奶家去隔奶，说是等几天就去接他，小娃儿爹走后，小娃儿天天就站在后门上看

274

着他爹离去的那条路，看见一个人就说：'我爹是从那里走的……'这小娃儿整天病恹恹的，像害了大病，后来便呆呆的。小娃儿爹因农活忙，隔了一个多月才去接他。接回去不久，这小娃儿就死了……这是个真事啊！我也问过舅妈。他们一直悔恨不已啊！"

几个人听了，都不由地一震，神色惶然而严峻。

冬儿妈妈说话了："我同意冬儿爷爷的意见。这次找小娃儿，我体会了很多。"

李山和母亲还是主张就是这个中儿，不要再找了。一时间意见出现了分歧。

第二天没有太阳，天空飞着雪花。季节似乎在向人们证明：春天里并不一定是春光明媚，也有寒冷和雪花……

漫天雪花纷飞，像仙女散花，像播撒种子，像汇集的多少人的思绪，要播向山山水水，也像无数文字，要在茫茫大地上排版……

李山一家人向镇上走去，他们的身上铺满雪花，星星点点，像送别的点点泪光……

一辆大客车从山湾那边缓缓驶进小镇，像是载有满腹心事，走得很慢。路上是稀烂的雪浆，像被碾碎的沉沉心思。

客车在车站像往日一样停住。冬儿爸爸妈妈一起缓缓走上客车，爷爷抱着中儿跟在后面。上车后，爷爷将中儿紧紧地拥抱一下，并用脸在他脸上认真亲一下，然后将中儿递给冬儿妈妈。没想到这时中儿紧紧抓住爷爷的衣服不放，大声说："我跟你。我不去，妈妈骗我！"

司机催促快点。爷爷没法，将中儿递给冬儿妈，使劲拿下中儿揪衣服的手，就下车了。只听车门轰隆一声关紧了，像要坚决卡断那些粘连的带泪目光。接着是客车远去的轰鸣声，还有无法掩住的中儿拼命的哭喊声："爷爷——我不去——我跟你——爷爷……"

爷爷奶奶下意识跟随客车跑着，撒着泪珠向远去的客车挥手呼喊着："中儿再见！中儿再见……"

客车一拐弯儿就不见了。路上，就剩下孤零零的爷爷、奶奶，剩下飘零的雪花……

飞落的雪片，掩去了老人们脸上滚落的泪珠……忽的一下，爷爷腿一闪，摔倒在公路上，爬了几下没有爬起来，老伴连忙去扶他起来。他们身上铺满雪花，变成白衣服。雪下大了，想给这世界换种意境。茫茫雪花中，老人还在望着迷蒙的远处……

也只有一天多时间，客车带着沉沉乡愁别痛就来到了广东中山。李山带着小娃儿立刻去电视台做了寻人启事，这次他只做两天，他相信播两天就行了。不知怎么的，这次他的感觉就是与上次不同。

他没有想到，就在播出的当晚，也就是电视刚一播出寻人启事的照片、解说，他的电话就响了。打来电话的是一位女子，那声音像要哭了的，说："大哥你在哪儿呀？我现在就来找你！"

李山问她是什么事，她说是寻人启事的事，那个中儿是我的。他说那你有什么证据？她说当然有证据，没证据你也不会相信，我马上就来。李山向对方说了自己的地址。其实他知道，最好的证据是小娃儿，他相信若真是小娃儿的妈妈，小娃儿一见面就能认出来的。

李山想了一招，与中儿和媳妇商量，让中儿躲在里面房间，从板壁的一个小孔里向外间望着，如果看准确了，确定是他妈妈，就出来，如果看了不像，就决不要出来。冬儿妈妈在中儿旁边守护着。现在拐骗孩子的人贩子很多啊。

很快，那位女子就来了，样子很年轻，还有一个年轻男子，自称是小娃儿爸爸。还有一个男证明人。那女子进门就问："小娃儿呢？"

李山说："我媳妇带到外面玩去了，一会儿就来的。你们先把证据给我看看。"

这位女子就从一个皮夹里掏出一沓照片来，递给李山："这是小娃儿的照片。"又将两人的身份证递给李山。

李山认真看了照片，确是这小娃儿的。身份证也不假，小娃儿爸爸也姓李，名叫李亮，小娃儿妈妈名叫田芳，名字都取得很好。

田芳又递给出生证，李山一看，小娃儿名叫李田中，是夫妻二人的姓加一个中字。再看时间地点，真是巧了，和他的冬儿竟然是在中山同一家医院里出生的，并且仅仅相隔9天时间。也许9天就真的久了，难得相认啊。

李山认真打量这位女子和丈夫，一看，也都像纯朴的乡下人，看样子也善良。他已经完全相信这个中儿真是他们的小娃儿，他确信无疑。

但为什么还不见小娃儿出来相认呢？是冬儿妈不让小娃儿相认？他就连忙走进里面房间，这时就见冬儿妈妈正在问中儿："你认真看看，到底是不是你妈妈、爸爸？"中儿要哭地说："我不认识他们。"冬儿妈妈又亲切地说："莫急，仔细想想，你自己的爸爸妈妈应该有印象的。"中儿要哭似的说："我记不得了……"李山向冬儿妈摆摆手，说："分别时他还只有四岁，这又隔了一年多，恐怕是记不得了。"这时中儿就哭泣起来。李山摸摸中儿的头，说："走，到外面去，再认真看看。"

中儿很不情愿地跟着李山走出来，中儿爸爸妈妈急忙拥上去呼喊着"中儿!""中儿!"还没说出什么,中儿妈妈就哭起来了。她哭着伸手去抱中儿,没想到中儿竟然向李山后面躲去,拒绝她抱,那神情像是对待陌生人,对待坏人才有的,同时也充满了惶恐和极度不安。

中儿妈妈又凑过去弯下身子,看着中儿,说:"你看看我,真是你妈妈呀,真是你妈妈……"说着又哭泣起来。

这时中儿爸爸也凑过来看着中儿说:"你看看,我真是你爸爸呀。我送你回家时,还给你买了个布娃娃的……"

中儿依然一副对待陌生人,对待坏人才有的神情,不仅不相信他们,而且还非常反感、讨厌。

李山指着中儿爸爸妈妈,对中儿说:"这真是你的爸爸妈妈。他们带来了你的照片,我看了,照片上是你。我还看了你的出生证明,是写的你中儿的名字。"

没想到中儿哇地大声哭起来,竟然恶狠狠地说:"你们都是骗子!我要回爷爷奶奶那去!你们给我找车,我要回爷爷奶奶那去!"

谁也没想到中儿会这样说,一时间都怔住了。

中儿妈妈失声哭起来。中儿爸爸又尴尬又难过。

这时,中儿就跑到里面房间去了,而且"嘣"的一声将门关紧了!顿时都大惊失色。

冬儿妈去推了下门,推不动,闩了,又敲了两下,亲切地说:"中儿,把门开开吧。"但毫无反应。

李山就说:"小娃儿小,分别的时间长了,什么都忘记了,慢慢来。莫急。"

李山的脸上升起许多安慰和喜悦,他明白,找到了中儿的爸爸妈妈,也就等于找到了他的冬儿,小娃儿到底有下落了。于是他对中儿爸爸妈妈劝说道:"小娃儿找到了,就是最大的喜事,就不要难过了。"他接着就问："你们老家到底在哪里?"

中儿爸爸李亮说："在四川的高坡乡。"

李山一听,真是哭笑不得："原来是高坡乡!"

冬儿妈妈要哭地说："哎哟,那个背时的司机说的是刀坡,害得我们花钱去那里的县电视台登寻人启事,在刀坡乡四周足足找了6天啊……"说着又哭起来。然后啜泣地问："小娃儿在家好吗?"

田芳说："肯定好。我们两位老人还不太老,本身就养过四个娃娃,有经验。"

冬儿妈妈显得苍老的脸上终于露出一丝苦涩的笑容,有些急切地拿出手机说："你能给家里打个电话吗,让我和小娃儿讲句话……"

田芳说："哎呀,我们那是大山沟,偏远得很,什么信号都没有,还没安电话。我们也没打算在那里长待,想抓紧挣点钱了迁到好地方去。"

李山脑袋里轰然响了一下,他记得对冬儿说的天天晚上打电话的,天呢,一年了,没接到一个电话,小娃儿怎样啊?

冬儿妈妈非常失望,急切而愁苦地说："你们能马上回去吗?我们好和你们一起去领小娃儿……"

田芳爽快地说："没问题的。我知道你想急于看到小娃儿,这样吧,明天早上我就去厂里请假,然后我和你们去车站吧。"

李亮这时说："再就是,你们在几个电视台做的寻人启事,花了多少钱,这个钱我们出。"

李山说："这中山没花多少钱,他们一听我们的遭遇,给免去了一半,两天只收了600块钱。在四川那个县电视台播寻人启事四天,花了2000元。"

李亮说："哦,两次加起来一共2600元,不多。这钱我们全出了。"

李山说："不，我们一家认一半吧。"

李亮说："不，你们两夫妇跑了那么多路，出了那么多差旅费，启事费我们就全出了，这是应该的，你不要多说了。"

冬儿妈妈也说："不，怎么能全要你们出嘛，最多也就是认一半。"

田芳说："不，看你们都这么大年纪了，为小娃儿奔波，不容易。这件事，我们都有责任啊，不能光让你们吃亏。"

这时李亮已经掏出一沓钱来，数了下递给李山，这是早就准备好的。

李山推一下，说："算了吧，小娃儿找到了，比什么都好啊!"

冬儿妈妈也忙说："是啊，小娃儿找到了，比什么都好啊，钱算什么嘛。"

但李亮夫妇坚决要给，李山接了，一数，是3000元! 就递过去，说："这怎么行呢，你这是3000块了!"

李亮又推过来，李山就数了1300元拿着了，其余一定要退给李亮。可是李亮坚决不让，说："你们两夫妇本来就花了很多钱，跑了那么多路，特别是经过了很多痛苦的感情折磨，这哪是几千块钱能补回来的啊! 这个钱，你们就是推一晚上，也是不收不行的!"说着就强行揣进了李山的衣袋里，不准他再动了。

第二天的中午，李山和田芳就带着中儿顺利地乘上了客车，一路前往四川的高坡乡。本来冬儿妈妈坚决要来的，想马上看到自己的小娃儿，但李山想到冬儿妈急躁，出门办事怕有误，同时也不必耽误两个人。就说马上将冬儿带到中山来让她见面就是。冬儿妈妈没法，就只好在中山度日如年地等待了。

280

一路上李山心里急急的，恨不得一下子飞到目的地，无心观赏沿途风景，只想早日见到分别一年而不知身在何方的儿子——冬儿。可是越这样想就越是时间难以过去，总嫌这车太慢，心里急得慌慌的，惶惶的，也就不得不看路边风景去减轻心中的焦急与惶惑，就使劲去看那些道路、建筑和原野山水，但什么都毫无味道。

客车来到蒿坡小镇，中儿忽然大声叫起来："那是爷爷！快停车！"

这时有一个五十多岁的奶奶也喊"停车。"这奶奶怀里抱着个大概两岁的孩子，正吃着奶奶的空奶打发时间或是充饥，她是春节期间去中山让打工的儿子和儿媳看了孩子的，现在才返回。

车门一打开，中儿抢先走下车，急急地向一位老人奔去，大声呼唤着："爷爷、爷爷！"原来爷爷早来到了这里，已经在这里站了很久，那身子都差不多冻僵了。

爷爷也正走向车门边，他身上满是雪花，很快他们就相遇了，中儿向爷爷伸出双手，爷爷向中儿伸出双手，身子向前一倾就将中儿抱在了怀里……他抱得很紧，像是怕小娃儿飞走了似的。

这时司机也看着这一幕，忘记了或是故意等待一下，让这位爷爷和孙子好好亲热一下，但他还不知其内幕。

老人流着眼泪说："中儿，爷爷就怕看不到你了……"说着老泪流下憔悴的皱脸，几朵雪花也飘向脸上，想遮挡泪水。

中儿说："我好想爷爷……"中儿想起这两天感到的陌生与惶恐，就哭了。

爷爷抹着泪水："爷爷好想你啊，你是个好娃娃，是爷爷的好孙子啊……"老人完全觉得是他自己的孙子。

中儿说："我要爷爷，爷爷是好人……"

　　中儿不知道这位和自己生活了一年的爷爷是个什么心情。这几天，这爷爷天天都在镇上的街道上无所事事地走动着，寻找着，只有他自己知道，他相信中儿还会坐车从这里回老家，他想还看看中儿，他觉得中儿是他的孙子，他心里舍不得这个小娃儿。昨天没看到路过的车上有中儿，今天他就来得特别早，来到这镇上天还没亮。李山也打电话说了的，他们马上去四川接冬儿，中儿也一路回老家去……

　　这时中儿的妈妈田芳和李山，早来到冬儿爷爷和中儿身边，都感动得流泪了，也不想破坏老人和孩子此时相逢的意境，只是默默地看着。

　　忽然一声尖利的喇叭声划破所有的泪珠和肃静，给这飘雪的天空划破了一道口子，像是把世界劈为两半——吓得所有的人顿时一惊，接着司机大声喊道："快上车走哇！"

　　中儿妈妈这时走上前拉着冬儿爷爷的手说："我们全家感谢您啊，感谢您帮我们带小娃儿，小娃儿长这么好……"说着她的眼泪流下来了，深深地向这位爷爷鞠一躬，接着又从衣袋里掏出500块钱塞进老人衣袋里："您老买点什么吃吧……"

　　冬儿爷爷急忙从衣袋里掏出钱要还给中儿妈妈，中儿妈妈正要抱过孩子奔向车里。但中儿却死死抓住爷爷的衣服："我跟爷爷回去！她骗我的，她不是我妈妈！"

　　客车轰隆隆地响着。爷爷也不知道该怎样办，这时中儿妈妈强行抱起中儿，生硬地拉开手儿，向车上跑去。接着车门轰然一声关紧了，客车轰响着向远处飞奔而去。只隐约听见中儿在大声地哭喊着："我不坐车——我要回爷爷那去——我要回爷爷那去……"

　　老人愣愣地站在路边，望着客车挥手并喊着："中儿！再见——"老人想看见车窗里伸出一个小脑袋，或是一只小手儿，但没有。妈妈正紧紧地抱着中儿，中儿还在拼命地挣扎着……

一切声音和目光都被汽车的轰鸣吞噬得干干净净，被漫天的雪花完全覆盖。

车已远去得没影儿了，老人还站在公路上，向汽车远去的方向望着，直到满身雪白，成为一尊白玉雕塑。

在第二天早上，李山他们到达了高坡小镇。这时李山才知道，这高坡离刀坡相距 80 公里路程啊。从镇上再到李亮的家还有 50 多公里。他们在一家餐馆里吃了饭，才去乘了巴士，下午就顺利到了中儿的老家。这里地理条件的确很差，是一个深山峡谷。这一带农村里还没有电话，两位老人根本不知道儿媳田芳要回来，而且还带了一大一小两位不速之客，一时间竟是惊惶不已，怔怔地不知说什么好。

田芳叫了公婆就介绍说："出了一件稀奇事呢——去年正月间我们请司机带回来的小娃儿，下车时和另一个小娃儿冬儿搞调换了，这个小娃儿才是我们的儿子。"指着中儿给老人看。

老人完全一副木愣愣的样子，不知道该说什么。

田芳对中儿说:，"叫爷爷、奶奶。"

中儿一副惶恐不安和拒绝一切、敌视一切的神态，抿着嘴儿不吱声。

田芳对老人说："这就是冬儿的爸爸。他来接小娃儿的。"

李山忙说："老人家好啊，我们的小娃儿让你们操心了……"

老人一副惊恐万分的样子，垂着头，什么也不知说，完全是两位不能说话的人。

田芳理解李山的心情，问小娃儿奶奶："那个冬儿呢？"

好久，爷爷才畏缩地说："唉，小娃儿他整天闹着要去接妈妈，要给爸爸妈妈打电话，可我们这里没有电话……他就整天快快的，望着那条路上，叫他吃饭也不吃……"

奶奶嘴唇抖动地说："在去年秋天的一个夜里，小娃儿总是断断续续地说什么，我们也没听清楚，好像是说妈妈骗他，以为他说梦话，没想到第二天去喊他起来吃早饭时，他身子已经冷了……"

顿时李山头一垂，就失声痛哭："天呢，我的儿子啊……啊……"

一时间田芳也不知该怎么安慰李山，自己也流泪了，亲切地说："大哥，人一生的事，都是命中注定的啊，你要想宽些啊……"

中儿一副惶恐不安的神情，东望望西看看，什么也不说。

忽然李山说："他埋在哪里，带我去看看……"

他们很快来到一片苍翠的树林边，这是一面大山坡，虽然经过了一个冬天，但山上的树林还是青青的，虽然春天还在梦中，但许多树木给人感到一种清新和美丽，使人感觉到，山林中的春色是那样坚强，永远不死，可人怎么还不如树木的命运呢？他们走进树林里，就发现一个小小的黄土堆，都明白这就是那个叫冬儿的小娃儿了。

李山瘫软地在坟堆边坐下来，扑在坟堆上，用手抚摸着小小的坟堆，号啕痛哭……

中儿已不记得和他一路坐车回来的那个小娃儿，听了大人们的话说，他就仿佛突然走进一个可怕的梦幻——一个小娃儿被埋进了这个土堆里……此时他那眼神里不完全是恐惧、无助，而且闪现出敌视和绝望，但没人能仔细读懂他那小小的心灵窗口和稚嫩无力的目光。

第二天天还没亮，李山就和田芳走了，回广东中山去，仿佛那里是他们的家。打工还要继续。中儿只能留在这老家了，那城市里没有他的家，只有他父母的梦想。

中儿起床后不见了那两个人，知道他们走了。他瞄了下灶屋里，那个奶奶正在煮猪食。这时，他悄悄走出大门，向四周瞄了一下，不见有人，就不声不响地向着高高的山坡上走去，他记得昨天是从那山坡上下来的。这四周的山岭真是太高了，高得伸到天空里面去了。这时的太阳像一个铜板照着这世界。弯弯拐拐的山路像一根草绳子盘在山岭上。他向后张望了几眼，他看见那个爷爷正在屋旁一块田里干活，他心里顿时紧张起来，心咚咚地跳得急急的，脚步急慌慌地向前走去。他十分惶恐，急促地喘着气，不时地向后面看一眼，他担心两个老人发现他，把他追回去。于是他加快速度，可他的脚步太小，路的坡度又太大，在这高高的山岭下，他只是一只惊惶而茫然的小蚂蚁，不知该走向哪儿，哪儿是他要去的地方。他又向后望了一眼，有些仓皇地向山上爬去。

这时中儿看见前面的公路那边是一片树林，他灵机一动，急步跑上去，顺着公路那边的一条小路爬进了树林。他抱住一棵松树喘着气，感觉就像抱到了一座靠山，一下子松了一口气。他抱着松树向下面张望，只见爷爷奶奶都毫没注意他，在埋头干活，他们根本不知道他走了。中儿有些放心了，但他仍然不走公路，而是顺着路旁的树林向上走去。他似乎很有信心，相信一定能够走出这个深深的山谷。

中儿顺着路边树林走了一段路，离那个家远些了，看不见爷爷奶奶了，他就来到公路上，顺着公路往上走。他记得昨天是从这条路上下来的。的确，这也是去高坡镇的唯一一条公路。但他可不知道，这里离高坡镇还有50多公里！这对于中儿这样大的小孩子来说，真如万里长征一般！

就在这时，前面远远地来了一个人，中儿一下子睁大了眼睛，神情有些惊惶，慌忙跑进树林里去躲了起来。待那人走下去之后，中儿才又从树林里走出来，站在路上，向上看看，又向下看看，上下都没有人过路，他这才使劲地向上小跑而去，但只小跑了一会儿，就没劲儿了。他还没有吃早饭，他已经走了10来里路程，他饿了，腿有些软了。他很想喝一口水。他一边向上慢慢地走着，一边观察着周围有没有水。

又走了一段路，路里边就出现了一条水沟。中儿高兴极了，连忙走到水沟边，扑下身子，将嘴儿送到水里喝起来。他饱饱地喝了一顿水，爬起身子，重新回到公路上。他觉得有些力气了，他加快了脚步向上走去。天上有淡淡的云，这时太阳已经很高了，红红的，像一颗红眼珠。他不知道这路到底有多远，他只知道这么不停地向上走。可是他肚里很饿。

中儿边走边打量着公路两边，特别是田里，看有吃的东西没有。他坚持使劲向前走着，可是不久他就实在饿得走不动了。这时他的眼泪水就流出来了。他慢慢地坚持走了一段路，他看见路边田里有种着萝卜，他心里忽地涌起一丝安慰。他走到田里扯了一个萝卜，回到路边用小石块刮去萝卜上的泥巴，就抱着萝卜啃起来。这时他觉得这萝卜太好吃了，又清脆又甜润，真是比糖果、比果冻还好吃。吃了这个萝卜，他又有点力气了，又努力地向前走去。这时他已经走了8公里路程。

也就在这时，下面上来一辆农用车。中儿一看见车，心中又高兴了。远远地，他就站在公路中间，向司机招着手儿，大声喊着：叔叔，带我！叔叔，带我——

农用车看见是一个小儿在这荒山野岭，就急忙停车。车刚一停下，中儿就跑来门边，并企图往上爬：叔叔快救我！

司机听了这话一惊，就问，你大人呢？

中儿哭着说，我没大人，坏人把我骗这来了，叔叔快带我走。

司机很同情地说，那你知道你的家在哪儿吗？

中儿流着泪说，知道，在蒿坡。

司机一怔：在蒿坡？那离这里可还有很远的路啊。

中儿急切地说，我记得那里，叔叔快带我去。不是坏人追来了。

这位农用车司机就打开车门，带上了中儿，向高坡镇驶去。

中午时分，他们来到了高坡镇。这时司机便犯愁了：他是只到这个镇上的，根本不去还离这里有百多公里的蒿坡镇。怎么办呢？

司机将中儿带到一家小食馆里，对中儿说，你不要着急，我们先吃饭。

哪知道中儿却说，叔叔，我不吃饭，你找个车带我去蒿坡镇吧。他很懂事，不想多谢别人。

司机说，不吃饭怎么行嘛，先吃饭。

他们在这家小食馆吃了饭。这位司机一直很矛盾，他想找个客车将中儿带到蒿坡镇，可是他又不放心，让他亲自送，他又有很急的事，必须马上把水泥拉回去，别人修房子等着水泥用啊。

司机就问中儿：你真的清楚你家在蒿坡吗？

中儿说，我记得那个蒿坡，到了蒿坡，我就知道回家的路了。

司机想了想，就把中儿抱上他的农用车。经过两个多小时的飞奔，就到了蒿坡。司机放慢车速，对中儿说，你看看，是不是这里？中儿早就站在窗边看。这时他望望前面，又看看两边，高兴地说，是这里，是这里。

司机就说，你看好，在哪里分路去你家？

中儿就眼睛也不眨地看着路边。很快那个路口就到了，他对这里已经很熟悉了，爷爷经常背着他从这个路口走进街道，又从这个路口回家。中儿很快就高兴地说，叔叔，我就在这里下车。

农用车司机没有多想，就转动方向盘，将车开进了那条岔路。中儿说，我下车走吧。司机伸手拉住中儿说，不下车，我送你。

只有二十分钟，中儿就准确地跑到冬儿的家门口，也就是他在这里待了一年的家。他对着大门大声地喊道：爷爷、奶奶，我回来了！爷爷，奶奶——

农用车司机早已停好车，伸手拉住中儿说：慢，这下不下车。他很快去打开车门，将中儿抱下车。

爷爷奶奶正在吃下午饭，听见喊声，怎么也不敢相信是中儿回来了，以为是耳朵出了幻觉。可是又传来了爷爷奶奶的呼喊声，就连忙跑出门，一看，中儿正向他奔来，他也奔过去，很快中儿就扑入进了他的怀里：爷爷！只喊了一声爷爷，就大声地哭起来。

农用车司机对老人说：这是你的孙子吧。

爷爷说是的，顿时眼泪如泉涌出，抱紧中儿，完全忘记了中儿根本不是他孙子的事实，生怕他飞走了似的，亲切地说，不哭，啊。爷爷奶奶好想你啊……

可中儿更是伤心地哭着……

奶奶给司机端来一杯茶，感激地说：师傅辛苦了，快坐下喝茶。

奶奶蹲下将脸贴在中儿的脸上，极心疼地说，中儿不哭啊。

中儿抱着奶奶的脸，还是哭着：我要爷爷、奶奶……我再也不走了……

梦花树

正月初一的天空飘着密密的雪花，织着一张很大的网，把山山水水兜着。

梦花妈妈将一个红背包放在桌上，一副出门的样子。她穿着红色羽绒服，系着一根红纱巾，把漂亮的脸蛋衬托得更加青春亮丽，就如雪天的红梅花，十分生动。她这几年一直在家带女儿梦花。现在梦花满 4 岁了，由于修房子欠了债，今年她也要出去打工。

梦花生怕妈妈走了，紧紧地抱住妈妈的腿："我不让妈妈走!"她也穿着一件红色的羽绒服，像一朵小小的红梅开在妈妈这棵红梅树上。

妈妈强忍住眼里的泪水，伸手抚摸梦花的头发，微笑着：妈妈不走。

门外不少雪花纷纷飘进屋里，像是归来的游子。

妈妈上去对梦花爸爸眨个眼色，小声说：你先走，我后面来，不然梦花撵路……梦花爸爸会意地向门外走去。他已经出门打工多年了。梦花关心的是妈妈，妈妈自生下她后就一直在家带她，她也就一天寸步不离妈妈，像个脚跟腿。梦花一副要哭的样子，紧紧抱着妈妈的腿。

雪花像纷繁的心事，又多又密地倾吐个没完。对面的山上白白的，像一个网子提着的奶油蛋糕。门口田里的菜叶儿像是挥着的一只只玉手儿，说着再见。

妈妈弯腰看着梦花说，莫抱腿，妈妈不走。说着伸手去拿开梦花的手。

梦花就紧紧抓着妈妈的衣服，和奶奶一起，送爸爸向门前河边走去。

回到堂屋。妈妈抱起梦花，尽量微笑着：梦花，妈妈要去镇上办点事，给你买糖糖，很快就来，你跟奶奶在家玩。妈妈说着就去拿起桌上的红背包。

梦花紧紧地抓住妈妈的衣服说，那我跟你去！这几年来，梦花一直跟着妈妈，不管妈妈去哪她都跟着，从没离开一时，也就特别对妈妈有感情，怎么也离不开妈妈。

妈妈严肃地说，你不去，我一会儿就回来的。我去给你买糖糖啊，买好多好吃的糖糖。

梦花小嘴儿颤抖着说，妈妈不走，我不要糖糖，我要妈妈。

奶奶去抱过梦花，可梦花还是牢牢抓住妈妈的衣服不放。奶奶伸手去拉住梦花的手，亲切地说，我们就在家里烤火看电视。妈妈要去办事，很快就回来的。

梦花并没松开抓住妈妈衣服的手，疑惑地转动着清亮的眼珠子：妈妈是去打工。我不让妈妈走！用双手更紧地抓住妈妈的衣服。

妈妈稍微想了想说，妈妈一直带着你，哪时去打过工吗？妈妈不打工，妈妈只去镇上办点事就回来。你看我们修了这么大的新房子，妈妈要去镇上办手续，另外还要找亲戚熟人借点钱还账。这是我们给你修的新房子，多漂亮啊！手续上就写你的名字，啊。

梦花嘟着嘴儿说，我不要新房子，我要妈妈！

妈妈有气地盯着梦花说，已经修了，难道还要把新房子送给别人？让妈妈去，妈妈很快就回来的，还给你买漂亮的新衣服回来。

梦花仍然紧紧抓住妈妈的衣服不松：我不要新衣服，我要妈妈。我不让你走！

妈妈求她似的说，让妈妈走，妈妈一会儿就回来。还给你买个新玩具。

梦花眼角钻出泪花，嘴唇有些抖动地说，我不要玩具，我要妈妈！

妈妈有些烦地说，你不听话，妈妈不喜欢你了。

梦花哭起来：我喜欢妈妈……

梦花还是不松手，妈妈尽量平静地说，你听话，妈妈不去办房子手续，他们来罚我们的款怎么办？让妈妈去，啊。

梦花不放心地说，那我和你一起去。

妈妈尽量耐心地说，路这么湿，你怎么走？

梦花有些坚定地说，我能走。

妈妈面露愁容：这里到镇上有三十多里路，你能走？

梦花转动一下眼珠：妈妈背我走。

妈妈充满苦笑地说，妈妈腰痛得厉害，不能背你啊。你乖，就和奶奶在家里玩，我真的很快就回来。妈妈一直都带着你，你怎么就不相信妈妈了呢？

梦花难过地忍住哭声：那你，真要，快点回来。

妈妈有点烦地说，那你不能哭闹。你哭了、闹了，我心里晓得，就慢些回来。

梦花无奈地说，我不哭，我在这等你……

梦花望着妈妈走下河里。这是一条弯弯拐拐的小河，清清亮亮的河水缓缓向前流淌，叮咚叮咚弹奏着一首深情的恋歌，永远没个完。

梦花和奶奶一起站在路口，望着妈妈走下河边路口，走下河里，踏上跳石，慢慢向河对岸走去。河那边是一条顺河向下游延伸的弯弯小路，是这里唯一通向外面的道路。

梦花奶奶望着儿媳落满雪花的身影，眼睛里涌满泪花，也如雪花般飘落。

妈妈走向对岸。梦花忍住不哭，怕妈妈不快点回来。

梦花看着妈妈向下游走去，黑色披肩碎发在雪花中一飘一飘的像只大鸟儿。后来妈妈就变成了一个小红点儿，像一点儿小花瓣被风越吹越远，后来就红影儿也没有了，只有漫天飘落的雪花，就如密密麻麻的心事……

奶奶摸摸梦花的脸蛋说，冷得很，我们回去烤火，一边吃米花糖一边看动画片。

梦花有些坚定地说，我要在这等妈妈，妈妈很快就回来的。梦花望着那条路。

奶奶将梦花强制性抱回火坑屋里放在椅子上，给她找了一块米花糖弯身塞到梦花手里，哄着说，快吃。接着打开电视调出了动画片，就说，奶奶去喂了猪猪就来陪你玩。奶奶说着就去了灶屋。

梦花是喜欢吃米花糖的，但她这时没吃，她拿着糖向门外走去。外面的天空还在飘着密密的雪花，像漫天撒下的爆米花。梦花很快来到河边，在路口站住，望着下游的路。

梦花望了很久不见有人影，只有漫天的爆米花，就走下河里，小心地踩着跳石过河。走到河中间，一块跳石一晃，她差点摔到水里，急忙跨到了另一块跳石上，又是一晃。过了河，她转头向院坝里望了一眼，不见有奶奶的身影，就顺着路向前跑去。她越跑越快。妈妈说了很快就回来的，她要去接妈妈。

梦花跑着。这时她就看见妈妈在前面来了，穿着红色羽绒服，头发一飘一飘的像只大鸟儿，正笑着向她飞来，她将手中的那片米花糖哗地一下扔到了河水里，急急地向前跑去，兴奋地喊着：妈妈！妈妈！

啪的一下，梦花摔倒了。她已经进入峡谷，这路不宽，她差一点就摔下了河水里！这路上满是雪水稀泥，梦花的红色羽绒服、蓝色裤子上沾了大片儿的稀泥，两只手儿也满是稀泥。其中右手被一个小石子锥了个眼儿，流出血来，把稀泥渐渐地染红了，这血越冒越多，越流越长，像一条黏着泥土的蚯蚓在爬行。

梦花爬起来，抹了抹眼睛，向前望去，什么也没有！她稍愣了下，毫不犹豫地又向前跑去——

一会儿就来到河谷狭窄的地段。这里汇集了几条小溪的水，水深些了，流得也急，人们称为"竹筒水"，虽有跳石，但间隔距离远，不是为小儿设置的，小儿是绝对不能过这河的。可是小小的梦花一定要过这河！她跨不了，就从一个跳石向另一个跳石跳去，脚落下时身子晃来晃去，随时都有栽进河水里冲走的危险！

奶奶伸手打开火坑屋的门一看就吃惊了，不见了梦花！就慌忙地跑出来寻找，几个房间里都没有，又去外面查看，屋周围也没有，再看前面路口，也没有！奶奶焦急的心就像点着了火，天呢，梦花跑哪去了呢？想了下就向河那边跑去，她肯定顺着妈妈去的路跑去了！路上是稀泥，急切慌忙的奶奶摔倒了，爬起来又向前跑去。她的心这下像是完全燃烧起来了！

雪花轻轻地飘着，还在不停地织网。奶奶跑过一个山弯，望去，前面什么也没有，又跑过一个山弯，还是什么也没有，奶奶心里焦急如焚的火就差不多封住了喉咙！她一边跑一边说，这又怎么得了啊！

梦花就要来到河的中间！水又深又急，跳石间隔距离较远，梦花正站在一个跳石上惶恐地犹豫着。

这时奶奶跑上来了，向梦花喊道：梦花，莫动啊！等奶奶来抱你。

奶奶急急地从跳石上走过去，抓住梦花双手抱起，向河边回走，又急又气地说，天呢，你怎么一个人来过这样的河呢！摔到水里冲走了，那怎么办啊？奶奶说着眼泪都流出来了。

梦花用那带血的手向前指着：妈妈是从这里走的，我接妈妈去。

奶奶呼吸急促，满脸惶恐，给梦花洗手，接着态度严厉地望着梦花说，你怎么能一个人乱跑？这山上有老虎，前几天，好大一头牛就被老虎拖去吃了；还有魔鬼，专门吃娃娃，昨天还吃了一个娃娃，我带你去看嘛，骨头还在那个树林里呢。奶奶说着用手向不远处黑黑的树林里一指，又故意吓唬梦花：来，我带你去看骨头嘛！说着就要抱梦花去那树林里。听嘛，魔鬼还在那树林里呢，在啃骨头，你听嘛，啃得好响！

峡谷的流水很响，轰轰隆隆的，阴森恐怖，梦花也听不清到底有些什么声音，只感到整个峡谷都在响，真像有魔鬼，十分惶恐，听奶奶一说，差不多吓坏了，急忙紧紧地抱住奶奶说，不去，不去，我怕！

奶奶趁机说，那我们就快点回去，不是魔鬼来了。

梦花小声哭着：我要接妈妈去。转头望着后面，用小手儿指着：妈妈是从那里走的。她当然记得，这是唯一出去的通道，妈妈曾多次带她去过亲戚家。

奶奶气愤地说，不行，这里有老虎，有魔鬼，专门吃娃娃，我们要赶快回去！说着背起梦花就跑。

梦花一直在奶奶背上哭着：我要接妈妈去……

奶奶将梦花背进火坑屋里，要梦花烤火看电视。梦花是喜欢看动画片的。奶奶自言自语地说，这又怎么得了呢？我一天那么多事，既是田里的活，又要做家务，还有几头猪，又怎么可能时时都守着你呢？一松手，就跑了，还准备去过那么深的河，摔到河水里冲走了那可怎么办啊，我可怎么向你爸爸妈妈交账啊？奶奶一副十分焦虑的样子。

奶奶有些严肃地看着梦花：你给我就在这里烤火看动画片。奶奶说着就走出了门。

两边的山仿佛是白玉做的，闪着白莹莹的光芒。河边一线田野、山林，没有垫住雪，雪边下就边融化了。奶奶来到屋后，屋后是一条山梁，是从很高的山峰上一溜儿延伸下来的。山梁不陡，山梁两边都是较为平缓的坡田，种着麦子、洋芋，还有油菜。奶奶挖着麦田行子。她不时地捶打几下腰背，她的腰有些疼痛。奶奶还算年轻，还不到五十岁，脸色还红润亮丽，只是由于长年劳累，腰背已经有些疼痛了。

在奶奶干活的田里，不能看见门前的路口，被山梁和新房子挡住了。在奶奶出门不久梦花就又走出了门，很快就跑到了路口，在路口站住，向对面河边那条路望着，充满惶惑，几颗泪珠从眼睛里慢慢滚下，挂在脸蛋上不愿掉下去。路口就一直站着一个小红影，像一朵小小的红花。

天空已经停止了飘雪。梦花望着那条路，接着就看见身穿红色羽绒服的妈妈从那条路上走来了，就看见妈妈美丽的面容，正甜甜地望她笑着。忽然身边响起脚步声，梦花回头一看，是奶奶，她擦了擦眼睛，再转过头向下游的路上望去，什么也没有了，梦花又揉揉眼睛，再看，真的就一条空空的路……

奶奶在梦花身边蹲下来，看梦花的脸蛋，摸梦花的手儿，心疼地说，你看，冻成这样了！快回去烤火，冻感冒了要打针的！奶奶就去背她。

梦花望着河对面的那条路，反抗着：我不回去！我在这里等妈妈！

奶奶有些火了，强行地背上梦花就往屋里走。梦花在背上大哭大叫，乱打乱弹，奶奶身子没有制住，两奶孙一起摔到了地上。梦花趁机向路口跑去，奶奶又跑上去抓住梦花，强行背上她，往屋里走。

奶奶将梦花放到椅子上。求她似的说，吃饭，奶奶给你用腊瘦肉煮的鸡蛋和面条呢，好香啊，多好吃，快吃。吃了我背你去看妈妈回了没有。

梦花嘟着嘴儿说，我不吃。

奶奶焦急地望着梦花：怎么不吃吗？吃。

梦花满脸不高兴地说，妈妈不回来，我不吃！

奶奶求她似的轻声说，来，我给你喂了吃。说着端起碗给梦花喂，梦花伸手猛地推碗，啪的一声，碗掉在地上碎了，碎片和鸡蛋瘦肉面条撒满一地。梦花也哇哇地哭起来。奶奶无可奈何地说，你这个先人，要我怎么办啊！说着愣在了那里。

奶奶也明白，这几年一直是她妈妈带着，她习惯了。唉，这么大的小儿谁离得开妈妈呢？可这下叫我又该怎么办啊！

黄昏的天空又飘起了雪花。山坡上一片白皑皑的。

梦花站在河边路口，望着对面河边的路，眼神痴痴的。

奶奶来到她身边，坚持平静地说，天都黑了，还待在这里做什么呀？

梦花又抬起小手儿执拗地向下游指着：妈妈从那里走的。我等妈妈。

奶奶又急又气地：妈妈今天不得回来了。

梦花坚持说，不。妈妈说了很快就回来。妈妈不会骗我，妈妈喜欢我。我就在这里等。她眼睛里嵌满泪水，望着河对面的路。

奶奶就对梦花吓唬地说，你还不快进屋里去，吃娃娃的魔鬼从树林里来了！你不回去，我回去。我怕魔鬼，说着假装向前走去，进一步吓唬说，魔鬼来了我不管的呀！

树林里真有响动，这是野鸡听见人说话在溜走。梦花害怕了，奶奶背起梦花就向屋里走去。

奶奶看着梦花，不禁想起一直忘不了的玉儿，于是陷入沉沉的回忆——

那时梦花的爸爸还在读初中，他们想个女孩，她真的生了一个女儿，长得天仙似的，取名为玉儿。她将玉儿带到三岁多，就和丈夫一起出外打工，让玉儿奶奶在家带她。那时玉儿爷爷早过世了，奶奶还在。也是正月初出门的，走的那天早上，也是天空飘着雪花，玉儿和奶奶也是送到河边路口，她哄着玉儿说，玉儿，你跟奶奶在家玩一会儿，妈妈去给你买糖来，莫哭哇，妈妈很快就回来。

玉儿看着她，脸蛋红红的，眼睛很有神采地说，你真的去给我买糖呀？她点点头。玉儿又说，你要快点回来。她说，我很快就回来。你乖啊，玉儿。她说着就离去了。玉儿站在河边那个路口，望着她渐渐远去。

家里就是玉儿和奶奶，玉儿奶奶一天又是家务活，又是田里活，忙得走路小跑。

到了年底，她和丈夫回来，玉儿奶奶惶恐而悲伤地说：

从你们走后，玉儿整天就站在那个路口，饭也不想吃，快快的。要她进屋去，她就用手指着河边那条路，眼泪汪汪地说，妈妈是从那里走的。有人从那过路，她也用手儿指着说，妈妈是从那里走的。她就说这么一句话。后来是快快地坐在那个路口。我对玉儿说，你妈妈有几天才得回来，你跟奶奶进屋去吧。我要抱玉儿进屋，可她怎么也不答应。天黑了，什么也看不见了，她还站在那个路口，我只好强行抱她进屋。她一夜总念叨着妈妈……后来，玉儿病恹恹的，耷拉着脑袋，脸蛋黄黄的，瘦瘦的，眼睛毫无神采。吃药打针都无效。后来的一个早上，我走进房里，去给玉儿穿衣服起床，没想到玉儿已经身子僵硬了……玉儿奶奶说着，又伤心地哭起来。

她怎么也没想到的是，第二年，她丈夫去远处挖煤，去了就一直没回来，已经十多年了。有人说可能是去的黑煤窑，出事了就被压在了大山中。

现在梦花奶奶回到屋里，很快给梦花煮好了面条和鸡蛋，要她快吃。

梦花哭着：我等妈妈回来吃。

奶奶亲切地说，你莫哭，我有办法让你今晚上见到妈妈。

梦花惊异地望着奶奶：真的？

奶奶微笑地望着梦花：真的。

梦花急切地抓住奶奶的手摇晃：那你快带我见妈妈！

奶奶一本正经地说，那你要吃饭了，我就给你说这个办法。

梦花不高兴了，疑惑地望着奶奶说，你骗我的！

奶奶微笑地说，奶奶决不骗你，你吃一个鸡蛋了，我就说。说着将碗放在梦花面前：快吃一个。

梦花勉强地吃起来，终于吃完了一个鸡蛋，望着奶奶说，你快说，我吃了。

奶奶正正经经地说，我有办法让你睡觉后和妈妈在一起……

梦花急切地说，那我们快去睡吧。

奶奶拉着梦花的手，微笑地说，睡前还要做个事情了才行。

梦花急切地说，做什么事？那你快带我去做！

奶奶温情地看着梦花说，好，我带你去做吧。

奶奶拉着梦花向院坝里走去。这时天空很黑，像块黑板盖着，四周山上的雪辉映得有些光亮，稀稀落落的雪花慢悠悠地飘着，像一群悠游的萤火虫。半人高的一棵梦花树站在院坝边，树叶还没有发芽，还是一根根胖胖的光树枝，像小儿伸着的手臂，在寒风中摇曳。这是梦花爷爷去打工后她栽的。有人说，这梦花树是一种很神的树。

奶奶拉着梦花来到梦花树边，对梦花说，来，我教你，在这梦花树上绾结，你边绾边想着妈妈的样子，晚上睡着后就和妈妈在一起了。

梦花一下子兴奋了，将脑袋挨近梦花树看着，摸着像小儿手臂的枝条，很快就发现枝条上有很多结，就摸着一个结问奶奶：这树上有很多的结了，是你绾的吗？

奶奶不说话，默默地想着什么。

梦花望着奶奶：奶奶你想爷爷了？你绾结了，睡觉就和爷爷在一起了？梦花常听奶奶念叨爷爷，就这样说。

奶奶点着头说，是的。

其实，这梦花树上的结也有梦花妈妈绾的。她怀上小儿了就一直在家，她丈夫一直在外打工，她常在夜里一人站在这梦花树边默默地望着远方发愣，想着遥远的丈夫，接着就伸手拿起梦花树的一根胖胖的枝儿，开始绾结。后来生下小儿了，她也常抱着小儿站在这梦花树边发愣，一天，就在她用手在梦花枝上绾结时，忽然一相灵感从脑袋里飞出来，她好高兴，就给小儿起了个特别的名字，叫"梦花"。于是就有了眼下的这个梦花。

梦花很有兴趣地对奶奶说，那你教我绾结，我要绾很多结，做梦时和妈妈在一起。

奶奶亲切地摸着梦花的头说，不，一天晚上只能绾一个结，多绾就不灵了。

奶奶教梦花绾结：你要一边绾，一边想着妈妈的样子……

梦花认真地绾着结：我想着妈妈的样子……

夜风吹着。稀稀落落飘着的雪花间，有一双小手儿拿着梦花树一根胖胖的枝条，仔细地绾着结，接着梦花就看见梦花树化为漂亮的妈妈，温情脉脉地望她笑着，笑容甜蜜蜜的，令她忘记了一切，就一双小手儿在梦花树上认真地绾结……

旁边一双大手也在绾结，这是奶奶的手……

绾好结以后，梦花就连忙往睡房里跑，由于心切没注意，在过大门时啪哒一声摔倒在地上，但她毫没在意疼痛，很快就爬起来往房间里跑，连身上沾的灰尘也没拍拍，只是下意识地将沾满灰尘的手儿在衣服上摸了一下。她很快就跑进了睡房，把奶奶甩在了后面，伸手按亮了电灯，跑到床边就慌忙地脱衣服。房间四周墙壁白白的，新式玻璃窗户在电灯光的照射下白粉粉的，像雪做的。明亮的灯光照在崭新的床上，被子放射着五彩缤纷的光焰，是那么柔和、舒适而温馨。

梦花和奶奶躺在床上。梦花使劲闭上眼睛，但睡不着，就问奶奶：你绾结了，睡觉就真的和爷爷在一起了？

奶奶抚摸着梦花的脸蛋说，是真的。你快睡着吧，睡着了就和妈妈在一起了。

梦花闭上眼睛，努力睡着。可是大概由于兴奋还是别的，总睡不着。

奶奶怀抱着梦花亲切地拍着她身子：你把眼睛闭着，不做声，慢慢就睡着了。

梦花哭似的说，我要吃奶。我和妈妈睡觉，都是吃着奶就睡着了。说着就掀开奶奶的内衣，要吃奶奶的奶。她其实早就没吃妈妈的奶了，但是夜里总要摸摸妈妈的奶子，抱着含一会儿才能睡着。

奶奶就向上搂起内衫，整个乳房就如一个月亮从山岭间滚出来，用手捧住向梦花嘴边送去：你吃吧。

梦花双手抱着奶奶的乳房，如获至宝地伸嘴去含着乳头，吧滋吧滋地吃"奶"，吃得奶奶心里慌慌的，眉头不禁一皱一皱。

梦花吃着"奶"，就渐渐地睡着了。

与天亮还有点儿距离，梦花就醒了，伤心地哭着说，奶奶，我没有看见妈妈……你骗我……

奶奶轻轻地抱着梦花说，奶奶经常在梦花树上绾结，想见到哪个亲人都见到了哪个亲人，怎么是骗你呢？你也看到了的，那梦花树上绾了那么多的结，不然的话为什么要绾那些结呢？你要听妈妈的话，不哭不闹，多吃饭，才灵，心诚才灵，睡着了才能和妈妈在一起。听到没有，你要听话才灵，你昨天又哭又闹了，又不吃饭，没听妈妈的话，所以绾了结就不灵，就没有梦见妈妈。你今天要是不哭不闹，多吃点饭，今晚睡前再好好地在梦花树上绾个结，我保证你睡着后就和妈妈在一起了。

梦花用手抹着眼泪说，妈妈今天要回来的。她说了的很快就回来，妈妈不会骗我的。

奶奶抚慰地说，妈妈今天可能回来。天还早，你就在铺上睡，暖和一些。听话，说着给梦花弄弄被子，就起床去了厨房，忙着给猪子们煮食。

可是奶奶走后梦花很快就起了床，径直去了门前河边的路口。这时天刚刚亮，两边山上的雪映照着河边的山水田园，什么也都明明白白的了。梦花望着河对面通向下游的那条小路。小河像躺着的一架琴，叮咚叮咚地弹奏着永远的童谣似的。

早上的天空飘着稀稀的大大的雪花，像是天女散下的花絮。雪花在梦花的头发上颤动着，像一个个沉重的音符。两边山上都是白白的雪峰，就像儿童们喜欢的奶油蛋糕。

奶奶进房里看了看不见梦花，一下子慌了，急步走出来，向河边望去，就看见了一个小红点儿。奶奶慌忙地跑来路口，有气地叹道，天呢，这么冷你怎么跑这来了，冻感冒了怎么办呀？打针很疼的呢！

梦花声音低沉地说，我在这等妈妈……

奶奶有些严肃地说，走，跟奶奶回去，我给你煮鸡蛋吃。你不听话，妈妈心里晓得，就不会回来了的。

梦花将信将疑，要哭而又尽力忍住，嘴唇颤动着，泪花在眼睛里转动着，悄然落下一颗，又落下一颗。

奶奶伸手去拉梦花的手，心事沉沉地说，回去吃东西。你不听话，妈妈回来了也要到远处打工去的。奶奶说着抱起梦花就走，梦花仍然扭头望着那条路。

雪花温柔地飘着，像播撒种子一样，星星点点地落在田里，也轻轻地落在奶奶和梦花的头发上。

在奶奶的哄诱和强迫下，梦花总算吃了一个鸡蛋。然后奶奶又给梦花说了一些话，要她就在火坑屋里烤火看电视。接着奶奶就去了田里。可是奶奶刚去一会，梦花就又去了河边路口，站在那里望着通向下游的路。风掀动着她的头发，伴着雪花轻轻舞动，她的脸蛋红红的，像早晨的太阳。

很快梦花就看见了漂亮的妈妈，从那条路上走来了，向她甜甜地笑着……她连忙喊着：妈妈——妈妈——一下子前面又什么也没有了，梦花揉揉眼睛再看，真是什么也没有，就一条空空的河，一条空空的路……

天阴阴的，充满悲伤似的，稀疏的雪花悠然地飞舞着，像一群神秘的小精灵在舞蹈。麦苗青青的。奶奶在麦田里挥锄挖着。河边一线地势较低，田野里没有垫住雪，完全可以干活。奶奶不时地站起身轻轻捶打几下腰背。

梦花一直站在路口。路口静静的，风轻轻地吹着，小草们像一群刚刚走路的小孩，摇摇晃晃的。

忽然，梦花看见美妙动人的妈妈走回来了——正从那条路上很快地走来，向她温柔而甜蜜地笑着……她激动地喊着：妈妈——妈妈——

接着梦花就向河里走去。这里的河水不深，浅浅的，清清的。水中放着一排跳石，像一排乌龟正在整齐地横渡小河，或是举行什么仪式。梦花踩着河水中的跳石，快步向河对面走去，走到河中间一个跳石一摇晃，加之慌张，身子一歪就摔进了河水里。

梦花在河水里挣扎着，站起来了，脚下一滑又倒入了水中，又站起来，又被水冲走。她惊惶地大声哭喊着：妈妈——妈妈——

奶奶听见呼喊就向河边跑去，中途摔倒了，又慌忙爬起来向路口奔去。奶奶吓坏了，慌忙地从路口跑下河里，梦花还在河水中挣扎！奶奶急忙从水里将梦花抱起。梦花浑身湿透，喝了好几口水，由于惊吓，她一副惊恐万状的样子，脸上白白的，眼神都愣了，直直的，不知道哭了，也不知道说什么，浑身颤抖着。

奶奶惊惶地把梦花抱进火坑屋里，迅速脱掉湿衣服，用毛巾擦干身子，换上干衣服，并埋怨她说，你太不听话了！叫你在屋里烤火看动画片，听歌，热热乎乎的，多好，你总要跑！你再不听话，我就用铁丝把你拴在火炉子边，让你哪也去不了！

奶奶说着把梦花往椅子上一放，有气地强调说，你给我就坐在这里烤火看电视，不然我就用铁丝来拴！奶奶起身走出火坑屋，关紧新式的门，用钥匙锁紧，然后又去了田里。天还是阴阴的，像是充满深深的忧虑和思念，沉沉的，连眼睛也睁不起来，春节过后天气往往就是这么一副表情。

梦花估计奶奶走远了，就去拉门，这时的门一动不动，她又推门，还是不动，就哇哇地哭起来。梦花哭一阵了又拉门、推门，门依然不动，又哭。渐渐地，梦花的声音哭嘶哑了，最后没力气了，就倒在门边的地上。后来梦花也就快快地睡着了。

奶奶还在麦田里挖着。还有洋芋田、油菜田，他们一共有六亩多田，够她一人累的。

奶奶挖了一阵田，心里担心梦花，口也渴了，就向屋里走去。回去一打开火坑屋的门，见梦花躺在地上，大惊，连忙抱起梦花。梦花脸儿红红的，眼睛闭着，奄奄一息的样子。奶奶用手一摸梦花额头：天呢，你在发高烧呀！哎呀，我跟到你真是不得了啊！

奶奶慌忙找来一个背篓，将梦花放进背篓里，给梦花戴好一个红色的羽绒帽子，再给头上蒙一床折叠的被套，防止冷风吹进去，然后吃力地将背篓背到背上，心急如焚地往外走。

天空飘着密密的雪花，山坡上是厚厚的雪，四处一片白茫茫的。奶奶背着梦花，拄着一根竹棍，在山坡上的之字拐路上一步一滑地走着。

好久，奶奶背着梦花才来到村里李医生的家。李医生很快就给梦花诊断了，吊上药水瓶，在手上打好了针。奶奶就望着药水嘀嗒，焦虑地等待。

直到昏昏的夜色像一床被子铺天盖地而来，奶奶才背起梦花回家。这时的雪花密密地飘着，四处白茫茫的一片。奶奶极力用竹棍支撑着，慢慢地移动着脚步，一步一滑地从山坡上向下走去。脚下是陡峭的山坡，暗暗的山谷底里是一线弯弯拐拐的小河，闪着幽暗的绿光，像一条翡翠绳子扔在山脚下。一不小心，摔下去，这翡翠绳子就变成了绞索一样的东西，要人的命！

总算顺利回到家里，好久奶奶感到浑身还在发抖，腿像是永远站不稳了，骨头像是化在了山坡上。明亮的灯光照着一张漂亮的床铺，梦花躺在床上，还是神志不清。

后来梦花忽然醒了，用力睁大眼睛望着奶奶说，奶奶，我要去梦花树……

奶奶惊异一下，平静地说，好。奶奶就抱起梦花，给她穿好衣服，戴好帽子，向院坝里走去。

天空昏昏的，雪花轻轻地飘着，像是怕敲痛了这梦花树。梦花树默默地站在那里，许多的结（疙瘩）在风雪中颤动着。

奶奶抱着梦花来到梦花树边，梦花的精神忽然好些了，眼睛睁得大大的，在白白雪花的辉映下，闪着清莹莹的光芒。

梦花摸着梦花树上的那些结，说，这些结真的都是你绾的呀？

奶奶诚恳地说，是的。

梦花天真地望着奶奶，好奇地问，你是大人，想爷爷怎么不去找他吗？

奶奶怔一下说，可爷爷不知去了什么地方，我去哪儿找啊。不禁眼里又涌起泪花。

接着奶奶就伸手去拿起一根梦花树枝儿，开始绾结，梦花也伸手去绾结……

梦花认真地说，我绾个大结，今晚睡着后就一直和妈妈在一起，再不分开了。

奶奶充满怜爱地说，你听话，就能见到妈妈的。

绾好了结之后，奶奶抱着梦花去了睡房，梦花很快就自己脱了衣服上床睡下，并努力睡着。但她一时间睡不着，眼睛里、脑子里、心里全是妈妈的样子。奶奶又掀出鼓鼓的奶子让梦花抱着，含着乳头，最后她终于在想着妈妈的意境里睡着了。

阴阴的早晨沉重地慢慢走来，晨曦渐渐地爬上玻璃窗。梦花醒过来，用手抓住奶奶的手摇着说，奶奶，你看见爷爷了吗？

奶奶看看梦花，温情地微笑说，我见到了。你见到了妈妈吧。

梦花有些伤心地说，我还是没有见到妈妈……要哭似的：奶奶，怎么你见到了，我没有见到？

奶奶有意地说，是这样，你昨天又哭又闹了，又不吃饭，还跑到河里去，摔到了水里，搞得发高烧，害得奶奶背你去打针，一点也没听妈妈的话，就不灵了。

梦花有所想地问，那你听了爷爷的话呀？

奶奶带有肯定意思地点头应声：嗯，听了。

梦花就问：那爷爷给你说的什么？

奶奶就忍不住抿嘴而笑了，认真地说，爷爷叫我不哭，不闹，多吃点饭，好好照顾身体，好好照顾你。

梦花显得老实地说，我再就听话。

奶奶高兴地说，对嘛，这就是乖娃娃了。你听话，我保证你睡着后就和妈妈在一起了。这梦花树很灵的。

梦花望着奶奶，愣想着什么，忽然说，妈妈不是说很快就回来的吗？

奶奶有些严肃地说，妈妈还要去找人借钱，如果一个不借，就要去找第二个，第二个又不借，就要去找第三个，第三个不借，就要去找第四个，那就要很多时间啊，就不一定能很快回来呀。再说，办手续可能还要去城里。但你要相信，妈妈肯定是要回来的，你就不要着急呀。

梦花眼里沁满泪花，愣愣的，不说什么。

奶奶安慰说，你听话，妈妈就回来得快一些。

梦花忍住不让泪花流下米：我听话。

后来，奶奶穿好梦花，抱到火坑屋里坐在椅子上，给梦花喂稀饭吃。梦花实在不想吃，但她使劲吃：我吃饭了，今晚睡着后就可以见到妈妈了。

奶奶高兴地说，对呀，今晚你就能和妈妈在一起了。

梦花一次一次地要呕出来，但她极力忍住，然后又使劲吃。

为了逗梦花开心，奶奶说，来，我教你唱歌。

梦花望着奶奶说，你唱我听吧。

奶奶就给梦花唱起来：

梦花香，梦花飘，花是梦，梦是花，花儿满山飘，梦儿满天飞，飘过山，去远方，飞上天，做神仙……

然后，奶奶教梦花唱了几遍。奶奶站起身摸着梦花的头说，奶奶要去干活儿了。你已经感冒了，还在发烧，你就在火坑屋里烤火看电视，啊，乖。今天一定要听话，晚上就和妈妈在一起了。

梦花显得有些老实地说，我听话。

奶奶高兴地微笑：梦花真乖啊。说着走出火坑屋门，带紧门，用钥匙锁紧，然后向大门外走去。

一会儿，梦花无精打采地去拉门，拉不动。梦花看一眼窗户，这是新式玻璃窗，又看一眼窗下放着的红漆小桌，这是吃饭用的。梦花将一把椅子拖到窗户下，然后爬到椅子上，再爬上桌子，最后爬上窗台，在窗台上坐下来，痴痴地从窗户里向外面看，但光线有些朦胧，看不清楚，她就将眼睛紧紧地贴在玻璃上向外看，看河对面那条路，嘴里下意识地无力地念着：妈妈——妈妈……

外面飘着雪花，白茫茫的，像一幕大窗帘挂在窗前。梦花看着，很快妈妈回来了——穿着红艳艳的羽绒服，非常漂亮，头发一飘一飘的，从密密的雪花中向她奔来，像一枝红红的花朵——向她甜甜地笑着……她大声地呼喊着：妈妈——妈妈——兴奋地向妈妈扑去，额头在玻璃上碰得咚地一响，醒过神，什么也没有了，只有茫茫的雪花飞舞，像窗帘在轻轻摇晃。梦花揉揉眼睛，还是什么也没有，还是白茫茫的雪花飞舞像窗帘……

梦花无声地流着泪，她想起奶奶的话，咬紧嘴唇，忍住不哭出声来，怕无时不在的妈妈听见了……

好不容易盼到夜晚来临，梦花挨着梦花树站着，伸出一双小手儿，轻轻地拿起梦花树上的一根枝条，认真想着妈妈漂亮的样子——接着梦花树一下子变成了漂亮的妈妈，温情脉脉地望她笑着，笑容好甜好甜……

一双小手儿认真地绾着结……

一双大手认真地绾着结……

奶奶和梦花回到房间里，梦花有一些兴奋，仿佛马上就要迎接一位久别的亲人。她很自觉地脱衣睡下，按熄电灯，让窗外如梦的朦胧光亮透进来，让美丽的梦静静地飘落床上。奶奶为了配合梦花快些睡着进入梦境，又掀出鼓鼓的奶子让梦花抱着吃"奶奶"，她知道梦花经常是抱着妈妈的奶子睡着的。

梦花吃着"奶奶"，渐渐地睡着了，渐渐进入一个美丽的梦境——太阳像一张娃娃脸笑着，山坡上没有了雪，鲜花遍开，鸟儿歌唱，河水叮咚奏乐。她看见妈妈从河边那条弯弯小路上走来了，那小路边开满鲜花，万紫千红。她在路口向妈妈招手，呼喊着：妈妈——妈妈——妈妈也在那路上向她招手，大声呼喊：梦花——梦花——

她说，妈妈，我想你——

妈妈说，梦花，妈妈也想你——

她说，妈妈……激动得要哭了。

妈妈说，梦花，我给你买了好多糖——

她高兴地大声说，我不要糖，我要妈妈！

妈妈说，有新玩具呢——

她说，我不要玩具，我要妈妈！

妈妈从河边小路上很快地向她走来，甜蜜地笑着……她在路口高兴地跳了起来——这一跳，梦花便醒了，妈妈不见了。

她的脑子就沉浸在这个梦境里，只记得妈妈来了，就眯了眯眼睛，轻悄悄地爬起床，走出了房门。

外面的夜阴沉沉的，天上没有月亮星星，风冷飕飕地吹着，雪花密密的，像是群星竞舞，原来星星们下凡了，河水叮咚叮咚地弹奏着永远深情的恋歌。

梦花从院坝里向河边路口奔去，嘴里呼喊着：妈妈——妈妈——

梦花来到路口，摇晃一下站住，呼喊着：妈妈——妈妈——望着对面河边的那条路，伸着头认真地看着——前面，是白蒙蒙的山峰，像神仙一样坐着。

梦花向路口坎下的河里走去。下到河水边，她有些害怕，犹豫了，站了一会，又向前面走去。

奶奶白天累了，睡得沉，但她不时地总要下意识伸手向身边摸去，看梦花是不是在怀里，是不是睡得很好，打被子了没有，这时一摸身边，没有了梦花，她一下子吓醒了，按亮电灯一看，床上没有，吓慌了：天呢，梦花跑哪去了？这又怎么得了啊！说着迅速穿衣下床，慌忙向外跑去。

梦花正站在路口，努力地望着河对面那条弯弯小路，想着梦境——妈妈来了……

密密的雪飘中，奶奶急急地跑上来，尽量平静，用亲切而带有埋怨的口气说，天呢，梦花你怎么半夜三更跑到这里来了？

梦花没理睬，入神地看着下游的那条路，头发上已经飘落一层雪花像蒙着的纱巾。

奶奶走拢来，蹲下身子，将梦花抱进怀里，亲切地说，你怎么半夜三更一个人跑出来？帽子怎么也没戴嘛。用手轻轻抹掉她头发上的雪花。

梦花却显得有些高兴地，忘记一切地对奶奶说，奶奶，我看见妈妈来了，用小手儿向下游路上指着，在那边路上，她向我招手，说给我带了糖糖、玩具。天黑我看不清。奶奶，你背我过去接妈妈。妈妈肯定是天黑看不见路，走得慢，还没到。她摇晃着奶奶的手：奶奶，你背我过去。

奶奶皱着眉头说，这时候我不过去，那边山上有魔鬼。

梦花毫不相信地摇着头：电视里说了的，没有魔鬼，只有超人。我也是超人。

奶奶坚定地说，有。

梦花不高兴地说，真没有！你骗我的。

奶奶亲切地抱紧梦花：我们快回去吧，这里太冷了，你感冒还没好呢，帽子也没戴，这下肯定又搞严重了，要发高烧的。

梦花抓着奶奶的手往前拉：你带我去接妈妈吧，妈妈在下边的路上来了。

奶奶抚摸梦花的脸蛋说，傻娃儿，你是做梦看到妈妈来了，这不是真的。妈妈没有来的。

梦花疑惑地看着奶奶：你怎么知道妈妈没有来？

奶奶安慰地说，你妈妈办大事去了，一下子办不好的，要回来也是白天，不是夜晚。

梦花皱着眉头，要哭似的问，那妈妈到底什么时候回来？

奶奶抚摸着梦花脸蛋哄着说，我说了的，要山上的雪化完了才会回来。

这时天空飘着星星般的雪花，有如飘飞的银河。

梦花向高高的白白的山上看了看就哭起来。

奶奶极力安抚着，将脸和梦花的脸贴得紧紧地说：你不能哭呀，你哭了，就不灵了，再睡着了就不能和妈妈在一起了。

梦花立刻忍住不哭：我睡着了，没有和妈妈在一起……

奶奶有些严肃地说，你还没听妈妈的话，你感冒还没好，还在发烧，就只会做这样的梦，如果感冒搞严重了，发高烧了，还会做噩梦！天还没亮呢。你看，到处黑黑的，走，我们回去，继续睡觉，睡着了就和妈妈在一起了。啊，你听话，才灵。奶奶说着抱起梦花往屋里走去。梦花的泪水就默默地流成两条粗粗的线，几片雪花落下，泪流悄无声息。

清早，梦花奶奶去给猪们煮食了。

梦花醒了就连忙起床了，来到院坝里看河对面的那条路。这时的天像一块铁板，又暗又沉。路上什么也没有，梦花就皱起了眉头。

接着她就看山上的雪化了没有。她站在院坝边看对面高高的山——山上还是白白的雪，她又转过身子，望屋后高高的山——山上也是白白的雪……她有些沮丧地耷拉下脑袋，一副要哭的伤心样子。

她又想起年前那个雪天——她和妈妈一起在院坝里堆雪人的

情景——那是一个晶莹洁白的世界，四处的山像奶油蛋糕，像圣诞老人。梦花树被雪盖得紧紧的，白白的，像一个大大的泡泡糖，像一个奶油蛋糕，静静地站在院坝边。院坝里是厚厚的白雪，像一床供小孩玩的白毯子。她穿着红色羽绒服，戴着红帽子，妈妈也穿着红色羽绒服，满面红润、喜气，堆满了笑容，和她一起堆着雪人玩。妈妈堆了一个大雪人，妈妈还给它围上一条红纱巾，她高兴地说，妈妈生了一个胖仙女！她和妈妈都笑。妈妈又用两个胡萝卜为雪人做了特别的眼睛和嘴巴，她高兴得跳起来；妈妈做了个大白兔！妈妈兴奋地说，我梦花真聪明。说着又去做了两个长长的耳朵，乐得她直拍手儿。

现在奶奶连忙走出屋子，将梦花抱进火坑屋里，抚摸梦花的额头说，你感冒还没好，就在这里烤火看电视，不要出去吹风，啊，不是感冒搞严重了又要打针。接着又给梦花倒了开水，给她喂药喝了。

梦花焦急地问，妈妈今天回来吗？

奶奶安慰地说，你听话，妈妈是要回来的。

梦花伸手掀奶奶的衣服：我要摸摸你的"奶奶"。

奶奶微笑着，解开衣服，只露出半边月亮似的乳房：那你要不到外面去，我就让你摸。

梦花显得很乖地说，我不到外面去。

奶奶就解开衣服，鼓鼓的奶子就如满月一样滚出来，梦花连忙伸小手儿去捧住了，像是怕奶子飘走了，抱着又摸又亲……

奶奶让梦花亲了一会儿"奶"，就去灶屋里做饭。

这早上梦花鼓劲吃了半碗面条。她想，要听妈妈奶奶的话，不想吃也硬是鼓着劲吃，不是晚上睡着了见不到妈妈，妈妈就不会回来。

奶奶又去了田里。接着路口又站着一个小红点儿，像开出的一朵小红花。

好不容易天才黑下来，梦花就要去梦花树上绾结，奶奶就拉着梦花来到院坝里。夜风冷飕飕地吹着，天空像个大舞厅，飘落着密密麻麻的音符，白白的，悠悠的。雪花落在梦花额前的头发上真像一个个音符，有的高有的低，颤悠悠的。

梦花依偎着梦花树，伸出一双小手儿，去拿起梦花树一根胖胖的枝条儿，想着妈妈那漂亮的样子，开始认真地绾结——接着她看见梦花树变成了妈妈，温情脉脉地望她笑着，笑容甜美极了……

梦花在梦花树的枝儿上绾了结，很快就去了睡房里，几下子就脱下衣服睡了。这时她身上很烫，又在发烧。她感到很是昏糊，她一心想着早点睡着进入梦中，和妈妈在一起。奶奶又掀出一个月亮似的乳房让梦花抱着，含着奶头。

梦花很快就睡着了，就看见四处黑黑的，妈妈正从河边暗暗的小路上走来了，穿着鲜艳的红色羽绒服，她在路口向妈妈招手，呼喊着：妈妈……忽然，妈妈不见了，只听见树林里有响声，传来妈妈的大声呼救：快来救我，我被魔鬼抓住了！快救我呀，我被魔鬼抓住了……

她说，妈妈，你不怕，我来了！说着就从路口跑下去了。但接着她就掉进了河水里，被河水冲走了，她吓坏了，咚的一下，梦花就被吓醒了，这时窗外透进麻布一样的光亮。梦花揉一下眼睛，呼的一下滑下床，几下子穿上衣服，轻轻地跑出房间。这时奶奶还在鼾睡中。奶奶白天实在太累了，又是田里的农活儿，又是屋的家务事，又是孩子，又是几个猪子，累得腰躬背驼，也就睡得很沉。

梦花走出大门，外面静静的，夜睡得正沉，连轻微的鼾声也没有，忘记了一切，山被一床厚厚的被子裹紧了酣睡着，像是一个梦站在那里。梦花马上感到天空下着雨。梦花拿着一根木棍，焦急而勇敢地冲向路口，大声地呼喊，妈妈——我来了——妈妈——我来了——

但没有任何回音，只有眼前小河的水叮咚叮咚地唱着缠绵的恋歌。

梦花愣愣地站在路口，任雨水洒向她。她刚才忘了戴帽子，此时的头发上滴着雨珠，脸上流着一条条水线。但她眼睛睁得大大的，望着对面那条路，路边的树林里什么声音也没有，一切都像是睡着了，什么也看不清。

梦花认真地侧耳听着四周的动静，还是静静的，只有河水的轻轻歌唱，没有妈妈的呼救声。她试着走下路口，河水暗暗的。梦花有些惶恐，又爬上路口。

梦花大声地呼喊：妈妈——妈妈——她呼喊着又走下路口。

正在梦花将脚迈向跳石准备过河时，传来急切的脚步声，奶奶奔来路口，奔下河里，埋怨地说，梦花，你也太不听话了！下这么大的雨，你跑这里来做什么吗？说着冲上去抱住梦花。

梦花还在梦境里，哭起来：奶奶，快带我去找妈妈！我看见妈妈回来了，被魔鬼抓去了，快带我去找妈妈！伤心地哭着。

奶奶烦恼地说，你这是因为感冒发高烧，在做噩梦，要不发烧了才会梦见快快乐乐地和妈妈在一起。

梦花的脸儿红红的，手儿红红的，头发上脸蛋上满是雨水往下流着，衣服上滴着水。她的眼神痴痴的，又惶惶的。

奶奶抱着梦花往屋里走：你要听话，不到外面去吹，感冒好了，晚上睡着了就能和妈妈在一起了。

梦花哭泣着，尽量忍住不发出大的声音。奶奶将梦花抱回房里睡下。梦花怎么也睡不着，总想着妈妈是不是在河那边来了。这时天已亮了，她慌忙爬起来，找了衣服穿上，来到火坑屋里。

她将一把椅子拖到窗户下，爬上椅子爬上小桌，再爬上窗台，坐在窗台上，痴痴地从窗户里向外面看去，外面雨幕朦胧又美丽，什么也看不清楚，她就将眼睛紧贴在玻璃上向外看，向河对面那条路望着。窗外雨丝密密的，如真丝织成的巨大窗帘，遮住了一切。

听见堂屋里有脚步声，梦花连忙从窗台滑下桌子，又滑下椅子，但就在滑下椅子时不小心摔倒在地上，一时间没能爬起来，就被进来的奶奶看见了，但奶奶还是耐心地说，梦花，叫你就在铺上睡，你怎么起来了吗？早上好冷。梦花自个儿走到炉子边规规矩矩坐下来，还伸手拿起遥控板，调电视频道，她觉得这时的节目不好看。

不久奶奶就端着碗走进来，挨梦花坐下来：来，我给你喂面条吃。梦花就坚持使劲地吃，用力地吞咽，就像完成世界上一件最困难的事。

奶奶去喂了猪们，再走进火坑屋一看，梦花坐在窗台上，耷拉着脑袋睡着了。

奶奶摸她额头，一惊：天呢，你又在发烧嘛！快醒醒！

梦花的脸蛋红红的，头歪歪地耷拉着，眼睛闭着，呈一种昏迷状态。奶奶心里像是忽地着了火，慌急地将梦花放进背篓里，用被套蒙在背篓上，背起背篓，一手拿一把雨伞，一手拿根竹棍拄着，向外面走去。这时雨正下得很响，在满院坝里溅起密集的水泡，像是把地烧沸腾了。

这时山路上的雪和泥变成了稀糊状，很是难走，奶奶走一步要后滑半步，用竹杖一步一步撑着前行，好不容易才将梦花背到半山坡的李医生家，打了两小时的吊针，又溜溜滑滑地从山坡上往下走。雨哗哗地下，满天的雨幕，像一张巨大的网，一片迷蒙。这下坡更加艰难，随时都有从山坡上摔下山谷的危险！特别又是背着孙女，奶奶就浑身战战兢兢，连骨头里都酥酥的了！还好，总算回到了家里，奶奶内衣已经湿透，浑身还在发抖，骨子里像是全部化了，已经站不稳，坐在那里就再也站不起来了。

奶奶把梦花放在床上，说，外面下雨，很冷，不能出去吹。你就在铺上睡吧。睡着了就和妈妈在一起了。

梦花有些疑惑地说，白天睡着能做梦吗？

奶奶肯定地回答：能做梦。

梦花说，那我去梦花树绾结了再来睡。

奶奶说，你昨晚绾了的，一天只能绾一次。心诚，一年绾一次就灵。奶奶原来就是每年正月间绾一次，天天晚上就和亲人在一起了。心不诚，不听话，天天绾也不行的。快睡着。

梦花睡了很久，一直是晕晕乎乎，后来做了一个梦却是噩梦，她梦见和奶奶一起从坡上摔下去了，呼呼地向一个黑暗暗的深渊里掉下去，但又老是掉不到河底，很不舒服，很是惶恐，就醒了，就哭起来。奶奶听见哭声走进睡房间，你怎么了？梦花哭泣着说，没见到妈妈，梦见和奶奶摔山坡下去了……又哭起来。

奶奶耐心地安慰说，这是因为你感冒了，发高烧，就只能做噩梦。你要不到外面去吹，坐在火炉边烤火，让感冒好了，晚上就能做好梦，和妈妈在一起了。你听话，一定灵。

梦花抽搐着：我听话，我到火坑屋里去烤火看电视，不出去。

后来天渐渐暗下来时，梦花说，我要去梦花树绾结……

奶奶就抱着梦花，打着雨伞，来到院坝里的梦花树边，让梦花在梦花树上绾了结，很快回房间睡了。梦花还有些昏糊，不睡也像在梦幻中……

梦花不久就进入了一个梦境——峡谷，河窄，水深，水很急地流着，水中的跳石不停地摇晃着。妈妈从河那边走来了，穿着红色羽绒服，背着一个牛仔包。脸上笑得像一朵花。妈妈看见她在河这边望着她，呼喊着，就急急地向她跑过来，走到河中间，一个跳石一摇动，妈妈身子一歪就摔下了河水里，很快被水冲走了……她在河边大声哭喊着：妈妈——妈妈——

梦花被惊醒了——大声哭喊着：奶奶，快去救妈妈！快去救妈妈！

奶奶醒过来，问，什么事呀？

梦花急切地说，妈妈在河里被水冲走了！说着爬起来，滑下床去，拉奶奶说，奶奶快走，去救妈妈！

奶奶耐心地抚摸着梦花的头说，你这是在做梦，不是真的，妈妈没被河水冲走。妈妈在城里办事呢，就要回来的。你这还是感冒没好，发烧，就做这样的梦……

吃过早饭，天晴了，太阳像是在和几朵云彩玩游戏，时而出来，时而躲进云彩里。奶奶来到一块油菜田。油菜薹儿绿绿的，嫩嫩的，像小孩子伸出的手儿。奶奶在油菜田里扯着猪草。绿叶丛中，她的美丽面容映衬得十分亮丽，动人。

那个路口，仍然站着一个小小的红点儿，像一朵小小的红花。

太阳捉着迷藏，慢慢来到傍晚时分，西天出现红沉沉的云霞，像妈妈的红纱巾，像妈妈的羽绒服，山水也被染得红红的，像一个美丽的梦境。西边天上，太阳像一个胖娃娃躲在红红的被子里，躺在山垭上。

那个路口，仍然站着一个小小的红点儿。

这天，梦花又一次来到院坝里，忽然一下兴奋了，她看见山上没有了雪！梦花又转身望后面高高的山，山上也没有了雪！

梦花高兴地说，没雪了！没雪了！妈妈要回来了！

奶奶正在上游山坡一块洋芋（土豆）地里。洋芋芽子已经出土，张开两三片嫩嫩的圆圆的小叶子，十分动人。奶奶在洋芋行子间挖着。

梦花跑来田边，高兴地大声对奶奶说，奶奶，我们接妈妈去！

奶奶有些诧异地愣着。

梦花急切地说，山上没雪了，你说山上没雪了妈妈就回来的。妈妈肯定在路上来了，我们去接妈妈吧！我怕妈妈摔河水里了。奶奶，快带我去接妈妈！

奶奶无可奈何地：不去，妈妈现在不会回来。

梦花就哭起来，气愤地说，你骗我！你说山上雪化完了，妈妈就回来，山上没有雪了，妈妈怎么没回来？

奶奶说，妈妈肯定是事还没办完。事办完了就要回来的。

梦花气愤地望着奶奶：那妈妈到底什么时候回来？

奶奶想了想，说道，奶奶昨天晚上做了个梦，梦见你妈妈了，你妈妈说，你要听话，山上的映山红开了，她就回来。

梦花充满希望地向山上看去，山上一片苍凉，一点红影儿也没有。此后，她就常常去山边，看山上的映山红开了没有。

太阳像个红气球慢慢升高了。奶奶一个人来到油菜田。油菜薹儿长到两尺多高了，还开了少量的花儿，金黄色的，像镶的一朵朵金花。奶奶在油菜田里拔着猪草。绿叶黄花把她的面容映衬得年轻了许多，十分美丽，也像一个仙女。她本来就还年轻，远远看去，还像一个村姑。

梦花没跟奶奶去，她仍站在那个路口。今天她一直站在路口。

后来她认真望着西天的霞，红红的，她想那是不是开的映山红呢？

她觉得落日像一个娃娃，在那里望着她。满河流动着灿烂的晚霞。奶奶挑来两篓子猪草，在河水里去淘洗。

梦花站在路口，手里拿着一枝苦菜花，望着河边那条路。

奶奶淘洗好猪草，挑着两个筐子从河里走上路口，在梦花身边歇下来，递给梦花一朵小花，然后在扁担上坐下。梦花将手搭在奶奶手腕上。

奶奶对梦花亲切地说，梦花，我教你唱歌。

奶奶说着唱起来：梦花树儿亲，梦花朵朵开，

梦花也跟着唱：梦花树儿亲，梦花朵朵开，

奶奶唱：绾个结，许个愿，亲人梦中来，

梦花唱：绾个结，许个愿，亲人梦中来。

奶奶说，你把这歌儿唱熟了，做梦就更灵了。

梦花很快就学会了，说，我唱熟了，你再教。

奶奶说，好吧，就唱：梦花树儿神，梦花朵朵香，

心儿诚，绾个结，想怎样就怎样。

美丽的黄昏像一块纱巾飘来，山山水水被蒙上一层梦幻的美丽。小河的水像是变成了琼浆，减慢了速度，一副想休息的慵懒样子。

不久天上就冒出来了大大小小的星星，闪闪烁烁，天空就真的像一个大大的歌舞厅。默默地站在院坝边的梦花树，叶子上也落满点点滴滴的星光，闪闪烁烁，轻轻摇曳，悠悠的。花枝间已经开出黄色的小花，一簇簇，像一串梦。

梦花又去梦花树边，伸出一双小手儿，拿起梦花树一根枝条儿，开始绾结，努力想着妈妈样子，这时她就看见梦花树化为漂亮的妈妈，温情脉脉地望她笑着，笑容甜极了……她的神态充满深切的思念和期盼，一双小手儿在梦花树上认真地绾结，那神态

就像一个虔诚的教徒，世界上最小的小教徒。旁边一双大手也缩着结……

奶奶和梦花脱了衣服睡下。奶奶又掀出一个月亮似的奶子，让梦花抱着，含着乳头。不久梦花就进入梦乡——

崭新的房间，白白的墙壁，亮丽的玻璃窗，新式的床铺，舒适温馨。她和妈妈躺在床上，妈妈怀抱着她，笑着，亲着她，搔她痒痒。她掀开被子，露出妈妈漂亮的睡衣，她又将妈妈的睡衣向上掀开，露出妈妈白白的、鼓鼓的奶子，像两个大大的月亮，她连忙伸出双手去抱着，生怕这月亮飘走了，用手儿摸着，用嘴儿亲着。

妈妈笑着问，妈妈的奶像什么？

她说，像两个大月亮。

妈妈高兴地说，梦花真乖！

她用手儿摸着妈妈的奶，用嘴儿亲着。然后去含了吃奶，妈妈微笑着拉下睡衣，月亮被云蒙住了，不见了。她又掀开睡衣，月亮又滚出来，她又伸出双手紧紧抱着，像是怕月亮掉到井里去了。她摸着，亲着，妈妈让她摸，让她亲，温情脉脉地望她笑着，她感到浑身都甜甜的，化成甜水水了。

妈妈温柔地说，来，妈妈教你唱个歌。

她高兴地说，妈妈教我唱歌。

妈妈就唱：小梦花，小乖乖。妈妈的肉，妈妈的爱。

她跟着唱：小梦花，小乖乖。妈妈的肉，妈妈的爱……

这时妈妈像是想起什么，说，梦花，陪我去梦花树。

她高兴地说，好的！说着就起床了。

这时的天更黑了，天像是躲藏得更深更远了。星星密密的，像撒出的爆米花，香香的。风儿柔柔地吹着。月亮又大又圆，像个气球从东边山顶飘下来，飘到院坝边的梦花树上。她望着月亮笑着，上去抱它，它却又一下飘到了桃树上，望她嘻嘻地笑着。这时梦花树忽然动起来，像跳舞，她就看梦花树，忽然，梦花树一晃就变成了漂亮的妈妈，月亮照着妈妈，妈妈漂亮极了！妈妈笑着说：梦花，我回来了，我给你带来了好大一个气球哟。妈妈指着月亮。原来妈妈是乘着气球回来的！她太高兴了，接着就扑向妈妈的怀里——可是一下子不见了妈妈。就梦花树跳着舞。她想，妈妈躲藏起来了，要和她捉迷藏，故意逗她乐乐。她摇着梦花树，轻轻地呼喊着妈妈，妈妈在梦花树那边站起来，她又跑到那边，妈妈又不在了。她喊着，妈妈又从梦花树中站起来了，对她说，我告诉你，妈妈变成了仙女。

接着，树梢上的月亮就变成了太阳，像一个娃娃的脸蛋，哈哈地笑着。妈妈就变成了身穿金黄色衬衫、金黄色裙子的花仙子，满面甜甜的笑容，像一朵美丽的金灿灿的花，伸手拉住她：走，妈妈陪你玩去——

她和妈妈来到山坡上，油菜花开得一片金黄，像一片灿烂的彩云。麦苗长到了两尺多高，青青的，像一群站得整整齐齐的小孩子，摇摇摆摆跳着舞。洋芋苗已经长出了好多圆圆的叶子，一片叶子就是一只绿绿的眼睛。山林里开满了映山红，红艳艳的，灿烂耀眼，像一片红霞，在阳光下嘻嘻哈哈地笑着。她和妈妈在花丛中高兴地笑着，采着映山红花朵，妈妈给她采了几朵最美丽的映山红，她将这映山红插在了妈妈的头上，高兴地喊道：妈妈变成仙女了！妈妈也采了几朵映山红插在她的头上，笑着说，我的梦花也变成了小仙女！漂亮的妈妈和她在花丛中高兴地笑着，跳着舞。妈妈说，妈妈教你唱个歌。

她高兴地说，妈妈教我唱歌！

妈妈一边跳着一边唱：梦花乖，梦花香，妈妈的心，妈妈的肝。

她跟着唱：梦花乖，梦花香，妈的心，妈妈的肝……

妈妈甜甜地望她笑着，她兴奋地唱着，笑着……

几片彩霞从远处飘来，也在她们头上跳着舞，跳着跳着，就变成了一群仙女，来到她和妈妈身边，陪她们一起跳舞，唱歌。一群漂亮的蝴蝶也高兴地飞来了，和她们一起跳舞……

现在窗户里透进白粉粉的光亮，满房间乳白乳白的，显得舒适而宁静。

这时梦花醒过来，高兴地推奶奶胸脯：奶奶，我梦见妈妈了，妈妈和我睡在一起，我抱着妈妈的奶，吃妈妈的"奶奶"了。妈妈的"奶奶"好大好大，有月亮那么大……

奶奶甜蜜地笑着，看着梦花的脸蛋：我说嘛，你听话，就能和妈妈在一起。

梦花说，我要吃你的"奶奶"。说着就要掀开奶奶的内衣，要吃奶奶的"奶奶"。

奶奶就搂起内衣，滚出一个月亮，梦花用手去捧着乳房，亲着奶奶的乳房，拍一拍，又摸一摸：你的奶奶和妈妈的一样的，都是大大的月亮。她用手儿摸着，亲着。又伸嘴去吃"奶奶"。

梦花吧滋吧滋吃了两下就问，奶奶，你也梦见爷爷了？

奶奶笑着说，梦见了。

梦花有些兴趣地说，爷爷也吃你"奶奶"了？

奶奶就笑出了声：你乱说，爷爷是大人了，怎么还吃"奶奶"嘛。

梦花充满好奇地说，那你梦见和爷爷做什么了？

奶奶笑着说，梦见和爷爷干活，在青青的庄稼地里干活。

梦花说，爷爷也和你唱歌了？

奶奶说，唱歌了。

梦花问，唱的什么歌？

奶奶没有及时回话。

梦花就说，爷爷也是唱的——"奶奶乖，奶奶香，爷爷的心，爷爷的肝"吗？

奶奶抱紧梦花笑着：不是这样唱的。

梦花追问，那是怎么唱的，唱给我听听。

奶奶脸蛋羞红了，微笑着说，好，我唱给你听。接着就真的沉入了一种情景，她和他站在梦花树边，两人四目相对，含情脉脉，依依不舍……就唱：

> 送郎送到院坝边，
> 抓住竹竿喊皇天，
> 唯愿天上落大雨，
> 留住哥哥在身边……

梦花笑着：你和妈妈唱的一样好听！

奶奶抚摸着梦花。

梦花说，还唱了什么歌。

奶奶说，还唱了好多歌。

梦花推着奶奶胸脯：快唱给我听听！

奶奶脸蛋羞红了，微笑着：好我唱——于是沉入那种情景：梦花树，开着许多金黄色的花穗，像星光闪烁。他出门去打工，她送他到梦花树边，四目相对，含情脉脉，然后他就向门口的路走去……

梦花又推着奶奶的乳房，急切地催促说，快唱呀！

奶奶高兴地说，好。接着就唱起来：

> 送郎送到院坝坎

郎说不要把我想

姐说不想也心慌

梦花枝上绾个结

夜夜梦里在一床

梦花兴奋地笑着说，唱得好！又问，爷爷是不是还学电视里抱着你唱了"老婆老婆我爱你……"

奶奶满目羞怯地说，也唱了。就甜甜地笑着，脸上抹了厚厚一层朝霞。

梦花抱紧奶奶的乳房，学着电视里唱：老婆老婆我爱你，阿弥陀佛保佑你，愿你健康又美丽……

奶奶抱紧梦花，笑出了声：梦花真神！

梦花说，奶奶真神。

一个个思念的日月沉沉地从屋顶上走过去了。这天下午西天拉出长长的一片红霞，像一条红纱巾蒙在西边的山顶上，它没怎么动一下，像睡着了一般。这时河那边走来一个人。梦花一眼就看见了，激动地大喊着对奶奶说，奶奶，爸爸回来了！

奶奶正在河里淘洗猪草，弯弯的小河这时也像一条飘动的红纱巾，老人连忙站起来，确实是梦花的爸爸回来了！

梦花爸爸已经来到河边，梦花激动地叫着爸爸，接着就看见了他背上的红背包，她认得那是她妈妈的红背包，急着问，妈妈呢？

爸爸紧紧地抿着嘴抱起梦花，强忍住眼里的泪水不流出来，尽量笑着说，妈妈没有回来。

爸爸没让泪水流出来，但梦花哭了，哭着问，妈妈怎么没回来？

爸爸心里重重地震撼着，愣了好一会才说，妈妈没有请到假……

梦花一副哭鼻子的相，泪水在眼里打着转儿，随时要流下来，她很不满地问爸爸：那你怎么就请到了假？

爸爸抿一下嘴唇，摸一下梦花的头发，亲切地说，爸爸是要回来有点急事，马上又要去的。

梦花伤心而急切地说，那我也跟你去，我要妈妈。

爸爸忍住痛苦说，你不能去，厂里不要小孩的。

他们来到家里，梦花爸爸将红背包放在桌上。直到这时，梦花奶奶还不知道真实的事情，急忙为儿子做饭吃。

梦花去桌上抓那红背包，很沉，没有抓动，说，这是妈妈的包，妈妈给我带了这么多好东西，爸爸快打开我看看。

爸爸拉开拉链，拿出一袋果冻递给梦花，尽量笑着说，这是妈妈给你带的。快吃吧。

梦花听说是妈妈带给她的，如获至宝，紧紧地抱在胸前。

爸爸望着女儿说，你吃吧。说着帮她撕开包装，拿出一颗果冻递给她。

梦花吃着，望着爸爸：妈妈的果冻真好吃！接着就问，妈妈她什么时候回来吗？

爸爸一时间怔怔的。

梦花又有些急切地大声问，爸爸，妈妈她什么时候回来？

爸爸眨一下眼睛，抱起梦花，亲切挨她的脸蛋，声音沉沉地说，妈妈还有一段时间才能回来。

还等好久才能回来？

还要等些时候。你快吃果冻吧。说着又去包里拿出一把绿色的小水枪，说，来，爸爸教你玩水枪。

梦花却说，是妈妈买的吗？

爸爸尽量微笑地说，是妈妈买的。来，我们去灌水吧。

梦花玩了一会儿水枪，奶奶就喊梦花爸爸吃饭。

这时梦花就来到大桌边，搭上一把椅子，扶在大桌边去拿红背包里的东西，小儿一般都对妈妈的包有些好奇，喜欢翻了看。梦花将拉链拉开，拿出一件妈妈的衣服，然后又拿出一条裤子，然后她摸到了下面是一个硬硬的盒子，她试图拿出来，可是拿不出来。她就下到地上，跑到厨房里问正在吃饭的爸爸：爸爸，包里那盒子是妈妈给我带的什么好吃的东西？

爸爸顿时一惊，停住吃饭，放下碗筷来到堂屋里，并说，梦花你不要乱翻呀。

梦花早跑到桌边，爬上椅子，用小手儿拉住红背包说，爸爸你把那盒子拿出来，我要吃妈妈带的好东西。

爸爸有些慌神了，忙伸手上去挡住梦花的手：莫动，这不是吃的东西。

那是什么东西吗？

反正不是吃的东西。你不要动。

那我要看看，我不乱动。

这是种田的化肥。也没什么看的。

是妈妈买的吗？

是的。

那什么时候撒在田里？我帮你撒。

这时梦花奶奶一脸惊惶疑惑地愣在那里，看看儿子，又看看梦花，又不便怎么问。但她已经感觉到什么，但面对梦花，她什么也不敢说，只有嘴唇的颤抖，只有心里的震撼和焚烧。

梦花坚持去拉开袋子要看。爸爸慌忙地说，不要看了，化肥你没看见过吗？

说化肥都是用袋子装着的，好大好大的袋子，这个化肥怎么只这么小一盒，我要看看。

爸爸有点急地说，又不是吃的东西，不需要看。说着他就将背包背到了楼上，去一间屋子。可是梦花也跟着跑去了。他进了一个房间里，打开一个旧衣柜，将红背包放进了旧衣柜的最上面一格。

梦花还是想看，爸爸抱起她说，大人们种粮食用的，小孩子看它做什么嘛，走，下去，爸爸和你玩水枪。

把梦花哄睡以后，梦花爸爸才对奶奶说了真情：

梦花的妈妈去到一家厂里后，心里总是不安，天天晚上都梦见小小的女儿梦花，有时梦见梦花在路口等她……有时梦见梦花顺着路往下跑，跑着跑着就摔倒了……有时还梦见梦花栽到河水里去了，被河水冲走了……有时梦见梦花夜深了还一个人站在梦花树边，绾着结……

后来梦花妈妈就在夜里出现梦游，睡着睡着就起床了，到外面去游走，寻找什么似的。后来就被保安抓住了，说她想偷东西，这厂里也确实出现过偷盗。她听见保安这样说，气愤地一下子醒了，她反抗着，愤怒地说，我祖祖辈辈没偷过人家的东西，我偷什么了？你胡说！

保安也气愤了，就狠狠地一耳光打去，本来还在昏糊中的她完全没有了稳定力，就一头栽倒在地上，保安又狠狠地踢了她几脚，她就没有再动一下。而这时在遥远的她家里，院坝边那棵梦花树上的结也稍微动了一下，又动了一下，仿佛正在一个静静的梦中呼吸；女儿梦花正梦见和她一起……

保安发泄了一通又说，你还想耍赖，让你耍！没理她，拿着电筒到别处检查去了，他检查了一会又回到这里，她还躺在地上，还是没动一下。保安就伸手去摸她鼻孔，早已没气儿了，他心中咚的一下也惶恐了，他也是个打工的，他皱了下眉头就去了保安室。第二天早上，保安去报告老板，说发现一个小偷，她深夜起床去偷东西，在楼梯间摔死了，还躺在地上。老板去看了，认为确是这样，就叫保安拍了照，随即使人叫来了在另一个厂的她丈夫（梦花爸爸），对她丈夫说，她夜里起去偷东西，在楼梯间摔死了，这是个不好的事，都不要声张，拖去火化了。然后你把骨灰送回家去，也是个惨事，我给你报销一趟路费，还给你补点安葬费。她丈夫毫不知情，为着她的名誉着想，加之老板的话也说得好，也就答应了。

当他抱着妻子的骨灰盒时，他的心像是碎了，特别还有一种惶恐，他该怎样回去向亲人向梦花女儿交代啊？他接着就去收拾妻子的遗物。他拿起她的红背包，红背包是那样红，像一团火，顿时他的眼泪就涌出来了。然后他轻轻地将她的骨灰盒装进她的红背包，又将她的衣物装进去，他提了提，沉沉的。同室的女友们有的都流下了眼泪。

女友们说，她怎么会夜里跑到外面去呢，她的确不像是个偷东西的人啊。

接着他就背着她的红背包上路了。

奶奶就失声痛哭起来：梦花……天天……就是盼着……妈妈回来呀……这，怎么向她……交代啊……

后来母子俩商量，为了梦花不绝望，有一个美好的等待，也就不给梦花妈妈办丧事了，暂时也不对任何人说起这事。我去到她那个厂里，也要对附近的人强调一下，不要回去对任何人说起梦花妈妈死了，免得让小儿痛苦……

但是按照这里的习俗，这个骨灰盒也不能放在家里，应该埋在土里，"生要土养，死要土埋"，哪有将死人放在家里的呢？于是就商量悄悄将她的骨灰盒埋了，做个不显眼的坟，等以后梦花大一些了，淡然一些了，再想法让她知道，再来重新给她砌坟，打个碑立上。于是商量决定，今晚上就将骨灰盒去屋旁找个地方埋了，白天埋怕来人看见了，问这问那的。

梦花爸爸又去将红背包背到背上，拿了一把挖锄，奶奶拿了一把薅锄和撮箕，就一起向屋旁走去。这屋旁高低不平，有一些不成型的小坎儿，有几棵桃树、李子树，有梦花妈妈栽种的一些花草。

梦花爸爸说，就埋在她种的这些花草这里，她喜欢花，就让花草陪伴她吧。

奶奶说，行。就在这个小坎儿旁边埋上，砌几个石头，将坎儿延长一点，别人都只觉得这是一条小坎儿，怎么也不会想到是坟。

月亮像一颗大大的灯泡，吊在他们头上，亮亮地照着面前的土地，像白昼一样。梦花爸爸就用挖锄挖着，发出震动地皮的砰砰声，梦花奶奶就用薅锄一拉一拉地转着土。

半个多小时后，一个葬坟一样的深土坑挖好了，梦花爸爸就去红背包里取骨灰盒，哪知就在这时，梦花来了。原来她一个人在床上睡着，不时地又摸摸身边，都不见奶奶，又听到屋旁有砰砰砰的震响，很好奇，就连忙穿上衣服鞋子，跑这里来了，就看见爸爸正从红背包里拿出盒子往土坑里去放，不知要做什么，就好奇地问，爸爸你怎么把化肥埋这里呀？

梦花爸爸好像被吓着了似的，惊慌地问，你怎么来了？

梦花好奇地说，我听见你们在这里挖得响，来看看，你怎么不把化肥撒田里长粮食？

爸爸愣一下说，这是种花的化肥，我放在这土里，上面就能长很大很大的花。

梦花说，是妈妈买了种花的呀？

是的。

那也要栽棵梦花树。

爸爸说，是。说着就庄重地将骨灰盒放进了土坑底里，然后奶奶给上面填土，他就去找了石头来砌，接着把旁边的小坎儿延长，后来又在别处挖了些土来堆上，接着延伸。梦花就一直站在那看着。后来，梦花爸爸就挖着一蔸月季花，提到这加宽的土堆上来栽。

这时梦花就大声说，要栽棵梦花树！爸爸，要栽棵梦花树！

爸爸喘着气说，怎么要栽棵梦花树呀？

梦花很有兴趣地说，我好缩结，做梦和妈妈在一起……

啪的一下，爸爸手中和锄头落在了地上，奶奶手中的锄头也落在了地上。

梦花见没有回答她，又大声强调地说，爸爸，去挖棵梦花树来栽上，长很大很大一棵梦花树，我缩好多好多的结……

这时那圆圆的月亮抖动了一下，就躲进了厚厚的云幔里。接着天就变成了一床黑被子，很厚的黑被子，山山水水就一下子被盖得严严实实。

梦花爸爸继续栽着那棵月季花。

很多花都在这新的小坎儿上栽好了，梦花爸爸就抱着梦花向屋里走去。他们很快就来到院坝边的梦花树边。梦花就要下地，说，我要下来。

爸爸问她：你下来做什么，回屋里去睡。

梦花有些倔强地说，我要缩结。

爸爸也有些好奇，就让她下来，看她做什么。

北风轻轻地吹着，天空又像小孩子似的飞舞着白白的雪花。

雪花们像是无数神秘的精灵，像万点烛光闪烁，将梦花树贴上星星般的光点，将山山水水照得似明亮似朦胧，像泡在水里。不一会，梦花的红色羽绒帽上就也贴满无数光点……

第二天早晨，一颗美丽的朝阳像红气球升起在东边山顶。梦花就去拉着爸爸的手说，爸爸，你去挖棵梦花树，栽在妈妈买的那肥料上面，让她长棵大大的梦花树。

爸爸没说什么，只嗯了一声，真的扛着锄头去挖了一棵小梦花树来了。

梦花高兴地和爸爸来到昨晚砌的那个小坎儿上，接着爸爸就栽好了梦花树。

梦花伸出小手儿，去拿起一根枝儿，说，我绾一个大结……

迎着晨风，路口站着一个红影儿，像一枝映山红。这是小梦花。她正认真地望着河那边通向远处的路。

黄昏中她还站在那里，一动不动，如一朵小小的花，迎着冷冷的晚风。这时西边的太阳也如一张小孩的脸蛋，疲劳地缓缓躺下去。

孤独山庄

一

他为什么还不回来？

她不知是第几十次扶着院坝边的毛桃树，将焦虑的目光向河边公路搜寻。

毛桃树显得很是理解和同情，轻轻地晃悠着，想悠平她心中很不平静的波浪，有一个小枝儿手一样伸下来轻拂她的肩膀和头发：孩子，不急。这毛桃树已经很老了，像一位老人永远站在院坝边张望着什么。这树、这人，看上去就和老父亲与小女儿，如一幅童话。她叫刘玉珍，一般叫她珍儿。

这时田大妈走出灶屋来，手在围腰上揩揩，将手遮在额头上向公路望着，公路上什么也没有。田大妈叹口气，焦急地对玉珍说，你还给树树打个电话吧。

打了的，无法接通。珍儿说。

田大妈焦急说，到底是电话在给人捣鬼，还是真的出了什么事？

珍儿看一眼大妈的脸，尽量保持平静，说您不急，不会出事的。

这时田振山走过来，也向公路上望了一眼，脸上涌满气愤，又瞪了一眼，不说什么。

珍儿心下充满疑惑，感到有如锯齿的茅草正从心坎上划过……

不久，夜就用一个黑包袱把世界包了，塞进了大山深处，让你与世隔绝。

她忽然觉得今天这个日子怎么这样巧？——"七月七"！七月七是什么日子？那是牛郎织女相会的日子。在她眼里又出现四年前的七月七——这是她有生以来经历的一个特殊的日子，永远也不能忘记的日子……

忽然传来一声"呜呼——"是一只猫头鹰在屋后的漆树上叫了一声，又叫了一声，但没有声音回应它。不知它是否知道或是忘记了，小镇车站的李老头来用猎枪打死了一只，说拿回去炖天麻吃，治头昏。这时它又使劲地叫了一声，要将这黑夜撕开一条缝隙，认真看看，那个它在哪里，但还是什么回应也没有。但它还是呼唤着："呜呼——"

田振山站在夜色里。他总是喜欢一个人站在夜色里。夜色没有白天刺眼，夜色掩去了白天，掩去了真实，一切都远去，或是不曾发生。他感到夜色是另一个世界，而且这个世界很自由，这个时候可以回到任何时候去，他想看到什么就可以看到什么，一切都可以按照他的意志重新出现。他的女儿，祖祖辈辈，朋友，都会来到他的面前，像看电影一样……

他感到这世界就他一个人。他看着夜景，就在这时，他看见女儿田苗向他走来了。许多个夜晚他都等着这个时刻。是田苗，她向爹走来了！——她还穿着那件减价的红衬衫，这是她读初一时他给她买的，已经很短了……他忘记了一切，下意识地向女儿奔跑过去。这时女儿又不见了。他不知道这是不是女儿魂归故里的灵魂？这茅草坡的夜晚，随时都能看见死去的亲人灵魂。难道女儿真的死了？他不禁浑身袭进一股寒气。田苗——他轻轻地唤了一声。他不知道女儿还在不在这个世界上，到底在哪里？

现在他望望黑黑的夜空，强迫自己不去想女儿了，又去想儿子。可儿子一直没回来！一想儿子就有些气愤，就不想想下去。他还是向树林望去，这时他想看到的奇特现象就出现了——他看见山边那些树竟然是一个个人，不是树！他有些奇怪，白天还是树的。风正吹动着他们的衣裳……他忽然明白，一棵树就是一个人，白天是树，夜晚是人，古往今来，那些死去的人都变成了一棵棵树，成为永远不倒的风景？他觉得自己真的来到了另一个世界，白天是一个世界，夜晚是另一个世界。

接着田振山看到祖祖向他走来，浑身是酒香，浑身是血。他祖祖会煮酒，是在四川去跟族房爷爷学的，在这一带，谁人也煮不出他煮的那种酒。红鼻子保长就要祖祖到他的酒厂里当师傅，但祖祖不去，他说要自己办酒厂。自己办酒厂，作为当时的祖祖，家里什么也没有，怎么能办起来？红鼻子说和祖祖合作办，祖祖还是不干，他要自己办。他借了些钱，请木匠做了酒甑，买了锅，终于煮出了酒。那酒，香了几里路远啊。结果，红鼻子保长的酒厂就没有了生意。不久，祖祖就不知去向，不知被红鼻子害死在哪里了……

现在祖祖忽然向他说话了：振山，你不要想我是怎么死的。现在形势好，允许私人办厂了，你怎么不办酒厂呀？

田振山说：祖啊，您不知道啊，现在到处是酒厂，加上我没有煮酒的技术，怎么办酒厂啊？

祖祖叹息着，好久才说出话来：但你要想办法呀，几千年种田人是什么下场？

田振山说：等我想想。

祖祖又说：光种田只能是吃苦不讨好啊！

田振山向远处望去，这时的山山岭岭都完全装进了深深的水里，什么也看不清，似有似无，认真一看又像是一座座坟堆。

于是他又想起很多，又站在了从前的这个山坡上……

二

现在田振山的心忽地一沉——他看见夜色里走来一个不一般的人，是有名的化学老师——刘老师！他想上去握住刘老师的手，又什么也没有了。他就闭上眼睛看。刘老师来了。

刘老师深情地说，记得不，那天是冬月初十。你来到我们中学，找到我。我曾给你的儿子田树树当过班主任带过化学课，我们熟悉。那时天空开始飘起雪花，银亮亮的，茫茫一片，这你不知道，其实是太阳被打碎了，从天上播撒种子下来。

田振山说哦，这天是我请你去我家去吃年猪肉，喝苞谷酒！

刘老师说是的，我知道你的性格，我不去是不行的，那只能更加狼狈。我们就走。漫天雪飘，高高的茅草坡白白的，像一片白云悬在空中，晃悠着。走进你家，除了肉香以外，其他都是冷冷清清，我就笑着说，我还以为你在整喜酒呢，原来只我一个客。你笑着说：我找你来可不是喝喜酒，是有大事。我忙问什么大事？你却笑着说，不着急，先吃肉喝酒！酒桌上，我说，你不说是什么大事，我就不喝酒，只吃肉。说着也不客气地夹一片肉放进嘴里。你这时严肃地说，土家人，哪有吃肉不喝酒的？我说，我是汉族人。

这时你望着我严肃地说，你生活在我们土家人堆里，入乡随俗，你当老师的还敢破坏我们土家人的规矩？说着将碗递给我：来，你破坏规矩我不罚你，我俩一起干了这碗！说着和我的碗碰出咣的一声响，一副不喝不放过我的态势。我自知不是对手，你田振山是个以豪爽硬性著称的汉子，谁人奈何你？我只好端起碗，还必须一饮而尽。

酒足饭饱之后，我用充满醉意的眼睛望着你说，振山兄，这下你可以说你的大事了吧？你说，还不能在这里说。我想这田振山搞什么鬼。问：那你要到哪里去说？你说，跟我走吧。你说着就向门外走去。我只得老老实实跟在后面。

不一会，你就将我带到了屋旁的山林里。几枝荆刺伸出尖利的爪子把我的衣服紧紧抓着，我一时间怎么也取不下来。我就说，老田啊，你没喝醉吧？你说，醉？你回头望着我说，你还拿两大碗来看我醉不醉！说着连忙伸手帮我将荆刺的爪子拿开。我又问：那你带我到这山林里做什么，帮你打柴呀？你笑一下说，喝了酒，看看风景嘛，这雪景多好看啊。这时又一枝荆刺小孩子一样拉住了我的衣服。

这时你用手轻轻地为我拉开抓着衣服的荆刺爪子。树上掉下碗大一坨雪，准确地砸在我头上，像一颗无声的炸弹，我浑身一下子冷了。我就说，哎呀，你是把我带来解酒的吧！你说，当然啦，你看你的脸好红！不过，真要解酒还在前面。

就听到一种响声，很好听的响声——是泉水唱歌的响声。这是一个并不大但充满灵气的岩洞，洞里飘荡着热气，仙气萦萦绕绕，我想一定住着个神仙。走过去，一股清清的泉水哗哗地从洞里潇洒地奔出来，就像一条白龙穿山而出，正赶路要去远方。你在洞边一个岩石上坐下来，用手指着流出的泉水，望着我说，你看这个泉水怎么样，能解酒吧？我说，这水好。说着走进泉水边，用手捧起一捧水喝下，咂咂嘴感叹道：好水！好水！甜的呢——真是"农夫山泉，有点甜"。好解酒啊！又捧了喝。又说，真是天赐神泉啊！

你也一连捧了三捧水灌进肚里，起身拍一下我肩头，问，到底神在哪里？说着从衣袋里取出一个酒瓶子，我一看吓坏了："天呢，你还要我喝酒啊？"你一笑，将瓶子放入水中，往瓶里灌水。原来这是个空瓶！我惭愧刚才不该失态。

你灌满一瓶水，递给我，我又是一惊：你要我把这瓶水喝完啊？这……你又是一笑：你怕什么嘛。又笑笑：我是请你拿回去化验一下，看这水含些什么元素，水质到底怎么样？

我一下子明白过来，说，好你个田振山！我又喝了两口，说这水质好。但马上又诧异地望着你，意思是，你一个农民研究水做什么？

你正经八百地看着我：我看了很多电视里宣传的这水那水，也专门到街上买了、喝了远处来的矿泉水、纯净水，这水那水，不知怎么的，我都觉得没有我们这水好喝！但又说不出个道理，所以，我要请你化验一下。

我惊异地望着你，问道：你想干什么吗？

朋友面前不说假，我要将这水开发出来，弄到城里去卖！你满脸有一种宏大气势地看着我。

我又惊奇又赞赏地看着你，激动地说，你真是个田振山！我这就把水拿去化验！

你高兴地一拍我的肩膀：几天可以完成任务？

我显出一副为难的样子看着你：要化验这水，也并不是很容易的事。我们学校还没有那些设备，我还要到县城里去才行。我公事下城的机会多，顺便找同学帮忙……

你啪的一下握住我的手：谢谢你啊，将来你是第一功臣啊。

我谨慎地笑着：希望能成功。

你又拍拍我肩膀，小声说，现在你可不要声张，要保密！这是商业秘密啊，秘密就是金钱啊！

我惊奇地看着你：没想到你这个老农民变得这样商业了！

你煞有介事地说，告诉你刘老师吧，这事我从去年就在想啊！别人看电视都不喜欢看广告，我是光看广告，特别是看水广告，宣传水的广告，还有专题片……

我激动地紧紧握住你的大手，满肚子感慨地点着头：我真服了你！你这农民比我这老师还与时俱进啊！

你却变得很严肃地看着我：麻烦还在后头呢，你等着。

我没想到，就在这晚，就收到你的麻烦。你又去了中学，我打开门吓了一跳，你身上沾满雪花，头发眉毛都是白的，像个白毛鬼。我一下子吓着了，你这才放下一个东西，到院坝里去拍打身上的雪花。然后又叫我吓了一跳，你扛了一个长长的猪腿，少说也有二十斤，要送给我。我怎么也不肯收下，可是谁能奈何你田振山？说，说不过你，我的话再有道理，但就没有你的话硬；推，推不赢你，你力气特大。一时间我就被搞得很狼狈。

你又拍拍我的肩膀说，我也是快五十岁的人了，我俩也就只当是兄弟嘛，有什么吃的，还分个你我吗？和我这个农民交个朋友不愿意吗？还要共谋大事呢！

我只得收下。无可奈何。于是我也拿出一招，找出别人送的一瓶好酒，要递给你，说，兄弟朋友不分你我，我也不喜欢喝酒，这瓶酒送你，你必须收下，否则我也不要猪腿。

你伸出手指指着我：好啊！肉的问题，按你当老师的说法，我俩刚才就画了句号。你怎么这下又说反悔话？你知道，反反复复的人是什么人？

我一时说不出什么。

你接着进攻：好，我俩就说另一个话题，酒。给你说，我喝酒，但只喝苞谷酒。你这酒，不适合我的口味，你难道硬要把我不喜欢的东西强迫送给我？

我又难堪了，一时间说不出什么反驳的话。

你豁达地一拍我的肩膀：你不要着急嘛，先放这里，你的化验结果出来了，就给我带个信，我就来和你庆贺，来陪你喝个底朝天，但我要喝苞谷酒。说着，转身推开门，又走进风雪里，那身影，就如"杨子荣打虎上山"，顿时消失在白茫茫的雪野……

你不知道，我站在门口久久地望着你的背影，浑身涌起一股股热潮。这晚，一直睡不着。

三

刘老师又走来了。虽然天上天下尽是夜色，但田振山清楚地认得这是刘老师！田振山激动地走上去，紧紧地握住刘老师的手。刘老师也很激动，深情地说：

只有一个星期，我就揣着检验结果急急忙忙来到你家。我浑身都流淌着酒一般的热潮。一见面就拍着你的肩膀：老朋友，有结果了。我指着检验单说，这水是稀世珍宝啊，不仅富含硒元素，还含有多种其他人体所需要的元素……

你喜出望外，激动地抱住我说，你是大恩人啊！今天我俩要喝个底朝天！

你妻子端来几盘下酒菜放在桌上。这时我就从衣袋里掏出那瓶好酒，说，今天得先喝我这瓶酒，庆贺庆贺！

你看你怎么说？你竟然说出了上纲上线的话：刘老师，你是汉族，我是土家族，现在的政策是，要尊重少数民族的风俗习惯。我们土家族是喝苞谷酒的，你怎么能破坏党的民族政策，改变我们少数民族的习惯呢？我问你，谁敢要回族人吃猪肉？倒是入乡随俗，你得和我一起喝苞谷酒！来——说着就给碗里倒苞谷酒，根本就轮不到我争辩，一碗酒就递到我面前：来——

我早已经被你这个人物所感染，没有了争辩的语言，或者说忘记了一切，只知道端起酒碗，学着你田振山的姿势一口气喝下去。

你又倒着酒，说刘老师你也别背包袱，你这瓶酒是你的心意，我收下了，放在我这里，等厂办起来以后上面来了人，我们一起陪客。怎么样？

我非常满足地笑着：好。

你端起碗，慷慨地说，从今天起，我俩就绑在了一棵树上，不管你愿意不愿意。今天这顿酒，也就是我们办厂的常委会议。从现在起，我负责管理，你负责技术。干好了，是我们两人的，干坏了，我一个人搂了！

我感动地说，我只是个化学教师，对于技术、办厂可是什么也不懂啊。

你却说，你有文化，懂化学元素，什么都能弄懂的，我就看上你这个人。放心，我给你高工资。

我向你解释：我有工资，我不想另外搞副业挣钱，背个骂名。能为你帮点忙也就是为家乡尽力，我心里乐意、舒坦。心里踏实，才高兴。再是大老板，钱的来路不是光明正大，暗室亏心，天若神明，也未必能睡着觉。

你是个精明人，一眼看出我的内心，是讲究品位的，就不多讲。你说，那好，我俩不讲钱，只讲义。

我激动地说，对，人就要讲义！金钱如粪土，仁义值千金。

你高兴地端起酒杯：对。喝酒！无酒不成礼义。说着又给我倒了一碗。

我无可奈何：哎呀已经喝多了。

你感激地看着我：凭你的这番心意，我今天也要醉在这里！我五十多岁了，第一次遇上你刘老师这种有境界的人，我怎么能不醉呢？要醉！

我端起碗：好，这碗我喝了。与你的碗碰一下，一口气下了肚。摸摸嘴，说，再就不喝了，晚上我还要给学生改作业呢。

这时你的妻子田大嫂又端一盘菜放桌上，笑着看我：你刘老师就不喝了？我还没和你喝呢！说着，拿过酒壶就倒了两碗酒，一碗递给我，一碗她自己端了，说，干！就要去碰我的碗，我说，确实不能喝了。

田大嫂男人一样挺挺身子，望着我：你是个男人，我是女人，我也讲不来规矩，我只问你，你敢不敢和我喝了这碗酒？

我很是为眼前这个形象折服，感慨地说，好，喝。不过只喝这一碗。我真的还要加夜班改学生作业。

要得。来——只听两个碗咣一声响，接着咕嘟一声，田大嫂就向我亮出了空碗，而我还在发出咕嘟声，只喝下了一半。

田大嫂看看我，放下碗：我说话算话，不要你喝了，但我为表示对你刘老师的敬意，我要当着你的面还喝一碗！说着就倒了一碗酒，端起碗咕嘟一声喝下了肚，亮一下空碗，说，我是个老农民，乖巧不来，说不来冠冕堂皇的话，你无私地支持我们，又不讲报酬，我们无法感激，我们只能在心里记住你的情义！

我这下点点头：是啊，一个人，能让别人在心里记住，比什么都好啊！

这时您说，你帮了大忙，我们真是难为情啊！告诉你，明年的今天，我俩一定要坐在厂里喝酒！说着把碗往嘴上一倒，碗就又空了。

吃喝了一阵，你摸摸嘴对妻子说，你在家收拾。今天这酒喝不醉了，我和刘老师到龙洞去喝——说着拿起一个酒瓶和两个碗，出征似的向龙洞走去。我紧跟着。

记得这时西下的太阳灿烂，像一支巨大的画笔，在雄峻的茅草坡上潇洒地泼墨挥毫，有白的雪，青的松，红的树，黄的田，几下子就是一幅有如横空出世的油画，气势雄浑磅礴地展现在天地间。

当田大嫂来到龙洞时，你和我早已双双醉卧于开满雪花的茅草丛中……

田大嫂在洞口捧了一捧水喝了，首先将我背回家，接着又去背你。

四

这晚的夜很沉。田振山站在那里。接着，他爷爷走来了，关心地问他。他想说话，一说就说了很多。

他说，我找了组长。组长名叫杨九福，年纪已经六十九，一生好喝一口酒，是个有名的"酒麻木"，人们当他面叫的"杨酒壶"，背着他叫的"酒麻木"。然后就去找村长。村长名叫黄德伍，年纪已是六十五，外号"色黄牯"。他不仅好喝酒，而且喜好女人，因此许多人叫他"色黄牯"，有的还叫的"骚黄牯"。我找了几架山才找到这个老黄牯，他正在一个小包工头家与人打"上大人"纸牌。

我说，村长，我接你去喝酒。

黄德五斜一眼我，又看着手中的牌，用沙哑的声音说，我这会不得空，有事你就在这说。

我请你到家里去再说。

就在这说。我这盘牌多好啊！声音沙哑，像是喉咙里还停留着许多酒肉油垢，影响了发音。

我也就直接了当地说，我想把龙洞的水开发出来。

黄村长忽地睁大眼睛，但他仍然看着手中的牌：你怎么开发呀？

我想办个水厂，通过过滤、处理，搞成桶装和瓶装的饮用矿泉水，运到城里去卖。

黄村长仍然看着手中的牌：你办矿泉水厂？把这水弄到城里去卖？说着打出一张牌。

我重重地点下头。

黄村长接着摇了两下头。我看你是人没老，头先昏了。凭你这么一个大老粗，要办矿泉水厂……他将一张麻黑的老脸撇了撇，这是揶揄的意思。

我是大老粗，有人不是大老粗呀。

这里还有哪个不是大老粗？

我有出名的化学老师刘老师，还有个读大学的儿子啊。我现在小搞，打基础，等他回来再大搞。

黄村长又撇一下脸，不失揶揄道：大搞——也搞成个"娃哈哈"？你想得美，现在的年轻人去了大城市又还回这个山沟沟？

我相信他能回来。刘老师已经把水拿去化验了，结果很好，全国少有，装到城里去就可以变成钱。

这下黄德伍怪怪地看了我一眼，马上又说，你田振山也不要想得太简单，没你说的这么容易，不是做粑粑。

我说是不容易啊，所以我才找你黄村长，想得到你的支持。

黄村长说，那我明天先来看看再说嘛。我心里明白，村长今天在这里有好招待，不会走了。

第二天也很快就到了。村长也真的到了，和我去看了龙洞泉水，然后我陪他喝了半天酒，我问他行不，他说，这地下资源是属于国家的，起码也是属于村里的，也就是村民大家的，你一个人要开发这地下资源赚钱，我还一时间不能做出回答呢。村里开会商量了再说吧。

我说，不就是一点水吗？

黄村长说，对呀，可这水不是你家里的水呀？

我没有示弱，说这是我自留山里流出来的水呀？

黄村长说，可这是大家山上的水呀？你住在山坡下面，你上面还有几百户人家的山呢。是整个这座大山上的水呀，只是从你那里流了出来，就是你一个人的了？

我一时间有些茫然，也有些明白：黄村长是要让我知道，他手中有牌，我得巴结他。

我又找到王支书，王支书年纪小一些，只有六十三，正在打麻将。我给王支书说了情况，王支书说那就去看看再说。我就又陪王支书喝了半天酒。王支书也是黄村长那样说法。我想，看来，搞个事还真不是所想的那么容易啊，我就叹了一口长气。

田振山的爷爷听到这里，就骂了一句：这些狗日的！老子若在，不收拾了这些狗杂种！

田振山连忙看看四周，忧心夜色里有什么隐藏，说，不要这样说。莫给我找麻烦。

接着田振山叹口气，又说，给您老说，我也遇到了好人。也就在我有些畏难之时，刘老师来了。我又像是见到了亲人和救兵。说，喝酒！

刘老师说，今天不喝了，二天在省里回来了喝，我后天去省里学习。我省里有几个同学，我想带点样水去，请他们拿到省科院去检测一下，做出更有权威性的报告。

我也算个精明人，马上明白这是一步好棋，说，太好了！那就等你回来了再喝酒庆祝。

刘老师就安排我：你给我分早上、中午、下午、晚上几个不同时刻分别取一瓶样水，明天下午送到学校交给我。

五

田振山站在夜色里，就像一棵没有了枝叶的树桩。四处黑黑的。他觉得世界上就他一个人。他向夜色里看着。

也就在这时，女儿田苗向他走来。他认真一看，一喜，她来了！她还穿着那件减价的红衬衫，这是她读初一时他给她买的，已经很短……他忘记了一切。他走过去——可是女儿又不见了。他不知道这是不是女儿魂归故里的灵魂？他决心不去想女儿了。又去想儿子。可儿子一直还没回来！他越想越气愤。

田振山感到心里又空落得难受！他去看那一排坟堆上的茅草花——白白的，显得有些明亮，不停地摇晃着，似乎一定要区别它与这黑夜的颜色，更如高高伸起的手，如高高伸起的火把……他又去看那些树木。

接着，田振山看见父亲从黯然的夜色里向他走来，很悲伤地对他说，1949年以后我办了一个酒厂，红火了几年，后来被收归集体所有了。但我仍然一心一意好酒，任劳任怨。我想，虽然厂是集体的了，但酒是我煮的，我是师傅，酒差了，我的名也就垮了，人的名树的影啊。人，其实就为一个名活着，人是要死的，名是不死的。我家几辈人的酒师傅，酒的质量不能有个闪失，更不能失传了。但是不久，就是三年困难时期，没有粮食煮酒了，酒厂也就垮了。三年困难时期过后，那锅也锈穿了好几个洞，酒甑不知什么时候就散了，可能是被人故意弄散的，后来就被人弄到食堂里当柴烧了。我看见酒锅锈穿了孔，眼泪就滚出来了，一天没有吃饭。我祖祖辈辈梦寐以求的酒厂，就这样画上了句号。在饿得没法的时候，我想让你们多吃一点，能够活下去，我就去上吊了结了一切。

　　田振山听了心里难受，什么也说不出。他爹又说，现在你可以办酒厂，继承我们祖辈的遗志。

　　田振山看着夜色里的爹：我不想办酒厂。一是我没有煮酒的技术，二是办酒厂要粮食，如果遇到灾害收不到粮食酒厂就完了。我经常看见电视里的广告，广告这水那水的，我就想到了这龙洞的水——办水厂不要粮食，自己山里的资源，也不需要用钱去买，只是按电视里说的过滤。对此我儿子田树树也感兴趣，说我们的水比别人的水珍贵，是稀世珍宝，确实有营养，有优势，并取了个一反常态的名字"茅州县自然营养水厂"。他说，要得到县里的支持，必须要打出"茅州县"的牌子。我当即一拍大腿，说好！我看了广告的，还没有谁提自然营养水这个名儿呢。我们的水确实有多种营养成分。谁不想喝有营养的水？这更能引起人们的注意。

　　我用五个葡萄糖瓶子打了 5 斤苞谷酒，认真准备了一桌好菜，将黄村长、王支书、会计、妇联主任、民兵连长和组长杨九福又请到家里，正式向他们报告我要办水厂的事，请他们支持。我特地把刘老师也请来了。

　　这顿酒喝了三个小时，还在继续进行。黄村长和杨组长喝酒都是慢慢吞吞地，就如有的农妇形容不着急的丈夫："三天卖两条黄牯，死也不着急。"

　　黄村长和杨组长都不用碗喝酒，杨组长是抱着瓶子喝，他首先就拿了一瓶抱在怀里，仿佛是他自己的；黄村长是用杯子喝，但瓶子总被他一手握着，也就是控制着，显出几分霸气，谁要喝酒得由他倒，倒多倒少完全由着他的喜好。他们喝得慢，有诸多优越性，既可以喝多，可以多吃菜，又可以不醉，还可以打发无聊。他们常常从上午喝到下午，从中午喝到太阳落山，从下午喝到深夜。此刻这顿酒因此就喝了四个小时还在继续。

我想趁酒桌上好说话，就向这些正喝酒的人说了我要办水厂的事。

王支书埋着头喝酒，不抬头，也不说话，只能看见他那长长的脖子，不能看见他的脸面，更看不清他的神态，也就不知他想的啥。别人一般很难摸到他的底。

杨组长抱个酒瓶看看王支书，喝一口酒，又望望黄村长，又喝一口酒，打算先看他们怎么说。

黄村长有些直率，敢说话，在乡政府开会也敢放炮，常常说出一些不正不歪的话题和道理，搞得书记乡长也一时难以解答。这时黄村长喝下一杯酒，手仍然握住瓶子，像是怕谁抢去似的，也仿佛需要把玩这样一个玩具，喉咙里咳一下，不是咳而是清一下喉咙的残酒，用沙哑的声音说：

丑话说在前头，地下资源是集体的，大家的，村里要收点资源费。最少，每个月500块钱要收。每年也就6000，不多。

杨组长这时手握酒瓶往桌上一放，发出一声响，显示一种力度，但手仍然握着，随着响声，他同时显出一种气势，一定要证明他的存在，接着大声说，这水资源，在我组里，毛主席在世就说过，"三级所有，队为基础"。现在的组就是那时的队，所以，首先组里要收资源费。

我心里早已憋了一股气，但我不是炮筒子，我能看事，懂得智谋，遇事能硬则硬，不能硬则活，活就是灵活。即使硬过来了，也还要做好善后工作，让人心服。因此我显得豁达地一笑，说，你们说的有理。不过，这龙洞在我家的自留山里，自留山里的东西归私人，这是早就明确了的政策。

黄村长扫视一下大家：国家有规定，所有地下资源属于国家，不属于私人，这是法律规定。

我热情地望黄村长笑着，也按他一贯说话的方式技巧：这么说，那就轮不到你们收了，你们还不能代表国家呢，要收国家来收，你们说是吧？我依然热情地笑着。

黄村长也笑笑，清下喉咙：这龙洞虽在你自留山里，可这水是整个大山里的，你那么一点自留山，能常年有那么粗一股水流出来？所以说，这水是大家的，是我们村里的，你想把我们完全撇开，一个人吃独食呀？说着也笑笑。

我心里明白，就是要给他们搞几个钱。我还是热情地笑着：你们慌什么？现在黄瓜还没长花蒂呢，厂办起来了，还忘了你们？我说着又给黄村长杯里倒满酒，说，来，喝酒。

黄村长端起杯子喝一口，收缩笑容，一本正经地看着我：我们也是为集体、为大家说话。你老田也莫见怪。

我心里很气愤，但依然望他们笑着：那是那是，你们虽然不是一级政府，也是一级领导啊。

对嘛。黄村长掏出一根香烟来放嘴上。

对嘛。几乎是同时，杨组长附和着，摸一下儿子给他的那件西服上的唯一一颗扣子。

黄村长放下酒杯，悠然地吸一口烟，望着我：你看村里一分钱也没有，上面来人烟都买不起一包……

我很有气概地望着黄村长：你放心，我的厂办起来了，村里的一点小开支，算我老田的。

这时黄村长像很感动的，连忙拿起杯子去碰我的碗：凭这话我俩干一杯！

接着杨组长也举起酒瓶，去碰我的碗：我组里更穷啊，上面来了人，就我私人供酒供饭……一副期待我也向他表态的眼神。

我望大家笑着：厂办起来了，上面来了客人，你就带我家来，算我老田的客人。行吧？

哎呀我就等你这句话，来，我也和你干一口！说着用酒瓶与我的碗碰一下：干！你办厂，我杨九福支持！希望你早点出效益啊！

黄村长也用酒杯去碰我的碗：干，希望你早点办起来！但你不要忘了你说的话哟！

我笑着：哪里会忘了呢？我田振山几时说话不算数了？

是啊，黄村长抬一下头，这么大个村，我还就瞧得起你田振山。

是啊，杨组长扭一下头，这么大个组，我也只瞧得起你老田！

我只是笑笑……

黄村长接着严肃地看着我：等下我们要签订协议。望一眼会计：你喝了酒马上写合同。我们和老田今天就把合同签了。

接着杨九福也对会计说，那就请你顺便帮我也写一份合同。万丈高炉从地起，首先可得和我组里签合同。

六

田振山站在夜色里，接着，他就看见刘老师向他走来。他上去握住刘老师的手。都有些激动。

刘老师长情地看着他：你记得吧，半月后，我来到你家，一见面就激动地说，今天我俩真的要喝个底朝天！告诉你，经省科院检验，这水确实是稀世珍宝！目前国内还没有发现这样富含硒等多种元素的优质矿泉水！只有我们恩施州有。

你激动地望着我：那就是说，是全国第一了！

我信心百倍地：应该是世界上少有！

接着你就和我喝酒，也不知喝了多少，也确实喝醉了，你就说，去龙洞喝水解酒！于是我俩各提着瓶子去龙洞打水喝，但哪里知道，拿的都是装满酒的瓶子，去到龙洞在水里灌一下，就往嘴里倒，其实还是喝的酒。于是我们两个醉倒在龙洞边的水沟里……

田振山有些激动了：你给我带来的这消息太鼓舞人了。接下来我就去贷款。信用社根本不相信我这位老农民。你本来是说和我一起去县城的，但没想到你身体忽然不适，叫我先去。我颠颠簸簸来到县城，走进一家银行。还好，这家银行的行长正在办公室，坐在老板桌边，梳着一个大背头，戴一副金边眼镜，一副香港大老板的气派，用一双威严逼人而傲慢的目光射向我——如果是一般的农民，行长这目光不被杀个昏倒也要吓退三丈。但对于我来说，我身上还涌流着祖祖爷爷强悍的血液，莫说一个行长的两只射人的眼睛，就是两支枪眼对准我，我也不会眨一下眼睛。我爷爷砍掉的那个红鼻子恶霸的脑袋，那上面也长有两个枪管似的眼睛，脑袋被我爷爷砍掉到地上，还用射人的目光望着我爷爷。我爷爷笑着看他：是不是不认识我？我是被你害死的田酒师傅的儿子，你看像不？你不仅害死我爹，还害死了很多人，我代表他们来答谢你！我爷爷也用两个剑一样的目光射向地下的脑袋，那脑袋上的眼睛在"嚓"的一声中迅速闭上了——接着我爷爷用红鼻子恶霸的衣服包了红鼻子脑袋，提起就走。

我迎着射来的行长目光走上去，毫无惧怕的意思，就像当年我爷爷走向红鼻子。

有什么事？行长傲慢地抬起头，两道威严的目光利箭一样射向我眼睛，以为我只不过是一个"陈奂生"。我坚定有力地对望行长，两个眼睛像两个闪光的铁盾，顿时对方的目光被碰碎弹回，落于老板桌上。

我有些冷峻地看着他：我想搞一个项目。我将报告和检验单给行长看，行长瞟了一眼，接着又把我瞟了一眼，鼻子里傲慢地轻哼一声，笑一下，意思是你一个老农民，也办厂？

我有些严肃地解释：我这水是稀世珍宝，能成功的。主要是由我儿子来搞，他是读的名牌大学，很快就毕业了。请你相信我们。可以签订合同，还不了款，厂归你们，那水资源归你们。那水是全国少有的稀世珍宝，要是对外招商拍卖，起码要卖五千万！

行长眼里闪过一缕不屑，反问我：那你们怎么不卖给别人搞，净得五千万？

我也反问，这么好的宝贝资源，为什么要卖？卖只能卖一回。我们自己办的厂，就永远是我们的！我就是要为我们山区农民争个气，拿在自己手里办厂！我儿子办了孙子接着又办，就和那水一样，永远不会中断。

行长这下认真地望着我这位像个老农民又像个企业家的人，他大概明显地感觉到我气势如山，非同凡响，脸上便突然改变了大部分颜色，目光也掺和了一些平常心态。这有些出乎他的常规意料。

行长还是转了一下眼珠看我：现在根本没有贷款指标。就是有，你们还连工商局批的手续都没有，也不行的。

我又去找了几家银行，差不多都是同一个模式，谁都看不起我这个老农民，得到的都是鄙视和难堪。

我接着去了工商局，领导倒是没把话封死，冷冷地说，只要有 150 万的保证金，贷款到账的都行，就可以给你批手续。这是最低数。唉，你知道，我哪有 150 万？1 万 5 都难以拿出来。我觉得好笑，一边要见批复手续就贷款，一边要见贷款就办批复手续，真有意思。

接着我去了县政府，两个彪悍的门卫严肃地挡住我：干什么？我微笑地说要见见县长。门卫打量我一番，没好气地说，县长不在。我客气地礼貌地微笑着看他一眼：打扰了，我走。门卫又严肃地解释：县长忙，哪有时间一天来接待你们这些人！我仍然礼貌地微笑地点着头。

这晚上住在城里，却怎么也睡不着。第二天我还是又来到了县政府，两个门卫又上来威严地挡住我：你怎么又来了！我对门卫微笑着客气地说，我有项目大事，一定想见见县长。门卫说，县长不在。我客气地说，那什么时候在吗？门卫严肃地说，你不要来找县长，县长到远处去了。我想，到远处去的意思，那就是无法找了。算了，等我儿子来。我儿子有文化，人也帅，不像我这老农民。

哪晓得，我回去就听说你住进了县医院！

刘老师接过话：唉，我开始也以为只是感冒了，休息两天就好了的，哪知很不对劲，才去县医院。唉，你回去连脚也没歇，就又跑到县城医院看我，说一定要服侍我，我当时就哭了……我要你不要想着我，也不要管我，还是去找找县长……你说唉，县长不是我们能够找的，我等儿子回来……

七

田振山站在夜色里好久了。他觉得这世界就他孤独一人。他决心不去想女儿，又去想儿子。他觉得这是他最大的指望，也是唯一的指望，可他毕业了都一直不回来！他不禁又想起那些难堪的日子。这时，刘老师来了。他又激动又难过地去握住刘老师的手。刘老师安慰我：你不要难过。树树他会回来的。

田振山摇了下头：是应该回来啊。刘老师你不知道的，田树树的大学读得不容易啊！当时田树树报到在即，这费那费加起来要11000多块钱，但我手里连110块都没有！我去信用社贷款，信用社要存款抵押，我有存款抵押还要来贷款吗？我转身就走了。想去找那些亲戚借，可那些亲戚也都穷啊。怎么办？我和妻子两人吃不下饭，睡不着觉，几天来人都急病了。村民们都知道了，相互联络：我们村里的田树树考取了重点大学，这是全村的光荣呢，我们一定要想法让他去读。这么大一个村，这么多人，难道还看着他考取了却读不成吗？大家都来想办法，哪怕卖年猪、卖口粮，也要送他上大学！

陈老大把年猪卖了，助了400块，送到我们家，一定要我们收下。我和妻子流着泪：天呢，你们把年猪都卖了，明年一年日子怎么过啊，我怎么忍心收这个钱？你们快拿回去重新买个猪吧……

他生气了：那你们就是瞧不起我老陈了，你家的儿子考取了大学，是我们大家的光荣，也是我们大家的责任啊。你们不收钱，就是把我们当外人了！

没办法，我和妻子只好含着泪水收下了钱：作借吧，他读了大学，一定还你们。

说什么还不还，先读大学，读了大学，我们全村人还不都沾光了！

接着是张寡妇把年猪卖了，送来了一个红包。双方推拉了半天，张寡妇哭了，不收不行。我只好收了，我想，作借。过年时，我给她送去两块肉，她怎么也不要，可是不要不行，她就找了秤来称：那我要称一下，我二年喂猪了还你们。你们送大学生不容易啊……

刘老师站住：真是太感动人了啊。

田振山继续说，那天正下着好大的雨，像是从天上倒下来的。我的大哥撑把破伞来了，背上的衣服已是湿了半截。一坐下来，就将1000元钱交给我：树儿能走进大学，是我们家族的荣耀。我们将来老去了，不睡棺材也能闭眼啊！后来我才知道，大哥把两口子的棺材卖了，我当时就哭了，没办法不哭啊！接着，张家儿子腊娃把结婚用的 3000 元钱送来了，诚恳地塞进我手中：我结婚可以推一推，日子是由自己确定的，不像上大学这事，过了报名时间就过期作废了……我感动地推过去：你都快三十岁了啊。腊娃狠狠地推过来：我爷爷还是四十岁才结婚呢。又是不收不行。接着是武老伯送钱来了，后才知道，这是他准备治病的钱。没想到，树树上学两个月后他就去世了！我在他灵前痛哭了一场啊。还有几十户都送了钱来，不收不行，有的是卖了苞谷，有的卖了洋芋，有的是卖了胚猪，有的是卖了做棺材的木料，有的是找人借的，甚至有人还是找信用社贷的款，等等。还有几个学生将他们星期天找山货卖的一点钱也送来了，特别令人难忘的是那位 80 岁的孤人杨老伯，将几十年来存下的 100 来块钱送来了，他说活了 80 岁，还没见过真正的喜事。不收不行，不收他就要撕了扔茅厕里去……

我想，虽然这些钱我都是一定要还的，但那情能还得了吗？特别是珍儿她爹，去找低山的几个舅舅借钱给树树凑学费，谁知他借了钱回家时河里涨了大水，他回家心切，树儿正等着学费钱啊，便强行过河，结果被大水不知冲到了什么地方，有如石沉大海……你说，我怎么还这账啊！我流泪了。

刘老师抚摸着田振山的肩：不要难过，世上一切都是早已制定好的命运。我们把这个世界没有办法。

田振山沉沉地抬起头：我没想到，我 15 岁的田苗也来了通知，考取了县一中。又是学费，又是这费那费，生活费等等，又是一笔吓人的钱。这钱从哪里来？田苗的妈便整天眼泪不干，我也是整天吃不下饭，不几天，两口子就变得不像人样了。苗苗恳切地望着我们：你们不要急，先想法把哥哥送到大学去，哥每月的生活费，我去打工给他挣。你们就不要为我着急了，我肯定不读了。我听了一惊，坚决地说，不行，你也要读！她皱着眉头：两个学生在城里读书，每月的生活费都吓人，你们待这个穷山坡上，从哪里弄来钱？我坚定地瞪着她：这你不管。谁知不久她就悄悄出走了，只给桌上留下了一张纸条……

田振山就再也说不下去了。刘老师这时也是什么都说不出了。

八

这时已经夜半，夜色已经很深很深了。山坡完全睡去，四处黑黑的，天空有云，像一床厚厚的被子把这个世界蒙着。田振山还站在夜色里的那个地方，想着什么，等着什么。

忽然狗子咬起来，像夜空划过几道亮光。

接着有人敲门！

哪个这时候敲门？

是我。

原来是田树树回来了。

哎呀树树你也回来了！我们眼睛都望穿了……田大妈拉着儿子的手，眼里转动着泪花，又是看他，又是摸他肩头，恨不得抱进怀里像小时那样亲他几口。

珍儿倒是不好意思去拉手亲近，只是激动地望他笑了一下，就连忙去接下他背上的牛仔包，然后就去给他泡了一杯热茶，递给他手里，这时田树树便握住了她的手，深情地说，辛苦了！

还好。她的脸一下子红成一片云，深情地望着他，眼里已经涌满泪花，害羞地抽出手来，望他一眼，就去椅子上坐下来。

田振山在屋旁山边听见动静，慌忙走进屋里来。认真地瞪儿子一眼，就问，你怎么毕业这么久不回来？田振山的口气里充满埋怨和严厉。他认真审视地望着儿子的脸，没带什么笑意，他似乎已经看出儿子心里有鬼，因此他的第一句话就这么问。

在外面有事。田树树只回答了这么三个字，同时只用少量的目光看了父亲一眼。也许是他有些害怕父亲，他知道父亲是这一带的一个人物，不是一般的男人；也许是他不想与父亲短兵相接。

什么事比我这里的事还要大些？早就给打电话说了，叫你早点回来，你忘了？

情况有变嘛。田树树不卑不亢地，这次连少量的目光也没有伸向父亲。他深沉地思索着什么。

我晓得！你的情况有变——你的心有变！

田树树深沉的目光并没望一个固定的什么，像是望着遥远的地方，平静地笑一下：我的心怎么会有变呢，哪有儿子变了不认老子的？

不变就好，那你就给我早点上阵——按我们原来商量好的办，这个厂长由你来当，我是个大老粗！

任何事情总要坐下来慢慢商量嘛，怎么硬要砍了树来捉鸽子？

我不是要砍树，我是为了我们子孙后代的大事业！他一副气愤的样子，对儿子没个好的态度和颜色，完全是一副长者的居高临下，完全是一副发出命令必须执行的领导姿态。

田大妈一共瞪了老伴四眼，要他不要一见面就是这么说话。田振山就不吱声了，去了房间。

田大妈见儿子平安回来已是满脸堆笑，有着说不出的喜悦。她用手摸摸儿子背上的衣服，亲切地说，汗了吧，快洗洗。我去给你热水。这时就见珍儿正端了瓷盆走进来，放在田树树面前，亲切而不卑不亢地说，洗洗吧。

田大妈愁眉舒展开来：还是珍儿想得周到。哎呀，这几天，真把妈急坏了。别的不怕，就怕路上车子出事……唉，也不知怎么走了这么久的！

路上又到了几个同学那里，商量了一些事情。

商量什么事情呀？

唉，妈就不管这些吧。

我怎么不管，我就你这么一个儿子。

妈，有些事，讲了你也不懂的。你就相信儿子吧。

我经常看电视，我什么不懂？都没说我有什么不懂，都没说我有什么不行。为修路占地扯皮，那些人赖在路上不走，听说我家要办水厂，想打秋风，不让车通过，还就是我上去几句话一说，都才成了蔫黄瓜，不然还要打架呢！

我知道妈是个能干人。可现在外面的事不是一下子说得清的。

你到了些什么同学那里？是不是女同学？

田树树笑一下：哎呀妈你就只关心是不是女同学！女同学男同学都是同学，很正常的。你们有你们的事，我也有我的事嘛。

田大妈似乎一下子听出了话里有音，马上正色道：不管怎么说，你还是要听你爹的，这也是你们早就商量好了的，人说了话要算数。

妈，不是一定要听哪个的，都知道老人只为后代好。但怎样才能真正为后代好，后代的事怎样才叫好，怎样才对后代的前途有利？要想这……

我看，没有什么事有这个水厂的事大……

珍儿用手碰一下田大妈胳膊：伯娘，树哥刚到家，先让他好好休息吧。树哥也大学毕业了，做事也肯定有他的把握。你陪树哥坐坐，我去做饭……

田大妈上来推开珍儿：还是我去做，你不熟悉他的口味。

伯娘，我知道。我相信他还是原来的口味。

哎，还是我去，你们年轻人说说话。老人执意地去了厨房。

田树树充满温情地看着珍儿：这些年，你辛苦了。

珍儿轻轻一笑：唉，人嘛，活着就是要做事。我们这些人嘛，都是做事的命。

也是。我看你也是能够做大事的人呢。

很快，田大妈走进来：吃饭吧。珍儿你也陪树哥吃点。珍儿说，我还不饿。

不饿就陪我喝口苞谷酒吧。我好留念家乡的苞谷酒。不饿就好喝酒，喝酒可以帮助消化。

珍儿微笑着摇摇头。

田树树看着珍儿：酒能醉去人的许多烦恼，能醉出意想不到的意境……你不是能喝酒的吗？记得高中毕业回来那次，你喝了好多酒……

那是因为没考取学，就想喝酒解愁，忘记一切。

你喝得脸蛋红红的，喝得眼神悠悠的……

所以就上了你的当……

怎么这样说呢。人生几何，秋天就要来了，在这夏天最后的夜晚，我俩坐在这，就是要喝酒！

珍儿心里忽地一动，对，喝酒，把他喝醉，酒醉道真言，看他说些什么！想着就爽快地说，好，陪你喝！她想：要把他喝醉，然后问出他心里的秘密！

田大妈看着这一对人儿，心里甜甜的，满脸都是笑。

田树树望母亲亲切地说，妈，你也累了，去睡吧。我想和珍儿说说话。

田大妈会意地站起来，拍拍围腰：那我就睡去了。可是她却移动得很慢，不时地回头看这两个年轻人。

树树向珍儿伸一下手：你拿两个碗来。我们土家族人不兴用杯子喝酒。

那你用碗喝，我用杯子喝，我们姓刘的是汉族。咱们谁也不服从谁。

可这是在少数民族地区，你得服从我们的风俗习惯。快去拿碗来吧，你是不是害怕了？

怕了？看我不把你喝到桌子底下去！她很快去厨房拿了两个碗来，很快将苞谷酒哗哗地倒在两个碗里，递给他一碗：以这碗酒为你洗尘，欢迎你的归来！

他接过这酒碗，向她的碗碰一下，发出啪的一声，就像天上忽地划过一道闪电——干！两碗酒便瀑布一般奔下各自的喉咙。

她没让他吃东西，接着又倒了两碗酒，递他一碗：干！

他面对她，又干了。望她的脸蛋，他觉得这脸蛋还是这样生动诱人。这时整个脑袋开始涌起酒的感觉，有些朦胧了。

她嫣然一笑：我先要问你一件事。

你，说吧。

你知道今天是什么日子？

嗨，我怎么不记得？不记得我会这时候还赶回来，不在县城里玩？县城里的同学就是不让我走呢。

她觉得不记得也可以这么回答，还是心里不踏实，就问：到底是什么日子？

牛郎织女相会的日子呀——七月七，你以为我真忘了？虽然在外磨蹭了这么久，但这个日子我是必须要赶回来的。每年的这天，我们不都在一起吗？

她没再说什么。这时他夹了一块肉喂进嘴里，又慌忙扒进几口饭，想压压酒，空腹易醉。

珍儿见此连忙倒了两碗酒，递他一碗：你不是要喝酒吗？快喝——"将进酒，杯莫停。与君歌一曲，请君为我侧耳听"。

他兴奋地看着她："钟鼓馔玉不足贵，但愿长醉不愿醒。古来圣贤皆寂寞，唯有饮者留其名。"又摇头，但这只是诗，不是现实。

她审视着他，端起碗大声说，干！两碗酒便如黄河之水天上来——

她真要将他喝醉了，很快又倒了酒，兴奋地说，干！他看着她，心底飞出许多心动：干！两碗酒便霍地飞流直下，雪落黄河不见影。

他此时已有六成醉了，痴情地看着她：珍妹，今晚我要正式请你，帮一个大忙，你帮不帮？

珍儿豁达地：说吧。审视地看着他。她其实也有了三分醉意，但她感觉到他要说什么，心中顿时升起一种反感的冷嘲，酒也醒了。她仍然保持平静。她深知，一个人在关键时刻能否保持平静，是对这个人基本素质的检验。所以她竟然望他微笑着。

他有些无力地点点头：谢谢！你还是我的珍妹……我请你……劝爹理解我……对你，我就要说老实话：我想到远处去。我学的这个专业，在远处更有前途……

她很想说，你这么走出去，只是你一个人，几十年的时光一过就没了，可这个资源能走出去，是子子孙孙的事，是千万年的事。但她看他那神情，又抿紧了嘴，不想说，只仍然温柔地微笑着，友好地盯住他的眼睛，看他说什么，还温柔地点头，好让他完全说出心里的秘密。

他解释道：你也别误会我心里没有了你。首先，你要为我着想。你想，我一个重点大学的高才生，学的专业也好，待在这个山旮旯里有什么前途？就是再能办大厂，挣很多钱，也不是我的心里所想啊，也心不甘啊。我的老师已经帮我联系了一家高科技研究中心，要我马上就去。说老实话，不是你多次打电话催促，我就直接去了……

可你在那里是给别人打工，而在这里是给自己当大老板，创办一个企业为自己为子孙造福……

他心里在说，谈何容易哟。而口里却说，我想让你来当这个厂长。

她心底震动了一下，忙将眼睛望着桌子，不让他发现她目光的抖动。她还是保持平静：你以为这是个一般小厂的计划吗？我只适合做具体事情。

他摸一下嘴：凭你喝酒的这种气势，我也要力举你当这个厂长。

她脸上变得严肃：我认为这是可以走向全国的厂啊，这厂长必须要你来当。她想进一步探寻，看他怎么说。

他认真地摇下头：难道我就一定是个当厂长的料子吗？告诉你，我的心确实不在这里……

她已经完全看出他的心不在这里了，不想再说什么，只是微笑着。

珍妹，你要站在我的立场上，帮忙做工作，并且把重担挑起来，让我在外面去发展，我们里应外合……

她知道这是一种冠冕堂皇的话，甚至是哄她的话。她依然平静地看着他：好。

她看着他吃了会儿饭，就上楼去了，再也没有下来。他喊了她两声，没有回应。

他一惊。他想她是醉了，又没说什么醉话。不，她今晚没醉，倒是自己醉了，都说了些什么？

九

当田树树来到珍儿的房门前推门时，她的门已经闩紧了。他敲了几下，没有任何反映，又叫她，也没有回音。他想难道就睡得那么沉吗？他又打她手机，回答也是关机。这下轮到她关机，他焦急了。

夜，像一团黑棉花包着这世界。"呜呼"——那只孤单的猫头鹰在屋后的漆树上叫了一声，又叫了一声，但没有声音回应它。它可能不知道另一只已经不存在了。这时它使劲地又叫了一声，像是要将这黑夜撕开一条缝隙，让它仔细寻寻。

其实珍儿没有睡着。她记起了四年前的那个七月七的晚上，那是在她家。是不是前世制定好的缘？恰恰她父母亲给附近一家办喜酒的人户帮忙去了，弟弟也跟着看热闹去了。她和他喝了许多酒，都有些醉意。后来她怀疑他是有意要她喝酒……

他深情地望着她：我今晚，不回去了，就在这里给你做伴……

她昏沉沉地，忽的一惊：不行……

他握住她的手：我明天就请媒人来你家说亲，这还不行吗？

那也是定亲……

从现在起，我将一切都交给你，包括生命！将来不管我走到哪里，都永远是你的人！

她蒙眬地望着他。

你还是不相信？

她点了下头。

真的，我愿意为你付出一切包括生命！他说着就抱住了她……

她就什么也不知道了，更没有力气推开他。昏沉中她只感到他身上很烫，她听到他的心像是要蹦出来……

树树，不要……

我爱你，我……

不……

我要为你去奋斗，真的，为你！

你好好去读书，我等着你……

我要和你爱一回，否则一切我都不感兴趣，书我也不去读了！

你不去读书，我也不爱你了……

那我要先爱你……我给你写血书了！说着拿起一把剪子就要朝手腕上刺去，她吓醒了，大惊失色，慌忙夺下了剪子。他顺势又紧紧地抱着了她。

她凝神地看着他：那你要答应我，好好去读大学……

好，我一定去好好读大学，为你读大学，为你奋斗！

我只要你去好好读书就行……她垂下了眼帘，任他爱抚……

夜终于掩去一切。他们的灵与肉撞击到一起，金星四溅，汇聚一团飞翔的云霞……

他真的在第二天就请人说亲来了，接着他们俩就订婚了。但令她精神差点崩溃的是，不几天她爹去为他借学费钱被洪水冲走……但他爹说了，她从此就是他们家的人，有饭，先让她和她妈吃！她和他的关系也就牢牢地定下了。

十

后来，她天天都在他家做事。她都是当成自己的事做的，和他爹妈一起吃苦。今年他毕业，她多想他早日归来，可他直到现在才回来……他真的永远是她的人吗？她不禁伸手摸了下他曾经睡过的那个枕头。那些寒暑假的夜晚他们都睡在一起。自他走后，这床铺她仍然保留他在家时的样子，依然是两个枕头一并放着。她有时觉得他仍然睡在身边，可是伸手一摸，什么也没有，空空的，她就久久不能入睡……她苦苦地爱着他，苦苦地等着他，苦苦地为他们劳作……

田树树站在门外，他感到好冷。他由衷地体会到，心冷才是真正的冷。他想她是怎么了？是真睡熟了，还是拒绝他？这时他的醉意几乎没有了，有点彻底清醒。他感觉到这夜像是无边无尽的压抑……

田树树一直站在门口，准确地说是犹豫在门口，无所适从。

田树树又将嘴贴近门边缝隙，轻声地：珍妹，你开门呀……

门里没有任何动静。他又记起，那些假期回来，他和她都是在一起，他拥着她，她依偎着他，就是六月伏天也是这样……

开门呀，珍妹……他又说了两遍，门里依然什么动静也没有出现。

他这时感到浑身凉凉的。他可能是真的清醒了，用手撑一下墙壁，镇定一下，然后有些坚定地向自己的房间走去。

珍儿听他走过之后，一伸手将那个枕头呼的一下扔了老远，落在角落里的地上，发出了噗的一响，像一声重重的叹息。

田树树躺在铺上，感觉像是掉进了深渊，连一点声音也没有，不像城里通晚上都是声音。在这没有声音的夜里，他似乎有些不习惯了，他习惯了那些声音。这时他觉得一点酒意也没有了，他很清醒了。但越清醒就越难受……

他不想睡了，他想出去走走。再不就继续喝酒。

他来到刚才喝酒的堂屋。桌上还有酒，他真想喝个一醉方休，仰天大笑出门去，我辈岂是蓬蒿人！但他又没有了一点兴趣。

他感到心里空空的，空得像要窒息的。他来到大门外，向屋旁走去。这时他就看见一个人，正站在夜色里，他被吓了一跳。他贴着毛桃树向那边望去，夜色太朦胧了，但他还是看清了，那是他爹一个人孤零零地站在那，像沙漠中一根孤零的枯树桩。他想，他爹为什么要站在这黑夜里？爹也和自己的心情一样？他爹那身影有些高大，哪怕是在黯然夜色里。他哪里知道呢，他爹睡早了睡不着，每晚要在夜色里待许久才回去睡觉。

田树树怕见到爹，他连忙轻悄悄地向房间里走去。可是他怎么也没有想到，他走到房门口，用力推了几下，怎么也推不动，再一看才发现错了，这是珍儿的房间。他只记得她睡的房间。那几个假期，他除了在自己房间里看书，又何时在自己房间里睡过？

他不想再敲门，甚至生怕弄出了响声。他向自己房里走去，脚步仍然轻轻地。他恨自己刚才怎么又走到了她的房门口，让她知道自己还没睡着，还想进她的房里睡，自己成了什么人？还有什么价值？真是太糟糕了！

躺在铺上，他心里空得难受，久久难以入睡，仿佛是躺在一片乱糟糟的茅草丛中……

十一

第二天田树树一天没起床，将白天睡成了黑夜。他的心情就更是一片黑夜，孤寂的黑夜。

这夜又来了，田树树的妈强制性把他喊了起来。她也流泪了，儿子一天没吃没喝啊。

田树树起了床。都在吃晚饭。他看见了珍儿那红红的眼睛像两个早晨的太阳，有些吃惊。她将一双红肿的眼睛望着自己的碗里，闷着头吃饭。气氛很不正常。

田振山没有在这里吃饭，他端一碗饭去外面了。田振山还不知道儿子和珍儿昨晚的事，还以为他们昨晚很温馨呢。白天回来看了几次，田树树都没起床，他都体谅地走开了。

等田树树吃了饭后，田振山就对儿子说：明天就给我上班——搞水厂的计划。这是一种命令的口气。其实这根本还不像办什么厂子。由于没有资金和技术，田振山仅仅是个一厢情愿。就说修通这条公路的事，就像是要修到天上去一样难。所以他日焦夜愁，盼望儿子毕业回来。不说别的，由他这老实巴交的老农民去找县里、找银行，谁也得怀疑。如果是他儿子去找县里、找银行，那肯定就不一样。

田树树没有说什么，眼睛望着地下。

田振山瞪着树树：我送你读的大学也毕业了。你也终于回来了。原来我们也一起商量好了的，办一个像样的水厂，办成像样的现代型企业，但这必须还要争取到县里的支持才行。这一切都靠你。现在我想听听你的打算。

田树树没想到他爹问得这样急促，他虽然睡了一天，但并没有睡好，此时脑袋里昏昏的，心里空荡荡的，一片寂然。但他爹正严厉地望着他，他必须做出回答。

他想说，他已经联系了一家高科技研究中心，准备到那里去……但他马上想到这话不能说，一说他爹会骂他的。他也承认，这个水是全国少有的优质水，办厂可能有前途，但成功的难度也很大。就是可以赚大钱，但钱似乎总不是他的追求，他好像对钱不感兴趣，他想在科学研究上做出一番事业。

他想当科学家。这地方还没有出过科学家。他还想出国。

他想到外面去考察一段时间。

但他知道，他想的都不能说。

他怎么说呢？他说什么呢？

他爹又在催促：你说哇！命令似的，比先前的口气又硬了一倍。

田树树这时感觉到珍儿也向他望了一眼。并且也对他充满一种怨气。于是他正了正身子，让自己坐得更端正一些，冷峻地扫一眼他爹和妈以及珍儿。他想：他的打算也是正事，为什么不能说？是犯了哪种法？说！于是他沉静而缓缓地说：

我们老师联系和推荐我去一家高科技研究中心，我想去看看，那里是很有前途的地方，是培养高科技人才的地方……

一时间都向他投来惊讶的眼神，接着就是满脸的气愤。

田振山极力忍住一种要冲出胸膛的愤怒，瞪着他：我看你是蚂蚁心大，就是腰细了！他根本不相信儿子说的话。他认为儿子是不愿待在这山区，想待在大城市，再就是不想娶珍儿姑娘了，肯定已经找了个大学生女朋友，不然他为什么毕业这么久才回来？肯定是待在女朋友那里玩。人要讲良心，珍儿爹是为他而死的，连个尸体也没找到！他和珍儿从小青梅竹马，几年前就睡瞌睡了，又想甩她？他有气地摸一下花白的胡楂，有力地瞪着儿子厉声问道：

我先问你一个事，你必须老老实实回答我！他瞪着儿子，你是不是在外面找了对象？你说老实话！

田树树马上镇静地看着父亲：这事肯定没有！他回答得也很干脆。

田振山审视地望着儿子，不太相信儿子的话是真的，但儿子心里的事，你又看不见，他不说，你也不能用锄头挖出来。田振山不再问这个话题。

田树树继续解释：我只是想到那家科研机构去看看，因为是老师联系的，我相信是真的……

田振山严肃地提高声音说，你给我哪里也不要去！

我去看看了就回来嘛。

田振山老练的脸上晃过一丝冷笑，心想儿子是要金蝉脱壳呢，就呼出一口硬气：你想"鞋子摸油——开溜"？我这个厂长你不来当哪个当？你现在就给我当厂长，尽快拿出计划来！

爹你总要考虑一下我的前途啊……

前途？田振山极力忍住愤怒：我这厂的前途大，还是你一个人的前途大？你说！我这水，地球不灭，水就存在，我这个企业就存在！而且这水在我山里，有自主权，水质省科院检验了，是稀世之宝。说个老实话，平原的什么纯净水，就是多层过滤的江河湖泊之水，是有过污染的水，哪有我们这山里水的各种元素？哪有什么营养？哪有我山里水清洁？我们的水真是纯自然的，无任何污染的。我们的水和他们的水摆在一起，人们到底愿意买谁的？我对这个事充满绝对的信心！现在主要是马上把这块"蛋糕"做大、做强，卖到全国去赚钱。我现在是火烧眉毛了，用人很急呀！你不上阵，我去跑，别人看也不看我这大老粗一眼，县政府的大门根本就不让我进啊！就是让我进了，我一个大老粗，能说出个什么子丑寅卯？

田树树显得不亢不卑，很平静地解释：这我清楚。可是老师说，我是当科学家的料子……树木都向上，人怎么不能向上，向上才正常嘛，人人都向上，人类才有希望啊。

田振山狠狠地瞪儿子一眼：你能当科学家，谁给你化验的？你也把检验单拿来我看看！我是个实在人，我只知道我这水是省科院检验了的，是实实在在的银水——是钱，要多少可以有多少，只要我们努力去做！

你就不能公开招聘人才，招聘厂长吗？

真正的人才不会到这山沟里来，来的谁又看得起我？愿意来干的人，我也不一定就看得起，也不一定放心。现在的人都变坏了你还不知道？我们县一家公司招聘的经理拐走了300多万不知去向！

田树树有些无可奈何：可是我也想过，我不是办厂的料子……

胡说！沿海一带好多农民能办厂，你读了大学还不能办厂？你就是忘本，不愿回到这个山村！

田树树想反击一句：你就想到赚钱，钱迷心窍，就不为我的前途着想。但他嘴里却说，这是我的故土我又怎么会忘记呢？我出去深造，也是为故乡争光啊。

狗屁！就是为你个人着想！我这可是为你们子孙创办产业！说着又呼出一口硬气。

田树树又在心里反击：你自私！一个老农民还想当资本家，嗯！但他嘴里却说，不是你想的那么简单，我也没那个能力……

放屁！田振山恨恨呼骂道，一副要发怒的样子。

十二

夜色不再是水，而是和时间一起凝固成了黑黑的固体，是铁。

田树树洗了就去睡觉，闷头走着，走着，竟然又走到了珍儿的房门口，正准备推门，忽然发觉是珍儿的房间，连忙静下来，沉默了一分钟，然后轻轻地向自己房间走去。他心下埋怨自己真不争气。他想这男人有时真是鬼使神差，没办法。

其实珍儿听见了田树树来到门口的声音。但她不会给他开门。她觉得不是给他开不开门的问题，而是涉及她的人格价值问题。他肯定在外面有了女朋友，和自己只是一种临时玩乐罢了，她不能做男人的这种工具！永远不能！她更不会去巴结他，巴结是一种低下行为，比人小了许多。她从小常常听大人们说，人不求人一般大。她也不会再对他寄托幻想，她心里已经没有他了。

田树树有些坚强地走进自己的房间。心中不由地涌起一股要超脱一切的勇气。然后就有些麻利地脱了衣服，一头躺下去。不知怎么的他总感到这铺好别扭，真的，他怎么睡都不舒服。他想下决心睡着。他下了很久的决心也没睡着。他觉得他好孤独，像是黑夜里孤零零飞翔的一只萤火虫，身边什么也没有，只有黑夜。

珍儿也无法睡着。她感到心里空空的，身边空空的，只有黯然黑夜。她起床穿上衣服，轻轻地打开房门，又轻轻地带紧房门，然后向外面走去。她也不知道要走向哪里。

这时，那片弯弯月亮如一片孤零的秋天树叶，独自飘下了西天的山下，剩下无边的黑色迷幻。

她想起去年暑假，他和她在月夜里顺着河边的公路散步。她的手挽着他的手，他的手挽着她的手。她想起小时候，两小无猜，在这河边玩耍，还下河水里洗澡，那时不是说的游泳，是说的洗澡。都很小很小，连裤衩都没穿，像两只白白嫩嫩的青蛙……在水里嬉戏一会了，又爬到岸边，在沙滩上躺着，她给他肚子上摸沙，他给她肚子上摸沙……然后又一起跑进水里清洗，他给她浇水，她给他浇水，水花顺着白皙晶莹的胴体流下去……

田树树终于像饿了的人无法入睡，烦躁地爬起身子，穿上衣服，然后走出房间。他也向外面走去。他想到外面去走走。他觉得这夜色里像是什么也没有，只偶尔飞过一只萤火虫，只有那只猫头鹰不时地呼唤一声，但不见回应。忽地他感到心里空荡荡的。

他想起那些假期，他和她总在一起。他不禁叹了一口长气。

这时在前面不远处的珍儿，感觉到后面有人来了，并觉得可能是他，连忙蹲下来，轻轻地向一棵树下移动，怕被他看见了。

脚步声越来越近。她紧张地抱着树干，望着他从树旁从自己身边向前走去，又渐渐走远。她不想马上回去。她想看他到底走到什么地方去。

这时，她看见他在那块石板上坐下来。她记得，这石板是他们小时候经常玩耍的地方……

后来，他在这里第一次吻了她……她马上警醒自己：为什么还要回忆这些？一切都已经变成了迷幻的黑夜。

他为什么毕业这么久了不回来？他到底是在省城，还是在什么地方？他不想回到这里办厂，是因为有了新的女朋友，想甩她一走了之，还是真的为了自己更为远大的前途、为了那更高的人生境界？

他去年还说毕业了一定回来，和她一起办一个走向全国的营养水大公司。可现在就变了，就要到远处去……这人啊！这人……

她向他看去，她觉得他一个人坐在石板上也是那样孤单，想往年，他身旁总坐着她，她身边总有他……她想，这男人女人必须要结合才能睡着？那夜才实在？才不寻寻觅觅？

这时她就想起母亲——想起母亲睡在病床上的情景。她母亲病后，由于无钱医治，而且还拖着病体干活，最后躺在床上起不来了。田大伯得知后连忙将她送往医院治疗，可是已经晚了，没能救活，在花费了几千块医药费后还是离开了人世。这时弟弟早到远处打工去了，连个信息也没有，她哭得死去活来，田大伯百般安慰她，慷慨地说，不要哭了，我和你田大妈就是你的爹妈！往后你就是我们亲生的后人，谁也不敢欺负你！她感动得对田大伯叫了声爹，对田大妈叫了声妈，不禁大声哭起来。田大妈忙将她拥入怀里劝慰……接着，田大伯出钱帮她安葬了她母亲……当时，田大伯、田大妈又在送田树树读大学，资金异常紧张。她后来才清楚，整个安葬费，都是田大伯在别处借的……于是她暗暗下定决心，今生就做他们的后人，不做媳妇就做女儿，对他们好，决不离开他们，一定要死心塌地协助田大伯，把厂办起来。

想到厂，她全身又涌起一股热流。她忽的一下顺着树干站了起来。她不想再看他了，她要回去睡觉，她相信这下能够睡着了。她不想让他发觉她睡不着，到外面来了。她便轻悄悄地向屋里走去。忽然，她脚下绊了一个石子，差点摔倒，她紧张起来，连忙蹲下身子，怕他发觉。一旦发现，那她也就成了睡不着的孤独人了，让他看笑话了。现在是她心里没有了他，要彻底忘了他，不再有什么缠绵。她悄悄地向那石板上张望，他并没动，肯定没发现她，只是孤零零地坐在石板上。

其实，此刻他和她都没有注意到，在屋的另一旁一直站着一个人，看着什么，想着什么，嘴里还像说着什么，像是在和什么人对话……这个人是树树的爹田振山，他天天晚上就这样。

此时田振山又看见刘老师来了，他难过地走上去。他哭着说，老刘啊，你为什么要走啊！

刘老师也伤心地说，振山兄，对不住啊。

接着就都说不出话来。

但田振山心里正在走进那痛苦的回忆：刘老师从省里检验水回来不几天，刘老师就住进了县医院。这，他太伤心了。他来到医院，他说要服侍刘老师几天，而刘老师坚决地说，你待在这里我更加难受，对我治病不利啊，你一定要回去，你的厂还连方案都没有啊，连纸上谈兵的纸都还没有啊！你首先还是要去找县长。在一个县里搞开发，办企业，第一关就是县长啊。那么多远处来搞开发的老板，特别是房地产老板、煤炭老板，都是先找的县长，我听说过的。首先就因为县长一句话，那些本是良田的土地，才能到手啊，才能开始修房、卖房赚钱啊……你可是连土地都不要啊，县里应该支持，应该立项啊。你虽然找了几次没进到县衙门，但不要怕失败，还是要去找，只有找到了县长才有希望。

他回去了。但他心里不安，吃不下，睡不着，在第二天他又来到了县城。但他不是去找县长，他知道他找不到县长。他是去医院看望刘老师。他这时和刘老师都还不知道真实病情，医院瞒着他们两个，其实已是肺癌晚期了。刘老师像是在等他似的，他去时，刘老师已经昏迷半天了，就是不咽下最后一丝微弱的气息。当他来到刘老师病床边，叫了一声刘老师时，谁也没想到，刘老师奇迹般地醒了过来，睁开眼睛看着他，但已经什么也说不出，就那样看着他，他紧紧握着刘老师的手，也什么都说不出，就那样看着刘老师。相互看着。过了好一会，医生去摸刘老师脉搏，摇着头说，心脏早就停止了跳动。但那眼睛还望着他……

十三

天黑灰黑灰的，像是涂了厚厚一层黑灰色涂料，显得很沉，很夜色，不，很铁。

都吃过早饭后，田树树才起床。他妈正在拌猪食：你等一下，我给你热饭吃。他说不想吃饭，我自己来煮面条吃。说着连忙来帮妈提起猪食桶。他妈说你不要提。他说你天天提，就让我提一回嘛。他妈松开了手。

田树树去喂了猪回到灶屋，他妈把面条煮好。他正吃着面条，田振山就来了。他坐那看着田树树吃完了面条才说：

你从今天起，你就给我正式上班，迅速给我搞出办厂计划，然后拿计划去找县里！田振山的语气完全没有多少商量的余地。

你不能勉强我，你就是把我拴在这，我心不在这，不愿干，你还是没法。田树树有些倔强地站起来。

本来就涌满气愤的田振山听他这么一说，气得从门角落里拿起扁担，冲田树树打去！

就在这时一个身影向扁担冲去，夺那扁担，但可能由于力气太小，或是角度不行，扁担一下子砍在了肩上，人也倒在了地上——这个人身穿一件红衬衫，一头披肩发。这个人不是别人，是珍儿。她担心他们父子发生冲突，急忙赶了过来，殊不知遇此危急时刻，就急忙冲了上去……

这时田树树慌忙扑向地面扶她，完全忘记了背上可能被扁担打下来，而也就在这时，扁担啪的一下打在了田树树身上，但他没动。啪，又是一扁担，他仍然没动，又是一扁担，他仍然没动，直到将她抱起来放椅子上。这时他才感到背上疼痛万分……这情景也令田振山震惊了。他感觉到儿子的心有铁一般坚硬。他有些惶恐了。

田振山严肃地看着儿子：给你讲。你要是走了，我俩就断绝父子关系，我没指望了也就学你爷爷！说着就去了龙洞泉。

珍妹，你怎么样？田树树关切地问。

珍儿静静地看着树树，没说什么，只有泪水无声地流下脸蛋……她为刚才这一幕惊呆了，也感动万分——他竟然勇敢护她而不顾自身挨打！她怎么也没有想到，同时该怎么解释？

这时田树树的妈从菜园里跑回来，对着树树没好气地吼道：你真不是人，欺负她！说着连忙来看珍儿。

妈你别误会，是爹打我，她去制止，不幸被扁担打倒了……树树解释。

田大妈同样气愤地看着儿子：那都是你惹的祸！你想，你爹为什么要打你？你对不对得起你爹，对不对得起珍儿？对不对得起珍儿的爹？还有，你对得起妹妹田苗吗？说着她就哭起来，我的苗儿，晓得你到底还在不在啊……树儿，你不是不知道……苗儿是为你读书才去远处的啊……

树树当然知道，他考上大学，妹妹考取一中。为了他读大学，她怎么也不肯再读书了，要去打工为哥哥挣学费钱、生活费。就跟着一个女子去了南方。后来才知道这女子是个专门组织卖淫的。这时田苗才十五岁，这一去就再也没有音信，不知她到了哪里，还在不在人世……

珍儿极力劝导田大妈，田大妈又想起珍儿受伤了，就忙着将珍儿扶进睡房里。又去找来白酒，为珍儿揉伤。别看她是一个妇人，可她懂一些草药和简单的治病。她轻轻地揉着：忍住点儿，经过我的手和酒提了伤，是没什么问题的，好好去躺着休息。

然后她才来到堂屋里，这时树树还闷坐在一把椅子上，像受尽多年压迫和剥削，有苦无处诉有冤无处申的样子。

田大妈望了一眼儿子，没好气地说，来，把衣服脱了，妈给你治治伤！

树树依然一副受尽压迫剥削的样子，委屈地说，我不治。

田大妈就吼他一句：怎么，妈给你治伤你还不听啊？你应该仔细想想！来，脱！

树树这才将衣服脱了。治伤后，树树就往珍儿房间走去。他轻轻地推了下珍儿的房门，房门拴紧了。他忍不住敲一下门：珍妹，你开门啊。

房间里没有动静。

珍妹，你开下门吧……

这时听见了脚步声，接着房门开了，但珍儿没说什么，又去床上躺下来。

田树树来到她床边。珍儿看见他弯着身子，那腰伸不直的样子，心里一时间有些震颤，又想起他完全不顾自身挨打，而急忙救护她的情景，心下感动。她不禁又问自己：一个男人为爱护一个女人而奋不顾身，他的心到底怎么样？但他又要远走高飞——这究竟是怎么一回事？

田树树轻声地说，让我看看你的伤，怎么样了？说着就动手弄开她衬衫。

她审视着他的神情，她觉得那是一张十分难堪的神情。她让他看。同时，她也想看看他的背。

他低着头：都是我不好，让你受了苦……他那眼睛里真的流出眼泪来。流泪是真的，她不相信他是在演戏，他没有学过演戏，一时间恐怕也没那么容易说流泪就流泪的。

她关心地说：让我看看你的背。

他将背伸给她，让她看。她脱下他的衬衫，这时她就看见了三条长长的像扁担一样的红瘤！她心里被震撼着，就怎么也不能平静，就像四年前那次拥抱到一起一样……

吃晚饭时，田振山对儿子平静地解释：上午打你是我的不对，爹给你认错。你看行不？

田树树望一眼父亲，难堪地低下头：是我对不起你……

谢谢你了。对于现在你们这些年轻人，爹也还是多少理解一些的。但爹实在没法呀——你说，那个飞机飞到天空去了，还能不能停住？一停会是什么后果？我这厂就和那飞机一样啊……你先休息，然后给我搞计划，然后我俩进城去。说着就走了。

田树树只是低头坐在那，没说什么。

第二天早上，天又被刷了一层黑灰色涂料，并且刷得很厚很厚，完全就还是夜晚。珍儿去他房间一看，他不在，再一细看，他的东西也都不在了！哦，他不辞而别了！她的心重重地一震，连忙向龙洞泉那里走去。远远的，她看见田大伯一个人孤零零地从洞口走下来，手拿着一瓶水。

她边往上走边喘着气对田振山说，田大伯，树树他走了……

老人稍一怔，老人稍一愣，手里的瓶子掉下岩石上碎了，愣愣地站在水沟边，如一棵孤零零的老树。

遥远的情结

明明的妈妈好好的，突然身体不适，去医院，一检查是癌症，不久人就没了。好像完全使人不相信这是真的，怎么会好好的一眨眼就没了，就永远看不见了呢？

接着是暑假，又遇到难题。明明爸爸要在单位上班，很忙，常常还要出差，或是到省里开会，或是下乡，没时间照管孩子，特别是最近他还要出国一趟。孩子才 11 岁，这样大的孩子没人照护是不行的。特别是爸爸出差，让孩子一人在家太使人不放心了，做不好饭，用电用煤气怕出事，上街吃饭不卫生，还怕和社会混混搞上了……

吊脚楼的堂屋里，两位老人正在吃早饭。乡村的早饭不是过早，而是十点多钟正式吃饭，像模像样的饭菜。这时忽然传来轻轻的呼呼声，就像石磨轻轻推玉米的声音，接着唻溜一声，一辆黑色小车停在了吊脚楼前的院坝里。

明明爸爸对明明说，快去叫爷爷奶奶。说着打开车门下车。

两位老人连忙丢下碗筷往外走，刚走出大门，孙子明明已从车里跑到大门前，高兴地大声喊道：爷爷——奶奶——

爷爷无比激动地说，哎呀明明回来了！奶奶高兴地说，哎呀孙孙回来了！都高兴地亲热着。奶奶又是摸明明手儿又是摸明明脸蛋，爷爷还把明明紧紧地抱进怀里，亲着明明的脸，恨不得塞进心里去供着!

明明爸爸亲热地叫爹叫妈,说你们还好吧?

两位老人都说还好、还好!认真地看儿子,目光又亮又润,久久地看,像是要把儿子的每根头发都记到心里去。

隔壁是一栋新楼房,住着明明的大爷爷一家。此时听见这边动静,老人也和儿子陈石岭、儿媳妇梅英、孙子岩娃丢下饭碗往这边院坝里跑,仿佛这边的天上降下了几颗星星。

梅英亲热地说,哎呀,回来稀客了!她笑得温情脉脉,目光闪亮如星,十分动人。

明明一个个挨着称呼:大爷爷、伯伯、伯娘、岩娃哥——脚步不自觉地奔过去,和岩娃亲热。岩娃比他大,已经十四岁,在读初中。岩娃见到明明笑得灿然,就仿佛见到了外星人。

明明大爷爷满脸的皱纹颤抖着,充满思念地说,哎呀,真想看到你们啊!说着走到明明跟前,蹲下身子将明明揽进怀里,又摸手儿又摸脸蛋,高兴地亲热着。

明明奶奶说,我昨晚上做了个青梦,梦见满坡青青的苞谷林,就晓得今天有亲人要来!

两家人站在院坝里亲热地说着话,竟然忘记了进屋去坐下来。

梅英挺着大肚子,充满温情地抚摸着明明的脑袋,说长得这么好,又在城里读书,将来是陈家的希望。

明明爸爸微笑地指着梅英肚子说,真正的希望还在你这肚子里呢。

都笑。梅英脸蛋红红的了,显得青春动人,望着明明爸爸,说那要叔叔支持读书哇。

明明爸爸爽朗地笑着说,没问题!我听说岩娃的学习不错,是个读书的料子。抚摸岩娃的脑袋说,只要你考取重点大学,差钱，有我叔叔！

梅英拉一下岩娃的耳朵：听到没有？要使劲读书，考取重点大学了有叔叔给钱。

岩娃笑着，说谢谢叔叔，我一定考取重点大学！

明明的大爷爷望着明明爸爸，问，还在恩施？

还在恩施。年纪也不小了，也不想到别处去了。

原来我听人说你要调到省里去。

哪那么容易哟，没有关系怎么调得去？算了，不作考虑了。

好久没回来了，听说你很忙，这下怎么走成了的？

明明暑假没人带，我有些忙，特别是常常要出门开会、下乡，我想将他送回老家来待段时间。他喜欢画画，也让他来感受一下家乡美丽的山水，增加一点灵气，画一些家乡的画儿。

明明的伯伯陈石岭欣赏地看着明明，说，城里的娃娃就是培养得好，还会画画，真不简单！

明明爸爸说，唉，也只是混时间，免得他搞别的，不过他还真喜欢画画，也想来画一下老家的山水。

梅英微笑着说，我们这里随便画一处都是美景，多画些吧。

明明爸爸轻叹一声：唉，不知他在这里待得习惯不。

梅英亲切地说，没问题。他不也是在这里出生吗？

明明爸爸瞅明明一眼：那时很小，只怕早就忘记了。

接着，明明爸爸就回城，老人心切地说，还专门给你们留的一个腊猪蹄，我这就去烧了炖，一起吃了猪蹄肉再回。

但明明爸爸说一定要赶回去开会，说着就向小车走去，老人当然无法留住。

面对这个陌生的乡下山坡，虽然坡下就是美丽的清江，对岸的崖壁像画廊一样美，但对于还在为妈妈而悲伤的明明来说，爸爸又要远去，并且把他单独扔在这个寂寞的乡下，他顿感孤独、无聊，心里难受，上去拉住爸爸的手，要哭地说，我想你怎么办呢？我还是跟你回去。说着就要上车。

爸爸有些急躁了，说不是在家里就给你讲清楚了吗，你也答应了的，爸爸马上要去省里开会、办事，有好多天呢，你一个人在家怎么办？老家风景这么美，你不是想来画画的吗？

明明流着眼泪说，可我想你怎么办？

正在这僵持之时，爷爷上来拉着明明的手儿说，想爸爸不要紧，我有办法。

明明惊异地望着爷爷：你有办法？

爷爷坚定地点头说，是的。你让爸爸走嘛。

这时明明的爸爸已经坐上了车，将车发动。明明奶奶用装过化肥的蛇皮口袋提着一个火腿，要往车里塞，明明爸爸用手推着蛇皮口袋，怎么也不要，说我不会弄，就放家里，下次来接明明一起吃。明明奶奶说下次还有呢，但明明爸爸还是坚决地推开了蛇皮口袋，关紧了车门，很快就发动了车，响起呜呜的声音。

接着小车就像青蛙一个弹跳向远处飞奔而去，一溜烟驶向山湾。爷爷奶奶和隔壁一家，都去站在屋旁一个岩包上，望着小车向远处驶去，车后扬起浓浓灰尘不知是想遮住小车还是想挡住亲人们的视线。直到小车转过远远的山梁什么也看不见，老人还站在那个岩包上，将手掌遮在额头认真地看着远处，仿佛不是小车消失了，而是怀疑眼睛不行。

回到院坝里，明明就急切地拉着爷爷的手问，你说想爸爸了有办法，你快给我说说，是什么办法！

爷爷微笑着，用树根般的手指着院坝边那棵梦花树，真诚地说，想爸爸了，就睡觉前在这梦花树上绾个结，晚上做梦就能和爸爸在一起了。

明明欣喜地望着爷爷，问，真的呀？

爷爷真诚地点一下头说，是真的。只要你心诚，边绾边想他的样子，就一定行。一次只绾一个，不要绾多的。

明明答应着：好。连忙跑到梦花树边，看了下，马上又吃惊地说，这梦花树上已经绾了很多结呢，爷爷，是哪个绾的吗？

没谁答话。

明明望望梦花树上的结，又望两位老人的皱脸，又问爷爷：死了的人，绾结也能做梦在一起吗？

爷爷沉静地说，能，只要你心诚，边绾边想。

明明充满寄托地说，那我给妈妈绾个结，今晚做梦就能和妈妈在一起了。说着就一边想着妈妈的样子，一边认真地在梦花树枝上绾结。

顿时人们都低下头去。

明明绾了结就问，爷爷，爸爸要你和奶奶到城里去住，你们怎么就是不去？

爷爷叹口气，说我们习惯了这里，这里也需要我们啊，我们走了，有的乡亲要远行怎么办？

明明很是纳闷，说他们远行与你有什么关系？

爷爷一副很严肃的样子，说很有关系。这个远行特别重要啊，我必须要为他们送行……

明明显得不解而好奇，说你是村长？

爷爷脸上露出一丝神秘的微笑，说不是。我的工作很特殊嘛，到时候你就明白了。

爷爷奶奶进屋做事去了。明明一个人待在院坝里，心中忽地涌起浓浓的孤独，他感到心像是被一块石头压到了酸水坛子底下，十分难受。恰恰这时江面上传来优美的歌声。明明一惊，看山坡下的清江，就像一条长长的大鱼向前游去，无数的粼光闪耀着，像长的无数的眼睛在眨，对岸高高的岩壁像挂着的一幅画卷，十分迷人。一只豌豆角似的小船漂游着，上面坐着一对情侣，在唱《龙船调》：

　　　　正月里是新年，妹娃子去拜年……哎，妹娃儿要过河，哪个来推我嘛？还不是我来推你嘛！

　　明明一下子被小船和歌声吸引，跑进屋里把爷爷拉到院里，急切地要求爷爷带他去划船。爷爷说那小船危险，小儿不能去。明明不高兴了，要哭似的大声喊道，我要去划船！我要去划船——说着就拉着爷爷要往院坝外走。

　　这时隔壁明明大爷爷的儿子陈石岭——明明伯伯走过来摸着他的头说，莫急，等几天我带你去开快艇玩，更有意思些。

　　明明一下子兴奋地笑了，说今天就去！

　　伯伯耐心地解释，说今天要马上去工地，正在修希望小学，很忙的，等两天我一定带你去。

　　明明认真地盯着伯伯：说话算数！

　　伯伯真诚地望着明明，说一定算数。

　　明明回到陈旧的堂屋里脸色就像布满了乌云。这房子太古老了，可能比爷爷的年纪还要大许多，他一副很不高兴的样子，眉眼耷拉着，就像嫩嫩的树叶忽然被晒蔫了。爷爷看看明明，却像看到早晨的太阳终于出来了，一下子来了灵感，兴奋不已，就伸手拉着明明的手说，明明，莫闷着，我教你跳《撒尔嗬》，很有意思呢！明明用力将手挣脱。爷爷说，我先跳了你看，说着独自跳起来，动作很是夸张、滑稽，嘴里唱着：

　　　　自从盘古开天地……

明明一点也不感兴趣，撇着嘴，摇着头。他没有了妈妈，爸爸又不和他在一起，将他送到这个孤寂的山坡上，与老人打交道，他的心时时都被石头压在酸水坛里，十分难受，什么也看不顺眼。爷爷还在扭动身子表演，明明理也不理爷爷的，一转身往灶屋里走去。爷爷连忙上去拉他，说莫走了，这歌舞蛮好的呢。来，我教你跳，教你唱。明明却很干脆地说，我不学！说着就跑进灶屋，爷爷就望着孙子的背影发愣，眼睛睁得大大的。

这灶屋光线更暗，就像被历史的烟尘盖满。奶奶在炉子上烧着一个黄黑的火腿，滋滋地响，油烟腾腾，十分刺鼻。这一带，要是过年过节、来了最亲的人或者是贵客，才烧火腿，这里人称为"猪蹄"或"腊蹄子"。这是一道名菜。

明明不高兴地打量四周黑黑的板壁，满屋油烟，咳一声，摇头，撇嘴。奶奶疼爱地望着明明，说我炖猪蹄子你吃，啊。没想到明明操她：我不吃猪肉！奶奶听了一惊，愣愣地看着明明。

明明很不高兴地撇着嘴说，城里人都不吃猪肉了！

奶奶惊异地问：那吃什么呀？

明明说，吃鱼，吃虾，吃海鲜！吃水果！

奶奶睁大眼睛愣愣地看着明明，不知说什么好，好久才说，猪蹄肉是最好吃的东西，我们祖祖辈辈就吃这肉。好吃，我弄给你吃了，你就知道好吃了。

明明垂着头斜着眼吼着：我不想吃！

奶奶忧心地说，你哪里不舒服吗？

明明又做出一副要哭的样子说，我想回家！他说得很干脆，话里充满了火气。

奶奶吃惊地看着明明：才来就想走哇？这还不是你的家。你是在这屋里生的呢，还是我接的生。我带你长到三岁，你爸爸才接你进城去上幼儿园……

明明显得急躁地说，不好玩，我想爸爸，我要回去。他似乎要哭了。

奶奶赔着笑脸说，你乖，我教你唱《螃蟹歌》吧，几好听哟。说着唱一句：

正月好唱螃蟹歌，请问螃蟹几只脚？

明明反感地摇头：我不唱！我不听！奶奶说，那，等下跟我到田里去捉蛐蛐玩。

明明生气地说，晒人，我不去！咳一声，跑出去。

爷爷正在桌上抄写歌本，明明故意胡乱地推爷爷的手：我要回家！我要回家——于是抄写的歌词就被墨笔擦得一塌糊涂。

爷爷并不生气，平静地说，你看你呀，给我搞成了这么个样子。放下手中的毛笔，抚摸着明明的头：我在给你抄歌本。你画画嘛，画门口的清江，画对门的山峰。

明明火气更大地说，我不画！我要回去！

这时传来美妙的号子声……

明明惊奇地问，这是干什么？

爷爷望明明赔着笑脸说，是你伯伯他们抬石头叫号子。在修希望小学。

爷爷抚摸着明明的头：好，爷爷带你去，很近的。

老人带着明明向山梁上爬去。这个山梁就如一位瘦骨嶙峋而就要离去的老人，已经很不行了，就沉重地半坐半躺在这大山坡上，那栋老式的吊脚楼便是老人怀抱的一个旧包袱。学校就一栋破旧的老屋，显得孤零零空落落的。

走进工地明明好奇地站住了，他看见伯伯在工地上和一班人赤身抬着一个巨大的石头。伯伯走在最前面，杆子压进了他们肩膀的肉里，却非常高兴地唱着豪放而动听的歌子：

　　哟，嗬啊！哟，嗬啊……哟哦嗬儿点点儿红啊——哟嗬哟嗬哟嗬哟……

　　哟，哟！前后，照住！抬头打一望，有架坡儿上！前头蹬蹬步，一步跟一步！前面路边一个缺，你去得我来得！又溜又滑，稳踩稳拿！平阳大坝，两手放下。平坦大路，甩脚大步！稀糊泥，稳踩起！礓碴子，慢点子！腰杆拖地，两手搂起！搂起就搂起，搂起好歇气！

　　明明有些惊异，感到困惑不解，就问爷爷，杆子都压进他们肉里去了，怎么还这样开心地唱歌，不累啊？爷爷笑一下，说一唱歌就不累了。明明半信半疑，说真的呀？爷爷点点头，说是真的。

　　接着明明就对深深的基槽很感兴趣，就问施工的人：你们在挖战壕哇？有人笑着逗趣明明，说是啊，你不知道哇，马上要和外星人打仗了！明明笑了，说我是超人，不怕外星人，我来帮你们打！

　　有人说，那好，我们欢迎！

　　就在这时，有人抬着白布包裹的尸体匆匆地从山坡上走下来，向学校旁边走去。很快，山坡上就响起鞭炮声。土家族有人死放鞭炮向周围告示的习俗。

　　明明一下子惶恐了，对着陈石岭叫喊：伯伯，我怕白布死人……伯伯连忙来抱住明明，说有伯伯什么也不怕。明明仍然一副惶恐不安的样子。

　　接着有人跑来工地说，田家春娃子在煤厂瓦斯爆炸死了！

　　明明爷爷感叹地说，唉，真可惜啊，还才20多岁。接着来人就要陈石岭带几个力大的去帮忙搬棺材。又要明明爷爷去布置灵堂。明明爷爷亲切地抚摸着明明的头，说你就在这里玩一会儿，我回去拿点工具就来，今晚跟爷爷跳"撒尔嗬"，你还从来没看见过呢。

明明很惶恐，说怕死人，跟爷爷回到了吊脚楼老屋里。接着就要爷爷去给他找车，他要回城里去。爷爷怎么也劝不好，隔壁的伯娘梅英过来又逗又抚，才暂时不扯皮了，爷爷才拿了工具出门。

不久奶奶就带明明去了田里，捉蛐蛐。开始天上有一层云，太阳不怎么晒人，后来天上的云大概被晒化了，没什么遮挡了，整个天空就变成一块烧烫的铁板，太阳便像一个巨大的火焰喷射器，从天上对着大地喷射火焰。玉米林被烤得每片叶子都在发出哀鸣。奶奶在田里打猪草，她已经累得整个衣服都湿透了，脸上汗如雨下。

明明一人在树下孤零零地玩了会儿蛐蛐，就想起妈妈，想起爸爸，感到孤独、惶惑，就叫奶奶：快给我找车回去！

奶奶说你不要闹嘛。明明就在小路上走去走来，用树棍打着玉米叶片玩耍，将一片一片长长的碧绿叶片啪啪地打落到地上。奶奶说不要打苞谷叶子，那是长粮食的呢。明明照样打，说你不给我找车回去，我就把苞谷叶子打完！

奶奶急了，心想这怎么办呀！慌忙跑到明明身边，去抓住他的手，可是奶奶的力气好像没有他的大，他更有兴致地啪啪啪地打着苞谷叶片。

奶奶无奈地说，我的先人伯伯呀，这个苞谷叶子打不得，没了叶子就不结苞谷了，我们就白种了啊！

我偏要打！偏要打！打完！让你白种！明明充满胜利感地大声说，继续用木棍打落苞谷叶片，打得啪啪啪的一片响。

奶奶心疼极了，好像打在了她的心子上，但又不敢说重话，怕惹明明发横，无力招架，就走上去抚摸着明明的头，无奈地说好话：哎呀孙孙乖，我喜欢孙孙，不打苞谷叶，啊。乖。

可是明明仍然啪啪啪地打着苞谷叶片，他已经将十来根苞谷打成了光杆杆，断痕处流着泪。

奶奶还是强忍着心中的火气，抚摸着明明的头说好话：明明乖，明明好乖哟，莫打苞谷叶子。爷爷奶奶难得种呢。可是明明还是打，只放慢了速度。奶奶有些忍无可忍，强压胸中的火气，轻声而带有严肃的口味说，你怎么不乖了嘛，你是不是还要打？说着冒着挨打的危险好不容易抓住了明明手中的木棍。

明明大声说，那你去找车送我回去！用力抢着木棍。

奶奶一边用力紧握木棍，一边软声说，你乖，二天奶奶给你找车嘛。说着拿走了木棍，扔到坡下去了。

明明就气愤了，忽的一下抓着奶奶的衣服，用力地一拉一扯：你去给我找车回城去！你去给我找车回城去！

奶奶有些心烦，说明明你怎么这样不听话吗？

明明哭泣着，我要回去！我要回去！走——明明用力拉着奶奶要走，奶奶一下子晕了，被摔倒在田里。奶奶用力从地上往起爬着，爬了很久才爬起来，无可奈何地说，好，我们回去。

奶奶艰难地挑起来两筐猪草，身子压得弯弯的，吃力地在田里走着。明明在后面哭闹着，嫌奶奶走慢了，一下一下地推着筐子：快走！快走！筐子摇晃着，奶奶身子也摇晃着，随时都要摔倒的。奶奶说，莫晃，你要让奶奶摔到清江里去呀？明明倒觉得筐子摇晃得好玩，仍然一下一下地推着筐子，奶奶只好站住，用拐杖使劲撑着地面，保持平衡，嘴里求情地说，好孙子，莫摇啊，奶奶不行了，这坡下可是清江啊。明明充满火气地说，那你快走呀！

可这是上坡路，怎么能走得快呢？奶奶和拐杖努力配合着，艰难地向坡上移动，明明不时地又推一下筐子。好不容易来到院坝里。这时屋后山坡上响着凄惶的锣鼓声。明明说，奶奶去给我找车！说着就拉扯着奶奶的衣服，老人禁不住拉扯，一屁股跌到了地上，半天没喘过气来。明明见奶奶无心给他去找车，又哭闹起来，就独自往门前公路走去。奶奶忙问：你到哪去呀？明明说，我要回去！

奶奶好不容易站起身子，向明明边追边说着：你一个人千万不要去呀！这里没有去城里的车子。明明大声哭喊起来：我要回去——我要回去——

梅英挺着个大肚子连忙跑过来，充满温情地呼喊明明，笑着拍打手里的小筐子，说，明明很乖的嘛。快来，我给你拿来了好东西呢！你不要走呢，你伯伯说了的，要带你去清江里开快艇玩呢。你还没这样玩过吧，那真是太好玩了！

明明听见伯娘的声音，感觉到像妈妈的声音一样，觉得亲切，顿时停住了脚步，望着梅英，叫了一声伯娘，像是看见了母亲走过来，去拉着伯娘的手，低沉中又充满好奇地说，伯伯什么时候带我去开快艇玩吗？我想现在就去。

梅英微笑着说，现在不行，他正在带班干活呢，在修新学校。

明明有些急切地说，那明天带我去。他是想明天带他去开快艇玩了接着就回城里去。

明明就要伯娘送他回去。梅英说，你爸爸专门送你来老家度暑假，我怎么敢送你回去呢，我怕你爸爸吵呀。明明哭泣着，抱着梅英伯娘求情。

奶奶忙说，莫抱，伯娘肚里怀着宝宝呢！梅英将碗大一个小篓子举着拍几下，望明明温情地笑着：你猜我这篓子里装的什么好吃的呀？明明擦一下眼泪，眨动着眼睛，说，是鸡蛋！梅英笑着，说比鸡蛋小多了呢。这么大（做着手势）——不需要煮，好吃，你说这季节该是什么呀？

明明又将注意力集中到了筐子上，想了想说，是桃子。梅英说不是。明明又说，是李子！梅英开心地笑着，说明明真不错，猜对了。将小筐子递给明明，说快吃吧，我洗干净了的。明明笑着说了谢谢，就吃起来。梅英笑着抚摸明明的头，在一把椅子上坐下来，将明明揽进怀里，亲他两口，说怎么要走呢，伯娘的鸡肉还等着你吃呢！说着两手张开，夸张地用手比着：伯娘的鸡子有这么大——这么大——那肉啊，真好吃，城里可是没有这种鸡肉吃啊！

明明就有些吃惊，说有这么大呀？那带我去看看。梅英笑着，说小娃娃不能看，一看它就变小了呢，只能吃。我明天就弄了你吃，你就清楚有多大，有多好吃了。明明看着像妈妈一样的伯娘，一时间又忘记了悲伤和孤独，竟然破涕为笑了。他觉得伯娘真像他妈妈。

忽地传来激烈的锣鼓声。明明指一下屋后，望着伯娘，说我怕那个白布包的死人。梅英苦笑着，说怕什么嘛，死的是个好人，是个长得很漂亮的小伙子呢，对人可好啦，都喜欢他。他从没欺负过任何人，死了不能动了，还能吓唬你这个小朋友吗？绝对不会的！说着亲了下明明。

明明便又想起了妈妈，充满悲伤地怔着，说那可惜个好小伙了，为什么人总要死啊……

伯娘有些心疼而超然地说，你还不清楚哟，这么大个世界，每天都是有死有生的。花朵开了，美了，就谢了，又长出新的花朵；果子熟透了，就落地了，收获了，来年又长出新的果子……

明明有些发愣地问，为什么有的人还没老，就要死去呢？

梅英有些超然地说，是啊，死，也是有各种各样的死，生，也是有各种各样的生。有的花朵刚刚绽开，就被风吹掉了，就被雨打掉了，有的果子还没长大也就被风雨吹打掉了，但它们其实并没有死掉，而是在土里变成了一种新的物质，继续生长……这世界是千奇百怪、丰富多彩的啊。对人来说，我们土家人有一种说法，就是：早死早托生。在这个世界来说，他早死是一种惨事，但对他来说，他可以早些结束人间的苦难，进入另一个美好的世界。

黄昏像一幅深沉而美丽的画卷从远处轻悄悄飘来，那灿烂的红霞更是一幅神奇的仙界图景，渐渐地整个世界就被一块美妙的画布包裹起来了，不知要收藏到哪儿去。那清江流淌着一河的红霞，就像是流水作业输出的织锦。

这时明明的奶奶要去给爷爷做伴为死者跳《撒尔嗬》。这是一个古老的规矩，本是起码要六个人跳的，但这一带就剩下他们老两口和隔壁更大年纪的明明大爷爷——三个老人跳了，这关怀死人，为死人服务的大事，就剩下他们三人来承担了。年轻人没谁再学再干这些，都出外打工挣钱去了。

奶奶对明明说，走，跟我去跳《撒尔嗬》。

明明不高兴地说，我不去！

奶奶引诱地说，你不去，一个人在家不怕呀？去，很好玩儿的呢。

明明有些对着来的意思：不去，你也不去，我怕！说着上去拉住奶奶的手，不让老人走。

奶奶急了，安抚地说，明明乖，你不去，就在伯娘那玩，啊，乖。

明明却用双手紧紧地拉住奶奶的手，怎么也不松。奶奶怎么说好话也不松手，把个奶奶弄得无计可施。

也就在这时，梅英来了，用双手捧住明明的头，笑着说，走，跟伯娘去玩。梅英充满温情的笑脸一下子吸引住明明，奶奶便趁势挣脱，给梅英说，那就请你帮忙带一下明明。接着就急急地向山坡上走去，神态惶然生怕明明又去抓住她。

这个夜晚确实有些凄惶，锣鼓的响声也弥漫着一种烦躁不安。

明明一副愁眉苦脸、惶惑不安的样子，去拉着梅英的手，伯娘带我到梦花树那去。

梅英拉着明明来到梦花树前，明明伸手缩着一个结，痴痴地望着城里的方向，眼里流着泪，想着死去的妈妈的笑脸，想着爸爸的样子，心里祈祷着，念叨着：今晚可一定要到我的梦里来啊，我等你们……

梅英也眼里涌满泪水。

后来的夜渐渐深下去，像是将这山坡沉到了海底里，暗暗的。梅英要明明和岩娃哥去睡觉，可明明要跟梅英睡。梅英笑着问，为什么要跟我睡呢？明明显得有些可怜地望着梅英，说我怕，我觉得你像妈妈……

梅英再也说不出什么，来到房间里，照料明明睡下。随后自己去另一头睡下，拉灯，顿时一片漆黑，只有锣鼓表明这世界的存在。明明忽地哭起来：我要和你睡一头。梅英拉亮灯：怎么呀？明明说，我怕。梅英说，你是男子汉呢，怕什么嘛。说着去挨明明睡下。我先就说了，死的是个好人。明明说，同学们都说乡下夜里到处是鬼，是灵魂。

梅英笑着抚摸明明的头，说瞎说，我活了三十多年从没看见过鬼，也没看见过灵魂，人死后灵魂就去了另一个世界。你是那些鬼片游戏看多了吧？明明不吱声。梅英正经八百地说，那些都是假的呢。明明眨巴着眼睛望着梅英。梅英怀抱着明明，说好好睡着，啊。明明紧紧地抱着梅英身子，欣慰地说，伯娘身上好香，真像我妈妈。梅英抚摸着明明的头发。明明抚摸着梅英的大肚子，说，你几时生宝宝吗？梅英甜蜜地微笑着，说快了。问明明：你说，伯娘是生个弟弟，还是生个妹妹？明明眨动着眼睛，说生妹妹。梅英温馨地笑着，说为什么是生妹妹呢？明明说，因为伯娘有了儿子呀。梅英笑了，说明明真乖。明明也笑着，像是又忘记了一切，高兴地说，伯娘真好，和妈妈一样。梅英说，那你就跟着我吧。明明说，这里不好玩，太寂寞了，无聊死了！

梅英妈妈一样抚摸着明明的头，说我们这里好呢。来，我给你讲个美丽的故事，愿不愿听呀？

明明有些兴趣地说，我听，伯娘快讲。

梅英的眼神一下子伸向了很远的地方，慢慢地讲起来：从前啊，这坡上有一个小孩子，和你一样大，他是个孤儿，整天给别人放牛。他喜欢唱歌，也很会唱歌，在山坡上放牛时就唱，后来天上的一个仙女听见了，觉得太好听了，便天天听，于是就听入迷了，就来到了这里……后来就做了他的妈妈，教他许多仙术，后来他也成了个仙人，什么妖魔鬼怪都怕他。

明明惊奇地说，是真的呀？梅英正经八百地说，是真的。我们这山坡顶上，有两个漂亮的山峰：一个大山峰和一个小山峰紧紧挨在一起，就是他们俩变的，人们叫它母子峰。你要是在这里跟爷爷唱歌，说不定哪天也有一个仙女来成为你的妈妈呢。明明就笑了，那眼神就伸进了一个美丽的幻境里。

当窗户被朝霞染红，明明又感到一种温馨与甜蜜。忽地传来锣鼓声、爆竹声，撕天裂地。明明就叫了一声伯娘。梅英起来帮明明穿衣服。明明说，伯娘，这梦花树真灵，我昨晚真的梦见了妈妈，我梦见和妈妈睡在一起，妈妈轻轻地抚摸着我，亲我的脸蛋，亲我的嘴儿……

梅英也顿时兴奋地笑着，怀抱着明明，亲切地将脸挨着他的脸。

明明望着梅英说，我能给你叫妈妈吗？

梅英微笑地看着他，不知该怎样回答，只是在他脸上甜甜地亲了两口。

岩娃走进来对明明说：好多人送葬哟，我们去看看热闹吧。明明惶然地摇头说，我不去，我要和伯娘玩。岩娃就一人向外跑去。梅英见明明情绪有些稳定，又笑着安慰他：伯娘要告诉你一个好消息呢——今天有一个好事正等着你呢。

明明有点兴奋地问，什么好消息？是不是要带我回城里去？快告诉我！

梅英笑着卖关子：不行，要等中午，不然那好事就跑了。这好事先不能说的。你好好陪着伯娘，等到中午，那好事呀就自然跑到你面前来了。

明明就笑着抱住梅英亲了一下。

中午，梅英丈夫陈石岭回来，明明老远就叫伯伯。陈石岭也高兴，一手抱起明明，说，现在我告诉你好消息，伯伯带你去清江上开快艇玩——

明明兴奋地大声说，耶！伯伯真好！

接着陈石岭带着明明来到清江边，租了一只小快艇，一起登上去，顿时小快艇箭一般向远处射去，飞驰在清江画廊之间。一会陈石岭放慢速度，要明明扮着姑娘唱《龙船调》，明明说要得，接着放开喉咙唱道：

　　　　妹娃要过河，哪个来推我嘛？

于是清江上就荡起充满童音的歌声，像仙音一样，将天与水连在一起。

陈石岭笑着大声回唱：

> 还不是我来推你嘛！艄公我把舵掌呐，妹娃你请上船，那个喂呀着，那个喂呀着，把妹娃推过河哟嗬喂……

陈石岭接着加大油门，小艇箭一般飞去。

明明笑得前仰后合。这时的阳光也变得很温柔，如一缕缕充满童贞的微笑，撒向亮丽的江面，撒向美丽的小艇，这时两岸像是挂着画的绝壁，更是紧紧地依偎这一幕美丽的童话……

陈石岭逗趣着说，这歌好不好听？

明明兴奋地说，好听。

陈石岭说，你猜这歌是哪个作的吗？

明明转动着眼珠说，猜不到。

陈石岭说，伯伯告诉你吧，这歌就是你爷爷根据民歌调先唱出来的呢。

明明一惊：是爷爷作的？

陈石岭放慢速度，感慨地说，是呀，几十年后，就有人进行了整理，传唱，渐渐唱红了，红到了全世界。但人们忘掉了它的始创者，忘记了它的来历。

明明感叹地说，爷爷真不简单啊！

陈石岭有些激动地说，你爷爷还是州政府命名的"民间艺术大师"呢。他能唱上千首民歌，被称为"土家歌王"，上过中央电视台。你爷爷不仅会给别人办丧事——开路呀，祭奠啊，还是个好风水先生，懂地脉呢。也有许多人说他通阴阳，能看到阴间世界的事，能看到人死后上天的灵魂，特别还能看到天国里的事。他说，好人死了，灵魂都去了天国，就是最美的天堂。

明明有些困惑地问，那伯伯怎么不跟爷爷学这门艺？

陈石岭收去笑容说，伯伯要挣钱啊，不然就没钱修新房子，没钱买电器，没钱让岩娃以后上大学。古来说，艺不养家啊。现在做木匠、篾匠的、铁匠的——很多匠人都难混到饭吃了，发财根本就不可能。时代不一样了啊。唉，很多手艺就要逐步失传了哟。

明明似懂非懂地听着。陈石岭又望明明笑着，说伯伯每天都带你来开快艇玩，你高不高兴呀？明明兴奋地笑着说，高兴。伯伯真好！我长大了给你买好酒喝，买茨泉酒、硒泉酒。

小艇在清江画廊中飞驶，组合成一幅美丽的童话仙境。水天一色，天上人间！

就在第二天早上，山水染满霞光的时刻，明明刚起床，就见伯伯急急地跑进屋来，对奶奶小声说了句什么，奶奶也急急地走出门去。明明跟着跑过去，可是伯娘的房门嘭的一声关紧了。也就在这时，伯娘房间里传出她痛苦的叫唤，哎哟，哎哟……明明一下子紧张了，他仿佛感觉到是妈妈生病了，心里便十分难过起来。哎哟……又传来痛苦的叫唤声！明明想起伯娘那漂亮的样子，想起她那温情脉脉的笑容，想起给他煮鸡蛋吃，带他睡觉，不禁一下子惶恐了，着急了，接着就轻悄悄地向后檐走去，他要去伯娘的窗户看个究竟！

初升的太阳从竹林边斜照着屋檐沟，竹林变得红粉粉的，满地像是撒了一层红粉。明明轻悄悄地走到梅英房间的崭新窗户下，这是铝合金玻璃窗，外层安装了防盗栅栏。明明非常不安地、轻悄悄地向房间里面偷看——只见伯伯坐在木椅上，怀里抱着赤身的伯娘（梅英），她鼓鼓的乳房，鼓鼓的肚子，伸着两条白白的腿，在生孩子。她痛苦地叫唤着，哎哟——哎哟……那样子十分痛苦难受，让人看了十分可怜。奶奶双手伸着自己胸前的围腰，在梅英肚子下面接着，焦急地望着梅英的肚子，随时准备孩子滑入伸着的围腰里。明明想，生孩子怎么这样难啊！他的脸绷紧了，十分紧张而心疼地看着伯娘，都快流出眼泪来了。

梅英老是生不下孩子。明明看着，十分惶恐、焦急。他忘记了孤独寂寞，忘记了死去的妈妈，忘记了城里的爸爸。他双手合掌，在心里祈祷：上帝，保佑伯娘快快生下孩子啊！上帝保佑……

今天的太阳走得特别慢，好久太阳才慢慢升到中天，在竹林和屋檐的遮挡下，后檐下阴阴的。明明还站在那里，一动不动，他忘记了一切。他什么也没想，一心默默祈祷伯娘快快生下孩子，母子平安。可是他伯娘还那样坐在伯伯的腿上，还在痛苦地叫唤着，还没生下孩子，样子十分痛苦难受。他真想为伯娘使点劲。他十分焦急而惶恐，他担心伯娘出事！

在紧张而漫长的等待中，太阳好像是故意走得更慢。他觉得像是等了几年，这太阳才缓缓爬到西边山垭上，然后就躺在那里再也不动了，怎么也不肯掉下去了，挥动它红红的画笔，画起画来，一笔扫上去，天空就红了，像是泼了一层厚厚的血，红沉沉的；接着一笔扫下来，山就被涂得红红的，像泼了一层血，连水也没跑掉，清江水顿时变成了成红色的液体，像奔涌的血液，这世界就又被它变成了美妙的图画。后檐下的竹林、地上也被美妙的画笔悄悄一伸，就涂上了一层血似的红，沉沉的。这时梅英还没有生下孩子，还在不停地叫唤着，十分痛苦。明明已经是很揪心了，他忘记了一切，眼里流着泪水。

奶奶对陈石岭说，有十多年没生小娃儿了，骨头都长紧了。

如不去外面打十多年工，第二个娃儿又是上十岁了呢。唉。

天已黄昏，满天的晚霞像盖着厚厚的红被子，山上也像是蒙着厚厚的红被子。明明仍然一动不动地站在那，紧张地从窗户一角向房间里偷看着，那脸色十分焦急、惶恐。他仍然双手合掌放于胸前，默默地祈祷着。他忘记了所有悲伤的事，不顺心的事。他想，他将来要画这幅画，名字就叫《生》吧。于是他拿来素描本，很快地记下了这幅《生》的动人素描。

就在天空变暗，给人无限惆怅的瞬间，随着一声撕裂似的呼叫，一个肉疙瘩从梅英肚子里滑出，像条美人鱼一样，呼啦一下就滑进了奶奶的围腰里，随即传出一声清亮的啼哭，又是一声，顿时黯然的天地为之一亮，像一道闪电照耀在天地间。明明浑身颤抖着，受到一种震撼，感受到生孩子是如此的不容易！同时又有一种说不出的惊喜。他借着霞光、灯光，迅速地在素描上又补画了那孩子美人鱼一样滑出的动人情景。然后他有些惶恐又有些欣喜地走出后檐沟，心里还一阵一阵地胆寒。他径直来到院坝边梦花树前，伸手拿起一个枝条，认真地绾着一个结，望着铺满红霞的天边虔诚地祈祷……

吃晚饭的时候，明明还没什么胃口，他还是中午吃了爷爷做的面条的，他只感到心里还在战栗。他看见奶奶脸上却挂着欣慰的笑容，像是遇见大喜事的笑容。她高兴地给明明拈一坨瘦肉，说，快吃猪蹄肉。

明明没吃肉，而是问奶奶：你给我接生时，妈妈也生了这么久吗？奶奶认真看一眼明明，说还要久些，生了一天一夜！

明明一下子惊住了，感叹地说，生小儿怎么这样难啊？

奶奶说，是啊。生孩子是最痛苦的事啊。

爷爷这时说，是啊，古来说：生不如死嘛。

明明十分诧异望着爷爷：死不可怕？

爷爷一副超然的神情说，死是远行，是去很好的地方，是再生，进入一种新的美好的境界，所以土家族是把丧事当成喜事来办的，热热闹闹地跳丧，用歌舞欢送死者远行。几千年都这样。

明明有些疑惑地说，都说乡下到处是死人变的鬼，特别是夜晚。

爷爷说，你不是说你是超人吗，怎么怕鬼？世界上根本没有鬼，人死后灵魂就到天国去了，剩下的和一坨泥巴一样。

明明就问，灵魂是什么东西吗？爷爷说，灵魂就是一片儿彩霞，人死后就飘上了天国，不怕的，彩霞好看，有什么可怕的？我们为死者"开路""祭奠""跳丧"的仪式，就是送他们的灵魂去美丽的天国。人本来就从天国来，还得回到天国去。你跟爷爷去跳《撒尔嗬》就知道了，就是跳舞，很有意思呢，这舞是古时候土家族祖先打仗出征时助威的军舞……

明明有些半信半疑，说是吗？

爷爷笑笑：是真的。

明明还是充满疑虑：我就是怕看见黑棺材。

爷爷笑笑说，棺材怕什么呢，它又不是怪兽。里面睡的是死人，怎么也不能动了，你就是戳他、打他也不能动了，完全和木头一样。谁要是怕木头，那岂不太可笑了吗？你跟我去跳《撒尔嗬》就清楚了。

明明说，那我也能看见灵魂变的彩霞吗？

爷爷有些严肃地说，那当然能看到哇。不信你改天跟我去。老人像是有些急切的神态。

明明大爷爷端来一大碗鸡肉，摸摸明明的头，说明明快吃吧，这是你伯娘叫我端来的，并要我告诉你，这就是那大鸡子的肉，它叫清江鸡，很贵的呢。来，都吃吧，吃了还有呢。又望明明笑着，说大鸡子很大很大，怎么也吃不完呢。快吃吧。

明明感激地望着老人：谢谢大爷爷！

爷爷对明明说，我还要给你说个惊险故事——不是你大爷爷，也没有你呢。

明明惊异地望着爷爷。

爷爷说，你爸爸十几岁，一次过清江，小船翻了，是你大爷爷将你爸爸救上岸的，半天才醒复过来……可不要忘了大爷爷的恩德啊。

明明睁大了眼睛望着大爷爷。大爷爷微笑地抚摸着明明的头，说那都是历史了，还是快吃眼前的鸡肉吧。

明明一边吃着，总是想起伯娘生孩子的事，就想伯娘现在怎么样了，那宝宝是个什么样子？于是急急地吃了晚饭，就向梅英房里跑去。

这时梅英房里灯光很亮，像一个小太阳照着。那刚刚来到人世的小宝宝正看着亮光，一定在好奇地想，这是个什么世界呀，怎么从没看见过？明明走进房门就叫伯娘，进房里去就认真看伯娘的脸，接着就有些放心地笑着说，你还是那么好看！伯娘充满温情和爱抚地望明明微笑着，说谢谢明明的关心。

明明走过去，认真地看伯娘怀里的小宝宝，激动地说，宝宝真乖！梅英抚摸着明明的头，舒心地笑着，说我们的明明真乖！明明笑着，说是生的弟弟还是生的妹妹？梅英高兴地说，你说准了，真是生的妹妹。明明高兴地说，真是生的妹妹！我就知道伯娘需要一个姑娘。我向上天祈祷了好多遍呢。梅英温情脉脉地笑着，说真谢谢明明了！明明说，谢谢伯娘给我生了一个妹妹！又有些感伤地望着伯娘：你生孩子太痛苦了……伯娘听了感到有些吃惊，他小小年纪怎么知道生孩子痛苦呢？明明的脸就红了，说不出话。

这世界，有生的来临，也有死的降临。

第二天，明明吃早饭后就跟着伯伯去了学校。他对人们开挖"战壕"很感兴趣。他看得津津有味。这时抬工号子又响了，他忽地抬起头，兴奋地看见伯伯抬着巨石，走在最前面，杆子压进了肉里，还起劲地喊着豪放而动听的歌（号子）：

　　哟，嗬啊！哟，嗬啊……哟哦嗬儿点点儿红啊——哟嗬哟嗬哟嗬哟……

明明也情不自禁地跟着大声喊。

明明的伯伯歇下石头，招呼大家去屋里歇气，喝茶。一时间都去了学校的一间旧房子里。

明明觉得那战壕很有意思，拿根木棒当枪，喊道：打外星人啦！准备开炮——说着就跳下放了基石的基槽，然后又跑向没放基石的深处，一边跑，一边打"枪"：叭、叭！这基槽有一人多深，他就被深深地淹没，就好比水缸底里的一只小蚂蚁。

就在他十分兴奋的此时，连着山坡的基槽后壁忽然大面积向下滑动，而明明还不知不觉！明明的伯伯陈石岭没去喝茶，仍然在场上看护着明明，他眼尖，忽然发觉山坡动了下，慌了，急忙奔过去，一步跳下深深的基槽里，抱起明明投到地面上，然后自己向上爬，但这时山坡轰然而下，将他整个身子撞在了基槽里，只剩下一个脑袋和双手还冒在基槽沿上。那眼睛还望着明明，嘴唇还动着，似乎还说着什么，举着的双手还成拥抱姿势地伸着，像是想最后还和明明拥抱一下……

明明顿时吓呆了，愣愣地站那一动不动。整个场面都凝固了，哪怕人们都在奔向这里。

忽地，明明惊醒过来，跑过去蹲下身子，双手抱住伯伯的头，痛哭地呼唤着：伯伯——伯伯——我的伯伯啊……又向人们喊道：快救救我的伯伯啊……这时人们已经奔到这里。

只见明明的伯伯脸上微笑着，透视出永远的不倒的悲壮，嘴唇翕动着，但没有说出声音，那手亲亲地贴了贴明明的脸蛋，就软软地耷拉下去了，但那眼神仍然闪烁着亲切的光芒。

陈石岭——陈石岭——人们都奔到他面前，呼唤着。但这时陈石岭早已停止呼吸，只是那眼睛还睁着，似乎还看着什么，双手撑在地面上，看去，像是一个劳动模范正在做报告……

人们费了很大工夫才将陈石岭挖出来，除了脑袋已是血肉糊糊，用布包了抬回家进行收殓。明明哭得很伤心，忘记了他伯伯是个死人，毫不感到害怕。

爷爷将明明叫到自家，急切地说，快来我教你跳《撒尔嗬》，晚上你要好好地为伯伯跳一场《撒尔嗬》啊。爷爷还给了他唱词。明明也表现得非常积极，老人一片良苦用心抄写的本子到底得到了一点安慰。

老人一副师傅的样子，严肃地说，看着我！我先给你做个示范看看——要潇洒、豪迈一些，有气势一些。脚步要踢起，要摆开；手，要甩开，要扬起来，还要柔和，这是舞蹈，不是打拳……两个人一组，二人始终有一只手臂相挨。要注意舞姿造型——老人进一步做着姿势：这叫"虎抱头"，这叫"猛虎下山"——你可能还没听说过，土家族祖先廪君死后变成了一只白虎……这叫——"牛擦痒痒"——这叫"犀牛望月"——这叫"燕儿含泥"——这叫"观音坐莲"——这叫"崖鹰凌空"——这叫"滚龙翻身"——这叫"狗春碓"——这叫"凤凰展翅"……

明明越跳越唱越心切，一定要学会，像是忘记了一切，更像是进入了一种境界。

这个夜晚泡在了沉重的水底。梅英家崭新的堂屋灯光灿烂，充满肃静和悲壮。正中停放着陈石岭的棺材，棺材前是一块高高的花花绿绿的大灵牌，这是用竹子篾条扎了再糊上的各种颜色的纸和花朵，灵牌两边是贴的挽联，中间是写的灵位，显得肃穆而神圣。

灵前，明明痛哭着，呼喊着：伯伯、伯伯——他伯伯已经躺在黑黑的棺材里，但此时还能听见明明的呼喊，他多想回答一声，可是已经不能用声音回应，那灵魂深处正在感觉一种痛苦，一种欣慰。明明这时已经破了胆子，再不害怕死人和黑棺材的事，什么也不怕了，忘记了一切。明明还爬上板凳，紧挨棺材站着，从棺材盖的缝隙（毕殓时才盖紧）往里面瞅，企图还能看看他的伯伯。他哭喊着，我的伯伯……

这时有人将明明抱下来。可是明明更加哭喊着，我要看看伯伯——伯伯是为我死的……有人就说，等一下毕殓再看吧。

明明看着梅英伯娘和岩娃哥跪在灵前烧纸、上香，忍住不哭，都是一副坚强的面孔。大爷爷也不为死了儿子而流泪，那张坑坑坎坎的脸像铁铸的一般，异常坚硬。明明为他们的坚强而十分感动，为他们失去亲人而痛苦万分，怎么也忍不住泪水的涌流。

大爷爷抚摸一下明明的头发，亲切地说，我们土家族人面对死亡不兴哭泣，是用歌舞来送行的。死者是远行，是去好世界。用美妙的《撒尔嗬》歌舞祭奠，能使死者的灵魂变成彩霞，飘到天国去，重新托生，进入新的美好世界。

明明有些不解地问，什么叫托生？

大爷爷说，托生就是重新变成新的生命，重新安排新的命运，分配新的工作。我们虽然失去了他，但我们为他的美好新生而高兴，并用歌舞送行，听到歌舞之声，他也就走得很高兴。

明明去拉爷爷的手，说你快带我给伯伯跳《撒尔嗬》吧——

爷爷抚摸明明的头，说还要等一下，要先给你伯伯"开路"。

明明又问，什么"开路"？

爷爷耐心地解释，说就是请神仙为你伯伯开通去天国的道路，就是"请佛引导"，让死者的灵魂顺利回归天国。这也是最首先的、最重要的一个仪式，关系到他能否一路顺利，平安去到天国。来，看我给伯伯"开路"吧——

爷爷庄重地走到灵前，轻轻击鼓，明明大爷爷轻轻敲锣，然后宛转悠扬地一起唱道：

> 天地乾坤大，日月两分张。山水依然在，人死不还乡。
> 孽风古浩荡，法诗驾慈磬。愿垂金色手，接引往西方……

唱完祭文后，开路仪式完成，总管就宣布：下面为死者跳《撒尔嗬》——

接着，锣鼓班子一人击鼓，明明爷爷、奶奶、大爷爷三位老人跳起《撒尔嗬》。这三位老人都已八十多岁了，走路都偏偏歪歪的，跳《撒尔嗬》实在危险，一旦摔倒后果不堪设想，但已经没人干这跳丧的事了，没法，不管哪家请了，他们还是尽心尽力为死者服务，热烈送行，让死者高兴地走，毫没想到自己的安危。他们边跳边唱：

> 天地开场，日吉时良。鲁班到此，修下华堂。秀才到此，做篇文章。歌郎到此，开下歌场。别的不唱，先唱祖先篇章——撒尔嗬——

明明在后面紧跟着，跳着《撒尔嗬》。由于他白天要爷爷专门教了他，因此此时跳得惟妙惟肖，在场的人们都一时惊动，拍手叫好：跳得好！跳得好！明明不简单！

明明更加投入地跳着，并且唱着，有板有眼，俨然一个大人。

巴子国受侵犯，跳起《撒尔嗬》，雄赳赳上战场，为家为国战敌顽。巴人国被楚国占，廪君率众朔夷水（清江）而上，千里大迁徙，万山拓新疆。莽荒挥血汗，险崖葬悬棺，凝视万代后裔，看我大好河山……

几个老人越跳越尽兴，进入忘我境界，也就在这时，明明奶奶忽然摔倒在地，人事不省！

众人连忙扶起老人，已不能说话，便将她抬到床上躺着，叫人侍候，并派人急去附近叫医生来。

灵堂里，明明爷爷、大爷爷和明明继续跳着，不能冷淡死人。爷爷尽力稳住神，不去想他的老伴此时怎样了，不去想是他的侄儿死了，就想是由他来主持一个仪式，送他侄儿远行去一个好地方，这是一件大事，他一定要主持好，不能出问题！但他明显地感到有些晕，像是随时要倒下的。他十分担心今天这场祭奠能否坚持下去，能否办好。他内心里又暗暗下决心，今天这场仪式可能是他平生最后一场了，只能办好，决不能出问题，决不能倒下，半途而终！

豪迈地挥手、扭身、转腿，大声地唱道：撒尔嗬——便使劲地跳起来，舞姿是那样豁达而悠扬，唱着、舞着向前，将古老的《撒尔嗬》展示在人们面前：

人在世上不要愁，老少相愁几时休。老愁伤肺阳寿短，

少愁夫妻早白头。老莫愁，少莫愁，人死是去新生路。撒
尔嗬——

　　莫学岩壳一蔸草，大风一吹歪歪倒。要学青松立山顶，
风吹雨打根基牢，白是喜，头抬高，莫把泪水灵堂抛。撒
尔嗬——

　　明明和爷爷跳得很投入，人们为他们鼓掌。人们也大多就老
人和妇女、小孩，青壮年男女都打工去了。明明更加充满激情地
跳着。爷爷的身子不时地歪动一下。

　　这时他真的歪了一下！他急忙用手去扶住棺材，就像他许多
时候扶住老伴、扶住板壁一样，一下子就有了力气，就不晕了，
能站稳了，不会摔倒了。接着就大声唱道：

　　太阳又出来了。太阳又落了。树叶又绿了。树叶又落
了。草鞋穿烂九十九双。拐棍拄断九十九根……

　　两位老人与明明如入无人之境，越跳越狂，人们激动地为他
们鼓掌，同时也都担心两位老人年纪太大步子不稳而摔倒。

　　就在这时，明明爷爷忽然摔倒在地，顿时人们大惊！明明连
忙弯身下去扶爷爷：爷爷，你怎么了，我扶你起来吧。很巧的是
明明这么一说，那本已愣了的爷爷一下子笑了起来，握着明明的
手，十分欣慰地说，有明明在这，爷爷没问题的！说着竟然站起
身来，豪迈地说，明明你走前面，爷爷跟着你，快跳——接着三
人继续跳着、唱着。

　　两位老人看着前面跳着的明明，仿佛一下子给他们注入了无
限活力，也让他们年轻了，更有激情了，便越跳越狂，那气势完
全是所向披靡，一往无前，无可阻挡，真的进入了无人之境。这

时，明明爷爷已经进入一种特别情境，他看到眼前出现一种美丽的景象——到处飘满红红的云霞，在古老的乐器声中，他正看见年轻漂亮的侄子陈石岭也翩翩起舞——穿云入霞，进入仙界……

人们顿时都愣了，其实大多是心上的弦绷紧了，十分担心两位老人这样狂跳会摔倒在地，老人摔倒后果不堪设想！明明的奶奶还不知怎样了，但他们又清清楚楚看见这三个人已经不再是普通的人，而是半人半仙，不，完全是仙一般在腾跃，在飘飞，早已超越此时此境，超越人世红尘。直到他们要唱的唱完，他们便是从天而降似的缓缓着地，停住，这时他们也似乎醒过来，伸出双手亲切地扶住棺材，微微垂首不语。直到明明去拉住爷爷的手说，爷爷，我们去外面看看伯伯灵魂变的彩霞吧。

这时爷爷望明明笑着：对，你刚才没有看见伯伯在彩霞中飞向天国啊？

明明有些困惑地说，没看见呀。

爷爷说，那你就还要跟我学，告诉你吧，我能看见死者美丽的灵魂飞向天国的情景。

明明好奇地说，真的呀？爷爷说，真的。我不仅看见了你伯伯飘向天国的灵魂，我也跟着飘上了飘着彩霞的天空，顺利地把你伯伯送上了天国的境界，然后才缓缓降下来，落到这里。

明明听了，眨着惊奇的幻想的眼睛，激动地说，那爷爷快教我！

爷爷笑着抚摸明明的头说，我就是要教给你呢。

明明说，你现在就教我。

爷爷笑笑说，这是天机这不可泄露啊，我不能随便说啊……

明明急切地说，爷爷快教！说着就拉起爷爷的手，和伯娘来到院坝里，好奇地去看天空。

爷爷就说，来，我教你怎样看。

都来到院坝里，向天上看去。明明说，爷爷，伯伯的灵魂变成了彩霞吗？

爷爷向天空中指去，说，就在那里，有一片儿彩霞正往天上飘呢。

明明着急地说，我没看见。

爷爷一副虔诚的样子看着天上：你要用心去看，而且心要很诚，心里要想到伯伯真的变成了彩霞，正在天上往天国飘飞——才能看到。

明明就按这样认真去想、去看。不一会，明明用手指着天空一个地方，兴奋地说，我真的看见了彩霞，在慢慢飘飞，那真像是伯伯的身影啊！明明就向彩霞挥手，大声呼喊：伯伯，您好好走啊！伯伯，我想你！

明明又问爷爷：那彩霞为什么走那么慢呀？

爷爷说，他是舍不得我们呢，看见我们正站在这里望他，他就飘飞得慢了。快看，他在向我们致意呢。快看嘛——

明明激动地说，我看见了，伯伯在招手呢！明明连忙向彩霞招手，大声说，伯伯你好些走。伯伯，我想你……说着又流下泪来，伯伯，你到了天国，不要忘了我呀，给我打电话……伯伯，我给你绾个大结……

明明接着跑去院坝边，虔诚地伸手在梦花树上认真地绾结……这时他眼里又出现伯伯坚强挺拔地抬着巨石，豪放地喊着号子，唱着歌的动人画面——哟哦嗬儿点点儿红啊——哟嗬哟嗬哟嗬哟……又想象伯伯带他在清江上开快艇玩的情景……双手在梦花树上绾结，心里祈祷着……

房间里，奶奶躺在床上，还有微弱的呼吸，但一直不能说话。梅英焦急地坐在床边。床头是一张旧抽屉，上面供有一个镜框，里面嵌着一张照片。

爷爷拿起照片看着——忽地一个场面在他眼前电影一样映出来——那是"1956年龙船村土家族祭祀"活动。一声鼓响，顿时场面欢腾，无比壮观——年轻的他和她等上百人狂跳《撒尔嗬》，狂跳《摆手舞》的场面……他仿佛看到那遥远的历史烟云中，由于秦国的强大，巴国被秦国侵犯，巴人跳起《撒尔嗬》上战场，巴人地被占领，被迫向南迁徙，建立自己的家园，可是又被楚国占领，又被迫向中国西南大山迁徙的情景。千里迁徙，人们仍不忘要跳《撒尔嗬》，唱起那《迁徙歌》——

竹卦要带来，路上还要问神灵。王龙也尺（神具）要带上，路上还要玩社巴（摆手）……

太阳又出来了。太阳又落了。树叶又绿了。树叶又落了。草鞋穿烂九十九双。拐棍拄断九十九根……

越跳越疯狂。他醒过神来，眼睛离开照片，原来他老伴在床上动了一下，正深情地望着他，他想，她此时也在回忆一起跳《撒尔嗬》《摆手舞》的壮观场面吗？他又认真看她，她好像还有什么重要心愿的。他又一次贴近她的脸问道：还有什么话要跟我说吗？你说吧，这里没有外人，梅英是自家人，你就说吧。但她只是眼睛望着他，那嘴什么也说不出了，连手也不知道动了，只是还悠着一口气，总不断。他望着她，他想她是要等他一起走吗，一起前往天国？他此时好像也和她一样了，不能动，什么也说不出来了，只有内心里还有一种沉沉的涌动。

梅英又凑近些问，奶奶，是不是因为明明爸爸还没回来，你还放不下？他出国了，一下子无法回来，您要挺住啊，等他回来……

奶奶不点头，也不摇头，只是眼里有微微亮光闪动。看来不是因为这。

梅英又问，奶奶，您到底还有什么心愿吗？您就说吧，我们为您办。

明明这时进来，说，奶奶，您不走，您教我唱《螃蟹歌》……

奶奶的眼睛眨动了一下，似乎闪过一道光芒，但仍然没发出一点声音。

明明爷爷深情地望着她，揣测着她此时的心境。

其实都不知道，她正在进入一种美好回忆——她和他第一次见面时唱《土家六口茶》的情景。她多想此时，在这最后的时刻，她还能听到那最初的歌声啊，但谁也不知道她这最后的心境。她多想在温馨的歌声中离开他，离开这世界啊，她只能用眼神望他了，但她此时的眼神已经没有一点神力，没有了传话的能力，更没有了传达心愿的能力啊。她就那样久久地看着他，指望他能明白。

她回想着那情景——年轻漂亮的他对她唱：

喝你一口茶（呀），问你一句话，你的那个爹妈（舍），在家不在家？

年轻的她回唱：

你喝茶就喝茶（呀），哪来这多话？我的那个爹妈（舍），今天出门哒。
……

现在明明爷爷看了会老伴神情，忽然大声地唱起《土家六口茶》来：

　　　　喝你一口茶（呀），问你一句话……

这让明明异常吃惊！他愣愣地望着爷爷，爷爷在继续唱着：

　　　　喝你二口茶呀，问你二句话，你的那个哥嫂（舍），在家不在家？

爷爷扮了女声唱道：

　　　　你喝茶就喝茶呀，哪来这多话？我的那个哥嫂（舍），已经分了家。

明明看着爷爷的表演，没有忍住竟然一下子就笑了起来。

　　　　……喝你六口茶呀，问你六句话，眼前这个妹子（舍），今年有多大？

许是由于激动还是由于什么一激灵，神奇的事情就出现了——奶奶竟然坐起了身子！一下子全都惊得站立起来，愣愣地望着奶奶。这时奶奶竟然回唱起来：

　　　　你喝茶就喝茶呀，哪来这多话？眼前这个妹子（舍），今年七十八。

这天，有人来找明明爷爷去主持丧事，开路、办祭奠、跳丧。爷爷高兴地说，明明，我们走，我还要教你好多东西呢！

明明兴奋地说，走！

爷爷一下子高兴得年轻了好多，笑得合不拢嘴。

明明想起什么，连忙跑去岩娃家，要岩娃也去。这时只见岩娃挑着撮箕向田里走去。明明跑上去抓住岩娃，说岩娃哥，我俩跟爷爷跳《撒尔嗬》去。岩娃摇头，说，我不想学这门艺，也没时间学。我白天要干活，晚上要搞学习，将来要考上大学才有希望。

明明和爷爷向山坡上走去。

梅英走出来，叮嘱到：爷爷和明明好些走啊！明明你要好好照护爷爷。

明明回头望着伯娘说，要得。伯娘回屋去吧。

梅英仍站在那，望着明明和爷爷向山坡上爬去。爷爷背着鼓，拄着拐杖。明明拉着爷爷的手，很有精神地走着……明明回望院坝，梅英还站在那里望着他们。

明明向伯娘挥手：伯娘再见！

伯娘也向他们挥手：再见！

在寂静的山坡上走着，明明又想起失去的伯伯，还那么年轻……他显得有些沉闷。

满山绿黑绿黑的玉米林，如海如涛，青翠的竹园玉立在田野，交相辉映，一片生机勃勃，诗意盎然。

明明就想起爷爷的教导，土家族是一个哭着来，唱着去的豪迈民族，乐观对待生死，认为人死魂归天国，再度托生，生命永恒。人死了是惨事，还唱歌跳舞，欢送远行，这对许多人来说是不可思议的。真有意思啊！

很快来到一户人家。灵堂是一个吊脚楼的堂屋，虽陈旧却充满古色古香，气氛竟然异常热烈，一点也不悲哀沉闷。明明感到很新鲜，是他从没见到过的。

爷爷今天也出奇地兴奋，像是忽然返老还童了，充满了少有的精神活力，与明明一起越跳越有劲。他们用全部的感情和精力，为死者乐观、豪迈而悠然地跳了一场《撒尔嗬》，十分精彩，人们兴奋不已！

死者家属感激地握着明明和爷爷的手，激动地说，感谢陈大师，感谢陈小师傅！感谢你们为我老爹热闹送行啊！他苦了一辈子，今天是他最快乐的一天啊，他一定走得很高兴。太谢谢了！太谢谢了……

明明十分感动。他还从来没有尝到被人如此崇拜、如此尊重和感激的滋味，十分高兴地笑着，深深地感到一种自豪感。

爷爷握着死者家人的手，亲切地说，这是干我们这一行的天职，是应该做的。你爹走得高兴，我们也就高兴。

明明也学着爷爷的样子，握着死者家人的手，诚恳地说，谢谢你们的信任，这是我们应该做的。脸上是一副非常感动和自豪的样子。

明明接着走出门外，爷爷也跟着走出门外。一下子，堂屋里的人包括小孩都来到院坝里，一起向天上看去。

很快明明就激动地说，我看见了一片彩霞，正在向天国飘去！

人们一起看天空，幽幽远远，浩浩渺渺，无数星星像插满的蜡烛，灿然闪烁，那一定是天国的万家灯火了。

明明向人们指导，要怎样看才能看到灵魂变的彩霞，他俨然一个师傅的口气大声说，大家一定要用心去看，要虔诚，要想到老人的灵魂变成了一缕彩霞，正在向天国飘去……

明明爷爷很是得意地在一旁笑着，那神情仿佛他看到了一个朝阳正在面前升起！

很快，人们都看见了那缕飘飞的彩霞，是那么美丽，那么轻盈，顺利地飞向浩瀚的天国万家灯火，都欣慰地微笑着。

这天，梅英对明明说，想不想去清江里划船唱歌？明明说想啊，可是没人带我去呀。

梅英微笑地说，我带你去吧。

明明一下子兴奋了，说太好了！但他马上又冷静下来，说，伯娘才生了孩子啊。

梅英温柔地微笑着说，已经有一个多月了，可以出门了。再不带你去，你爸爸可能要来接你回去上学了呢。

明明有些正经八百地说，我不回城里去了，我就在这儿上学，跟伯娘在清江上划船唱歌，和爷爷跳《撒尔嗬》……

梅英高兴地笑起来：那太好了！但笑容马上又变成一丝丝忧虑：可是，你爸爸不会让你在乡下读书的。

明明有几分倔强地说，我要在这里嘛！

梅英就蹲下身子将明明抱进怀里，久久地亲着……

很快，梅英和明明来到清江边，租了一只小木船，划向碧玉般的江面。小船如一片树叶在水面荡悠着。

明明兴奋地说，伯娘唱歌啊！

伯娘高兴地望着明明说，好，便唱起《龙船调》：

　　妹儿要过河，哪个来推我吗？

明明连忙接着唱：

　　还不是我来推你嘛！

可明明忽地打住，他看见伯娘眼里有泪花，心想伯娘肯定想伯伯了，心里忽然像是塞进了几块碎玻璃，刺得难受，但他不想让伯娘难过，就想怎样让伯娘开心，便灵机一动，扮着笑脸说，我要扮妹儿唱，接着就唱：

　　妹娃要过河，哪个来推我吗？

梅英看看明明脸上天真灿烂的笑容，像一道初升的阳光倏地照进了心里，又亮堂又温暖了，一下子忘掉了一切，只有眼前的美景，就接着唱：

　　还不是我来推你嘛！艄公我把舵掌呐，妹娃你请上船，那个喂呀着，那个喂呀着……

接着小船犹如一只水鸟向前飞去，这时的江水是那样清纯、明亮，像妹娃的眼波，像一张儿童的脸蛋，天真地笑着，又有几分调皮。

风吹着梅英美丽的秀发一飘一飘的。她脸上的笑容渐渐收缩，变得沉静，陷入回忆。她已经多年没有划船了，她和陈石岭出门打了十多年工，挣了一些钱回来修了栋新楼房，今年因要生小儿，她和陈石岭都没有出门。这时她不禁又想起曾经和陈石岭在这清江上划船的情景，一晃，自己都36岁了，光阴真如水啊。江水依然，物是人非，他已不在这世界了，不禁心里一哽——她用力去想，和陈石岭一起在江上划船的快乐，唱《龙船调》的画面……

这时明明接着又大声地唱：

妹娃要过河，哪个来推我嘛？

梅英大声地回唱：

还不是我来推你嘛！艄公我把舵掌呐，妹娃你请上船，那个喂呀着，那个喂呀着……

这段时间，人们看见山坡上时常出现特别风景——走着一老一小，老者背着包，小者背着鼓。这就是陈清江老先生和他的孙子陈明明。

这时，明明脸上总挂着一种得意而自豪的微笑，他觉得自己也是一位民间艺术大师了，受到了人们的尊重。因此每次出门他就首先跑去拿了鼓背上，笑着走在前面。这时，明明的奶奶总是拄着拐杖和梅英将他们送过路口，还有明明的大爷爷也总要拄着拐杖站在院坝边久久地望着，直到明明和爷爷消失在山坡上。

爷孙俩在山坡上走一段路，明明总要敲敲鼓，而且敲出一定节奏，敲出一定曲牌来，并大声唱着词，像是在做广告，更像是一种展示甚至张扬。人们从来没有听见山路上会传来鼓声，几十年陈老先生来来去去是不在路上敲鼓的，于是人们纷纷走出门外来观看，是不是出了稀奇。出门一看，还是这陈老先生，但他面前多了一个小孩，是小孩不时地敲着鼓呢，都觉得很有些意思，每张脸上都绽开美丽的笑容，就一直看他们走着，直到看不见了，脸上的笑容还是那么灿烂。许多人还打招呼要他们到屋坐坐，喝茶。但老人回答说，不能到屋了，要赶路呢，不能怠慢了死者啊。他们匆匆而去了，远行的人正等着他们呢。

此后，每当听见鼓声，人们都要走出门外，看看这充满滑稽意味的一对老小——老的太老，小的太小。小者敲着鼓，唱着，老者和着，有时是一唱一和，有时是一唱一合，充满无限情趣，给这缺少生气、显得孤寂的山坡，给这些留守山坡的老人和小孩们带来从没有过的风景和乐趣……

他们在山坡上走着。走得有些悠然，走得有些得意。在他们敲响的鼓声和歌声中，山林间那阳雀（杜鹃）声声的呼唤便显得不再突出和刺耳，和谐多了。

后来的一天，爷爷教明明读了一会歌词，明明就说，爷爷，怎么大爷爷这么久没回来？我去田里看看大爷爷吧。爷爷说你快去看看吧。明明哎一声就向外走去。

这时傍晚的太阳又红又艳又嫩，像是刚刚在红颜料里浸泡了的，鲜嫩嫩地滴着水，像个熟透的西红柿。这是一面山坡。明明很快来到一片茂盛玉米林的田边。接着就看见大爷爷坐在田里，身旁是一挑用撮箕装的青草。大爷爷背靠一只撮箕，双手握着一根粗壮的玉米秆，眼睛望着那上面横伸着的两个长长的玉米棒子，脸上甜甜地微笑着，自然而悠然，很有诗意的样子。岩娃这时在另一块田里拔草。

明明穿过玉米林走到大爷爷身边，轻轻地呼喊，大爷爷——

大爷爷没有回答。

明明又喊，大爷爷——大爷爷在想什么心事呀！

明明走近大爷爷身边。他看见大爷爷脖子上挂着给他编织的一串小玩意儿——串着的各种小动物。手紧紧握在玉米秆上，眼睛紧紧地闭着，脸上露着甜甜的微笑。

明明用双手摇着老人身子，亲热地大声喊着：大爷爷！

大爷爷还是没有回答。

这下明明一下子惶恐了，但就在这时，老人将握着苞谷杆儿的手去捧着明明的脸蛋，慈祥地笑着：我在睡会儿觉。

明明半恐半笑地说，你可把我吓着了呢。

大爷爷笑着：吓什么呀？

明明也笑着说，我怕你去天国了。

大爷爷笑着说，是要去天国了呢。我都 84 岁了，就和树上的桃子一样，已经熟透了，老好了，应该落地了。可是我还想等一阵。

明明故意地问，还等什么呢？

大爷爷笑着说，我等明明还长大一些——

做什么呀？

好给我跳《撒尔嗬》呀。所以我还要等等。

不，大爷爷你永远活着吧。

大爷爷笑出了声音：哈哈，你要人永远待在这世界吃苦哇？人是永远活着的，但不是永远待在这个世界的，这世界太苦，必须要到更美好的世界去生活。

明明也笑起来：我觉得大爷爷真是太奇幻了。

大爷爷笑着说，不是奇幻，这是我们的信仰。说着伸出一双颤抖的手，将胸前的一串小玩意儿取下来，抖抖颤颤地去挂到明明的脖子上，笑呵呵地说，大爷爷给你一串特别的项链，做个纪念。

明明认真看着，这是用棕片编织的什么羊儿、狗儿、牛儿、大象，非常有意思，就大声说，谢谢大爷爷！

大爷爷欣慰地看着明明：不用谢，这是土货。

明明也神秘兮兮地说，我也给大爷爷做了一个纪念品。

大爷爷高兴地说，是什么纪念品？

不告诉你。

什么时候给我呀？

明明仍然有些神秘地说，还没完全做好，还等些时候。

大爷爷微笑地说，可不能等我到天国去了再送啊。

明明笑着说，大爷爷现在还不会到天国去。

大爷爷有些正经地说，我算了下，快去了。我也准备好了。

这时西边天上忽然涌起漫漫红霞，像泼上的一地西红柿汁，红红的润润的香香的，也重重的，正在流下西边的山峰上。这时的山坡像是披上了一件湿湿的橙红袈裟。山路也像泼了一层西红柿汁，红沉沉的。

这是一个太阳很好的中午。明明爸爸匆匆回到了这里的吊脚楼老屋。他最近出了趟远门，去了国外，是去几个国家进行文化考察。但通过电话他已经知道叔伯大哥陈石岭为抢救明明而付出了年轻的生命……眼下学生就要开学，他必须来接明明回城去上学。

他走进老屋问候了年老的父母亲，母亲身体已经大不如以前了，走路也要拄着拐杖。看见儿子回来，激动地说，你也回来了，唉，我差点就见不到你了哟。这次回来就歇两天吧。

明明爸爸没有正面回答，只是安慰了一番母亲，就去了隔壁梅英家里。明明伯伯的不幸遇难，他太悲痛了，真不知怎样去给梅英说话啊。

这时梅英正在给孩子喂奶，露着白白的胸脯和鼓鼓的乳房，温情脉脉地看着孩子吃奶。忽然见明明爸爸走进房门口，一惊，连忙扯下衣服，不觉脸蛋一红，热情地说，他叔叔回来了！随即起身将孩子放在铺上。

明明爸爸悲伤地对梅英说，我出国去了，家里出了重要事我都没能打上照面，让你操心了，真是对不起啊，特别是对不起你们家……他眼眶有些湿润了。

梅英微笑地看着他：莫这样说，你有你的事嘛。

明明爸爸低着头说，大哥为救我的孩子……唉，今生无法还这情啊！他眼里的泪珠豆子一般滚下来。

梅英平静地说，这人嘛，生死本来就是前世制定好的。只有那样长的命，不是这样死，也要那样死，跑不脱的。再说，早死早脱生嘛，他早点去个好世界，也很好啊。

说了些话，明明爸爸将一叠百元大钞塞给梅英手中，亲切地说，拿着用吧。

梅英坚决不要。互相推了很久。他强硬地非给不可，并握住她的手，深沉地说，大哥走了，还有我！你不要把我当外人，我们本是一家。家里用钱，有什么事，给我打电话就是。

梅英感动地望着他，不说什么。

明明爸爸慷慨地说，你记住，今后我就是你孩子他爸！放假我会回来看望你们的。小儿的事，有我负责！

这时梅英没有忍住，眼里涌满了泪水，但她没让泪水流下，依然满脸温情脉脉的微笑。

明明爸爸深情地说，你要好好保重身子。

梅英说，明明爷爷也那么大年纪了，现在一个人孤零零的，你这么远回来一趟不容易，去好好陪陪老人吧。

明明爸爸满眼泪水：我在远处耽误了。学校马上开学，没时间了。过年我一定回来，好好地陪陪你们……

梅英没让泪水流下，说，陪老人过一夜再走嘛，我好好做顿饭你吃。

明明爸爸满眼泪水，说没时间了。过年回来好好地吃你做的饭……

梅英眼里泪水滚落下来。明明爸爸也流着泪水。

明明爸爸问，岩娃到哪去了？

梅英说，他到镇上买化肥去了。他很懂事……

明明爸爸点头，说岩娃不错。

梅英说，他就是我的指望了。神态依然温情脉脉。

明明爸爸微笑着，说还有我呢。我会帮你的。转移话题说，带我到石岭大哥的坟上去看看吧。

很快，明明爸爸去了一座新坟前，烧了纸，上了香，磕了头。

这时阳光格外明媚，山坡被照得艳丽。坟堆前，梅英默默地站着。明明爷爷抚摸着陈石岭的坟头……

回到院坝里，明明爸爸就对明明说，现在我们走吧。

爷爷一脸孤独，抚摸着明明的头。梅英也看着明明可爱的脸蛋。

明明不高兴地望着爸爸，大声说，我不回去了，就在这上学。这里也在修新学校。

爸爸一惊，瞪着明明：不行！

明明执着地说，怎么不行呀？我就在这！

明明爸爸严肃地说，这里学校有什么教育质量？走，我们今天不坐车，坐船从清江走，让你看看美丽的清江画廊！拿出相机让明明看，我专门带了相机呢，给你照相，拍景。去拉着明明，说走就要走，很急的，好像飞机马上要起飞了。

明明挣脱手跑去屋里，他很快拿来一叠画对梅英说，这是我给你们画的画，作个纪念。说着将画递给梅英：伯娘，这张是你的，这张是岩娃哥的，这张是妹妹的……

梅英说，画的太好了。谢谢明明！

明明又递给她两张画：这是大爷爷和伯伯的，做个纪念吧。

这时大家的脸色就忽的一下肃然。

明明说，我昨晚梦见了伯伯，他对我说，在天国很快乐，叫大家都放心。

梅英说，好啊，他的灵魂顺利去了天国。

明明点头：嗯。他说，希望能早日脱生，还是回到人间，来寻找你们……

梅英微笑地闪着泪光，有些欣慰。

明明又拿出两张画，一张递给爷爷，一张递给奶奶：你们要保管好。

爷爷、奶奶用颤抖的手拿着画，说不出话来。

梅英给明明递来书包，明明爸爸接过书包，伸手强硬地拉着明明走，说你们都保重啊，我们走了，过年我们一定回来团圆。

明明望着显得充满留念的爷爷、奶奶、大爷爷、伯娘，忽地挣脱手跑去梦花树边：爷爷奶奶、大爷爷、伯娘，我绾个大结，晚上做梦和你们一起唱歌跳舞。边绾结边回忆着——与爷爷唱歌跳《撒尔嗬》的情景，伯娘带他睡觉的情景，和大爷爷在玉米林里的情景。接着对他们说：你们想我了，也在这梦花树上绾结，我会到你们梦里来的……

梅英抿着嘴唇，忍住泪水说，要得。

爷爷走过去，用颤抖的手在梦花树上绾一个大结，微笑地望着明明。

明明爸爸拉着明明向路上走去，明明说我不回去！说着企图挣脱爸爸的手，可他爸爸将他的手捉得很紧。明明哭泣着，恋恋不舍地回望爷爷奶奶、伯娘……

老人和梅英望着明明和爸爸缓缓走下门口山坡，都泪水无声地滚落，亲人去世他们不哭，不知为什么此时却控制不了眼泪。

一晃，明明和爸爸乘的船已经进入美丽的清江画廊。两岸像挂的一幅幅巨幅国画，让人美不胜收。明明打开书包拿素描本，却发现一个纸包，打开一看，是厚厚的一叠钱，就喊爸爸：我书包里怎么有这大一叠钱？

明明爸爸急忙伸手拿起这叠钱一看，明白了是梅英把他给她的钱又塞回了包里，一下子愣住了，顿时眼眶湿润，向那面山坡望去，已经遥远，无法望见那山那人，只有无数大山挺立在清江两岸……

夜晚，天暗得像一块厚厚的麻布蒙着，山暗得像一头头大黑熊愣站着，树朦胧，人朦胧，有手在梦花树上绾结，昏昏的天光照着，像一个梦。梦花树上密集的结，如满天的星星，在夜风中伴着遥远的歌声，轻轻地一颤、一颤……

这是傍晚，太阳红红的照着，山坡红红的，玉米林泛着成熟的浓香。明明爷爷挎着鼓在山路上走着，他身后跟着老伴，她拄着拐杖，此时太阳将她的白发照得红红的，像一个红盖头。她后面是明明的大爷爷，拄着一个长满树结的拐杖，头包一盘黑色帕子。他们被请去给死者跳《撒尔嗬》。满山弥漫着闷闷的热气，风也是热的，像是下面的江水烧开了，热气正向山坡上涌。

爷爷拿起衣服下摆给脸上扇着风，调侃地说，这硬像是一个大炉子在烤苞谷坨，又闷热，又有苞谷香。

奶奶用拐杖撑稳身子喘口气，说，你唱个歌拉一拉，不然这坡是爬不上去了。

爷爷笑笑，咳一声，就扮着女声娇滴滴地唱起来：

十八姐儿望郎逗，想郎交情又害羞，虫吃梨子心难啃，蜘蛛牵丝肚中抽，唱支山歌把郎求。

爷爷故意娇声娇气唱着，奶奶和大爷爷大笑起来。
爷爷便笑着说，你们也一人唱一个。
奶奶咳一声，眨一下眼睛进入角色，也就扮着男声唱起来：

把郎求来把郎求，美郎就在你后头，转个身子能抱住，你却眼睛往外溜……

都又是一阵笑。
接着大爷爷也唱起来：

往外溜来往外看，远处有个花儿匠，白天扎的花大姐，夜里粘的花姑娘，你若跟他喝剩汤。

爷爷笑笑，又扮女声娇里娇气地唱起来：

我是美妙大姑娘，怎么能去喝剩汤，你们歌儿唱得好，就选你们做二房。

三人笑着，唱着，走着。太阳红红地照着，三人的身影红红的，在山坡上一步一颤，慢慢向前移动。忽然，大爷爷站住，慢悠悠顺着拐杖滑到地上……

图书在版编目（ＣＩＰ）数据

突围 / 陈步松著. -- 武汉 ：长江文艺出版社，
2021.6
ISBN 978-7-5702-1832-5

Ⅰ．①突… Ⅱ．①陈… Ⅲ．①中篇小说－小说集－中
国－当代 ②短篇小说－小说集－中国－当代 Ⅳ.
①I247.7

中国版本图书馆 CIP 数据核字（2020）第 172827 号

突围
TUWEI

责任编辑：胡 璇　　王成晨　　　　责任校对：毛 娟
封面设计：祁泽娟　　　　　　　　　责任印制：邱 莉　　王光兴

出版：长江出版传媒｜长江文艺出版社
地址：武汉市雄楚大街 268 号　　　邮编：430070
发行：长江文艺出版社
http://www.cjlap.com
印刷：武汉市籍缘印刷厂

开本：880 毫米×1230 毫米　　1/32　　印张：13.5　　插页：2 页
版次：2021 年 6 月第 1 版　　　2021 年 6 月第 1 次印刷
字数：290 千字

定价：68.00 元